Dez arm 1656.

il y a de très bonnes observations reflexions et idees
militaires et relatives au militaire dans ce commentaire
de mr le comte de turpin. jay fait des marque
a quelques pages ou lontrouve des idees qu'on pourroit
et devroit suivre. mais sur la fin du volume quand
le commentateur veut parler (politique) dans ses remarques il se trompe
et son de songentre

RAIMOND COMTE DE MONTECUCULY

LANCELOT COMTE TURPIN DE CRISSE.

Commentaires sur les Mémoires de Montecuculi

COMMENTAIRES

SUR LES

MÉMOIRES

DE

MONTECUCULI,

Généralissime des Armées , & Grand-Maître
de l'Artillerie de l'Empereur;

PAR Monsieur le Comte TURPIN DE CRISSÉ,
Maréchal des Camps & Armées du Roi, Inspecteur Général de Cavalerie & de Dragons,
des Académies Royales des Sciences & Belles-Lettres de Berlin & de Nancy.

. . . . Belli *ex me disce labores*
Fortunam ex aliis. Eneid. Lib. x.

TOME PREMIER.

A PARIS,

Chez LACOMBE, Libraire, Quai de Conti.

AVEC APPROBATION ET PRIVILÉGE DU ROI.

AU MILITAIRE
FRANÇAIS.

SI j'ai quelques talens pour la Guerre, c'est à vous que je les dois; recevez-en le fruit, l'hommage que je vous en fais vous appartient. Ma Patrie & mon Roi eurent les premiers droits sur ces vertus innées dans tous les cœurs Français, le zele & le courage. Je les leur ai dévoués presqu'au sortir de l'Enfance; mais c'est vous qui m'avez appris à tirer de ces mêmes vertus, un parti, que de plus heureuses circonstances eussent peut-être rendu plus utile. J'ai tâché de me rappeller pendant la Paix & dans le repos du Cabinet, les instructions que j'ai prises dans votre conduite pendant la Guerre : si je les ai bien rendues, mon Ouvrage ne peut manquer de réussir. Je jugerai par le succès, non du mérite de vos Exploits, mais des progrès que j'aurai faits sous mes Maîtres. J'ai trouvé par-tout à m'instruire, & dans les ordres que j'ai reçus & dans la maniere dont ceux que j'ai donnés ont été exécutés. L'Officier dans le grade le plus inférieur est un sujet d'instruction pour le Général ; on apprend toujours bien ce qu'on enseigne aux autres : voilà mes études. Je sais que pour parler dignement de la Guerre, il

a ij

faudroit écrire & combattre comme Céfar, réunir les talens du génie aux qualités les plus fublimes de l'ame ; mais n'arrive-t-il jamais que le Peintre doive à la beauté de fon modele le mérite de fon Tableau ? J'avois deux grands objets fous les yeux, Montecuculi & vous, & j'étois excité par le defir de vous plaire, fans cependant aucun deffein de vous flatter. J'ai étudié fes principes & je les ai appliqués aux manœuvres que je vous ai vu faire. J'ai donc ofé vous juger, mais comme un éleve foumis, toujours en garde contre foi-même, juge le maître qui l'inf-truit. J'ai propofé des doutes & non pas des objec-tions ; fi je me trompe, c'est à vous à m'éclairer. Je vous offre mon Ouvrage avec fes erreurs, daignez le recevoir comme un témoignage refpectueux de ma docilité, de mon zele & de ma reconnoif-fance.

LANCELOT TURPIN DE CRISSÉ.

PRÉFACE.

Dans mon effai fur l'Art de la Guerre, j'ai
raffemblé d'après les notions les moins in-
certaines de cet Art, les principes les plus affurés;
je les ai établis fur des fuppofitions, parce que
dans un Art où rien n'eft abfolu, & où tout dépend des circonftances, des lieux, du terrein &
du tems, où l'Architecte doit régler fon plan
relativement à l'efpece de materiaux qu'il peut
mettre en œuvre, on ne peut établir une théorie
certaine, que fur tel ou tel terrein, fur telle ou
telle efpece d'armes, telle ou telle autre circonftance donnée.

Lorfque cet effai parut, j'entendois plufieurs de
mes compatriotes fe dire: „ il n'a rien écrit que
„ nous ne fachions tous; il n'a fait que tracer une
„ routine que le plus fimple Officier feroit cou-
„ pable d'ignorer; il a pris des pofitions d'après
„ lefquelles il a fait manœuvrer une Armée, &
„ donné des Batailles: Folard avant lui avoit fait
„ fes obfervations fur les Batailles & fur les ma-
„ nœuvres des Grecs & des Romains; l'Auteur
„ de cet effai n'a donc rien dit de nouveau: eft-ce

„ la peine d'écrire quand on n'étend pas ſes vûes
„ au-delà d'une ſphere commune & bornée ?

Voilà comme raiſonnoient quelques Militaires
légers & inconſéquens , accoutumés à ne voir
dans les ordres qu'ils reçoivent de leur Général
que la beſogne qu'ils ont à faire , ſans ſe douter
ni du principe qui a fait donner cet ordre , ni
des conſéquences qui peuvent réſulter de l'exécution. Ils ont tout fait quand ils ſe ſont acquittés
de leurs commiſſions avec audace , & ſouvent
machinalement ; mais qu'ont-ils appris ? à obéir :
c'eſt , ſans doute , un grand point pour ſavoir un
jour commander ; mais ce n'eſt pas le ſeul , mon
eſſai en indique bien d'autres.

Je doutois donc du ſuccès de mon Ouvrage ,
quoique je ſentiſſe en moi-même l'utilité dont
il pouvoit être ; mais je ne l'avois point dit , c'é-
toit à mes lecteurs à me deviner. J'envoyai mon
Ouvrage à un Roi Militaire *, qui m'avoit com-
blé de bontés pendant un aſſez long ſéjour que
je fis à ſa Cour. A peine l'eût-il lû , qu'il en fit
publier dans ſes États une traduction exacte ; alors
ceux même qui avoient condamné mon Ouvrage
commencerent à l'eſtimer. Cette traduction Allemande fut bientôt ſuivie d'une traduction An-
glaiſe ; & mes compatriotes jugerent que puiſ-

* Frederic
Roi de
Pruſſe.

qu'il étoit adopté par une Nation qui pefe tout
avec la balance Philofophique, il devoit renfer-
mer des principes certains & une bonne théorie ;
ils le lurent plus attentivement, & ils furent
confirmés dans leur opinion, lorfqu'ils virent pa-
roître une traduction Ruffe, faite par l'ordre de
l'Impératrice Élizabeth, cette illuftre Souveraine,
fi digne du Sang & du Trône de Pierre le Grand,
qui connoiffoit fi bien fa Nation, & qui favoit
que pour la rendre redoutable, elle n'avoit befoin que d'être éclairée.

Je ne me flatte point que l'Ouvrage que je donne aujourd'hui obtienne les mêmes fuffrages,
mais je m'attends bien qu'il effuyera les mêmes
critiques. Ma premiere réputation en qualité d'é-
crivain m'eft venue de l'étranger ; à quel titre ef-
pérerai-je que mes compatriotes accorderont à
cette nouvelle production des éloges qu'ils n'ont
donnés qu'après coup à mon effai fur l'Art de la
Guerre ; moi qui n'ai jamais eu d'autres vûes en
fervant, que de me rendre utile à ma Patrie & à
mon Roi, d'autre projet de fortune que celui de
m'inftruire, ni d'autre ambition que celle d'acquérir par mon travail des connoiffances qui puffent rejaillir fur mes compatriotes & n'être pas
inutiles au Militaire en général, fans trop fonger

à l'honneur qui pourroit m'en revenir , & fans m'inquietter de l'envie que je pourrois exciter contre moi.

Mais peut-être me trompai-je dans mes craintes : j'ai travaillé fur les idées d'un grand homme ; le nom & la réputation de Montecuculi doivent en impofer à la critique , & mes obfervations pafferont à la faveur du texte.

Voici donc deux Ouvrages que je donne au Militaire , celui de Montecuculi connu depuis long-tems & eftimé de tous les Gens de guerre qui ont une connoiffance profonde de leur métier , & dont je ne fuis que l'Éditeur , & le mien qui renferme des obfervations fur les Mémoires de ce Général.

Je m'attends bien que l'on fera cette queftion avant de me lire : pourquoi commenter un Auteur célebre & pourquoi travailler d'après les idées d'autrui , quand on peut travailler d'après les fiennes ? Je réponds d'avance. 1°. Parce que c'eft précifément les Auteurs célebres que l'on doit commenter , & non des Auteurs médiocres , fur-tout quand ces premiers n'ont pas affez étendu leurs idées. Tout le monde n'entend point Montecuculi , foit parce qu'il n'a pas jugé à propos de donner à fes préceptes tout le développement &

toute

toute l'étendue qu'ils devroient avoir ¬ n'ayant écrit que pour un petit nombre de gens éclairés, foit que parce que depuis qu'il a écrit, la maniere de faire la Guerre a beaucoup changé. 2°. Parce que, comme je n'ai pas la préfomption de croire que de moi-même je parviendrois à la perfection, je me fuis convaincu par une lecture réfléchie de Montecuculi qu'il en étoit encore bien loin, quelque génie qu'il eut pour fon métier.

Il n'en eft pas des Sciences comme des beaux Arts. Un *Corneille*, un *Boffuet*, un *Michel-Ange*, aidés des forces du génie, parviennent d'un feul vol au plus haut degré de leur Art ; au lieu que, quelque pénétration que l'on fuppofe dans le Phyficien, dans le Géometre, ou dans le Militaire qui travaille fur la théorie de fon métier, ils ne peuvent avancer qu'à l'aide du tems & de l'expérience ; mais le tems manque, & l'expérience en exige beaucoup plus que le ciel n'en accorde communément aux hommes. On vole rapidement dans la carriere des Arts ; dès la premiere aurore des lettres, on vit éclore *Marot* ; mais on ne marche que pas à pas dans la vafte & pénible route des Sciences : des préjugés à détruire, des principes à établir, des conféquences à faire adopter à l'ignorance qui trouve plus com-

b

mode de nier tout que de rien approfondir, que d'obſtacles ! & lorſqu'à force de tems & de patience on eſt parvenu à les lever, qu'a-t-on fait encore, que diſpoſer les eſprits à recevoir la lumiere qui ne pénétre que peu à peu ! que de notions préliminaires à acquérir avant que d'entrer en matiere ! des conjectures à la démonſtration, quel intervalle immenſe & effrayant ! Que l'on meſure les progrès de la Phyſique depuis *Ramus*, ſon malheureux reſtaurateur, juſqu'à *Deſcartes*, & depuis *Deſcartes* juſqu'à *Nevvton ;* que l'on compare le court eſpace de deux ſiécles qu'elle à mis à faire ces progrès, avec le peu de découvertes qui avoient été faites depuis *Pline* juſqu'au regne de *Ferdinand* & d'*Iſabelle*, où *Chriſtophe Colomb* ſe ſervit ſi avantageuſement de la Bouſſole, & l'on aura peine à croire un tel miracle. Ce n'eſt pas que dans les ſiécles de Barbarie il n'y eut des gens laborieux & d'un eſprit capable de faire des découvertes ; mais la ſuperſtition étoit telle qu'on auroit cru manquer à la foi, ſi l'on eût oſé porter ſes vûes plus loin que *Platon* ou *Ariſtote*, on ſe bornoit à les expliquer ſans les entendre, & les Commentaires qu'on faiſoit ſur le Texte ne contenoient que des interprétations frivoles ou forcées de leurs expreſſions. **L'**infaillibilité qu'on leur ſuppoſoit ne per-

mettoit point de profiter du peu de lumiere que
l'on appercevoit dans ces deux Auteurs, pour aller plus avant : les premiers qui oferent franchir
ces bornes furent les victimes de leurs découvertes. *

    Mais dès que la Religion plus éclairée n'étendit
plus fes jugemens fur les vérités phyfiques, qu'elle
permit même, quoiqu'avec des reftrictions, au
flambeau de la Philofophie de pénétrer dans la
morale, les progrès furent plus rapides, les ora-
cles des premiers Philofophes furent affujettis à
l'examen d'une faine critique ; on oppofa l'expérience au préjugé, la raifon à l'autorité, les
calculs Géométriques à l'opinion ; on ne fut
plus l'efclave des réputations les plus accrédi-
tées : en refpectant les grands Hommes, on ana-
lyfa leurs fyftêmes, & l'on profita de leurs lumieres, même pour combattre leurs erreurs. Les ames
baffes & envieufes croient que critiquer un grand
génie & ajouter à fes connoiffances, c'eft outrager
fa mémoire ; froids & ferviles imitateurs, qui,
mefurant l'étendue de la fphere des Sciences à
leur efprit borné, penfent que la vie de l'homme
fuffit pour tout voir & tout approfondir. Newton
eft, peut-être, de tous les Savans celui qui a rendu
le plus bel hommage à Defcartes.

* Ramus, Galilée, Defcartes.

Je ne fuis pas toujours du même avis que Montecuculi, dont je refpecte les talens, & dont j'honore la mémoire : très-fouvent je l'approuve; prefque toujours mon travail fe borne à l'expliquer. J'ajoute à fes idées ce qu'une longue expérience m'a appris dans la Science , non dans l'Art de la Guerre : je prie le lecteur de ne pas confondre l'un & l'autre. Des combinaifons, des calculs, des principes difcutés & éprouvés , une méthode fuivie & réfléchie , conftituent la Science : l'Art fuppofe la Science , il dépend des talens & du génie : dans bien des occafions où la valeur & le coup d'œil doivent décider , il peut fe paffer de théorie , & produire des effets plus furprenans que la Science même. Voilà l'Art dans lequel je me crois très-inférieur à Montecuculi : je prétends encore moins l'égaler dans la Science; mais je crois avoir faifi fon efprit , & entendu fon fyftême : je m'eftimerois très-heureux fi je pouvois le faire comprendre à mes compatriotes.

Quelquefois j'ai pris occafion du Texte, pour expofer mes principes particuliers : j'ai hazardé des fyftêmes qui n'ont rien de relatif à ceux de ce grand Homme ; & j'ai étendu fes principes lorfqu'ils ne m'ont pas paru affez détaillés. Les inftru<ctions qu'il donne dans fes Mémoires, font trop concifes, trop refferrées, pour qu'on puiffe les regarder comme un Traité complet de la Science Militaire : mais elles contiennent tant de détails, qu'elles peuvent paffer pour un excellent abrégé de l'Ouvrage le plus étendu.

Il commence par les élémens les plus fimples, & s'éleve peu à peu jufqu'aux principes les plus fublimes, depuis la levée du foldat jufqu'aux plus grandes opérations ; c'eft-à-dire, aux Sièges & aux Batailles. Voici fa progreffion, qu'il renferme dans fix Chapitres. Le premier n'eft qu'une Introduction très-fommaire aux fuivans. Le fecond traite des préparatifs : il eft divifé en cinq Articles, dans lefquels les Hommes font envifagés fous tous les rapports qu'ils peuvent avoir à cet objet. Il y eft parlé de la levée des Troupes, de l'ordre, des armes, de l'exercice & de la difcipline ; de l'artillerie confidérée relativement à la proportion, à l'ufage & à fes dépendances ; des munitions de guerre & de bouche. Comme depuis que Montecuculi a écrit, les armes ont effuyé divers changemens, j'ai eté obligé d'entrer dans le détail des armes en ufage aujourd'hui, & même d'en propofer de conformes à mes idées & à mes principes : j'en

ai fait autant pour les munitions de guerre ; &
j'ai tâché de fuppléer à ce qui manque dans
l'Auteur.

Les vivres & tout ce qui concerne les fubfiftances , demanderoient un détail auquel il feroit
effentiel qu'un homme confommé dans cette matiere voulût travailler. Un Traité des fubfiftances exigeroit dans l'Auteur les connoiffances les
plus profondes, acquifes par une longue expérience , jointes à la probité la plus reconnue. Un
Ouvrage qui embrafferoit toute efpece de fubfiftances , dans toutes les fuppofitions poffibles ,
d'une armée campée , en cantonnement , en
quartier d'hiver , fur fon propre pays , fur le
pays allié , ami ou ennemi , dans les marches ordinaires ou forcées , ou en avant ou en retraite ,
enfin dans toute forte de pofitions , feroit de la
plus grande utilité pour le Prince qui fe prépare
à la guerre , & pour les Généraux qui commandent ; du plus grand fecours pour les Intendans ,
& le plus grand frein à l'avidité des Entrepreneurs.

Montecuculi traite enfuite du Bagage. J'ai indiqué, dans mes Obfervations, quelques abus à ce
fujet : la malheureufe expérience que nous avons
faite dans les dernieres Guerres, des fuites fâcheu-
fes qu'entraîne la trop grande quantité de bagages,

devroit nous rendre fages pour l'avenir. Montecuculi déplore avec raifon l'impoffibilité de s'en
paffer entièrement; mais il eft poffible de prendre
des mefures pour les diminuer, & pour ne laiffer
que le néceffaire. Au fujet de l'argent, il indique
les moyens d'en tirer des peuples : je voudrois
qu'on indiquât ceux de le répandre avec économie.

Le fujet du troifième Chapitre eft la difpofition. Montecuculi la divife en univerfelle, qui
regarde la Guerre en gros, prefcrit une regle générale pour la faire, & la dreffe fur un plan avantageux, relativement à fes propres forces & à
celles de l'ennemi, à la fituation du pays, aux
circonftances, fuivant lefquelles on doit fe décider pour l'offenfive ou pour la défenfive, & en
particuliere, qui regarde chaque corps de troupes
en particulier.

Le quatrième Chapitre traite des opérations
qui exigent une réfolution ferme, un fecret impénétrable, & une activité prudente; des marches
fur lefquelles il donne des principes excellens;
des campemens; enfin des combats; article, qui
ne fait qu'annoncer les deux derniers Chapitres,
dans lefquels il parle des combats autour des Fortereffes, foit qu'on les attaque, foit qu'on les dé-
fende, & dont la conftruction fait une des ma-

tieres les plus favantes & les plus étendues de cet Ouvrage ; enfin des combats en campagne , qu'il divife en combats particuliers & en batailles.

Tel eft le fommaire du premier Livre des Mémoires de Montecuculi. Le fecond Livre n'eft qu'une application des maximes contenues dans le premier , à la guerre qu'on peut faire contre le Turc en Hongrie. Comme ce font les mêmes principes applicables à toutes les guerres, que d'ailleurs les intérêts de la France & de la Turquie & l'éloignement de ces deux Puiffances ne doivent pas faire fuppofer qu'elles aient jamais enfemble une guerre directe , j'ai raccourci, autant qu'il m'a été poffible , les obfervations que j'ai cru devoir faire relativement au texte.

Jufqu'ici les principes de ce Général , & leur application à la guerre contre le Turc , ne font confidérés que comme poffibles. Dans le troifième Livre , il fait voir par la conduite qu'il a eue dans fes campagnes en Hongrie contre le Turc, depuis 1661 jufqu'en 1664 , qu'il gagna la célebre bataille de St. Gothard , & dont le fuccès força le Turc à demander la paix à l'Empereur, combien l'ufage qu'il fit de fes principes lui a été utile & lui a procuré de gloire: c'eft proprement la théorie appliquée à l'expérience & à la pratique;

enforte

enforte que le premier Livre contient les élémens purement abſtraits d'une Science, dont il
donne dans le ſecond une théorie fondée ſur une
hypothèſe , & qu'il applique dans le troiſième à
des faits.

J'ai cru devoir faire remarquer les fautes & les
belles actions qui furent faites pendant le cours
de cette Guerre, parce qu'il y a autant d'inſtruc-
tions à tirer des unes que des autres. Les lecteurs ſentiront comment devroit ſe conduire un
Général qui , en adoptant mes idées , agiroit
conféquemment au peu de changement que j'ai
fait au ſyſtême de Montécuculi.

La plûpart de ces changemens étoient indiſ-
penſables ; il en eſt arrivé de ſi conſidérables depuis Montécuculi ; les armes ne ſont plus les
mêmes ; l'artillerie s'eſt ſi fort multipliée, que
bientôt ce ſera elle qui gagnera les Batailles.
Nous en avons fait l'expérience dans les deux
dernieres Guerres , à l'exception cependant
de la Bataille de Lauffeld , où il ne fut pas tiré
cent coups de canon de la part des Français.

Ce ſyſtême a deux grands défauts ; l'un l'augmentation de la dépenſe , de retarder & d'embarraſſer la marche des Armées , l'autre de rendre preſqu'inutiles les effets du courage ; mais il

feroit dangereux de changer un tel ufage, adopté par toutes les Nations. Il eft évident que celle qui tenteroit de s'en écarter, courroit la même fortune qu'éprouva François premier à Pavie : ce Prince entraîné par fon courage, préféra de combattre corps à corps, la pique à la main, & il perdit une Bataille dont le fuccès paroiſſoit certain, s'il eut laiſſé agir fon artillerie ; mais l'avantage que l'on attend de l'effet de l'artillerie, n'eft pas une raifon pour laiſſer échapper l'occafion de joindre l'ennemi à l'arme blanche toutes les fois qu'elle fe préfentera ; fi l'on agiſſoit autrement, ce feroit perfuader aux Militaires que le mérite du vrai courage diminue à mefure que les forces artificielles augmentent, & leur prouver que la guerre n'eft plus qu'une affaire de calcul & une lotterie, où celui qui y prend plus d'actions fe rend plus fûr du fuccès.

J'ai donc été obligé, en expliquant les principes de Montécuculi, de les adapter à nos armes & à notre maniere de faire la guerre ; j'ai même propofé des armes défenfives que je crois très-utiles, relativement à la fûreté & à la confervation des hommes, fans qu'elles foient embarraſſantes & fans qu'elles puiſſent les empêcher d'exécuter les mouvemens qui leur feront ordonnés.

Dans ce qu'a écrit Montécuculi fur les fortifications, il m'a paru que fes principes, quoique
très-bons, étoient trop généraux: j'ai cru devoir les
étendre. Ce travail m'a engagé dans un détail
très-circonftancié ; & comme l'imagination peu
contente de fe monter au ton des objets qui la
frappent, cherche toujours à s'élever encore, j'ai
hazardé d'ajouter aux idées de Montécuculi, &
même à celles des plus célèbres Ingénieurs. J'ai
fait un fyftême fur la conftruction des places &
fur leurs ouvrages avancés ; j'ai pris mes matériaux dans les meilleures carrieres, fans m'affujettir entierement aux idées de ceux même de
qui je les ai empruntés ; prenant le bon, & ne
condamnant jamais ce que je laiffois, & que je ne
pouvois ajufter à mes principes & à mes idées,
que j'ai abandonnés lorfque j'en ai trouvé de
meilleurs.

C'eft d'après M. le Maréchal de Saxe que j'ai
donné un talut intérieur avec des rampes aux
contre-gardes, aux demi-lunes & au chemin couvert, au lieu d'une contrefcarpe revêtue en ma-
çonnerie, & très-peu inclinée, que tous les Ingénieurs ont adoptée ; mais je n'ai point fuivi le
fentiment de ce Général au fujet des places, qui,
felon lui, doivent être uniquement places, c'eft-

c ij

à-dire, qu'elles ne doivent être occupées que par
des Troupes, & qu'aucun bourgeois ni autres ne
doivent les habiter, devant refter paifiblement
dans les villes, en avant defquelles doivent être
ces places protectrices. Je penfe, au contraire,
qu'il eft très-effentiel d'avoir des habitans dans les
places, & qu'ils fervent même à leur défenfe ;
mais il ne faut garder que ceux qui peuvent être
utiles, & faire fortir le furplus avant que la place
foit inveftie, & fe munir de fubfiftances fuffifamment pour nourrir cette partie d'habitans, qui,
dans ce moment, deviennent les défenfeurs de la
patrie.

Les paliffades tournantes de Cœhorn m'en ont
fait imaginer d'autres, que je crois plus utiles &
plus de défenfe, fans être plus difpendieufes.

Dans l'attaque & la défenfe, j'ai cru qu'il étoit
inutile de répéter ce qu'en a dit M. le Maréchal
de Vauban. J'ai renvoyé à fon Traité ceux des
lecteurs qui voudront s'inftruire à fond de cette
partie ; j'ai cependant donné mes idées, relativement à l'attaque, pour la conftruction des paral-
leles ou places d'armes, que je crois meilleures &
moins fujettes à inconvéniens. J'ai renvoyé auffi
au Traité de Bélidor, & à ce qu'a écrit M. de
Valliere, à la fuite de l'attaque & de la défenfe

des places de M. le Maréchal de Vauban , pour
ce qui regarde les mines & les fougaces.

Les réflexions que j'ai répandues dans le cours
de cet Ouvrage, fervent tantôt à éclaircir le texte , & tantôt à fuppléer à ce qu'une trop grande
concifion peut laiffer defirer au lecteur.

Enfin dans ce qui regarde la guerre de campagne , j'ai renvoyé quelquefois à mon Effai fur
l'Art de la Guerre , pour ne pas répéter des détails que je crois avoir circonftanciés.

Si je n'avois eu d'autre intention, en écrivant, que
de faire un Livre, outre qu'il n'eut tenu qu'à moi
d'étendre beaucoup plus que je ne l'ai fait une matiere qui ne prête que trop, j'aurois pû y répandre
les agrémens du ftyle, l'orner d'exemples intéref-
fans, faire parade d'une érudition qui ne coûte fouvent à l'Auteur que la peine de tranfcrire, prendre
le ton impofant de maître, & me fervir enfin de
toutes ces reffources qui font plus de dupes que
de favans, plus propres à faire admirer l'Auteur
qu'à inftruire le lecteur. J'ai cependant appuyé
mes préceptes d'exemples puifés dans la vie des
grands Capitaines. Les actions des grands Hommes
font toujours vivantes, & inftruifent fouvent davantage que les préceptes les mieux établis. Il
eft cependant vrai que les feuls exemples qu'il

dût être permis de citer dans un Ouvrage fur la
Guerre , devroient être pris dans l'Hiftoire con-
temporaine ; l'Auteur étant plus à portée de vé-
rifier les faits , il feroit plus en état de diriger fes
inftructions , en critiquant ou en approuvant les
opérations & la conduite d'un Général fous les
ordres duquel l'Auteur fe feroit trouvé. On parle
toujours mieux , & l'on ne peut même bien parler que de ce que l'on a vu. Les Batailles célèbres de *Leuctres* , de *Salamine* , de *Canes* , de
Zama , font trop éloignées de nous pour en bien
juger : comment s'affurer de la vérité des faits fur
le rapport des Hiftoriens , qui , eux-mêmes , ont
écrit fur le rapport d'autrui. La flatterie & la fa-
tyre groffiffent ou diminuent l'éloge des belles
actions ; ainfi , écrire fur l'Art de la Guerre d'a-
près l'Hiftoire , c'eft écrire fur des hypothèfes.
Si le hazard , ou quelque circonftance heureufe ,
a contribué au gain d'une bataille , l'Hiftorien ,
qui fe contente de rapporter le fait fans remonter
aux caufes , laiffe un vafte champ à l'imagination
de l'Écrivain , qui entaffe fyftême fur fyftême ,
& qui dans mille raifons captieufes qu'il donne
du fuccès , ne trouve jamais la véritable.

Il feroit donc à defirer qu'ainfi que Xenophon
ou Feuquieres , on écrivit fur des faits contem-

porains ; mais il feroit à craindre , non pas qu'on
altérât la vérité ; la punition fuivroit le crime de
trop près ; mais que la vérité ; n'offenfât quelquefois. Quelques inftructions qu'il y ait à retirer
des fautes contemporaines , j'ai obfervé le plus
profond filence fur ce que je n'ai pû louer , &
ce n'eft qu'avec les égards que je dois aux talens & au mérite que j'ai remué la cendre des
morts.

Houel delin.   Andreard Sculp.

LIVRE PREMIER.

Principes de l'Art Militaire en général.

CHAPITRE PREMIER.

De la Guerre.

L A Guerre (*a*) eſt une action d'Armées qui
ſe choquent en toutes ſortes de manieres,
& (*b*) dont la fin eſt la victoire.

La Guerre eſt civile (*c*), ou étrangere, offenſive
ou défenſive, maritime ou terreſtre, ſuivant la différence des perſonnes, des moyens, & des lieux.

A

La victoire se gagne (*d*) par le moyen des préparatifs, de la disposition & de l'action.

Chacun de ces trois membres a ses avantages & ses désavantages, qui sont les qualités naturelles ou acquises, du tems, du lieu, des armes, ou d'autres choses qui aident à vaincre l'ennemi, ou qui y sont un obstacle.

Les préparatifs se font d'hommes, d'artillerie, de munitions, de bagages, d'argent.

La disposition se proportionne aux forces, au pays, au dessein qu'on a d'attaquer, de défendre, ou de secourir.

L'action s'exécute avec résolution, avec secret, avec promptitude, en marchant, campant, combattant.

OBSERVATIONS.

CHAPITRE PREMIER.

De la Guerre.

(*a*) PAR la définition que Montécuculi donne de la Guerre, il paroît n'en avoir voulu donner qu'une idée générale ; cependant, quoique ce premier Chapitre ne soit, pour-ainsi-dire, qu'une annonce, & une préparation à tout ce qui peut être rélatif à cet Art, il me semble qu'il étoit nécessaire de détailler en quoi consistoit la Guerre.

La Guerre, dit-il, est une action d'Armées qui se choquent en toutes sortes de manieres. Selon cette idée, il s'enfuivroit que fi, pendant cinq ou fix Campagnes, plus ou moins, il ne fe donnoit point de batailles, qu'il ne fit point de fièges, & qu'il ne fe pafsât rien d'important, (ce qui moralement peut arriver) les deux Puiffances belligérantes ne feroient point en guerre.

La Guerre confifte dans une levée d'armes, dans l'affemblage des Troupes formées en corps, & qui compofent une armée, qui s'avance dans les États de la Puiffance ennemie, qui y commet des hoftilités, qui projette des conquêtes, & qui exige & tire des contributions en argent, en grains, en fourrages, qui s'empare des chevaux & des voitures du pays, & qui prend avec elle des ôtages pour fûreté des contributions établies. Voilà ce qui conftate la Guerre; mais l'affemblage des Troupes, & ces actes d'hoftilités, font toujours précédés par des Manifeftes refpectifs, dans lefquels chaque Puiffance expofe à l'Univers & à fes Sujets les raifons qui les forcent d'armer, & ordonne à ces mêmes Sujets de courre fus ceux de la Puiffance ennemie. Les différens Détachemens qui fe rencontrent & qui fe battent, le choc des deux Armées, ne font qu'une fuite de ces préliminaires & de ces premieres hoftilités, & rendent la Guerre plus vive & plus décifive; mais quand il ne fe donneroit point de bataille, & qu'il ne fe feroit aucun fiège, la Guerre ne feroit pas moins entre les Puiffances armées l'une contre l'autre.

La Guerre a plufieurs motifs; ou ce font des poffeffions ufurpées ou difputées par une Puiffance voifine, ou ce font des prétentions appuyées par des alliances qui en conftatent les droits, & que l'on veut foutenir, ou ce font des hoftilités commifes envers les Sujets d'une autre Puiffance, quoiqu'en pleine paix, ou d'autres prétextes, dont les Princes ne manquent jamais lorfqu'ils veulent faire la Guerre ; mais de quelque nature qu'elle

* Tom. I.
Liv. I. Cha-
pit. 1.

soit, elle est, comme le dit Grotius *, *l'état de ceux qui tâchent de vuider leurs différends par les voies de la force.* Quoique cette idée ne soit que générale, elle renferme cependant l'assemblée des différens corps qui, réunis, composent une Armée, & cette Armée, selon sa force, agit offensivement, ou reste sur la défensive ; mais dans quelque situation qu'elle soit, elle est toujours armée & prête à combattre l'ennemi qui veut s'opposer à ses desseins, ou à empêcher ce même ennemi d'exécuter ses projets.

(*b*) Un Général comme Montécuculi n'envisage que la victoire ; il auroit pû dire avec plus de raison, dont le but est la paix. Il est cependant vrai qu'un Général qui se met en campagne, n'a d'autres projets que de faire des conquêtes : or il est difficile d'en faire sans gagner des batailles ; ainsi ses marches, ses camps, ses manœuvres, sont les premiers moyens qu'il employe pour parvenir à la victoire ; mais la paix doit en être le but.

(*c*) De toutes les Guerres, la Guerre civile est la plus à craindre, la plus dangereuse, & celle que les Princes doivent éviter avec plus de soins. La Guerre civile se fait entre concitoyens dont les intérêts sont opposés, dont l'un & l'autre parti se persécutent sous prétexte de l'intérêt public. Il est difficile d'assigner les causes des Guerres civiles ; tantôt c'est la religion, tantôt l'opposition d'intérêts entre les Grands qui gouvernent les Républiques, tantôt l'ambition des Grands qui prennent pour prétexte le bien public, ou celui du Souverain qu'ils persécutent, en feignant de le défendre ; quelquefois la haine des Grands contre le Ministere : souvent des changemens légers dans le Gouvernement ont occasionné les Guerres civiles ; ce=

pendant fi l'on remonte à la fource de ces Guerres, on verra que c'eft prefque toujours la violation du droit naturel & public qui les occafionne. Il n'eft point d'exemples de Guerres civiles qui ne prouvent cette vérité. Celle des Guifes avoit pour prétexte l'intérêt de la religion ; ils fuppofoient que le droit public Français étoit violé par l'avénement au Trône d'un Prince de religion différente ; mais ils vouloient exclure du Trône un Prince légitime à qui ce Trône appartenoit, & qu'ils vouloient ufurper. Or le droit naturel étant plus faint & plus facré que le droit public, puifque le droit public émane de lui, la Guerre qu'ils fomentoient étoit injufte & facrilège.

(*d*) Ce premier Chapitre n'eft qu'un précis des moyens qui menent à la victoire, & comme un exorde qui doit préparer le lecteur à de plus grands détails, & exciter fon attention & fa curiofité. Il eft certain qu'on ne peut pas dire plus de chofes en moins de mots, mais ces chofes demandoient à être détaillées & expliquées ; c'eft ce que fait Montécuculi, quoique très-fuccinctement, dans la fuite de fes Mémoires ; cependant comme les détails qu'il donne, quoique très-bien expofés, font trop concis, que même dans beaucoup d'endroits à peine les laiffe-t-il appercevoir, que conféquemment ils font obfcurs, même pour les perfonnes les plus inftruites, j'ai cru qu'il étoit néceffaire de fuppléer à la briéveté du texte. Quel fervice n'auroit-il pas rendu, s'il eut voulu étendre davantage fes préceptes! Toutes les parties de la Guerre font fi intéreffantes, & fi peu connues de la plus grande partie des Militaires, qu'elles auroient mérité les détails les plus étendus & les plus exacts.

Je tâcherai dans le cours de cet Ouvrage, à l'aide du texte, & fans m'en écarter, de fuppléer à ce qui me femble manquer pour l'éclairciffement de toutes les parties qui y font énoncées.

CHAPITRE II.

Des Préparatifs.

IL faut faire les préparatifs (*a*) de bonne heure, lorfque l'État eft en paix.

OBSERVATION.

CHAPITRE II.

Des Préparatifs.

(*a*) IL n'y a point de Puiffance fans Troupes : tout État fans militaire doit bientôt fubir le joug que le premier venu voudra lui impofer. Quelle que foit l'étendue d'un Royaume, le nombre de fes habitans, fes richeffes intérieures, celles que fon commerce extérieur lui procure, il ceffe d'être puiffant, s'il n'a que de l'argent, & qu'il n'ait point de Troupes, ou qu'il n'en ait pas fuffifamment pour foutenir fes droits, garder fes frontières, protéger fon commerce, & affurer la tranquillité de fes habitans. Plus un État eft riche, plus fon commerce eft étendu, plus fon pays eft fertile; & plus il eft néceffaire qu'il ait un bon & folide militaire, pour s'affurer la libre poffeffion de ces biens.

Le militaire doit être proportionné, quant au nombre, à l'étendue du Royaume, à fa population, à fes richeffes & à la puiffance de fes voifins. Quant à la forme, il doit être calculé

fur des principes militaires qui font invariables , relativement à
la force des corps , & des différentes parties qui les compôfent.
En tems de paix , le militaire doit être moins nombreux , mais
toujours fuffifant pour garder les frontières , & pour ne pas
craindre une invafion fubite ; & fa conftitution doit être telle,
qu'il foit facile de l'augmenter, fi les circonftances l'exigent, fans
qu'il foit affoibli par cette augmentation ; c'eft-à-dire , que , fi par
la conftitution générale du militaire, on ne peut pas faire l'augmentation de foldats inftruits & pliés à la difcipline , ou du
moins préparés à cette difcipline , l'augmentation ne doit jamais
être plus forte que d'un quart. Si par cette même conftitution
on peut fournir des foldats inftruits , ou qui ayent du moins reçu quelques inftructions relatives à l'ordre & à la difcipline,
l'augmentation peut être d'un tiers ; ainfi donc une Compagnie de 48 fufiliers peut être portée à 72 , comme dans la
premiere fuppofition la même Compagnie ne doit être mife qu'à
60. Il en eft de même pour la Cavalerie , & ce calcul d'augmentation eft bien plus intéreffant dans cette partie , parce que
le cavalier doit non-feulement être inftruit des manœuvres qui
lui feront ordonnées ; mais cette connoiffance lui devient inutile, s'il ne fait pas conduire fon cheval : or en fuppofant qu'en
tems de paix les Compagnies de Cavalerie foient de 48 cavaliers, & que deux Compagnies forment l'Efcadron , fi on
peut faire une augmentation de cavaliers déjà inftruits à manier
leurs chevaux , & qui fachent exécuter les manœuvres qui leur
feront ordonnées , on peut mettre chaque Compagnie à 72 ,
fans compter le Trompette , pour que chaque Efcadron foit
de 144 cavaliers. Cette force eft celle que doit avoir un Efcadron , parce qu'en mettant l'Efcadron fur trois rangs de 48
chacun, il peut fe divifer par 24, 12 & 6, & qu'il faut toujours

manœuvrer par nombre pair, pour que les mouvemens foient juftes. Si cette augmentation ne peut pas être faite de l'efpece fuppofée, on ne peut mettre les Compagnies qu'à 64, mais cet Efcadron ne doit être mis que fur deux rangs de 48 cavaliers chacun; & des 32 qui reftent, on en forme deux petites troupes, ou pour attaquer l'ennemi par fes flancs, ou pour remplacer les cavaliers tués ou démontés du premier & fecond rang.

On ne peut bien faire la Güerre qu'avec de vieilles Troupes (a), & les augmentations, en multipliant le nombre, n'ajoutent à la force des corps qu'autant qu'ils reçoivent des recrues inftruites & difciplinées. Si on leur donne des recrues levées à la hâte, & comme on a pû les trouver, cette augmentation, loin d'accroître la force & la folidité des corps, ne peut que les affoiblir : c'eft le vice reconnu des nouvelles levées, de même que des Régimens que l'on réduit à la Paix à un très-petit nombre, & que l'on augmente du double, & même du triple, lorfque la Guerre fe déclare, par des recrues prifes au hazard & fans choix.

La force du militaire ne confifte point dans le nombre des corps, mais dans la forme & la folidité de chacun : or fi une Puiffance n'a befoin que de quarante mille hommes en tems de

Paix

(a) Les Maures d'Efpagne s'étant révoltés, Ferdinand manda à tous les Grands d'Efpagne de faire inceffamment des levées de Troupes dans les Terres de leur dépendance, & de les faire les plus nombreufes qu'ils pourroient. Il nomma Confalve de Cordoue, furnommé le grand Capitaine, Général de cette Armée. Confalve fit d'abord une revue très-exacte des Troupes, & examina chaque Corps en particulier. Après cet examen, il ordonna qu'on féparât les nouvelles Milices d'avec les vieilles, & qu'on les renvoyât dans leur pays, connoiffant par expérience que le fuccès des actions de Guerre dépendoit moins du nombre des combattans que de leur courage & de leur réfolution. *

* Hiftoire de Confalve de Cordoue, T. 1. Liv. 2.

Paix pour garder ſes frontières , & les aſſurer contre un voiſin
envieux & jaloux, la force de ce militaire, quoique peu nombreux,
conſiſte dans ſa compoſition , & dans les moyens faciles que le
Prince s'eſt préparé pour l'augmenter ſur le champ par des recrues
inſtruites & pliées à l'ordre & à la diſcipline, ſans que les maſſes,
ni les parties qui les compôſent, deviennent trop fortes, en ſuppoſant que l'on faſſe deux augmentations , même trois ; parce
qu'il y a autant d'inconvénient à avoir des corps trop forts qu'il
y en a à les avoir trop foibles ; mais il faut que la conſtitution
militaire ſoit telle , qu'au moment que la Guerre ſe déclare, on
puiſſe mettre le militaire ſur le pied de guerre par une augmentation de ſoldats formés, ou du moins préparés , & non de recrues faites à la hâte, telles qu'on les fait aujourd'hui ; & par
cette premiere augmentation , avoir aſſez de tems devant ſoi
pour mettre le militaire ſur le grand pied de guerre, en cas que
les circonſtances l'exigent.

   L'attention ne doit pas ſeulement ſe porter ſur les Troupes;
mais encore ſur tout ce qui eſt néceſſaire à une Armée & à la
défenſe des frontières : ces détails ſont immenſes, mais ils ſont
importans. Il ne faut pas attendre au dernier moment pour réparer les places frontières , pour les munir d'armes , d'artillerie
& de toute eſpece de munitions de guerre , & pour remplir les
magaſins pour la ſubſiſtance des Troupes. L'artillerie exige un
très-grand détail , il faut en avoir dans les Arſenaux ſuffiſamment pour en mettre dans les places & pour marcher en campagne : cette partie renferme pluſieurs objets qu'il n'eſt pas poſſible de remplir ſi on ne les a prévus. Le canon , les affûts , les
munitions de guerre, les outils néceſſaires , les voitures pour le
ſervice de l'artillerie , les chevaux , &c. demandent des ſoins
prévus & pris pendant la Paix. Il en eſt de même du détail des

                                                          B

fubfiftances & de celui des hôpitaux , relativement aux voitures néceffaires pour l'un & pour l'autre : ces préparatifs font toujours imparfaitement faits , lorfqu'on ne les commande qu'au moment où il faut s'en fervir. Ce n'eft pas que je prétende qu'il faille en tems de Paix nourrir une quantité prodigieufe de chevaux , ce feroit une dépenfe inutile & fuperflue ; mais il faut favoir où les prendre , & avoir de l'argent pour les acheter comptant, fans en charger un ou plufieurs Entrepreneurs , qui les font payer très-cher , & que certainement on auroit eu à moitié prix , fi on les eut fait acheter l'argent à la main par des Officiers connus , & non par des maquignons qui n'ont & ne peuvent avoir d'autres vûes que leur propre intérêt , fans envifager celui du Prince. Il en eft de même des grains & fourrages; il faut les faire acheter , non-feulement avant la déclaration de la Guerre , mais même avant que les peuples & les Puiffances voifines puiffent fe douter d'une guerre prochaine , parce que , fans cela , la cherté fe mettroit dans ces denrées , ce qui arrive ordinairement à la déclaration d'une Guerre.

Les Arfenaux remplis d'artillerie prête à marcher, d'affûts de rechange , de munitions de guerre de toute efpece , de voitures pour fon fervice, d'autres pour le tranfport des fubfiftances & pour les hôpitaux ; il eft facile d'avoir des chevaux, quand on a l'argent néceffaire pour les acheter, (en fuppofant les haras du Royaume dans l'état où ils devroient être.) Cet article des haras eft bien effentiel ; il feroit très-important qu'ils fuffent en état de fournir, non-feulement en tems de Paix , mais même en tems de Guerre, les remontes pour la Cavalerie, & qu'il y eut fuffifamment de chevaux pour l'artillerie, les hôpitaux, les vivres, &c. fans être obligé d'en aller acheter dans les pays étrangers.

Voilà quels font les préparatifs qu'il faut faire en tems de Paix ; & fi l'on attend pour les faire que la Guerre fe déclare, il fera facile à l'ennemi, plus prévoyant, de faire des conquêtes avant que l'on foit en état d'entrer en campagne.

C'eſt un proverbe connu de toutes les Nations, *ſi vis pacem para bellum.* Plus un Prince chérit le repos & le bonheur de ſes ſujets, & plus il doit ſe mettre en état de repouſſer avec force celui qui voudroit troubler l'un & l'autre. La Guerre eſt le tems où il faut agir, & la Paix, celui où il faut tout préparer pour faire une guerre vive & vigoureuſe.

ARTICLE PREMIER.

Des hommes.

Les hommes doivent être (*a*) $\begin{cases} \text{Levés.} \\ \text{Rangés.} \\ \text{Armés.} \\ \text{Exercés.} \\ \text{Diſciplinés.} \end{cases}$

On ne doit pas enrôler des hommes (*b*) de la lie du peuple, ni au hazard, mais il faut les choi-ſir entre les meilleurs; ſains, hardis, robuſtes, à la fleur de leur âge, endurcis aux travaux de la campagne, ou à des arts pénibles; qu'ils ne ſoient ni fainéans, ni efféminés, ni débauchés.

Les Soldats enrôlés (*c*) paſſent en revûe, & prêtent ferment, par lequel ils promettent prin-cipalement fidélité, obéiſſance & valeur.

On range les hommes (*d*) ſuivant leurs quali-tés & leur métier.

B 2

Iº. L'ordre , (*e*) qui eſt une raiſon de priorité & de poſtériorité , eſt une diſpoſition ou ſituation de chaque choſe dans le lieu , la regle & la maniere qui lui conviennent. De toutes ces choſes naiſſent les heureux ſuccès , & du déſordre , au contraire , naiſſent les malheurs & la confuſion. En effet, les hiſtoires ſont pleines d'exemples, où de très-grandes armées ſans ordre ont été entierement ruinées par de petites, en bon ordre.

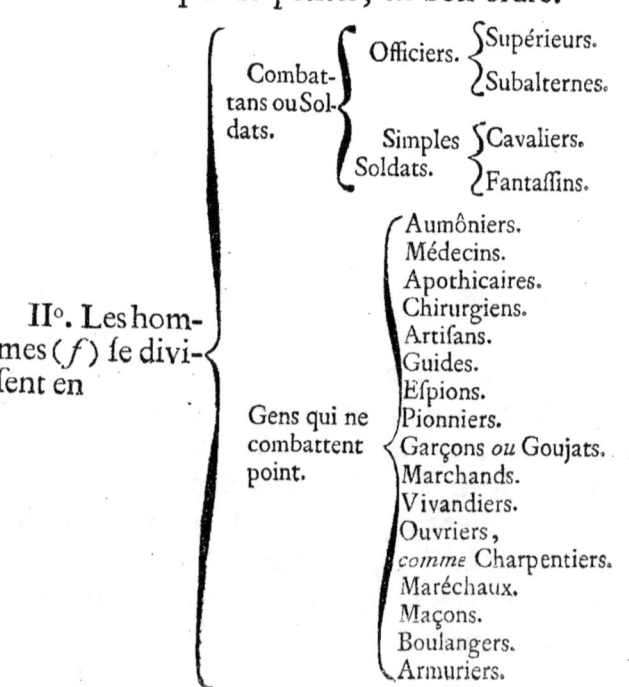

IIº. Les hommes (*f*) ſe diviſent en

Combattans ou Soldats.

Officiers.
  Supérieurs.
  Subalternes.

Simples Soldats.
  Cavaliers.
  Fantaſſins.

Gens qui ne combattent point.
  Aumôniers.
  Médecins.
  Apothicaires.
  Chirurgiens.
  Artiſans.
  Guides.
  Eſpions.
  Pionniers.
  Garçons *ou* Goujats.
  Marchands.
  Vivandiers.
  Ouvriers,
  comme Charpentiers.
  Maréchaux.
  Maçons.
  Boulangers.
  Armuriers.

III°. Ils fe divifent,

1°. En Décuries, qui font huit ou dix hommes, plus ou moins, fous un Chef appellé Décurion.

2°. En Efcouades, qui font plufieurs Décuries.

3°. En Compagnies, qui font plufieurs Efcouades.

4°. En Régimens, qui font plufieurs Compagnies jointes en un Corps.

IV°. Des Régimens d'Infanterie fe forment des Bataillons, qui font des Corps arrangés en plufieurs lignes de front & de hauteur. Dans la Cavalerie ces Corps s'appellent Efcadrons.

1°. *Rang*, eft un nombre de foldats rangés en ligne droite à côté l'un de l'autre.

2°. *File*, eft un nombre de foldats rangés en ligne droite l'un derriere l'autre.

V°. De plufieurs Efcadrons & Bataillons fe forment les Corps, ou les grands membres de l'Armée, qu'on appelle *Brigades*.

Des Brigades on fait,

1°. { L'avant-garde.   } qui   { devant.
     { Le Corps de bataille.   } mar- { au milieu.
     { L'arriere-garde.   } chent.{ derriere.

2°. { L'aîle droite.
{ Le centre.
{ L'aîle gauche.   } qui font { fur la droite.
{ au milieu.
{ fur la gauche.

3°. { La premiere ligne ou le front.
{ La feconde ligne.
{ La troifième ligne, ou corps
{ de réferve.   } Ce qui fait une Armée rangée fur trois lignes.

4°. La colonne eft une partie d'Armée qui marche en plufieurs Efcadrons & Bataillons de hauteur, ou l'un derriere l'autre.

VI°. Les Officiers fupérieurs & fubalternes font:

1°. Dans l'Armée, les Généraux.

2°. Dans les Régimens, l'État Colonel.

3°. Dans les Compagnies, les premieres places.

VII°. Quand il y a concurrence (*g*) entre plufieurs Officiers dont les charges font égales, le plus ancien l'emporte, fans avoir égard à la dignité ni à aucune autre raifon, d'où il naît un ordre inaltérable, qui retranche toutes les occafions & tous les prétextes de divifion & de difpute, & qui fait que le commandement fe trouve toujours réuni dans un feul, le grand nombre de Commandans étant auffi préjudiciable à l'État, que le grand nombre de Médecins l'eft à un malade.

1°. Cependant le feul titre (*h*) d'une charge

sans aucun exercice n'est compté pour rien, & on n'y a point d'égard.

2°. Voici l'ordre qu'on observe, quand les Troupes de l'Empereur se trouvent jointes à celles de quelques autres Princes. En charge égale, les Officiers de l'Empereur précedent toujours, sans avoir égard à l'ancienneté : mais en charge iné-gale, l'Officier supérieur commande l'inférieur. Ainsi dans les batailles & dans les sièges, l'aîle droite appartient aux Impériaux ; & dans les marches, ils ont l'avant-garde le premier jour de marche.

Les qualités requises dans les Généraux, dans les uns plus, dans les autres moins, suivant le degré de leurs Charges, sont ou naturelles ou acquises.

I°. Les naturelles sont :

1°. Le génie Martial, le tempérament sain & robuste, la taille avantageuse, un sang rempli d'esprits d'où naît l'intrépidité dans le péril, la bonne grace dans les occasions où l'on doit pa-roître, & l'infatigabilité dans le travail.

2°. Un âge raisonnable : une trop grande jeu-nesse manque de prudence & d'expérience, & la vieillesse n'a pas assez de vivacité.

3°. La naissance : car plus elle est illustre, plus

elle infpire de refpect dans le cœur des inférieurs.

II°. Les qualités acquifes (*i*) font:

1°. La prudence, la juftice, la force & la tempérance.

2°. L'art Militaire par théorie & par pratique, & l'art de parler & de commander.

Les Grecs & les Romains nous ont laiffé de beaux exemples du choix & de l'arrangement des foldats.

I°. Les Grecs les divifoient en Cavalerie & Infanterie : celle-ci fe partageoit en plufieurs Décuries de feize hommes de hauteur, à caufe de la commodité du nombre pair, propre aux différens changemens des rangs, pour doubler, multiplier, refferrer & retrécir la Phalange dans fa longueur & dans fa largeur; d'autant que 16 doublés font 32. & qu'étant divifés par la moitié ils font 8. & l'on peut fubdivifer ces nombres en deux parties égales jufqu'à l'unité.

Deux Décuries rangées à côté l'une de l'autre s'appelloient *Diloquie :* plufieurs *Diloquies* rangées à côté l'une de l'autre, formoient la Phalange de 16384. combattans, à 16 de hauteur & à 1024 de front.

La Phalange divifée par la moitié de fa largeur faifoit deux parties, dont l'une s'appelloit

l'aîle

l'aîle gauche ou la queue ; & étant partagée de nouveau par la moitié de fa hauteur , elle prenoit la forme de quatre quarrés longs.

IIº. Les Romains divifoient leurs troupes en Infanterie, Cavalerie & Marine.

La Cavalerie fe divifoit en *Turmes* * , & l'Infanterie en Légions, ainfi appellées, parce qu'on les choififfoit, *legio à legendo*. La Légion fe divifoit en armes pefantes & légeres , & en Cohortes. La Cohorte étoit compofée de Fantaffins & de Cavaliers, & divifée en Manipules, & les Manipules en Centuries , & les Centuries en Chambrées.

* *Turma,* bande de chevaux.

IIIº. On trouve toutes ces inftitutions militaires dans les anciens Hiftoriens ; elles ont été recueillies depuis enfemble par plufieurs Aufeurs, & tous les livres de guerre, en quelque langue que ce foit , en font pleins : c'eft pourquoi il feroit inutile d'en faire ici une répétition ennuyeufe.

L'Ordonnance moderne eft fondée & exprimée dans les capitulations des Colonels , dans les inftruction des Infpecteurs ou Commiffaires des revûes , dans les articles militaires , & dans les Réglemens pour la Cavalerie , faits par Charles V. & par Maximilien II. & ces points ont été autorifés & confirmés dans la Diete de l'Empire

C

affemblée à Spire en 1570. On y peut ajouter, pour une connoiffance plus parfaite, les loix militaires des Suédois, des Hollandais & des Brandebourgeois, toutes formées fur le pied Allemand.

On arme les hommes d'armes différentes, pour différens ufages, & pour différentes fituations : c'eft pour cela qu'il y en a d'offenfives & de défenfives, de pefantes & de légeres.

I°. Les anciens fe fervoient de maffues, de *Pilum.* javelots, de piles * ou gros javelots, de dards, C'étoit la meilleure de fléches qu'on tiroit avec l'arc, de pierres arme des Romains & qu'on jettoit avec la main ou avec des frondes, celles de leurs Tria- d'épées, de ceftes ou gantelets garnis de plomb, rii , qui étoient l'éli- de fariffes ou piques Macédoniennes, de boute de la Lé- cliers, de cuiraffes, de cafques, de cuiffarts, & gion. de jambieres ou greves.

II°. Depuis l'invention de la poudre, nos armes font devenues fort différentes de celles des anciens, mais on ne laiffe pas de les imiter.

III°. Les armes parmi nous (k) font :

1°. Défenfives, comme les cuiraffes entieres avec le devant & le derriere, l'armet, les braffarts, les cuiffarts, les gantelets, les demi-cuiraffes avec le devant & le derriere, le morion ou cafque ouvert, les boucliers ou rondaches, & les targues.

2°. Offenſives, en premier lieu de loin, comme les mouſquets, les carabines, les mouſquetons, les canons, les piſtolets, les grenades à jetter à la main ou avec la fronde ; en ſecond lieu de près, comme les lances, les piques, les épées & les armes à longue hampe.

3°. Les armes défenſives (*l*) doivent à la vérité couvrir le corps, mais non pas l'embarraſſer ; c'eſt pour cela qu'on en voit plus de *Cataphraĉtes*, ou gens armés de toutes pieces, quoique d'ailleurs cette armure ſoit comme un mur de fer, ſtable & inébranlable à toutes les ſecouſſes.

4°. La fin des armes offenſives eſt d'attaquer l'ennemi, & de le battre inceſſamment, depuis qu'on le découvre juſqu'à ce qu'on l'ait entierement défait & forcé d'abandonner la campagne : à meſure qu'on s'en approche, la tempête des coups doit redoubler, d'abord de loin avec le canon, enſuite de plus près avec le mouſquet, & ſucceſſivement avec les carabines, les piſtolets, les lances, les piques, les épées, & par le choc même des troupes.

IV°. C'eſt pour cela que chez les Romains il y avoit dans une même Légion des Fantaſſins & des Cavaliers, des armes peſantes & légeres ; & dans l'ancienne Milice des Lacédémoniens & des

Macédoniens, les machines de guerre, qui étoient l'artillerie de ce tems-là , étoient reparties entre les Phalanges. Et dans les Ordonnances militaires de l'Empereur Charles V. on comptoit fous une Cornette de Cavalerie 60 lances armées de toutes pieces, 120 demi-cuiraffes , & 60 chevaux-legers avec de longues arquebufes. Et fous une Enfeigne de 400 Fantaffins il y avoit 100 piques, 50 tant efpadons que hallebardes , 200 arquebufes , & 50 furnuméraires pour remplir les vuides.

V°. Ainfi il fe trouvoit enfemble diverfes fortes d'armes , afin que l'une pût foutenir l'autre, & qu'en quelque fituation qu'on fe trouvât , on eût toujours des moyens pour fe défendre , & pour attaquer l'ennemi.

VI°. Les Capitaines remarquerent (*m*) depuis que l'Infanterie & la Cavalerie ne s'accordent pas bien enfemble , ni dans les marches , parce que l'une marche lentement & l'autre vîte , ni dans les logemens , parce que l'Infanterie peut camper fous fes tentes dans les lieux où il n'y a point de fourrages , & que la Cavalerie ne le peut faire fans fe ruiner entierement, ni même dans la même forme de la conduite & du commandement , qui eft très-différent dans ces deux corps. Ces raifons ont fait juger qu'il valoit mieux diftinguer tout-à-fait l'Infanterie & la Cavalerie en des corps différens , & divifer encore ces corps en différens Régimens de Lanciers , de Cuiraffiers & d'Arquebufiers , laiffant enfuite à l'habileté & à la difcrétion du Général de les ranger de telle maniere qu'ils puiffent fe foutenir réciproquement dans les actions.

C'eft pour cela qu'aujourd'hui les Régimens d'Infanterie font compofés , les deux tiers de Moufquetaires , & un tiers de Piquiers. *

I°. On ne fe fert plus d'arquebufes dans les troupes Allemandes, parce que le moufquet porte plus loin , & que l'homme qui porteroit une arquebufe peut porter un moufquet.

* Aujourd'hui nous n'avons plus de Piquiers, &l'ona fubftitué à la pique , la bayonnette au bout du fufil.

II°. Les Moufquetaires (*n*) doivent porter une fourchette pour mieux ajufter leur coup : il feroit bon qu'elle eût au haut une pointe comme un épieu , pour la planter au befoin contre la Cavalerie.

III°. Tous les moufquets (*o*) doivent être d'un même calibre , afin qu'on ne puiffe pas prendre le change dans les balles.

IV°. J'ai fait faire des moufquets renforcés dans la culaffe , un peu plus pefans & plus longs que les ordinaires , pour fervir dans les garnifons,

& dans les endroits où les défenſes ſont plus longues que la portée des mouſquets ordinaires ,
parce que quand les flancs ſont petits , & qu'ils
ne peuvent contenir un grand nombre de pieces,
ſi le mouſquet ne porte d'un bout à l'autre , tout
demeure ſans défenſe. Les mouſquets ordinaires
ſont pour les Mouſquetaires de l'armée , qui ſont
obligés quelquefois de faire deux cens lieues , &
même plus , dans une campagne.

1°. J'en ai fait faire d'autres , de telle maniere
que lorſque le ſerpentin qui ſerre la meche allumée s'abaiſſe ſur le baſſinet , dans le même inſ-
tant il s'ouvre de lui-même : on gagne par ce
moyen le tems qu'on met à l'ouvrir après avoir
ſoufflé ſur le charbon de la meche : outre qu'on
eſt aſſuré que le mouſquet ne prendra point feu
au hazard , que la pluie ne mouillera point la
poudre, & que le vent ne l'emportera point.

2°. J'en ai encore fait faire d'autres, qui ont
en même tems le chien & le ſerpentin. Comme la
meche allumée ne convient pas dans les occaſions
ſecrettes, parce qu'on la voit & qu'on la ſent, ni
dans les tems de pluie & de grand vent, parce qu'elle ſe mouille & s'éteint , on ſe ſert alors du chien ;
dans les autres on ſe ſert du ſerpentin. Ces ſortes
de mouſquets ſont auſſi en uſage chez les Turcs.

Vº. Les piques doivent être fortes, droites & longues de quinze, feize & dix-fept pieds, avec des pointes en langue de carpe. Il faut les couvrir pardeffus de lames de fer. Les Piquiers doivent être armés de cafques & avoir des cuiraffes, qui les couvrent devant & derriere.

VIº. On pourroit faire dans l'Infanterie un rang de boucliers pour couvrir les piques : lorf-qu'on en viendroit aux mains ils fe jetteroient fous les ennemis avec l'épée & la rondache , & les mettroient en défordre.

VIIº. On pourroit auffi avoir des compagnies de Grenadiers, qui dans les batailles jetteroient des grenades à la main , ou avec des frondes, comme on fait dans les attaques des contrefcarpes & des dehors, dans les affauts, & quand on veut fe rendre maître de quelque pofte que ce foit.

VIIIº. Les Dragons (p) ne font autre chofe que de l'Infanterie à cheval armée d'épées, de demi-piques, & de moufquets plus courts & plus légers que les autres. Ils font bons pour fe faifir d'un pofte en diligence, & pour prévenir l'ennemi dans un paffage. On leur donne pour cela des hoyaux & des pelles. On les met à cheval dans les vuides qui font entre les bataillons , afin de

tirer de-là pardeffus l'Infanterie. Ailleurs ils combattent d'ordinaire à pied.

Les Régimens de Cavalerie (*q*) font armés
aujourd'hui de demi-cuiraffes, qui ont le devant
& le derriere, de bourguignottes compofées de
plufieurs lames de fer attachées enfemble parderriere & aux côtés, pour couvrir le cou & les
oreilles ; & de gantelets, qui couvrent la main
jufqu'au coude. Les devans de cuiraffes doivent
être à l'épreuve du moufquet, & les autres pieces à l'épreuve du piftolet & du fabre. Leurs armes offenfives font le piftolet, & une longue
épée qui frappe d'eftoc & de taille. Le premier
rang pourroit avoir des moufquetons.

I°. La lance eft la reine des armes (*r*) pour la
Cavalerie, comme la pique pour l'Infanterie ;
mais la difficulté d'en avoir, de les entretenir &
de s'en fervir, nous en a fait abandonner l'ufage. En effet, fi les chevaux ne font pas excellens
& bien dreffés, ils n'y font pas propres, & les
hommes devant être armés de pied en cap, ont
befoin de valets & d'autres commodités, ce qui
eft d'une très-grande dépenfe ; & fi le terrein
n'eft ferme & uni, fans brouffailles & fans foffés,
la carriere n'étant pas libre, la lance demeure le
plus fouvent inutile.

II°. Les

II°. Les Arquebuſiers (ƒ) ou Carabiniers ne peuvent faire un corps ſolide, ni attendre de pied ferme le choc de l'ennemi, parce qu'ils n'ont point d'armes défenſives : c'eſt pourquoi il ne ſeroit pas à propos d'en avoir un grand nombre dans une bataille, parce qu'on ne ſauroit les placer qu'ils ne cauſent de la confuſion en tournant le dos. Comme leur emploi eſt de tourner en caracolant, & de faire leur décharge, puis de ſe retirer, ſi l'ennemi les preſſe parderriere, & qu'ils ſe retirent ſi vîte que cela ait l'air de fuite, ils font perdre courage aux autres, ou bien ils les heurtent, & ſe renverſent ſur eux. C'eſt ce qui détermina Walſtein (a) Général des troupes de l'Empereur, de les proſcrire de l'Armée après la funeſte expérience qu'il en fit à la bataille de Lutzen (b) l'an 1632.

III°. Les cuiraſſes entieres ſont admirables pour rompre & pour ſoutenir : mais comme on a reconnu que ſi ces armes ne ſont à l'épreuve, elles

(a) Walſtein, Général fameux, qui commandoit l'Armée Impériale contre le Grand Guſtave, Roi de Suede. Walſtein eſt une ville avec un château, ſituée en Boheme, près de Tornais ; c'eſt de-là que Walſtein avoit pris ſon nom : on l'appella dans la ſuite Duc de Fridlande.

(b) C'eſt dans cette bataille que fut tué le Grand Guſtave, Roi de Suede. Lutzen eſt une petite ville à environ trois lieues de Leipſick ; elle appartient au Duc de Saxe Merſbourg.

font plus pernicieufes qu'utiles, parce qu'étant brifées, les morceaux de fer qui entrent dans le corps rendent les bleffures bien plus grandes ; & qu'au contraire fi elles font à l'épreuve, elles font trop pefantes, & embarraffent tellement la perfonne, que le cheval étant tombé, le Cavalier ne fauroit s'aider ; que d'ailleurs les braffards & les cuiffards rompent les felles & les harnois, bleffent les chevaux fur le dos, & les fatiguent beaucoup : on a jugé à propos de s'en tenir aux demi-cuiraffes.

Les hommes étant armés (*t*) doivent s'exer-cer *, fans quoi ce ne feroit pas une armée, mais une foule confufe de gens ramaffés.

* Exercitus ab exercen-do.

I°. Le foldat peut s'exercer feul, ou avec d'autres.

II°. Il s'exerce feul.

1°. En s'accoutumant à la courfe, au faut, à la lutte, à la nage, & à la fatigue.

2°. En reconnoiffant les fignaux & le fon.

3°. En apprenant à bien manier fes armes, à tirer jufte, à endoffer bien fon armure à la ligne. Le Cavalier doit de plus favoir armer fon cheval, le feller, le deffeller, le brider, le faire paître, le ferrer, & le panfer : il doit le dreffer à nager, à obéir à la bride, & à n'être pas ombrageux.

III°. Il s'exerce en compagnie , quand étant rangé avec les autres de front & de hauteur il tourne fur fon centre , ou qu'il occupe un autre terrein , foit en gardant fa même fituation par rapport à ceux qui font auprès de lui , foit en la changeant.

1°. Les foldats tournent fur leur centre en fe tournant à droite , à gauche , ou en arriere : cela fert toutes les fois qu'on a à marcher par les côtés ou par la queue , parce qu'il fuffit de fe tourner de ce côté-là , & de marcher enfuite tout droit : c'est ainfi qu'on refferre ou qu'on élargit les rangs , & qu'on peut ouvrir au milieu des troupes , des chemins , des paffages & des intervalles , fuivant qu'on le juge à propos.

2°. On occupe un autre terrein avec change-ment de fituation , quand on entrelaffe les files ou les rangs les uns dans les autres ; & fans chan-ger de fituation , quand on les double ou qu'on fait une contre-marche , par le moyen de laquelle ils ont la facilité d'aller efcarmoucher les uns après les autres , & de rentrer , ou en faifant la converfion , (on l'appelle caracole dans la Cava-lerie ;) c'est lorfque le bataillon tourne en corps comme s'il étoit tout d'une piece , à-peu-près comme on fait tourner un vaiffeau dans l'eau. On peut faire un quart , deux quarts , trois quarts de converfion , ou le tour entier.

3°. Voilà les principaux exercices , aufquels tous les autres fe réduifent. Les modernes les ont pris des Grecs & des Romains , qui en ont écrit excellemment.

4°. Il faut que les paroles de commandement foient courtes, claires, & fans ambiguité ; & afin qu'on les entende bien , il faut commencer par faire faire filence.

5°. Plus les mouvemens & les changemens font dégagés , petits & fimples , fur-tout celui de plier devant l'ennemi , plus ils font eftimés.

6°. On baiffe la pique contre la Cavalerie en tenant le bout appuyé contre le pied droit , avan-çant beaucoup le gauche , & ayant l'épée à la main : contre l'Infanterie on s'en fert avec la main droite appuyée fur la ceinture , & l'on doit avoir le coude gauche appuyé fur la hanche , ou fur le genouil gauche avancé & plié : toutes les fois qu'on a à frapper de bas en haut , la pointe doit être ajuftée à la felle , où le Moufquetaire doit auffi vifer. On peut encore prendre l'épée de la droite & la pique de la gauche , par le mi-lieu de la hampe , en laiffant traîner le bout par-derriere ; ce qui eft fort avantageux dans les en-

treprifes de nuit , dans les portes , dans les chemins , & dans les lieux étroits.

D'un bataillon quarré long (*u*) on forme aifément toutes les autres figures , comme la te-
naille , qui de l'autre fens fait le coin ; le croiffant , qui pris de l'autre côté fait un convexe ;
le porc-épic , ce font plufieurs lignes , ou le bataillon même rangé , en forte qu'il y ait un vuide
dans le centre : on peut faire l'anatomie de toutes
les mefures & de toutes les proportions de tous
ces arrangemens , dans le manége d'une feule
compagnie avec analogie à un Régiment , ou
même à une Armée ; comme de la partie au tout,
& du modele à l'idée. Et en effet , la compagnie
peut s'appeller une petite Armée , auffi-bien qu'on
peut appeller l'Armée une grande compagnie.

Voici les principes qu'il faut obferver pour
ranger des troupes en bataille.

I°. Placer les armes (*x*) à leur avantage , &
dans des lieux où elles ne foient ni fuperflues ni
oifives , mais où elles püiffent être employées
avec utilité & fûreté.

II°. Battre continuellement de loin & de près
l'Armée ennemie , la foutenir & la repouffer.

III°. Se figurer une forme d'Ordonnance, qui
ferve de regle à toutes les autres , comme le

droit eſt la regle de l'oblique, parce qu'en toutes choſes il y a toujours une regle ſuprême &
principale, qui eſt la meſure des autres, qui ſont
plus ou moins parfaites à proportion qu'elles s'en
approchent ou qu'elles s'en éloignent.

Le grand nombre d'Officiers (*y*) ne cauſe pas
moins d'avantage dans le combat que de dépenſe
dans l'entretien. Quand ils ſont peu, ils ne ſau-
roient au beſoin pourvoir à tout, ni prendre la
place de ceux qui manquent, & qui ſont tués ou
bleſſés. Il faut garder un juſte milieu, avec cette
différence, qu'en tems de paix & dans ſes États, il
en faut diminuer le nombre, & l'augmenter en
tems de guerre, & lorſqu'on eſt ſur le pays ennemi.

Si les Compagnies (*z*) ſont de 150 hommes,
un Régiment de dix Compagnies ſera de 1500
hommes, nombre ſuffiſant pour être conduit &
gouverné par les Officiers qu'on a coutume de
lui donner, comme on a remontré depuis peu.

I°. Un gros de piques ferré (&) eſt impénétrable à la cavalerie, dont elles ſoutiennent d'elles-mêmes le choc à vingt-deux pieds de diſtance,
& elles la pouſſent même par les décharges continuelles de la mouſqueterie qu'elles couvrent, &
par le choc des rondaches qui ſe fourrent deſſous.

II°. La mouſqueterie ſeule ſans piquiers, ne

peut pas faire un corps capable de foutenir de pied ferme l'impétuofité de la Cavalerie qui l'enveloppe, ni le choc & la rencontre des piquiers, ainfi ils font obligés de lâcher pied ; c'eft pourquoi les Grecs ne mettoient dans leurs Armées que le tiers de gens armés à la légere, & les Romains que le quart, qu'ils appelloient *Velites*. Et ils avoient grande raifon d'en ufer ainfi ; parce que lorfque le combat fe refferre, & qu'on en vient à la mêlée, les gens défarmés * & les gens de trait ne fervent pas de grand chofe.

* Sans armes défenfives.

Il y a deux fortes d'intervalles ou de diftances entre les foldats, les unes ouvertes, les autres ferrées.

Iº. Dans les diftances ouvertes, on met tantôt quatre pieds d'intervalle, tantôt cinq. C'eft cet efpace qu'on met entre un homme & un autre homme, entre un cheval & un autre cheval, de front ou de hauteur. Cet intervalle change fuivant le deffein qu'on a ou de faire l'exercice fans qu'on s'embarraffe l'un l'autre avec fes armes, ou de faire une contre-marche, ou d'ouvrir un paffage à quelque troupe, ou à quelques pieces de canon qu'on auroit tenues quelque tems derriere comme une embufcade ; ou pour faire place entre les rangs des piquiers, afin que les moufquetaires puiffent faire leur décharge & fe retirer enfuite , jufqu'à ce qu'on en vienne aux mains, ou pour ouvrir un plus grand vuide , & donner paffage aux coups de canon des ennemis, aufquels on feroit expofé.

II°. Pour les diftances ferrées on compte que le fantaffin occupe trois pieds de front & autant de hauteur , & le cavalier quatre de front fur huit de hauteur.

III°. Dans les diftances ferrées, moins le foldat occupe de terrein & mieux c'eft , pourvu qu'il ait la liberté des bras pour agir : il en eft de même des cavaliers, pourvu qu'ils ne s'entr'embarraffent point , & qu'ils ne foient pas extraordinairement ferrés, & à l'étroit.

IV°. On doit laiffer des chemins de front & de hauteur entre l'infanterie & la cavalerie, entre les efcadrons , & entre les moufquetaires & les piquiers : ces chemins doivent être plus ou moins larges fuivant le befoin.

V₀. Un pas eft cenfé égal à deux grands pieds géométriques, & par conféquent 5 pas à 10 pieds, qui font une verge Rheinlandique (a). Ainfi

300

(a) *Rheinlandique* fignifie qui eft en ufage dans le Rheinland, qui eft une province fituée entre la mer Germanique & la province d'Utrecht fur le bas-Rhin.

300 pas font 60 verges , qui eſt la portée ordinaire du mouſquet. Il faut remarquer que la
verge contient proprement douze pieds ; mais
pour la commodité du calcul on la diviſe en dix,
qui font plus grands que les autres , la verge reſ-
tant toujours la même.

Que les piques foient fi longues, que celles du
fixième rang puiſſent avec leurs pointes atteindre juſqu'à celles du premier : quand un bataillon
feroit compoſé de cent rangs de piquiers , on
n'en peut employer que quatre ou cinq ; parce
que poſons que la pique ait dix-huit pieds de
long, il y en a trois pieds ou environ occupés par
les mains , ainſi il ne reſte à la premiere pique
que quinze pieds de libre ; la feconde, outre ce
qu'elle empoigne , confume encore trois pieds
dans l'intervalle qui fe trouve entre elle & celle
du premier rang ; ainſi il ne lui reſte que douze
pieds de pique qui fervent : il n'en reſte que neuf
à la troifième , fix à la quatrième , trois à la cinquième , & tous les autres rangs font inutiles pour
frapper , mais non pour pas foutenir , & pour
remplir les places qui deviennent vuides.

Iº. C'eſt pourquoi les anciens faifoient leurs
piques ou *Sariſſes* plus courtes au premier rang ,
& celles de derriere plus longues de main en

E

main, afin que celles du troisième & du quatriè-me rang étant abaissées, eussent leurs pointes égales à celles du premier & du second rang.

II°. Les mousquetaires (*aa*), qui sont devant les piques, se mettent dessous un genouil en terre, & font feu.

III°. Dans les manches des mousquetaires, qu'on met à côté des piquiers, les rangs tirent l'un après l'autre, & cela se peut faire en deux manieres ; car les premiers rangs après avoir tiré peuvent passer derriere les autres par une con-tre-marche, ou mettre un genouil en terre pour recharger, & demeurer baissés le nez contre terre, jusqu'à ce que ceux qui sont derriere eux, & qui sont debout, ayent tiré pardessus leur tête.

IV°. La Mousqueterie (*bb*) s'arrange à six de hauteur, parce qu'ils peuvent se régler de maniere que le premier rang ait rechargé quand le dernier aura tiré, & qu'il recommence aussi-tôt à tirer, afin que l'ennemi ait un feu continuel à essuyer. S'il y avoit moins de six rangs, le premier ne pourroit pas avoir rechargé, quand le dernier auroit tiré, ainsi le feu ne seroit pas continuel : & si au contraire il y en avoit plus de six, le premier seroit obligé de perdre du tems , & d'attendre que les derniers euffent tiré pour recommencer.

V°. La Moufqueterie ne doit pas être rangée non plus fur un trop grand front, comme de 70, 80 ou 100 hommes , parce que s'il arrivoit qu'elle fût chargée par la cavalerie ennemie , ou cho-quée par les piquiers , & obligée de plier , elle laifferoit un grand vuide, par où l'ennemi pour-roit entrer , & prendre en flanc les autres corps, & les rompre.

VI°. Pour éviter cet inconvénient , on ne doit pas étendre les 500 moufquetaires des aîles fur un feul front, auffi grands qu'ils le peuvent occuper , comme de 83 hommes dans un efpace de 124 pas & demi , fans les intervalles. Mais après avoir formé les manches d'un nombre raifonnable , il faut diftribuer les autres en différens endroits de la bataille, comme on le dira dans la fuite.

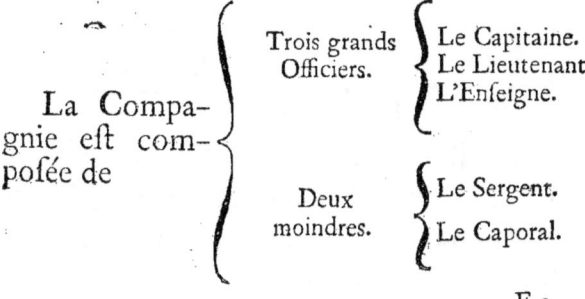

La Compagnie eft com-pofée de {
  Trois grands Officiers. {
    Le Capitaine.
    Le Lieutenant.
    L'Enfeigne.
  }
  Deux moindres. {
    Le Sergent.
    Le Caporal.
  }
}

E 2

Le Fourrier, ou Maréchal des Logis, eft fouvent empêché, & ne peut être préfent.

Des fimples Soldats.
{
Moufquetaires. ------- 88
Piquiers. ---------- 48
Rondaches. -------- 8
}

Total. ----------- 144
Les Officiers. -------- 6

Toute la Compagnie. ---- 150
combattans, entre lefquels on compte fix Caporaux, & dix-huit Chefs de file.

Iº. Six hommes font une File, quatre Files font une Efcouade, deux Efcouades font une Aîle, trois Aîles font le Bataillon, les Piquiers au milieu, les Moufquetaires aux côtés, & le fon, comme Tambours, &c. entre le fecond & le troifième rang : mais dans une bataille il eft à la droite de l'aîle dans le vuide.

Une Efcouade a ----- 1 Caporal.
3 Chefs de File.
20 Soldats.

Total --- 24

Le Caporal eft à la tête de la premiere File, & les Chefs de File à la tête des autres : les chemins entre chaque Efcouade font de trois pieds, & de fix entre chaque Aîle.

II°. Dans une Escouade les piquiers sont rangés comme les autres , à six de hauteur & à quatre de front , parce que si la file avoit moins de hauteur , elle seroit trop foible ; & si elle en avoit davantage , les derniers rangs seroient inutiles , par la raison que nous en avons dite ci-dessus : outre que s'il arrivoit que le Bataillon fût obligé de faire tête de deux côtés , trois rangs le feroient d'un côté , & trois de l'autre , ce qui suffiroit pour soutenir , pourvû que les piques fussent couvertes de deux rangs ; l'un de mousquetaires , l'autre de rondaches misent devant elles.

III°. Dans un défilé étroit , où l'on est obligé de passer un à un , la premiere file de la premiere Escouade passe la premiere , puis la seconde , la troisième & la quatrième , jusqu'à ce que la premiere Escouade soit passée : ensuite la seconde passe de la même maniere , & les autres successivement. Si l'on peut faire un front , comme de quatre hommes , de huit , ou d'un plus grand nombre à la fois, on marche par Escouade , par Aîle , ou par Bataillon de front.

L'Ordre qu'observe une Compagnie pour marcher , ou pour se mettre en bataille , s'observe de même par les Régimens , ou en mettant les Compagnies à côté l'une de l'autre, ou en prenant à part tous les piquiers du Régiment, & enfuite tous les moufquetaires, & formant les aîles de ceux-ci, & le milieu des piquiers; ce qui s'exécute aifément de cette maniere. Les cinq premieres Compagnies qui doivent former l'aîle droite, jettent fur cette aîle leurs moufquetaires diftingués par Efcouades, puis elles mettent leurs piquiers à la gauche des moufquetaires, en laiffant la diftance néceffaire. Les cinq autres Compagnies joignent enfuite leurs piquiers à ceux des cinq premieres, & ainfi leurs moufquetaires reftent fur l'extrémité gauche (*cc*). La moufqueterie peut donc s'arranger de plufieurs manieres; on peut la placer en deux aîles à côté des piquiers, ou bien on en met la moitié à la tête, & l'autre moitié fur les aîles, ou on la met toute à la tête, ou toute à la queue, derriere les piquiers qui ont un genouil en terre, afin qu'elle tire pardeffus eux, ou on mêle alternativement un moufquetaire & un piquier, ou enfin on la met derriere les intervalles des Bataillons, par où elle peut aller & venir, tirant & rechargeant fans ceffe.

On peut ranger un Régiment de deux manieres différentes, enforte qu'il foit tout fur un feul front,

ou qu'il forme un Bataillon. Or de plusieurs Bataillons & de plusieurs Escadrons se forme l'ordre
de bataille de l'Armée entiere. Par exemple ,
qu'on ait à ranger en bataille une Armée de quarante mille combattans , cela se fait de cette
maniere.

I°. 24000 hommes de pied , en seize Régimens , qui font 16 Bataillons.

12000 chevaux, en seize Régimens , qui font
80 Escadrons.

2000 Dragons , en deux Régimens , qui font
4 Escadrons.

2000 Chevaux-legers , en deux Régimens.

Artillerie.		
Demi canons. - - - - - - -	4
Quarts de canon. - - - - -	6
Fauconneaux. - - - - - - -	8
Mortiers. - - - - - - - - -	2
Petites pieces. - - - - - - -	80
Total. - - - - - - - -	100

II°. Un Régiment d'Infanterie est composé de
1500 combattans. Savoir :

Officiers. - - - - - - - - - -	60
Piquiers. - - - - - - - - - -	480
Rondaches. - - - - - - - -	80
Mousquetaires. - - - - - -	880
Total. - - - - - - - -	1500

III°. Un Batail-
lon eft compofé de
$\begin{cases} \text{Piquiers.} & \text{- - - - - - - -} & 480 \\ \text{Rondaches.} & \text{- - - - - -} & 80 \\ \text{Moufquetaires.} & \text{- - - -} & 720 \end{cases}$

Soldats.   Total. - - - - - - - 1280

IV°. Un Régiment de Cavalerie eft de 750 Cavaliers.

V°. Les Efcadrons (*dd*) font de 150 hommes à trois de hauteur, & cinquante de front ; parce que s'ils étoient plus gros, ils feroient difficiles à mettre en mouvement, & s'ils étoient moins forts, ils ne pourroient charger que légérement, & feroient peu de réfiftance : s'il étoit néceffaire de faire les Efcadrons plus forts, on en pourroit joindre deux enfemble.

VI°. Les Bataillons font compofés de 480 piques à 6 de hauteur & 80 de front, au-devant defquels on met une rangée de 80 moufquetaires, qui étant couverts par les piques, peuvent tirer en fûreté tantôt debout, tantôt un genouil en terre, fans faire aucun mouvement, parce que cela pourroit apporter de la confufion. Au-devant de ce rang de moufquetaires on en met un de 80 rondaches, qui couvrent tout ce qui eft derriere. Les moufquetaires qui garniffent la droite & la gauche des piquiers, ont dix Efcouades

des pour chaque côté, à 40 hommes par * Eſ-
couade, on en met ſix Eſcouades à droite ſur
deux lignes, & autant à gauche ; (c'eſt ce qu'on
appelle les manches.) Il y en a deux autres Eſcouades derriere les piquiers, tant à droite qu'à
gauche (ee) : on les fait monter ſur des chevaux,
ſur des charrettes, ou ſur quelque choſe d'élevé,
afin qu'elles puiſſent tirer les cavaliers ennemis
pardeſſus le Bataillon ; ou elles ſervent à rafraîchir
des manches fatiguées, ou on les commande pour
quelque autre beſoin. Enfin les deux Eſcouades
qui reſtent des dix de chaque côté, ſont poſtées
par pelotons entre la cavalerie la plus proche,
d'où elles font un feu continuel, juſqu'à ce que
la mêlée commence ; & alors elles ſe retirent dans
les Bataillons d'où on les a tirées. Cette diſpoſition de la mouſqueterie par pelotons devant les
piquiers & derriere le Bataillon, diminue l'eſpace
qu'elle doit occuper, & qui ſeroit trop grand ſi
on la rangeoit toute entiere ſur un ſeul front à
côté des piquiers, principalement lorſqu'on ſeroit
obligé de joindre deux Bataillons à côté l'un de
l'autre, parce que la mouſqueterie étant inveſtie,
& ne pouvant tenir ferme, ouvriroit en ſe retirant un ſi grand eſpace, que la cavalerie ennemie pourroit y entrer en grand front, & mettre

F

* Ce ſont
20 Eſcoua-
des à 40
hommes
chacune ;
cela fait 800
avec les 80
qui ſont de-
vant les pi-
quiers, ce
ſont 880
mouſquetai-
res, comme
il a été dit
p. 39.

tout en défordre , comme on a dit ci-devant.

La principale attention (*ff*) doit être d'affurer les flancs de la bataille , l'expérience nous ayant appris que lorfque les aîles de la cavalerie ont été rompues , l'infanterie eft aifément enveloppée, & n'a plus ni les moyens ni le cœur de fe défendre, & qu'ayant perdu courage , elle met bat les armes, & demande quartier. Or il n'y a rien de meilleur pour affurer fes flancs , que de mettre des Bataillons à côté , qui faifant un feu continuel , incommodent l'ennemi , & l'empêchent d'en approcher ; & en cas qu'il le faffe, non-feulement ils le foutiennent avec les piques & les rondaches, mais même ils le repouffent : & comme le moufquet ne porte que 300 pas ou environ, fi l'on veut que tout le front de la bataille foit à couvert & défendu par le feu de la moufqueterie, il faut qu'à chaque diftance de 600 pas au plus, il y ait un gros de moufquetaires foutenu de leurs piquiers.

I°. La fituation naturelle peut à la vérité affurer les flancs ; mais cette fituation n'étant pas mobile , & n'étant pas poffible de la traîner avec foi , elle n'eft avantageufe qu'à celui qui veut attendre le choc de l'ennemi , & non à celui qui marche à fa rencontre, ou qui va le chercher dans

fon pofte : mais les inftrumens de l'art font en
ufage par-tout , & même au défaut d'autres machines (*gg*), un Bataillon fe peut partager en deux,
lefquels étant contigus , font face de tous côtés,
auquel cas ils donnent place à la moufqueterie
des aîles , partie dans le vuide de leur centre ,
partie fur les côtés , où l'artillerie même fe met à
couvert. Tout cela fait comme un baftion mobile , d'où il fe fait une tempête continuelle de
décharges contre ceux qui veulent l'approcher de
front, en flanc, ou parderriere.

II°. On a coutume (*hh*) d'arranger la cavalerie
en forme de croiffant, à côté de l'infanterie ; mais
il en arrive un inconvénient , c'eft que comme
elle s'étend jufqu'à deux milles de diftance , &
même davantage , il eft impoffible que les Efcadrons qui font aux extrémités reçoivent aucun
fecours de l'infanterie , qui en eft trop éloignée,
& ces deux corps perdent ce fecours réciproque
qui leur eft fi néceffaire. En effet , quand une
fois ces Efcadrons font rompus & mis en fuite,
où peuvent-ils fe retirer & fe rallier , quand on
les a féparés de l'infanterie qui en eft fi éloignée;
& où l'infanterie peut-elle fe mettre à couvert,
quand une fois la cavalerie eft en déroute?

III°. La diftance d'un Efcadron à l'autre (*ii*) eft

de dix-huit pas. Cet efpace eft fuffifant pour qu'un peloton de moufquetaires de huit de front & de cinq de hauteur y puiffe agir, & après qu'il s'eft retiré, il y a affez de terrein pour que les Efca-drons puiffent avancer & fe mouvoir fans embar-ras & fans confufion ; mais il n'y en a pas affez pour que l'ennemi puiffe s'en prévaloir, & péné-trer par-là. L'efpace entre les manches des mouf-quetaires & les piquiers, & entre ces mêmes man-ches, & l'Efcadron qui eft à côté, n'eft que de fix pas.

IV°. Les réferves qui font poftées derriere les Bataillons, doivent être tellement affurées, que rien ne puiffe fe renverfer fur elles, ni les mettre en défordre. Les troupes qui ont été rompues peuvent fe rejoindre & fe rallier derriere l'infan-terie la plus proche, ou derriere les Efcadrons de réferve.

La diftance de 300 pas de hauteur entre les deux lignes, fait que les coups qui portent à la premiere ligne, ne fauroient arriver jufqu'à la feconde, & que l'une étant défaite, elle a affez d'efpace pour fe remettre & pour éviter de fe heurter contre les troupes de l'autre, qui étant toutes fraîches, font en état de rétablir la batail-le (*kk*) ; & l'ennemi ne peut pas pourfuivre bien loin la cavalerie de la premiere ligne , quoique rompue , parce qu'il auroit l'infanterie de cette ligne en queue & en flanc , & qu'il trouveroit la tête de la feconde ligne entiere , unie & toute fraîche. Si un ou deux Efcadrons de la tête plient & font repouffés , il en peut accourir autant de la réferve pour remédier à ce défordre , & donner le tems aux battus de fe rallier.

Cette grande diftance a encore un avantage confidérable , c'eft qu'elle affure les flancs & les derrieres de la bataille , parce que l'ennemi ne pourroit faire un fi grand circuit fans fe défunir beaucoup , & par conféquent fans expofer fon armée à un rifque fort grand d'être battue.

On formera donc la bataille (*ll*) , par exemple , de la maniere que nous allons l'expliquer , en la diverfifiant enfuite felon la différence des lieux & des conféquences.

I°. Cavalerie.

1°. Efcadrons cuiraffés à la premiere ligne. 25

Aux réferves. 10

A la feconde ligne. 25

Aux réferves. 10

Au milieu. { Sur l'aîle droite. 5
{ Sur l'aîle gauche. 5

Total. 80

2°. Efcadrons légers ou de Croates , vis-à-vis du milieu de chaque

front. } ------------------ 500
} ------------------ 500

De chaque côté. } ------------------ 500
} ------------------ 500

Total. ------------2000

Il faut les pofter en lieu où ils ne puiffent être enveloppés par l'ennemi, ni fe renverfer fur les amis : qu'ils foient comme en leffe , toujours prêts à fortir tout d'un coup, dès que l'occafion le demande. S'il y avoit un plus grand nombre de cavalerie légere que les deux mille hommes ci-deffus, il feroit difficile de la comprendre dans l'ordre de bataille. Il faut la pofter en dehors, & fur les aîles de l'autre cavalerie , pour s'en fervir au befoin ; & fuppofé qu'elle vînt à être enveloppée fans pouvoir fe défendre, elle pourroit fe mettre à couvert derriere l'armée, ou en quelqu'autre endroit qui fut fûr.

II°. Infanterie.

1°. Bataillons, fur la premiere ligne. ----- 6

Derriere, pour fortifier les côtés & les angles, & former un Bataillon double. ------- 2

Sur la feconde ligne. ---------------- 6

Et parderriere. --------------------- 2

Total. --------- 16

2°. Dragons, à chaque côté de ⎫ - - - - - - 800
la bataille au lieu d'Infanterie. ⎭ - - - - - - 800

Derriere chaque ligne. ⎫ - - - - - - 200
⎭ - - - - - - 200

Total. - - - - - 2000

3₀. Pelotons diftribués entre les Efcadrons les plus près des Bataillons dont ils font tirés. - - - 32

III°. L'Artillerie fe partage (*mm*) tout le long de la bataille, la groffe à côté & devant l'Infanterie, où elle eft bien gardée, & d'où elle peut aifément découvrir l'ennemi ; & fi-tôt qu'elle le découvre, tirer en droite ligne & en croifant, fans empêcher le paffage aux troupes. Les petites pieces d'Artillerie fe placent entre les Efcadrons & les pelotons de Moufquetaires ; ainfi on ne court pas rifque de la perdre toute entiere, en cas d'échec, comme il arriva aux Impériaux dans les combats de Witftock (*a*) & de Janckau (*b*) dans les années 1636 & 1645, parce qu'elle étoit toute enfemble.

(*a*) Witftock, dans la nouvelle marche de Brandebourg, Banier, Général Suédois, qui gagna cette bataille, n'avoit que 9000 chevaux & 7000 hommes de pied, & l'armée ennemie étoit forte de 15000 chevaux & de 20000 hommes d'infanterie. Le Général Suédois, outre l'artillerie, gagna 150 tant drapeaux qu'étendards, & fit un carnage horrible.

(*b*) Jancowitz, ou Janckau en Bohême, Tortenfon, Général Suédois, gagna cette bataille le 24 Février 1645, quoiqu'il eut 3000 hommes de moins que les ennemis, & que l'Empereur fe fût rendu à Prague pour encourager fes troupes.

IV°. Charrois (*nn*) & bagages.

On fait derriere la bataille un parc des charrois & des bagages, avec des troupes pour les garder, tant contre les ennemis que contre fes propres foldats, qui tâchent quelquefois de les piller : les derrieres de la bataille en feront bien mieux gardés, les troupes connoîtront qu'en perdant le champ de bataille elles perdront leurs femmes, leurs enfans, & tout ce qu'elles ont de plus cher ; ce qui les fera combattre avec plus d'opiniâtreté.

Cette forme de bataille a toutes fes parties très-forte par elle-même, comme étant compofées de toutes fortes d'armes : ainfi il fera difficile de la rompre, d'autant que le tout demeure en fon entier, tant que les parties fe maintiennent : elle a de plus l'avantage de pouvoir être changée avec facilité en telle autre que l'on voudra, fuivant la fituation des lieux, les deffeins que l'on a, ou les occafions qui fe préfentent.

I°. Situation.

1°. S'il y a quelques bois, quelque village, ou quelque colline, à gauche ou à droite du camp, l'Infanterie ou les Dragons qui font poftés fur les extrémités, s'en faififfent d'abord, & s'y logent.

2°. S'il

2°. S'il y a une riviere ou un précipice, qui
affure entierement un côté de l'armée, on met
toute la Cavalerie à l'autre ; & réuniffant ainfi
toutes fes forces, & les étendant contre une feule
aîle de l'ennemi, il arrive qu'on eft fort fupérieur en nombre, & qu'on peut l'envelopper.

3°. S'il y a quelque bois, ou quelque lieu couvert aux environs, fur le chemin qui vient du
pays ami, on réduit les Bataillons par troupes,
afin que quand les deux armées font fur le point
d'en venir aux mains, on paroiffe s'avancer fur
un grand front, afin d'intimider les ennemis. On
pourra encore les épouvanter (*oo*), en faifant courir le bruit dans leur armée au plus fort du combat que leur Général a été tué.

4°. Si l'ennemi a en flanc (*pp*) ou derriere lui
quelque bois ou quelque vallée, où l'on puiffe
arriver fans être vu, on y peut envoyer de la Cavalerie légere & des Dragons pour l'attaquer en
flanc ou en queue dans le fort de la bataille, ou
pour donner fur le bagage, & y caufer de la confufion ; d'autant que des gens préparés furpren-
nent toujours ceux qui ne le font pas.

5°. Si la qualité du pays le permet (*qq*) on peut
s'approcher de l'ennemi fecrettement, & le combattre avant qu'il fe foit mis en bataille, comme

G

on fit à *Tuttling* (*a*) dans la Suabe , contre les
François, l'an 1644.

6°. Si le terrein eft étroit , on fe met fur trois
ou quatre lignes , ou même fur davantage , s'il
eft néceffaire.

7°. S'il y a quelque marais ou quelque foffé ,
on peut pofter quelques troupes devant , lefquelles à l'approche de l'ennemi , fe retirent par des
paffages faits exprès , que l'ennemi ne connoît
point , & l'attirent ainfi dans le piége.

II°. Deffeins.

1°. Si l'on veut avec fon aîle droite (*rr*) battre
la gauche de l'ennemi , ou au contraire ; on mettra fur cette aîle le plus grand nombre , & les
meilleures de fes troupes, & on marchera à grands
pas de ce côté-là ; les troupes de la premiere & de
la feconde ligne avançant également, au lieu que
l'autre aîle marchera lentement ou ne branlera
point du tout , parce que tandis que l'ennemi

(*a*) *Tuttling* , ou *Dutlingen* , comme l'écrivent les Allemands, eft
une petite ville fituée fur le Danube , dans le Duché de Wirtemberg.
Le combat de Dutlingen fut gagné dans le plein cœur de l'hiver par
le Duc de Lorraine , qui avoit joint les Généraux Merci & Jean de
Wert ; ils furprirent le quartier du Maréchal Rantzau , qui à fon ordinaire fe trouvoit pris de vin, & le firent prifonnier , le refte fe retira
en bon ordre à Brifac.

fera en fufpens , ou avant qu'il s'apperçoive du
ftratagême , ou qu'il ait fongé à y remédier , il
verra fon côté foible attaqué par le fort de l'ennemi , tandis que fa partie la plus forte demeure
oifive , & eft au défefpoir de ne rien faire ; & s'il
fe rencontre de ce côté-là quelque village , on y
mettra le feu , pour empêcher l'ennemi d'attaquer
cette aîle , & lui ôter la connoiſſance de çe qui fe
paſſe.

2°. Si avec fes deux aîles on a deſſein d'envelopper l'ennemi , il eſt bon de fe préfenter en ligne droite , afin de le tromper ; mais il faut marcher lentement par le milieu , & plus vîte par les
deux bouts , faifant comme un croiſſant : c'eſt
ainſi que le Général Banier enveloppa les Impériaux vis-à-vis de *Melnick* (*a*) dans la Bohême ,
l'an 1639 ; ou bien on laiſſe le milieu de la bataille vuide , & on partage toute l'armée en deux
aîles ; ou bien on peut laiſſer la premiere ligne
dans fon entier , tandis que la feconde s'avance
fur les aîles de la premiere , & augmente de moitié la longueur de la ligne. Ceci réuſſiroit mieux
dans un tems couvert de nuages , de pouſſiere ,

(*a*) *Melnick* , ville de Bohême , fituée fur une montagne , à fix lieues
environ de Prague , près de l'endroit où la riviere de Muldau fe jette
dans l'Elbe.

G 2

de fumée, & toutes fois & quantes que l'ennemi ne pourra pas s'appercevoir de vos mouvemens ; & pour le mieux tromper, on peut étendre dans le milieu une file de cavalerie, pour cacher le vuide qu'on y laisse.

3°. Pour fatiguer avec votre foible, le fort de l'ennemi, & le charger ensuite fatigué avec votre fort, qui sera frais, on peut mettre à la tête de tout, la Cavalerie légere avec quelques Dragons de la réserve, afin qu'il décharge dessus sa furie en les chargeant les premiers ; & lorsqu'il sera fatigué, vos troupes fraîches & vigoureuses le chargeront à leur tour : mais afin que votre armée ne s'effraye pas de voir ses premiers rangs en déroute, il faut l'avertir du stratagême.

III°. Conjonctures.

Si l'on apperçoit quelque signe de crainte ($\int\int$) ou de confusion parmi l'ennemi, ce qu'on connoît lorsque les rangs sont troublés, que les troupes se mêlent ensemble sans intervalles, que les drapeaux flottent, que les piques s'ébranlent toutes à la fois, & qu'on tourne le dos, il faut le poursuivre sur le champ, sans lui donner le tems de se reconnoître, faire avancer les Dragons, la Cavalerie légere, quelques pelotons & quelques troupes débandées, qui, tandis que l'armée s'avance en bataille , vont devant occuper quelque poſte où il faut que l'ennemi tombe, un foſſé, un fond, un bois , une levée , ou quelqu'autre avantage que ce ſoit, devant, à côté, ou derriere.

Il n'y a rien de ſi néceſſaire au Soldat que la diſcipline ; ſans elle les troupes ſont plus perni-cieuſes qu'utiles, plus formidables aux amis qu'aux ennemis. La diſcipline eſt expliquée fort au long dans les loix militaires, & dans les ſtatuts de guerre qui commandent l'obéiſſance à l'égard des Supé-rieurs, la bravoure contre l'ennemi, & une con-duite en tout honnête & réglée, propoſant pour cela des récompenſes & des châtimens conve-nables.

1°. Une excellente méthode (*tt*) eſt de n'a-vancer perſonne qu'à ſon rang, ou pour quelque action extraordinaire.

Les Guides dans une armée ſont comme les yeux dans le corps: on doit bien les garder , & les attacher par la récompenſe , par l'eſpérance , par la crainte du châtiment : on leur fait quel-quefois donner des ôtages pour gages de leur fidélité.

I°. Il faut en avoir pluſieurs, & les diſtribuer dans pluſieurs parties de votre armée, & qu'ils concertent entre eux les lieux & les chemins.

On engage & on entretient les Eſpions à force d'argent : il faut y prendre bien garde, car ſou-vent ils ſont doubles. Il eſt bon de s'aſſurer d'eux, & d'avoir entre ſes mains leurs femmes & leurs enfans. S'ils propoſent quelqu'entrepriſe, il ne faut pas la faire connoître à d'autres, ni même qu'ils la connoiſſent entr'eux. Vous pou-vez employer pour Eſpions des priſonniers, des trompettes, des transfuges tant de l'armée enne-mie que de la vôtre, des payſans, des courriers, des ſoldats traveſtis, des meſſagers, des rendus. Quand on ſurprend un Eſpion, on le pend.

OBSERVATIONS.

ARTICLE PREMIER.

Des hommes.

(a) MONTÉCUCULI donne une idée très-ſuccincte des parties qui compoſent une armée : il dit bien qu'il faut lever des hommes, les ranger, les armer, les exercer & les diſcipliner ; mais chacun de ces articles auroit mérité de plus grands détails.

J'ai déjà dit que le nombre n'ajoutoit pas toujours à la force d'une armée. Cette force dépend du choix & de l'eſpece d'hom-mes que l'on employe pour augmenter & pour recruter les corps. Si l'eſpece eſt mauvaiſe, plus les armées ſeront nom-breuſes, moins elles auront de force, & plus elles ſeront embarraſſantes : ſi , au contraire , elle eſt bonne , le nombre ajoutera beaucoup à la force ; mais il ne ſera pas néceſſaire de les avoir ſi nombreuſes. L'eſpece de ſoldat ne ſuffit pas encore pour ren- dre une armée formidable , c'eſt une premiere condition ; mais il y en a bien d'autres qui doivent y être jointes. Ces condi- tions ſont 1°. l'union des parties , qui conſiſte dans l'ordre & dans la diſcipline. 2°. La compoſition de chaque partie , qui ne doit être ni trop forte ni trop foible. 3°. Une conſtitution gé- nérale qui donne , à chaque partie qui compoſe le tout , les moyens de ſe completer par des recrues inſtruites & rompues à la diſcipline. *Ce n'eſt ni du nombre , ni d'une valeur aveugle , dit Vegece , qu'il faut attendre la victoire* *. Lorſque Pirrhus entra en Italie pour venir au ſecours des Tarentins , il s'appliqua à connoître le génie de cette Nation ; il reconnut bientôt qu'elle étoit efféminée , pareſſeuſe , livrée ſans réſerve aux plai- ſirs , & adonnée au vin , à la bonne chere & aux danſes. Les Tarentins ayant donné toute autorité à Pirrhus , ce Prince commença par faire fermer les lieux qui ſervoient de réduits à la jeuneſſe ; il exerça enſuite les habitans au maniement des armes & à la diſcipline militaire ; & après avoir remarqué ceux qui lui pa- rurent les plus propres à la guerre , il les enrôla , & renvoya ceux qui n'auroient ſervis que de nombre & de mauvais exemple **.

* Lib. 1, cap. 1.

** Hiſt. Romaine par Laurent Echard, tom. 2. liv. 2. ch. viij.

Le premier point , & le plus eſſentiel , eſt le choix du ſoldat. Vegece dit *qu'il faut choiſir les ſoldats dans les climats ni trop chauds ni trop froids , mais dans les plus tempérés* ***, comme ſi le climat influoit ſur le plus ou le moins de courage d'une Nation. La conſtitution du gouvernement en pourroit être une cauſe plus réelle ; mais c'eſt dans les vertus ou dans la corrup- tion des mœurs qu'il faut en chercher la véritable. Athenes & Sparte n'ont point changé de climat : le Tibre ſous Clément XIII

*** Lib. 1. cap. 2.

baigne les mêmes bords qu'il arrofoit du tems des Scipions & des Céfars. Le courage de Xenophon & d'Alcibiade ne s'amollit point à la Cour de Perfe : Annibal eut trouvé à Rome le même écueil qu'il trouva à Capoue. L'amour de la patrie & de la liberté, voilà les véritables fources de la valeur. Le defir de la gloire eft fubordonné à cet amour , parce que notre gloire particuliere doit fe trouver dans celle de la patrie. Tant que l'égoifme ne fut point connu à Rome , il n'y eut point de luxe , les mœurs y furent pures , & l'amour de la patrie fut la premiere vertu des Romains. Rome s'aggrandit, & devint bientôt redoutable , parce que tout étoit rélatif au bien des particuliers, & à la gloire de la République : dès que le luxe s'introduifit , les mœurs fe corrompirent , l'amour de foi-même fuccéda à celui de la patrie , & Rome déchut bientôt de fa fplendeur.

L'Angleterre eft un pays de vrais patriotes ; ce n'eft pas pour lui feul qu'un Anglais s'expofe aux dangers , c'eft pour la patrie. Lorfqu'un Militaire Anglais s'eft diftingué dans les Armées , il revient à Londres ; & content de la reconnoiffance de fes compatriotes qu'il a défendus , il n'en exige ni refpeéts ni déférence ; il eft regardé comme un citoyen utile , & cela lui fuffit. C'eft la vertu des Fabius & des Cincinnatus ; auffi l'Angleterre eft-elle peut-être la Nation où la bravoure fe foutient depuis plus long-tems.

En admettant le fentiment de Vegece , il fembleroit que la Nation Françaife fut , de toutes celles de l'Europe, la plus propre à faire de bons foldats, parce qu'elle naît & vit fous un ciel tempéré ; mais comme le climat n'influe point ni ne peut influer fur le plus ou moins de courage d'une Nation, il faut néceffairement qu'il y ait d'autres raifons plus phyfiques de fa valeur, que toutes les Nations lui accordent unanimement.

Le Cardinal de Richelieu dans son Testament politique * avoué par M. de Foncemagne, & réfuté par M. de Voltaire, dit qu'il n'y a pas de Nation au monde moins propre à la guerre que la Nation Française : il ne dit pas, à la vérité, que ce soit faute de courage, il connoissoit trop bien cette Nation pour lui imputer une foiblesse dont elle n'a jamais été susceptible ; mais il donne pour raison sa légéreté & son impatience. Ce Cardinal auroit bien dû se ressouvenir de la constance & du courage de l'Armée Française au siège de la Rochelle, qui fut commencé à la fin de Janvier 1628, & qui ne finit, par la reddition de la place, que le 28 Octobre, jour de la signature des articles. Ce siège est, peut-être, la marque la plus évidente que si le Français est léger, sa légéreté n'influe point sur ses devoirs, & que l'honneur est, & sera toujours, le premier motif qui le fera agir.

La légéreté d'une Nation doit nécessairement influer sur le plus ou moins de patience nécessaire dans tous les travaux, & sur-tout dans ceux de la guerre ; mais si cette légéreté ne porte que sur des objets frivoles, si elle n'attaque point l'honneur & les devoirs les plus sacrés, elle ne peut être une raison pour que cette Nation ne soit pas propre à la guerre. Dans les dernieres guerres de Bohême, M. le Maréchal de Saxe voyant le soldat Français porter du pain pour cinq jours, & au bout du troisième, jetter ce qui lui restoit pour marcher plus lestement, sans se mettre en peine de quoi il vivroit, s'écria : *Dieu, quelle Nation, & qu'elle doit être redoutable à l'ennemi !* Parce que le goût des plaisirs change, ce n'est pas une raison pour inférer que l'honneur n'a pas toujours les mêmes droits sur le cœur. On a vu des tems malheureux, où les Français chassés des conquêtes qu'ils avoient faites, repoussés & battus jusques dans leur propre pays, n'en ont pas été plus découragés par ces revers. La valeur,

H

qui leur eſt propre , les ſoutenoit ; & l'amour de leurs devoirs, joint à l'amour-propre , qui leur eſt naturel , les animoit à faire les plus grands efforts, dans la crainte d'être humiliés. Si la légéreté du Français avoit influé ſur ſon honneur & ſur ſes devoirs ; dans le découragement où les malheurs de la France paroiſſoient devoir le réduire, le Maréchal de Villars n'auroit pas ſauvé l'État , & donné la paix à l'Europe.

Le Cardinal de Richelieu ne ſe contente pas d'accuſer cette Nation de légéreté , il l'accuſe encore de pareſſe. Eh! quelle Nation dans l'Europe en peut être moins ſuſceptible ? S'il y a un reproche à lui faire, c'eſt ſa vivacité, & même ſa pétulance. Il me ſemble qu'il devoit ſuffire au Cardinal de Richelieu d'avoir rabaiſſé la Nobleſſe , & de lui avoir ôté prèſque tous ſes priviléges, ſans avilir ſa Nation par des vices ſuppoſés. Il auroit pû avec juſtice l'accuſer de foibleſſe, pour s'être ſoumiſe au joug qu'il lui avoit impoſé ; mais cette foibleſſe (ſi l'on peut la nommer ainſi) ne venoit que de l'amour que le Français a toujours eu pour ſon Roi ; & tout ce qui pouvoit le rapprocher de ſa Perſonne lui devenoit plus précieux que la liberté, & même l'eſpece d'indépendance dont il jouiſſoit avant le Miniſtere du Cardinal de Richelieu. Je ſuis Français, mais je me dépouille de tout eſprit de partialité ; & en reconnoiſſant dans ma Nation les qualités qu'elle a, je ne m'aveugle point ſur ſes défauts.

Le Français eſt généralement brave , l'amour de ſon Roi eſt né avec lui ; mais peut-être n'a-t-il pas au même degré celui de la patrie (a) : il rapporte tout à lui-même ; l'honneur & l'amour-

_____

(a) En général, l'eſprit patriotique ſe montre plus évidemment dans le ſoldat & dans le peuple , que parmi la Nobleſſe & les grands Seigneurs. Que l'on diſe à un ſoldat, voilà les ennemis, ſouvenez-vous que vous êtes Français; l'amour qu'il a pour ſa Nation lui fera affronter mille dangers. Le peuple eſt tranſporté de joie lorſqu'il apprend que ſa Nation a remporté une victoire ; mais il eſt triſte & humilié lorſqu'elle a perdu une bataille. Les grands Seigneurs s'en conſolent ſouvent par des chanſons ou des bons mots.

propre guident fa valeur ; mais fouvent il ne fert fa patrie que relativement à fon intérêt & à fa réputation. Il aime les honneurs & les diftinctions ; il n'envifage que fa propre gloire, & le bien & l'intérêt de l'État ne le touchent, qu'autant qu'ils lui procurent ces diftinctions & ces honneurs. Si le Français ne s'arme que pour fa propre gloire, celle de la patrie eft en fousordre ; ainfi fa valeur n'étant agiffante que pour lui, elle n'eft utile à la patrie qu'autant qu'il y trouve fon avantage : on peut même lire dans l'hiftoire de la Monarchie, des exemples de Généraux, qui, fe trouvant en concurrence, ont mieux aimé facrifier les troupes qui leur étoient confiées, que de contribuer aux fuccès d'un rival ; cependant ces exemples ne caractérifent point la Nation, tout au plus quelques particuliers, dont on a, depuis long-tems, oublié les noms.

Dans tout État, où l'amour de la patrie n'eft pas le premier fentiment qui fait agir les hommes, il ne peut y avoir qu'une valeur d'amour-propre & d'oftentation ; le defir des préférences eft ce qui excite & anime le courage. Dans tout État où l'amour de la patrie eft le premier fentiment, on ne connoît ni baffe jaloufie, ni folle ambition ; toutes les actions font reverfibles à l'État, & on n'agit que pour fa gloire.

La liberté eft le plus grand des biens, mais elle doit avoir des bornes ; car fi on la porte trop loin, on fait du principe du bien, la fource du plus grand mal : elle doit être, non comme cette prétendue liberté des Seigneurs Polonais, qui rend le peuple efclave, & qui ôte à cet État la force qu'il pourroit avoir par lui-même ; mais comme celle des Suiffes, qui, par l'union intime qu'il y a dans chaque partie, augmente la puiffance de l'État, conferve la confidération qu'il a dans l'Europe, & maintient la liberté de chaque particulier, & de l'État en général.

H 2

Cette liberté eft encore un des principes du plus ou du moins de valeur des Nations ; & la conftitution de l'Etat n'influe fur la bravoure , qu'autant qu'elle foutient ou qu'elle énerve cette liberté, qui n'eft autre chofe que la jouiffance de foi-même , fous la protection des Loix & du Souverain; ou, comme le dit M. de Montefquieu , *le droit de faire tout ce que les Loix permettent.*

Si la conftitution de l'État eft telle que le citoyen ne puiffe jouir de cette liberté , ainfi qu'il arrive dans un État defpotique ou dans un gouvernement foible, & qui tend au defpotifme, le découragement du citoyen vertueux , & l'ambition du mauvais citoyen , doivent néceffairement atténuer le patriotifme ; chacun ne travaille que pour foi, les liens de la fociété fe relâchent: & comme là, où l'intérêt particulier domine , il faut que les mœurs fe corrompent , que la frénéfie de l'indépendance , la manie d'être refpecté, faffe difparoître la liberté civile, la valeur d'une Nation s'éteint peu à peu dans les diftinctions particulieres : c'eft l'hiftoire de tous les peuples , dont les vertus ont dégénérés. Cette foule de barbares qui inonda l'Empire Romain, & qui le détruifit , avoit une vertu féroce, étoit brave ; mais peu à peu les vaincus corrompirent leurs vainqueurs : dès que ceux-ci eurent trouvé une patrie , ils cefferent d'avoir l'amour de la patrie ; ils fe défunirent , & fonderent des Empires particuliers, qui fe font foutenus auffi long-tems que la vertu primitive de leurs fondateurs a fubfifté.

Le gouvernement Français n'eft point defpotique , rien ne gêne la liberté que les Loix permettent. Les biens de chaque particulier lui appartiennent ; & quoique le Prince en foit le feigneur primordial, il ne peut , ni ne doit fe les approprier, ni les donner, fans injuftice & fans infraction aux Loix du Royaume, à moins de crimes d'État de la part des particuliers.

La conftitution du gouvernement Français ne donnant aucune atteinte à la liberté autorifée par les Loix , il femble que l'intérêt général devroit être, pour le Français, le feul motif de fes actions, & qu'il devroit être plus affectionné à la patrie qu'il ne l'eft communément. Le Cardinal de Richelieu , en contraignant les grands Seigneurs à venir à la Cour , a purgé les Provinces de petits tyrans , & en même tems il a rendu le général de la Nation plus libre. Les Seigneurs ont, à la vérité , perdu de leur indépendance, mais ils en font dédommagés par les honneurs & les diftinctions que le Prince leur accorde : le particulier devroit être plus libre, parce qu'il n'eft plus l'efclave de ces Seigneurs, & qu'il répond directement au Prince, ou à ceux qui font prépofés par lui pour faire obferver les Loix (a). Il femble

---

(a) Il eft certain que le Cardinal de Richelieu fit un grand bien à la Monarchie , en appellant à la Cour les Seigneurs & la principale Nobleffe. Les Provinces furent délivrées de mille petits tyrans qui les troubloient , & qui auroient enfin ramené tous les inconvéniens de la féodalité ; mais auffi a-t-il fait un grand mal , en ce que les Seigneurs épuifent leurs Provinces pour foutenir à la Cour un fafte , dont ces mêmes Provinces font les victimes. Il y auroit , peut-être , un moyen d'ajouter au bien qu'a fait le Cardinal de Richelieu , & de prévenir des maux qui peuvent en réfulter. La principale Nobleffe fert , la guerre eft fon élément ; en obligeant les militaires pendant la paix à de longues réfidences à leur corps , fans exception , il en réfulteroit un double avantage ; celui d'une meilleure difcipline , & celui de rendre aux Provinces l'or que ces Seigneurs tirent de leurs Terres. Quant à ceux qui , plus avancés en grades, ont des Gouvernemens , ils devroient être obligés d'y réfider , au moins, le tiers de l'année. Ceux qui jouiffent des revenus eccléfiaftiques ne devroient approcher de la Capitale que pour des raifons les plus indifpenfables , & il ne faudroit jamais leur permettre d'y paffer plus de tems que leur devoir ne l'exige. Les Receveurs généraux des Finances devroient tous refter dans leurs départemens, & ne venir à Paris que pour rendre leurs comptes ; ce tems doit être fixé à trois mois , au plus. Des foixante Fermiers généraux , trente devroient refter dans les Provinces ; ils rendroient compte aux trente reftans à Paris , & ceux-ci au Contrôleur général.

que ce changement dans le gouvernement auroit dû rendre la Nation plus patriote ; mais malheureusement cet amour de soi-même prévaudra encore long-tems dans l'esprit des Français sur l'intérêt général. Cependant, quoique le Français n'agisse, pour-ainsi-dire, que relativement à lui, sa valeur est au même degré qu'elle étoit autrefois : de ce sentiment, il ne s'ensuit pas que cette Nation ne soit pas propre à la guerre ; elle est valeureuse ; & toute Nation brave doit fournir de bons soldats, quel que soit le motif qui la fasse agir : & si l'on peut rendre la Nation Françaife plus patriote, il n'y en aura pas une dans l'Europe plus magnanime ni plus redoutable aux ennemis de l'État.

Il est plus difficile de vaincre l'impatience du Français en général, parce qu'elle provient de sa vivacité ; mais en admettant dans les troupes l'ordre & la discipline la plus exacte, & sans lesquels l'armée la plus nombreuse est sans force, on la réprimera ; & si on ne peut l'étouffer, du moins elle n'éclatera pas : ainsi elle cessera d'être dangereuse, & elle pourra même être très-utile dans beaucoup d'occasions.

Le Français a un très-grand défaut à la guerre. L'officier particulier, & même le soldat, jugent des manœuvres de leurs Chefs, & raisonnent conséquemment à leurs idées ; ils décident & condamnent sans rien approfondir, & sans savoir le motif qui fait agir le Général. Ce défaut, que l'on peut nommer un vice, est un des plus grands qui existent dans le militaire, parce que, si les manœuvres qu'on leur fait faire ne s'accordent point avec leurs idées, il est à craindre que la confiance ne diminue, que l'obéissance ne soit pas entiere, que les murmures ne s'ensuivent, que la discipline ne se relâche ; & l'armée la plus valeureuse, la plus nombreuse, & la plus belle en espece d'hommes, qui auroit pû faire des conquêtes si les raisonnemens de chaque particulier en étoient bannis , & si elle ne composoit qu'un tout parfaitement uni & soumis au Chef , n'est plus qu'un amas de braves gens , à la vérité , mais dont les forces s'évaporent par la désunion des parties.

Toutes les Provinces de France fournissent beaucoup de bons soldats ; il y en a cependant dans le nombre qui en donnent peu. Les Provinces voisines de la Mer s'adonnent plus volontiers au commerce maritime; mais elles fournissent d'excellens matelots : or , comme il est aussi important à la France d'avoir une bonne marine , qu'il lui est nécessaire d'avoir un bon & solide militaire de terre , ces sujets lui sont de la plus grande utilité. Les Provinces qui approchent le plus de la Capitale , n'en fournissent que peu ; la plûpart de leurs habitans abandonnent leurs champs pour venir grossir la foule des domestiques , des vagabonds , & des fainéans qui y abondent , & ils aident à son luxe , dont ils vivent : toutes les autres Provinces , sans en excepter aucunes , fournissent une très-grande quantité d'excellens soldats.

Vegece préfere avec raison les soldats levés dans la campagne à ceux des villes *, parce que, dit-il, *ils sont plus endurcis à la fatigue , qu'ils sont habitués à manier le fer , à creuser des fossés , & à porter des fardeaux*, au lieu que ceux des villes sont pour la plûpart efféminés , accoutumés à une vie molle & moins pénible , à une nourriture moins grossiere , & qu'ils ne sont point faits à l'intempérie de l'air.

* Lib. 1. cap. 3.

Le libertinage moins connu dans les campagnes , énerve & affoiblit les habitans des villes. Si toutes les villes ressembloient à Rome naissante , on ne devroit faire aucune difficulté d'y lever des soldats , parce que dans toute ville où il n'y a point de luxe ni plaisirs frivoles , le cœur n'est point corrompu , les forces , loin de s'épuiser , s'accroissent par les exercices militaires & au-

tres, & le foldat qu'on y leve eft auffi robufte & auffi courageux
que celui de la campagne. Cependant, quoiqu'il foit conftant
que les foldats, & particulierement les cavaliers, tirés de la
campagne, foient meilleurs que ceux qui font levés dans les
villes, il eft de l'intérêt de l'État de faire de préférence des recrues dans les villes ; & quoique ces foldats foient d'une efpece
beaucoup au-deffous de ceux levés dans les campagnes, la confervation de l'État en dépend, parce qu'il feroit dépeuplé par les
guerres continuelles qu'il peut avoir. Si la totalité des recrues
étoient levées dans les campagnes, elles feroient bientôt défertes, les terres refteroient en friches, & les villes feroient fur-
chargées de gens inutiles, dont il eft néceffaire de les purger ;
principalement en tems de guerre, où le défaut de confommation dans les villes laiffe fans emploi tous ces êtres, qui ne font
utiles qu'à foutenir un luxe ruineux. Mais fi après avoir purgé les
villes de ces fainéans, on a befoin de faire de nouvelles recrues,
il faut prendre dans les villes ceux qui manient le fer, comme Bouchers, Charpentiers, Menuifiers, Maçons, Porte-faix, Tailleurs
de pierre, Serruriers, Charrons, Cordonniers, Braffeurs, &c.
les gens de cette profeffion fe reffentent moins du libertinage
des villes, parce qu'ils font journellement occupés à travailler,
& par conféquent font meilleurs que ceux des autres profeffions.
Si par la continuité de la guerre on eft forcé de lever des recrues
dans les campagnes, il faut préférer les Forgerons, les Chaffeurs,
les Bûcherons, les Scieurs-de-long, & tous les gens de métiers
qui exigent de la force & de l'adreffe ; mais, le moins qu'il eft
poffible, il faut prendre des Laboureurs, parce que la vie des
citoyens eft attachée au travail de ces hommes utiles. En général, tous les habitans de la campagne font très-bons ; cependant ceux des montagnes & des bois ont la réputation d'être

plus

plus robuſtes , & meilleurs que ceux des plaines. Tous les métiers qui demandent de la force & de la hardieſſe , ſont, pour la
plûpart, très-propres à faire de bons ſoldats ; il n'y a que celui
de Pêcheur , qui , quoique dur & pénible , n'eſt point propre
pour la guerre ; il ſemble que cet élément rende l'homme mol
& fainéant.

C'eſt un objet bien important pour un État que d'exciter &
de protéger la population : plus un Royaume eſt peuplé , plus il
eſt riche , & plus il trouve de reſſources en lui-même ; & quelques longues que ſoient les guerres que les circonſtances le forcent de faire , il trouve dans ſon intérieur , ſans toucher aux
cultivateurs , ni aux gens d'arts & métiers , dequoi compléter
ſon militaire, ſans que le commerce intérieur ſoit interrompu (a).

(a) Il y auroit un moyen bien ſimple de favoriſer & d'augmenter la population,
& même l'agriculture , & d'avoir encore un fond intarriſſable pour recruter les
corps ſans toucher à la partie des cultivateurs, ni à celle des gens d'arts & métiers.
Ce ſeroit de permettre à un certain nombre de ſoldats par Régiment , de ſe marier , de donner à ces ſoldats des habitations proche les différens cantons du
Royaume qui ſont à défricher. On donneroit à chacun une certaine quantité de
terre qui leur appartiendroit à eux & à leurs enfans à perpetuité , juſqu'à l'extinc-
tion de la famille ; & faute d'enfans , ces terres reviendroient au Roi , qui les
donneroit à un autre ſoldat. Le pere qui ſauroit que ſa famille ne peut jamais
manquer du néceſſaire , en ſerviroit avec plus de zele & d'ardeur ; & comme
ces biens cultivés par la famille de ces ſoldats ne doivent point être impoſés ,
ces ſoldats cultivateurs ne tomberoient point dans le crime que commettent la
plûpart des gens de la campagne , qui trompent la nature , dans la crainte d'a-
voir des enfans qu'ils ne peuvent nourrir , par les taxes trop fortes auxquelles ils
ſont ſouvent impoſés. Les enfans mâles qui proviendroient de ces mariages ſeroient ſoldats en naiſſant , les filles ne pourroient ſe marier qu'à des enfans de
ſoldats : les garçons ne ſe marieroient point avant vingt-cinq à trente ans , & les
filles avant dix-huit ou vingt , parce que pour faire des enfans forts & robuſtes ,
il faut que le pere & la mere ſoient formés. Cette eſpece de Colonie répandue
dans le Royaume , deviendroit un fond intarriſſable pour le militaire , un tréſor
réel pour l'État , & une certitude de la culture des terres dans toute l'étendue

I

Le foldat ne doit être ni trop jeune, ni trop vieux; mais il vaut mieux tomber dans le premier cas que dans le dernier, parce que comme le dit Vegece : *Il y a moins d'inconvénient qu'un foldat tout dreffé fe plaigne de n'avoir pas la force de* *** Lib. 1.** *combattre, que de fe voir défolé de n'être plus en état de fervir*.* **cap. 4.** Cependant ce fentiment, tout jufte qu'il eft, relativement aux Romains, ne l'eft point pour la France, parce que la bonté & la générofité de Louis XIV ont pourvus à ce qu'un foldat trop vieux reftât tranquille, & fut vêtu & nourri le refte de fes jours. Les loix Romaines, fur-tout dans le commencement de la Ré- publique, étoient toutes militaires. Quand les Confuls, au rap- **** Cout.** port de Nieuport **, vouloient lever des troupes, ils faifoient **des Rom. liv.** **5. chap. 1.** publier un Édit par un Héraut, & plantoient un étendard fur la citadelle ; alors tous ceux qui étoient en état de porter les armes, avoient ordre de s'affembler dans le Capitole, ou dans le champ de Mars. L'âge prefcrit par les loix étoit depuis dix- fept ans jufqu'à quarante-fix, ou alloit même jufqu'à cinquante, & ce n'étoit qu'à cet âge que le citoyen étoit difpenfé de porter les armes. Dans le commencement de la République, on ne le- voit les foldats que dans l'ordre des chevaliers, & parmi le peu-

---

du Royaume, parce qu'alors les recrues pour compléter les corps feroient prifes de cette Colonie de foldats. Quant aux milices, qu'il eft d'ufage de tirer, il faudroit les prendre dans les villes, non dans les gens d'arts & métiers ; mais dans cette foule de valets, de fainéans & de vagabonds qui y abondent ; par ce moyen ils ferviroient l'État, & les villes en feroient purgés.

M. le Baron de Vimphen, Officier de diftinction, dans des inftitutions mi- litaires qu'il m'a fait le plaifir de me communiquer, entre dans un très-grand dé- tail fur les moyens d'établir cette Colonie, fans qu'elle foit à charge aux peuples, & fans aucun frais pour le Roi. Il eft à defirer qu'il veuille en faire part au Mi- niftere, & que le Miniftere veuille l'examiner avec la plus grande attention. Il n'eft pas douteux que l'État en retireroit les plus grands avantages.

ple ; les citoyens de la lie du peuple & les affranchis n'y étoient point admis , & ils n'étoient employés qu'au service de mer. Ceux qui parmi les chevaliers refusoient de s'enrôler , étoient punis par la confiscation de leurs biens, & notés d'infamie : ces loix étoient nécessaires pour un peuple qui naissoit , & qui vouloit faire des conquêtes. Il n'en est pas de même de la France, dont la puissance est établie & reconnue ; mais quoique le Français ne soit pas noté d'infamie, lorsqu'il ne veut pas prendre le parti des armes , il est cependant forcé de servir , lorsque les circonstances l'exigent. La milice (*a*) qu'il est d'usage de lever se tire au sort, & par conséquent est forcée : les recrues pour les Régimens d'Infanterie & de Cavalerie, se font de bonne volonté, mais souvent elles se font par surprises ; & quoique le Prince ne les approuve point , il est obligé de fermer les yeux sur cette conduite, pour que ses troupes soient complettes. Lorsqu'un soldat s'engage, le tems est limité ; & ce tems fini, il faut lui donner son congé en paix ou en guerre, à moins qu'il ne veuille faire un second engagement. Ce tems qu'il doit servir étant limité , est une raison pour ne pas le recevoir trop jeune, parce que si on le recevoit avant qu'il eut la force de porter ses armes , & de s'en servir, il deviendroit à charge à l'État au lieu de lui être utile : en supposant qu'il lui fallut deux ans pour acquérir les forces nécessaires , il s'ensuivroit qu'il ne seroit utile que pendant six ans , or il faut qu'il le soit du moment qu'il est enrôlé ; ainsi en tems de guerre, il ne faut pas recevoir un soldat au-dessous de dix-huit ans ni au-dessus de cinquante : en tems de paix on peut le prendre à dix-sept ans , parce que le service est moins pénible.

(*a*) La premiere Ordonnance pour la levée des milices partt en 1688.

Comme il faut du tems pour former le foldat , il ne faut pas le mettre à portée de combattre avant qu'il foit parfaitement inftruit de fes devoirs , qu'il connoiffe fes armes , & l'ufage qu'il doit en faire , & qu'il foit plié & rompu à l'ordre & à la difcipline. S'il eft trop jeune , il acquérera , pendant ce tems d'inftruction , de la force & de l'agilité , fon corps & fon tempérament s'habitueront à une fatigue modérée , qui le préparera à une plus confidérable , lorfqu'il fera en campagne. C'eft par cette raifon que je crois indifpenfable d'attacher un Bataillon de recrue à chaque Régiment ; cette premiere école eft néceffaire , & pour le foldat de recrue , & pour le jeune homme qui entre au fervice , que l'on deftine à être officier , & elle met les bataillons de campagne en état de fervir utilement pendant toute la guerre. Lorfque l'on envoye à l'armée des recrues faites au hazard , telles qu'elles fe font toujours faites , que peut-on en attendre ? Peut-on en fûreté leur confier un pofte , les mettre en faction , ou les faire combattre ? Elles ne favent pas feulement porter leurs armes , ni s'en fervir ; elles ne favent pas s'aligner , ni marcher ; & s'il faut qu'elles faffent feu , elles tirent en l'air en tournant la tête , ou ne confervent point leur rang , & mettent le défordre dans le bataillon. Un foldat tout neuf qui n'a point été exercé , & que l'on veut faire combattre , eft plus dangereux que l'ennemi ; mais lorfqu'il a été fix mois ou un an au bataillon de recrue , & qu'il eft envoyé aux bataillons de campagne , il y marche , au moins , inftruit à manier fes armes , à s'en fervir utilement & avec facilité , à marcher en troupe ; il connoît l'ordre & la difcipline , ou , du moins , il en a les premieres teintures ; il en connoît la néceffité , & l'on peut avec confiance le mettre en faction , dans un pofte , & le faire combattre. Un tel foldat vaut mieux que vingt autres levés à la

hâte & fans choix ; ils augmentent de nombre , mais ils diminuent la folidité des corps , & ne font propres qu'à occafionner le défordre.

Pour engager le foldat à s'appliquer aux inftruₐctions que l'on
lui donne , & pour exciter fon amour-propre, il feroit néceffaire
qu'on attachât un point-d'honneur à qui feroit envoyé de préférence aux bataillons de campagne : ce n'eft que par des diftinctions qui flattent l'amour-propre , que l'on conduit les hommes ;
les gens de guerre en font même plus fufceptibles que d'autres.
Le moment où le foldat fe voit préféré , eft flatteur , & agit avec
plus de force fur lui que fur un homme de tout autre état ; ce
genre de triomphe eft public , tous les yeux font attachés fur
lui, & il jouit dans toute fon étendue de la préférence qu'on lui
donne. Il n'eft pas douteux que fi l'on agiffoit ainfi, il n'y auroit pas un feul foldat qui ne s'efforçât de fe rendre digne de
marcher à la guerre , au lieu de refter à l'école du bataillon de
recrue. Que l'on ajoute encore une différence entre la paye du
bataillon de recrue, & celle des bataillons de campagne ; cette
différence fera un véhicule de plus pour que le foldat fe rende
digne de marcher au bataillon de campagne. Tant que le foldat eft au bataillon de recrue , il ne peut fe regarder que comme furnuméraire, & comme deftiné, fi on l'en juge digne, à défendre un jour la patrie ; mais du moment qu'il part pour aller
joindre les bataillons de campagne, il doit fe compter parmi les
défenfeurs de l'État. Tout foldat qui fe fent , & qui a de l'eftime pour fon état, ne peut être qu'un homme valeureux.

La taille du fantaffin eft indéterminée , cependant il faut
qu'elle ne foit pas plus baffe que cinq pieds deux pouces, ni plus
haute que cinq pieds quatre à cinq pouces. Il faut qu'il foit fort,
fain, qu'il ait des jambes nerveufes , fans être trop fortes , des

épaules larges, & qu'il foit droit & agile. La taille du cavalier doit être depuis cinq pieds cinq pouces, jufqu'à cinq pieds huit & neuf pouces, parce que tout homme qui doit monter un cheval de quatre pieds dix pouces à dix & demi, doit avoir une taille proportionnée au cheval qu'il monte. Celle du dragon doit être depuis cinq pieds trois pouces jufqu'à cinq pieds cinq, parce que fon cheval eft plus bas que celui du cavalier, & qu'il faut laiffer les hommes au-deffus de cette taille pour la cavalerie (a).

La premiere attention que l'on doit avoir, eft de rendre le foldat libre dans tous fes membres, lui apprendre à marcher avec aifance, & fans être embarraffé de fes armes ; on lui apprend enfuite à les connoître & à s'en fervir. Le maniement des armes, auquel il faut le rompre, le rend adroit, & les lui fait paroître moins pefantes: on lui montre enfuite les différens mouvemens qu'il doit faire lorfqu'il fera admis dans le bataillon; on le joint après à d'autres foldats, on le fait marcher avec eux, & on lui fait répéter ce qu'on lui a appris en particulier. Lorfqu'il eft inftruit, on le met dans le bataillon, on lui apprend à mar-

---

(a) En général, les Dragons en France font beaucoup plus élevés que la Cavalerie : les Colonels & les Capitaines s'attachent tous à avoir des hommes de haute taille ; cet amour pour ces coloffes eft parvenu jufques dans les Troupes légeres à cheval. Je ne fais pas quel peut être leur objet ; mais cette haute taille eft abfolument oppofée au fervice que les Dragons doivent faire, & encore plus contraire à celui des Troupes légeres à cheval. Lorfque l'un & l'autre font à cheval, ils pefent trop fur leurs chevaux, qui, pour les Dragons, ne doivent avoir que quatre pieds huit pouces, & pour les Troupes légeres, quatre pieds fept. S'ils font à pied, cette haute taille eft inutile ; & un homme de cinq pieds trois à quatre pouces, bien conformé, réfiftera mieux à la fatigue que ces géans efflanqués, qui, pour la plûpart, font tout en jambes. Le Prince entretient des Troupes pour la guerre, & non pour la parade, & il n'a certainement pas l'idée d'être la copie du feu Roi de Pruffe.

cher d'un pas lent , plus vîte & redoublé , mais toujours ca-
dencé. Cette inftruction doit avoir été préparée avant que de
l'admettre au bataillon ; mais il ne peut s'y perfectionner qu'a-
vec le bataillon. Cet exercice doit être fouvent répété , comme
étant la principale inftruction que l'on doit donner au foldat :
c'eft du bien marcher qu'émanent les évolutions faites avec
promptitude & jufteffe , & d'où dépend prefque toujours le fort
des batailles. Toute troupe qui marche bien , fuppofe de l'ordre & de la difcipline : or , lorfque l'un & l'autre font établis, les opérations deviennent moralement certaines , il ne faut
plus y joindre que les difpofitions qui dépendent du Général
en chef.

L'inftruction du cavalier eft différente de celle du fantaffin ,
quoiqu'elle ait toujours le même but ; mais comme le cavalier
ne peut obéir aux ordres qu'on lui donne, qu'autant qu'il fait
conduire fon cheval , il eft néceffaire de lui apprendre cet art
avant que de rien exiger de lui , relativement aux évolutions
militaires. Il faut lui apprendre à connoître chaque partie de
fon cheval , chaque partie de l'harnachement , & l'ufage de
chacune, à feller & à brider fon cheval, à le monter , & comme il doit y être placé, à tenir la bride, & à s'en fervir ; ainfi
que de fes cuiffes & de fes jarrets, pour le pouffer en avant , le
faire reculer , le tourner à droite & à gauche , & enfin lui faire
faire tous les mouvemens qu'il exigera de lui. Ces premieres
inftructions font abfolument néceffaires ; & quelques longues
qu'elles foient , elles font indifpenfables , fi l'on veut fe fervir
utilement de la cavalerie.

Lorfque le cavalier eft placé à cheval, qu'il fait le conduire ,
& qu'il en eft abfolument le maître, il faut lui faire faire à pied
toutes les évolutions qu'il doit exécuter à cheval , pour qu'il fe

les grave dans la mémoire : on le fait enſuite monter à cheval, & on lui fait répéter les mêmes manœuvres qu'il a faites à pied. Lorſqu'il eſt rompu à cet exercice, & qu'il l'exécute avec préciſion, on le joint à quelques autres cavaliers, & on lui fait répéter ces mêmes évolutions, de-là il paſſe à l'Eſcadron ; & dans ſix mois d'exercice continuel, & d'application de la part du cavalier, il doit être formé, & en état d'exécuter tous les commandemens qui lui ſeront ordonnés. Mais pour avoir le tems d'inſtruire le cavalier, & de le mettre en état de ſervir utilement, il faut qu'il y ait un Eſcadron de recrue attaché à chaque Régiment, ainſi qu'un bataillon pour l'infanterie. Cet Eſcadron ſera d'autant plus utile, que l'inſtruction eſt longue & difficile, & qu'il eſt impoſſible en tems de guerre, par la conſtitution actuelle, de pouvoir compter ſur la cavalerie après une ou deux campagnes : les recrues ſont fréquentes, les remontes encore davantage ; il eſt vrai que l'on donne les jeunes chevaux aux anciens cavaliers, mais ils ne ſont gueres plus inſtruits que ceux qui arrivent ; & ce mélange de recrues qui ne ſavent rien, & de jeunes chevaux qui ſont mal menés, ne peut faire qu'une très-mauvaiſe cavalerie. Cet Eſcadron de recrue aura encore un objet ; les jeunes gens deſtinés à parvenir aux grades, & qui entreront ſous-Lieutenans, iront d'abord aux Eſcadrons de recrues, ils y apprendront les premiers élémens de leur métier ; on leur montrera à monter à cheval, en ſuppoſant qu'ils n'ayent pas été inſtruits dans les Académies ; & ils ne paſſeront aux Eſcadrons de campagne, que lorſqu'ils ſeront inſtruits &, capables de conduire leur troupe.

Je ne ſais pas pourquoi cette partie ſi eſſentielle à une armée, a toujours été négligée ; tous les ſoins ſemblent s'être portés ſur l'infanterie, & on n'en a donné juſqu'à préſent que de très-ſuperficiels

perficiels à la cavalerie ; cependant comme on ne fait point la guerre fans cavalerie , que cette arme eft abfolument utile , il femble que l'attention auroit dû être la même pour l'inftruction de la cavalerie que pour l'infanterie. L'inftruction du cavalier étant plus longue & plus difficile que celle du fantaffin , il étoit important de prendre des moyens plus efficaces pour mettre la cavalerie en état de fervir utilement : je crois qu'il n'y en a point d'autre, que d'attacher à chaque Régiment un efcadron uniquement fait pour le recruter & pour le remonter. On donneroit un Écuyer à cet efcadron ; cet Écuyer feroit fait Sous-Lieutenant, mais fans être attaché à aucune compagnie ; & ce grade lui feroit uniquement accordé pour lui donner de la confidération parmi les cavaliers , ce qu'il n'auroit peut-être pas , quelque mérite qu'il eut , s'il ne portoit pas l'uniforme, & s'il n'avoit pas par fon grade d'officier , une autorité au-deffus de celle que fon état primitif pourroit lui donner.

Après cette école, tant pour l'infanterie que pour la cavalerie , le point effentiel eft la difcipline ; mais pour l'établir , il faut étudier le génie de la Nation que l'on veut y plier. Comme, fans difcipline, une armée n'eft qu'un amas d'hommes divifés par l'opinion, par l'intérêt & par le fentiment, dont chacun fe croit Général, & veut, ou croit devoir agir felon fes idées , il eft de la plus grande importance de chercher les moyens d'établir la difcipline, & de mettre dans les troupes un ordre & une uniformité invariables. Telle Nation veut être traitée durement , telle autre avec plus de douceur : fi on prend le contre-pied, on ne réuffira jamais ; fi on traite avec douceur celle qu'il faut mener avec plus de fermeté, elle deviendra indocile & pareffeufe ; & fi on traite durement celle qu'il faut mener avec douceur, on la rendra mutine, & on finira par la révolter.

K

Chaque peuple, chaque Nation a fon génie & fon caractere ; c'eft à celui qui commande à plier le commandement au carac- tere, & à ne pas toujours forcer le caractere de plier au comman- dement. La févérité outrée du Duc d'Albe, contribua, peut- être, davantage à la révolte des Provinces de la Hollande, que la nouvelle religion de Luther & de Calvin, qui, cependant, en fut le premier principe. On ne fera jamais d'un Français un Ruffe, ni d'un Ruffe un Allemand ; cependant, il faut que la difcipline foit également obfervée dans les armées de chacune de ces trois Nations, pour qu'on puiffe les conduire ; ainfi l'at- tention que doivent avoir ceux qui font chargés d'établir cette difcipline, & de l'y maintenir, eft de prendre les mefures les plus juftes & les plus relatives au génie de la Nation qu'ils doi- vent conduire.

La difcipline confifte dans une obéiffance aveugle pour tous les ordres donnés, dans l'ordre invariable & uniforme des com- mandemens & des manœuvres, dans l'exactitude dans le fervice, dans le refpect pour les fupérieurs, dans les égards pour fes égaux, dans un filence profond dans chaque troupe, & dans l'exécution prompte des ordres du Général, & de ceux qui font prépofés à cet effet.

Pour établir une difcipline exacte & invariable, elle doit commencer par le Général, & defcendre jufqu'au foldat, & non pas remonter du foldat au Général ; parce que pour com- prendre la néceffité de fe faire obéir, il faut connoître foi-même l'importance de favoir obéir aux grades fupérieurs. Je ne fuis pas en peine que le Général fe faffe refpecter, mais il faut que le Maréchal de Camp fache refpecter le Lieutenant Général, le Brigadier le Maréchal de Camp ; ainfi du refte jufqu'au fol- dat. L'obéiffance entiere qu'un Lieutenant Général doit avoir pour le Général en chef, lui fera fentir la néceffité d'exiger la même obéiffance du Maréchal de Camp, celui-ci du Brigadier, celui-là du Colonel, & ainfi des autres, jufqu'au foldat : au lieu que fi l'on vouloit établir la difcipline en commençant par le foldat, chacun ne verroit que celui qui lui eft fubordonné, & oublieroit l'obéiffance qu'il doit à fes fupérieurs. Ce refpect, tout perfonnel qu'il doit être, eft cependant relatif au Général en chef, & à la foumiffion que l'on doit au Prince, qui lui a tranfmis fon autorité.

Une des caufes les plus manifeftes de l'indifcipline, & du peu de fubordination qu'il y a dans les troupes, vient de l'officier fubalterne, qui, prefque toujours, murmure, & fe répand en propos indécens fur le Général, fur les Officiers généraux, & fur ceux qui les commandent ; c'eft l'officier fubalterne, qui, le premier, rompt le filence dans la troupe ; il s'arroge le droit de juger fans appel du mérite de fes fupérieurs. Cette indifcipline fe communique au foldat, & bientôt le défordre s'enfuit : il eft donc effentiel de faire taire ces propos, un feul exemple de févérité arrêtera la langue de ces docteurs, & les fera rentrer dans leurs devoirs. Si le foldat manque à fes devoirs, c'eft que l'officier lui en montre l'exemple, c'eft qu'il ne tient pas la main à l'obfervation des ordres du Prince & du Général ; mais lorfque l'officier faura fe refpecter, & qu'il fera jaloux de remplir fes devoirs, le foldat deviendra fouple & obéiffant ; & s'il tombe en faute, l'officier fera en droit de le punir. Quel que foit le grade que l'on ait, on perd le droit de punir ceux que l'on a fous fes ordres, quand on eft le premier à manquer à l'obéiffance que l'on doit à fes fupérieurs. Je le répete, l'officier en France fe croit trop favant ; dès qu'il a fait deux ou trois campagnes, il veut apprécier les manœuvres du Général, & juger de fa

K 2

conduite ; il fe croit même capable de conduire une armée , il raifonne hautement fur ce qu'on a fait, & fur ce qu'on auroit dû faire , il juge par l'événement (*a*) ; il pouffe même la préfomption jufqu'à dire ce qu'on devroit faire. Ces propos que les foldats entendent, les invitent à raifonner entre eux ; & comme il arrive très-fouvent, & même toujours, que le Général n'agit pas felon leurs idées, la confiance n'eft plus entiere, ils exécutent avec lenteur les ordres qu'on leur donne ; la négligence fe met dans les troupes, le découragement fuit de près, & l'indifcipline générale eft bientôt dans toute l'armée.

(*b*) Il feroit à defirer que l'on put choifir des hommes tels que les défigne Montécuculi, les armées n'en feroient que meilleures ; ce choix épargneroit beaucoup de fujets à l'État, parce qu'il feroit inutile d'avoir des armées auffi nombreufes, qui dépeuplent les Provinces, enlevent les cultivateurs aux campagnes, & les gens d'arts & métiers aux villes ; & l'on auroit, par la valeur intrinfeque des hommes, un avantage plus certain que celui que l'on fe promet en vain par le nombre.

Il n'eft pas poffible que toutes les qualités qu'exige Montécuculi, fe trouvent dans tous les hommes que l'on enrôle ; j'en exigerois quatre principales, qu'ils fuffent fains, robuftes, & jeunes ; c'eft-à-dire, depuis dix-huit ans jufqu'à quarante, & qu'ils fuffent de bonne volonté. N'eft-il pas contre le bien réel de l'État d'enrôler des enfans de quinze ans, qui n'ont pas la force de porter leurs armes, dont le tempérament n'eft point fait, & dont la fanté eft altérée par la premiere fatigue ? Sont-ce là des foldats ? Que peut-on en attendre ? Ils font nombre, dit-on, mais c'eft dans les hôpitaux ; & loin d'être utiles à l'État, ils lui

---

(*a*) *Stultorum magifter eft eventus.* Titi-Livi, lib. 22.

sont à charge. Il est, sans doute, essentiel qu'un soldat soit sain, jeune & robuste; mais que lui serviront ces qualités, s'il n'est de bonne volonté? L'incertitude d'avoir son congé après le tems prescrit par les Ordonnances, empêche que les enrôlemens ne se fassent facilement, & c'est ce qui force ceux qui sont chargés de faire des recrues, d'user de ruses pour enrôler des jeunes gens. Si l'on étoit assuré d'avoir son congé après avoir fini le tems prescrit par les Ordonnances, il n'y a pas un seul sujet de l'État qui ne voulût le servir, au moins, huit ans; on ne manqueroit point de recrues pour compléter les corps, & l'on trouveroit une très-grande diminution dans la désertion, on ne seroit pas obligé de se servir de ces ruses, que le Prince n'approuve pas, & qui sont, quant aux troupes de ligne, contraires aux Loix de l'État.

Il y auroit encore un moyen pour arrêter la désertion, ou, du moins, pour la rendre moins considérable : il faut prendre le soldat du côté de l'honneur, il n'y a aucune Nation, aucun Etat qui n'en soient susceptibles; il faut lui faire sentir combien un transfuge qui renonce à sa patrie, qui abandonne ses parens, ses concitoyens, se rend odieux & méprisable, en adoptant une patrie étrangere, qui ne l'a ni élevé, ni nourri, & en lui vendant des services qu'il devoit à son Prince, & à ceux qui lui donnerent le jour. L'uniforme, les armes, l'idée qu'il est armé pour la défense de la patrie, doivent lui inspirer une premiere élévation dans l'ame; l'ordre, la discipline, & les égards que l'on auroit pour lui, acheveroient de lui donner du respect pour lui-même & pour son état; & si l'on joint à cela l'expectative de parvenir aux grades militaires, lorsqu'il s'en sera rendu digne par son courage, son intelligence, ses talens, & ses services; il est moralement sûr qu'il ne désertera plus; & s'il n'a pas en lui les talens qui peuvent le faire parvenir, il achevera, du moins, son tems, certain d'avoir son congé, lorfqu'il aura rempli le terme preſcrit par les Ordonnances.

Ces moyens feroient efficaces pour donner au ſoldat Français les mêmes ſentimens qu'avoient les ſoldats Romains. Si un ſoldat Romain croyoit s'avilir en déſertant, pourquoi en France le ſoldat ne craindroit-il pas de ceſſer d'être Français? Il en eſt de même de toutes les Nations; c'eſt un ſentiment naturel & général, que d'aimer le pays où l'on eſt né, & d'eſtimer ſa Nation; on porte même ce ſentiment juſqu'à l'injuſtice. Le vrai patriote, ſans ceſſer d'eſtimer les autres Nations, doit aimer la ſienne, & contribuer à ſa gloire : ce ſentiment retiendroit le ſoldat dans la crainte de perdre, ou, au moins, de dégénérer des qualités qui lui ſont communes avec toute ſa Nation.

Une profeſſion dont l'honneur eſt le principe, doit être enviſagée différemment de celle qui n'a que le lucre pour objet; j'avoue qu'il eſt difficile de corriger ſur le champ de ſemblables abus, & d'ôter à l'officier l'idée que le ſoldat eſt un être fort au-deſſous de lui, qui ne peut pas même lui être comparé; mais je penſe, qu'avec le tems, on peut inſpirer au ſoldat cet honneur que doit lui donner le titre de défenſeur de l'État, & faire enſorte qu'il ſe reſpecte aſſez pour que l'officier, ſans ſe mettre de pair avec lui, ait des égards pour un homme, qui, tout ſubordonné qu'il lui eſt, n'en eſt pas moins ſon compagnon d'armes, & le juge le plus juſte de ſes talens & de ſa capacité.

(c) Pourquoi ne ſe trouve-t-on pas aujourd'hui auſſi honoré du titre de ſoldat, que les étrangers ſe le trouvoient, lorſqu'ils étoient admis citoyens Romains ? Toute profeſſion qui porte avec elle le caractere de défenſeur de l'État, ne peut être qu'eſtimée & reſpectée, dans quelque grade que ce puiſſe être,

& fes membres font les premiers citoyens ; mais il faudroit auffi que les foldats fe confidérant davantage, fe refpectaffent entre eux plus qu'ils ne font. Ce fentiment dépend en partie de l'officier, qui, naturellement porté à fe faire refpecter, devroit marquer plus d'égards pour ceux qui lui font fubordonnés. La profeffion des armes eft fi noble par elle-même, que bien loin d'humilier le foldat, on devroit chercher à lui élever l'ame. Pourquoi, lorfque le foldat manque à fes devoirs, fe fervir de ces termes injurieux, qui ne font que trop communs? Pourquoi accompagne-t-on fouvent ces injures de coups de bâton? Ne peut-on pas le punir par d'autres voies que par celle qui le rabaiffe fort au-deffous de fon état? On dira, peut-être, mais on traite la jeune nobleffe à coups de verges, lorfqu'elle manque à fon devoir : cela eft vrai, fans que je l'approuve, parce qu'il ne faut jamais rabaiffer l'ame d'un jeune homme, mais toujours chercher à la lui élever : d'ailleurs, ce font des enfans qui à peine fe connoiffent encore ; & quoique ces verges n'ayent été imaginées que par des inftituteurs ignorans & brutaux, il ne s'enfuit pas que le foldat, qui eft d'âge mûr, qui eft le défenfeur de l'État, qui eft armé pour foutenir les droits & la majefté du Trône, doive être traité comme des enfans de huit à dix ans. Une punition prompte & douloureufe peut corriger des enfans ; mais elle révolte l'homme d'âge mûr, & qui fent que fa profeffion eft noble par elle-même. Il n'y a point d'hommes qui ne commettent jamais de fautes ; auffi faut-il les punir, mais par des voies relatives à leur état. Il feroit à defirer que l'officier voulut comprendre, que plus il abaiffe un foldat, moins il fe donne de confidération. Comme il eft plus flatteur pour un Prince de régner fur un peuple, qui, quoique libre, eft aveuglement

foumis à fes volontés, que fur un peuple de ferfs & d'efclaves:
il eſt de même bien plus flatteur pour un officier, de commander à des foldats qui fe conduifent par honneur, qu'à
d'autres qui ne font contenus que par la crainte du châtiment ; ajoutons qu'il y a plus de fûreté.

Il eſt aviliſſant pour l'humanité, & dangereux pour l'État,
de penfer comme quelques officiers, que le foldat eſt une machine, un automate, que l'on fait agir felon fa volonté, &
felon le befoin que l'on peut en avoir, fans qu'il ait aucune
des connoiſſances que la Nature accorde à tous les hommes.
Il feroit bien malheureux pour des Généraux, d'avoir à commander des armées compofées de pareils hommes. Il faut pouvoir eſtimer ceux à qui on commande, il faut pouvoir compter fur une obéiſſance aveugle, mais éclairée ; or il n'eſt pas
poſſible d'avoir de l'eſtime pour des machines, ni de pouvoir
faire aucun fond fur elles.

Quelque confidération que je prétende qu'il faille avoir
pour le foldat, elle ne doit point l'exempter de la punition la
plus févere, lorfqu'il manque à fes devoirs ; mais il faut le
punir fans humeur : il feroit bien trifte qu'il n'y eut d'autres façons de le punir, que par le bâton & par des injures.
Je penfe bien que les zélés admirateurs de la difcipline Allemande, qui croyent que ce qui eſt d'ufage chez une Nation,
peut être admis pour toutes les autres, fe récrieront qu'on ne
peut mener le foldat, & s'en faire obéir, autrement : ils n'auroient pas cette idée, qui eſt abfurde, s'ils favoient l'art de
commander à des hommes. Je n'entreprendrai pas de faire
l'apologie de la Nation Allemande ; mais comme j'ai eu pendant feize ans un Régiment d'Huſſards compofé d'Allemands
& de Hongrois, j'ai reconnu que l'Allemand n'étoit point tel
que

que l'on veut le dépeindre. Il a du courage , de l'honneur &
beaucoup de patience ; il eft plus fufceptible de difcipline
qu'aucune autre Nation : il a des défauts, fans doute ; quelle
eft la Nation qui n'en a pas ? mais je penfe qu'on peut contenir un Régiment Allemand dans la plus exaɕte difcipline ,
fans fe fervir du bâton. Il faut de la fermeté & de l'exaɕitude
dans le fervice , ne jamais flatter le foldat Allemand , & lui
parler toujours comme un fupérieur parle à fon inférieur , jamais aucune familiarité, ne lui rien dire lorfqu'il fait bien , &
le punir très-féverement lorfqu'il fait mal. Le Français doit
être traité différemment , parce que fon caraɕtere n'eft pas le
même ; il a de l'honneur & du courage comme l'Allemand ,
mais il eft plus bouillant, & a moins de patience ; & , comme
je l'ai dit plus haut , il eft raifonneur , & juge fouvent de la
capacité de fes Chefs , par le fuccès. Cette efpece de caraɕtere
eft plus difficile à conduire ; il faut employer d'abord la douceur, des égards à un certain point, parce qu'il ne faut jamais
s'écarter du caraɕtere de fupérieur ; il ne faut jamais fe fami-
liarifer avec le Français , il a trop de facilité à fe mettre de
pair, & à devenir camarade ; il faut lui parler avec bonté , le
punir très-féverement pour la plus petite faute ; favoir le louer
à propos, mais avec ménagement , & en confervant toujours
fur lui l'autorité du grade.

   Les punitions doivent s'étendre jufqu'à l'officier , de quelque grade qu'il puiffe être , je n'en excepte aucun. Plus un
officier eft élevé en grade , plus les fautes qu'il fait font capi-
tales: felon la gravité , il faut le caffer , le dégrader , & quelquefois le punir de mort. Ces exemples , tout féveres qu'ils
paroiffent, font abfolument néceffaires , & influent effentiellement fur l'ordre & la difcipline du total du militaire. Trifte

L

extrémité, fans doute, & qui fait honte à imaginer ; mais à laquelle on eft malheureufement forcé d'avoir recours, pour contenir dans leurs devoirs des perfonnes qui ne devroient avoir pour principes de leurs actions, que l'honneur & l'amour de la patrie, & qui s'en écartent pour des objets de lucre, ou d'autres motifs auffi vils & auffi diffamans.

(*d*) Ranger les hommes fuivant leur qualité, c'eft, me femble, les ranger felon leur valeur intrinfeque ; c'eft-à-dire, que les plus anciens, & ceux en qui on a le plus de confiance, fe mettent au premier & au troifième rang, & le refte au fecond, enclavés dans les deux rangs premier & troifième. Cette forme eft abfolument différente de celle des Romains, qui mettoient les plus jeunes, nommés *Haflats*, au premier rang, les plus robuftes, appellés *Princes*, au fecond rang, & les plus vieux, nommés *Triaires*, au troifième : je ne parle point des *Velites*, qui étoient les légérement armés ; ceux-ci commençoient le combat, mais ils fe retiroient fur les flancs, ou par les intervalles, au moment que les Légions étoient affez proches pour attaquer l'ennemi avec le javelot, le pilon, & l'épée. L'ordre actuel pour le combat, eft relatif aux armes en ufage aujourd'hui ; il n'eft pas douteux qu'un vieux foldat doit être plus inftruit à fe fervir de fes armes, qu'un nouveau ; que ceux qui font les plus anciens après ces premiers, & que l'on met au troifième rang, ne font ainfi placés que pour contenir le fecond rang, formé des plus jeunes foldats, ce qui revient à-peu-près à l'ordre Romain, qui mettoit les *Triaires* les derniers, afin qu'ils continffent & fecouruffent les premiers rangs : mais comme ces *Triaires* étoient les plus vieux foldats, & qu'ils n'avoient plus la force de lancer le javelot, ou d'agir avec le pilon & l'épée, avec la même facilité que les *Haftats* & les *Princes*, qui étoient plus jeunes, c'eft pour cette raifon qu'on les mettoit au premier & fecond rang. Quant à ce que dit Montécuculi, qu'il faut ranger les foldats felon leur métier, ils n'en ont plus aucun que celui de foldat, dès qu'ils font enrôlés, & c'eft la valeur intrinfeque de chacun, qui doit décider de la place qui leur fera affignée.

(e) Ce n'eft pas affez que l'ordre, la difcipline, & l'uni-formité dans le fervice foient exactement obfervés, il faut encore que chaque arme foit placée fur le terrein, & de la ma-niere qui lui convient, pour pouvoir agir. Sans ordre, & fans difcipline, il n'y a point de Général, tout le monde l'eft, ou croit l'être, & donne fon avis fans qu'on le lui demande. Si chaque arme n'eft point placée fur le terrein qui lui eft pro-pre, elle ne pourra foutenir l'attaque de l'ennemi, qui fe fer-vira certainement de celle qui pourra agir ; de-là naîtront la confufion & le défordre, &, peut-être, la déroute entiere de l'armée.

Un Général ne doit pas craindre de paffer pour févere, ni trop rigide, lorfque fa févérité ne tendra qu'à maintenir l'or-dre & la difcipline dans fon armée ; ces propos, qui ne peu-vent partir que d'un petit nombre d'officiers, moins occupés de leurs devoirs, que de fuivre le penchant naturel qu'ils ont pour l'indépendance, cefferont aux premiers fuccès qu'il aura, & dont il s'affurera, s'il joint à cette difcipline exacte, de juftes difpofitions, relatives au terrein & à l'efpece d'armes qu'il doit employer : l'homme févere difparoîtra bientôt, & l'on ne verra plus qu'un Général fage & éclairé, la confiance en lui fera toute entiere, l'eftime fuivra de près, & on finira par le chérir.

Dans les marches, les ordres & la difpofition doivent chan-

L 2

ger autant de fois que la fituation du terrein varie. La connoiffance du pays doit précéder toute difpofition & tout
mouvement : tantôt l'infanterie doit être dans le centre, & la
cavalerie fur les aîles ; tantôt ce fera la cavalerie qui fera dans
le centre : quelquefois toutes les têtes des colonnes feront
d'infanterie, & la cavalerie marchera après ; dans un autre
pays ce fera la cavalerie qui tiendra la tête (*a*). On ne peut
rien ftatuer de fixe pour les marches, c'eft la fituation du pays,
c'eft la proximité de l'ennemi, & fa pofition, qui en décident.
Si l'on campe, la même régle doit fubfifter, chaque arme doit
être placée fur le lieu où elle peut agir plus aifément ; &, en
général, l'ordre de la marche doit être le même que celui des
troupes dans leur camp, à moins que le pays que l'armée doit
parcourir dans fa marche, ne foit abfolument différent de celui fur lequel elle doit camper ; alors il y a deux difpofitions à
faire, une pour marcher, & l'autre pour camper ; mais l'une
& l'autre doivent avoir été prévues & ordonnées avant que
de partir du camp, afin que chaque brigade fache prendre fa
place dans la marche, & que, fans de nouveaux ordres, elle
aille camper fur le terrein qui lui eft défigné. Si on combat,
on doit obferver les mêmes principes, & difpofer fes troupes,
de façon qu'elles puiffent toutes fe fecourir fans confufion, &
fans s'embarraffer l'une l'autre. Les ordres doivent être courts
& clairs, les mouvemens rapides, la difpofition exacte, & les
fecours portés avec célérité.

(*f*) Il n'y a rien à defirer dans la divifion que fait Montécuculi des parties qui compofent une armée ; il eft cependant

---

(*a*) On peut voir dans mon Effai fur l'Art de la Guerre, les différentes occafions énoncées ci-deffus, dans les Planches 1ere. 2me. 3me. 4me. 5me. & 6me.

néceffaire de remarquer que les Décuries n'ont point lieu en France, où les compagnies d'Infanterie, de Cavalerie, d'Huffards & de Dragons font partagées par efcouades, par divifions & par fubdivifions. Il y a huit efcouades de fept hommes chacune par compagnie d'infanterie, en y comprenant un Caporal & un appointé, qui tient lieu de l'Anfpeffade. Ces efcouades font commandées par un Caporal ; deux efcouades font une fubdivifion, & elle eft commandée par un Sergent : deux fubdivifions font une divifion, qui eft commandée par un Lieutenant ou un fous-Lieutenant. Dans la cavalerie, il y a huit efcouades, de fix hommes chacune, par compagnie, en y comprenant un Brigadier & un Carabinier ; & le même arrangement fubfifte comme dans l'infanterie, tant pour le commandement des efcouades, que pour les fubdivifions & les divifions, qui font commandées, les unes par les Maréchaux des Logis, & les autres, par le Lieutenant & le fous-Lieutenant. Les huffards & les dragons font de même que la cavalerie.

(*g*) Toute concurrence eft contraire au bien du fervice, & funefte à l'État & à l'armée : il ne doit jamais y avoir qu'un chef dans les commandemens généraux & particuliers ; ainfi dans le commandement d'une armée, & dans celui des différens détachemens qui partent de l'armée, il ne doit y avoir qu'un chef ; le Général ne doit rendre compte qu'au Prince, & ne recevoir d'ordre que de lui ; & les chefs des différens détachemens qu'il envoye, ne doivent rendre compte, ni recevoir d'ordre, que du Général, ou de celui qu'il a commis à cet effet.

Si la concurrence eft nuifible dans les différens détachemens qui fe font dans le cours d'une campagne, cette concurrence devient plus à craindre, lorfqu'il s'agit du commandement en chef d'une armée. La bataille d'Hogſtedt, perdue en 1704, celle de Turin, en 1706, de Ramillies, en 1709, & de Lauf-feld, par M. le Duc de Cumberland, & M. de Bathiany, le 2 Juillet 1747, ſont des preuves évidentes que pluſieurs Gé-néraux en chef dans une armée, ne peuvent y mettre que de la diviſion ; chacun de ces chefs a ſon avis, &, preſque tou-jours, ſon intérêt particulier, ſur-tout ſi ces chefs ne ſont pas de la même nation. Lorſqu'il y a deux chefs dans une armée, les conſeils ſont fréquens, rien ne s'y réſout ; les opérations ſont lentes, les mouvemens indécis, & l'on finit preſque tou-jours par ſe faire battre. Quant aux différens détachemens qui partent de l'armée pour différens objets & deſſeins, les Or-donnances ſont très-claires à ce ſujet : s'ils ſont compoſés d'une ſeule arme, c'eſt l'officier du grade ſupérieur, & le plus an-cien dans ce grade, qui commande ; ſi ce détachement eſt com-poſé de pluſieurs armes, l'officier de cavalerie commande en plaine, & celui d'infanterie, en place fermée ; il ne peut y avoir de diſcuſſion. Mais quelle peut être la raiſon qui a en-gagé le Miniſtere à donner cette Ordonnance ? C'eſt qu'il a ſuppoſé que l'officier de cavalerie, plus habitué que celui d'infanterie à marcher en plaine, ſaura mieux faire uſage de ſa cavalerie, que ſi c'étoit l'officier d'infanterie qui la com-mandât : il en eſt de même pour celui-ci, lorſqu'il eſt en place fermée, ou dans un village, il doit ſavoir placer ſes poſtes plus avantageuſement, retrancher les endroits foibles, & diſ-poſer ſon infanterie, pour qu'elle ſoit en force par-tout, ce que ne pourroit faire l'officier de cavalerie. Cela eſt juſte quant à cette partie ; mais ſi l'officier de cavalerie, content d'avoir pris une bonne poſition pour l'arme qui lui eſt la plus fami-liere, ne ſait où placer ſon infanterie, ou la place mal, ce

détachement n'a plus que la moitié de ses forces , & court ris-
qué d'être battu. Il n'y a eu que trop d'exemples dans la derniere guerre , de ce que j'avance ici. Le même inconvénient
doit subsister , lorsqu'un officier d'infanterie commande de la
cavalerie en place fermée , dans un bourg , ou dans un village;
il est possible qu'il ne sache pas s'en servir , faute d'en avoir
l'usage. Je conviens qu'il ne peut y avoir de concurrence ,
les Ordonnances sont claires , & elles ne peuvent être différemment interprétées ; mais les troupes n'en sont pas mieux
commandées, les vûes du Général ne sont point remplies ; &
souvent les troupes sont battues & écharpées , faute d'avoir
été commandées par un chef intelligent & instruit.

Ce n'est pas l'arme qu'il faut honorer , l'infanterie & la cavalerie sont également les soutiens de l'État , & les vengeurs
des offenses faites à la majesté du Trône ; ainsi elles ne doivent
avoir aucune préférence l'une sur l'autre : mais c'est l'ancienneté des services qui doit être honorée & préférée , parce
qu'elle suppose de l'acquit & des connoissances ; ainsi il me
paroîtroit plus juste que dans tous les cas, soit en plaine ou en
place fermée (ce qui ne peut s'entendre pour des places de
guerre, où il y a des Officiers généraux qui y commandent,)
le plus ancien officier commandât ; on éviteroit par-là les mé-
contentemens & la répugnance que doit certainement avoir
un ancien Capitaine d'infanterie , lorsqu'il se trouve sous les
ordres d'un jeune Capitaine de cavalerie, qui n'est, peut-être ,
dans ce grade que depuis le commencement de la campagne;
de-là s'ensuivent la négligence dans l'exécution des ordres , la
lenteur dans les mouvemens , négligence qui se communique
des officiers aux soldats , & qui ne peut être que très-préjudi-
ciable aux desseins & aux projets du Général.

Il y a encore un très-grand inconvénient à remarquer, relativement à la concurrence, & que j'ai vu arriver dans plusieurs circonstances, pendant les deux dernieres guerres. Un Officier général détache un Mestre de Camp, ou un Lieutenant colonel, avec plus ou moins de troupes de cavalerie, & il joint à ce détachement, deux ou trois cens hommes d'infanterie, sous un chef tiré de l'infanterie ; mais ce chef n'est sous les ordres du Mestre de camp, que conditionnellement, & selon les circonstances: je n'ai pas besoin de faire remarquer les inconvéniens d'un tel ordre, ils se sentent assez d'eux-mêmes, pour peu que l'on ait quelques connoissances de la guerre. J'ai vu, dans une autre occasion, donner à un Mestre de Camp d'hussards, six compagnies de grenadiers, mais avec défense à ce Mestre de Camp de leur faire passer une riviere, pour s'emparer d'un village que les ennemis occupoient avec très-peu de troupes, & dont il étoit important de se saisir ; les grenadiers resterent sur le bord opposé, heureusement les ennemis évacuerent le village à la nuit, & à la pointe du jour, le Mestre de Camp passa la riviere à gué avec son Régiment, & laissa les six compagnies de grenadiers attendre de nouveaux ordres : il valoit tout autant ne lui pas donner de grenadiers, ou lui permettre de passer de l'autre côté, avec chaque hussard un grenadier en croupe ; l'ennemi, qui étoit de l'autre côté, n'auroit pas résisté long-tems, & une fois quelques troupes passées, l'ennemi auroit été chassé & pris, sans qu'il s'en fut sauvé un seul. Tout commandement indécis, & où il y a des restrictions, est sujet à de grands inconvéniens, & l'Officier commandant ne peut jamais répondre des événemens.

(h) Toute commission de Colonel, de Lieutenant colonel, & de Capitaine à la suite des corps, multiplie les êtres, & met de la confusion dans le service : il en est de même des charges

qui

qui s'achetent , & qui donnent le rang de Colonel. Aucun grade militaire ne devroit jamais s'acheter ; l'honneur de fervir fa patrie ne doit point être avili par de l'or : c'eſt des fervices de fes peres, c'eſt de ceux que l'on a pû rendre, quoique dans des grades inférieurs , que l'on doit eſpérer de mériter & de parvenir aux grades fupérieurs. Tous les tréfors poſſibles ne peuvent donner les talens néceſſaires pour commander ; & lorſqu'il s'agit de la vie des citoyens, & du bien de l'État, on ne fauroit être trop circonſpeƈt ſur le choix des ſujets : or comme la Nobleſſe n'eſt pas la partie la plus riche de l'État, & que l'état militaire eſt, de droit, dévolue à la Nobleſſe , il s'enfuit que tant que les emplois s'acheteront, la plus grande partie de cette Nobleſſe fera exclue des emplois fupérieurs ; que ces emplois feront occupés par des parvenus, auſſi étrangers à la place qu'ils achetent, qu'ils voudroient l'être à leur premier état ; conféquemment, tous les rangs feront confondus , perfonne ne fera à fa place , & les troupes n'en feront pas mieux conduites.

(i) Montécuculi , toujours fublime dans fes définitions , femble fe peindre lui-même dans les qualités qu'il exige d'un Général ; il n'a obmis aucunes de celles qui caraƈtérifent le grand homme. Il feroit à defirer que les quinze ou feize lignes que contient cette définition , fuſſent gravées dans la mémoire , & mieux encore dans le cœur de ceux qui fe deſtinent aux armes. Il feroit auſſi à fouhaiter que la jeune Nobleſſe fe confultât avant que de prende ce parti, qu'elle eſſayât fes talens , & qu'elle ne prit pas pour un goût réel , une velléité guerriere , naturelle à tous les jeunes gens , mais qui ne fe foutient pas toujours , lorſque les fatigues & les dangers fe préfentent de plus près.

M.

(*k*) Les armes défensives, dont parle Montécuculi, ne font plus en usage dans les armées de l'Empereur, ni même dans celles d'aucune Puissance, on n'a confervé que la cuirasse devant & derriere pour la cavalerie ; l'infanterie n'a que des armes offensives: même chez beaucoup de Puissances, on ne donne que des plastrons à la cavalerie, & une calotte de fer trèslégere que l'on attache fur le chapeau, & qui pare à peine le coup de fabre. Quant aux autres piéces de l'armure, elles ne font plus usitées en Europe, à l'exception de la Pologne, qui a encore un corps de cavalerie armé de toutes piéces ; mais c'est plûtôt pour conferver un ancien usage, que pour en retirer quelqu'utilité. L'infanterie & la cavalerie, armées de toutes piéces, devoient être l'une & l'autre très-pesantes ; il falloit pour l'infanterie des hommes d'une autre espéce que celle dont elle est aujourd'hui composée, & qui fussent habitués de longue main à agir avec cette armure : il en étoit de même du cavalier, il falloit des hommes de haute taille, & très-forts, parce que comme les chevaux devoient être proportionnés, pour la hauteur & la force, au poids qu'ils devoient porter, un cavalier de cinq pieds quatre à cinq pouces, armé de toutes piéces, n'auroit pas pû monter facilement fur un cheval de cinq pieds : ces chevaux étoient fouvent bardés de fer, ce qui rendoit le cheval moins agile, &, par conféquent, toute la cavalerie très-pesante. Ces troupes devoient paroître formidables au premier aspect ; mais comme leurs mouvemens ne pouvoient être que très-lents, elles n'étoient pas aussi à redouter qu'elles le paroissoient à l'œil. Ce fer poli qui réfléchissoit, & renvoyoit les rayons du foleil, pouvoit en impofer à l'homme foible. L'armée de Darius, couverte d'or & de pierreries, fut à moitié vaincu dès qu'elle apperçut celle d'Alexan-

dre, dont les foldats étoient couverts de fer & d'airain. Lorfque les Romains marchoient à l'ennemi, ils découvroient leurs
boucliers & leurs cafques, qui avoient des étuis de cuir ; ils
prenoient leurs plus belles armes, les plus luifantes & les
mieux fourbies. L'œil étonné communique à l'ame la même
furprife; plus il examine, plus il fe groffit les objets & le danger, & l'ame, qui reçoit ces impreffions, devient foible & timide. Si cependant on vouloit faire réflexion que ces armes
défenfives, toutes brillantes qu'elles étoient, ne furent inven-
tées que par la crainte, qu'elles devoient embarraffer celui
qui les portoit, quelqu'ufage qu'il en eût, & que fouvent il
comptoit plus fur fes armes défenfives, dont il étoit affaiffé,
pour fe préferver de la mort, que fur la bonté de fes armes
offenfives, dont il pouvoit à peine fe fervir pour fe défendre,
on fe perfuaderoit aifément que le premier objet de l'homme
armé de toutes piéces, étoit de n'être point vaincu, & que
celui de vaincre n'étoit que le fecond. Ce fentiment devoit
être un heureux pronoftic pour l'ennemi ; car toute troupe
qui marche à l'ennemi dans l'intention feule de n'être point
battue, doit être vaincue & mife en déroute ; mais celui qui
va leftement armé, fans que rien puiffe le gêner, qui n'a confiance que dans fes armes offenfives, dans fon courage & dans
fon adreffe, & qui ne marche au combat que pour vaincre,
fans fonger qu'il peut être vaincu, doit avoir un avantage
manifefte fur fon adverfaire. Quand même l'homme armé de
toutes piéces, que je fuppofe auffi brave, auroit la même opinion de vaincre que celui qui eft armé à la légere, la célérité
de l'attaque de l'un, l'ufage facile qu'il peut faire de fes armes
offenfives, lui donneront une fupériorité marquée fur le pefamment armé ; fi le premier trouve de la réfiftance, il peut fe

M 2

retirer fans craindre d'être fuivi , revenir à la charge plufieurs fois , & fatiguer tellement fon ennemi , qu'il ne puiffe
plus foutenir fes armes. C'eft l'avantage qu'ont les huffards
fur la cavalerie actuelle , non que la cavalerie foit gênée par
le plaftron qu'elle porte, mais c'eft que fes chevaux font plus
pefans , & ne fe manient pas auffi légérement que ceux des huffards. Il eft poffible aux huffards de battre de la cavalerie ;
mais ils ne peuvent pas en être battus , parce que s'ils trouvent trop de réfiftance , ils fe retirent , fans craindre d'être
fuivis. La victoire fignalée que Lucullus remporta fur Tygrane , eft un exemple de la fupériorité des troupes légérement armées , fur celles qui le font de toutes piéces. Tygrane
après avoir paffé le mont Taurus, vient camper dans la plaine
d'où l'on découvre Tygranocerte, que Lucullus affiégeoit. Le
Général Romain , quoique de beaucoup inférieur en infanterie & en cavalerie , laiffe Murena avec fix mille hommes devant la place, & marche au-devant de Tygrane. Pour joindre
l'ennemi, il falloit paffer un fleuve ; le Général Romain paffe
ce fleuve à un gué qu'il avoit reconnu la veille , & marche à
l'ennemi : celui-ci ne pouvant s'imaginer qu'une poignée de
monde ofât venir attaquer une armée de près de deux cens mille
hommes , prend ce mouvement pour une fuite ; mais bientôt
il eft détrompé , en voyant l'armée Romaine s'avancer fur lui.
Il ordonne qu'on prenne les armes , & qu'on fe mette en bataille ; mais ce fut fi précipitamment , & avec tant de confufion, que Tygrane fut attaqué avant qu'il pût fe reconnoître ,
& que fon armée pût être rangée en bataille. Lucullus attaque d'abord la cavalerie bardée de fer , qui couvroit l'aîle
droite, elle eft enfoncée par la cavalerie Romaine, armée à la
légere, aidée de deux cohortes qui l'attaquent en flanc ; cette

cavalerie pefante ne peut réfifter à l'attaque vive des Romains, elle fe replie en défordre fur fon infanterie, qu'elle rompt ; de-là s'enfuit la déroute entiere de l'armée de Tygrane. Les Romains dûrent la victoire à la célérité de l'attaque de leur cavalerie, unie aux deux cohortes, à la confiance mal placée de Tygrane, fur le petit nombre de l'armée Romaine, comparé à fes forces qui étoient innombrables (a), & à la pefanteur de fa cavalerie, armée de toutes piéces, qui ne put être affez promptement en bataille *.

* Plut. vie de Lucullus, tom. 4.

Les armures de toutes piéces pouvoient être bonnes lorfqu'elles étoient en ufage chez toutes les Puiffances ; les armes alors étoient égales. La cavalerie & l'infanterie de l'un & l'autre parti étoient également pefantes ; mais je penfe qu'aujourd'hui un efcadron armé de toutes piéces, fe battroit mal contre un autre armé à la légere. Je fuis perfuadé que la Puiffance qui, la premiere, a ôté les armes défenfives à fon infanterie, & qui a allégé fa cavalerie, a remporté des avantages marqués fur l'ennemi couvert de fer. D'ailleurs, à quoi ferviroient aujourd'hui ces armures de pied en cap, elles feroient plus dangereufes qu'utiles ; comme il n'y a que le devant de la cuiraffe qui foit à l'épreuve de la balle, les coups de feu qui donneroient dans toute autre partie des armes, feroient beaucoup plus dangereux. Quelque refpect que j'aie pour le fentiment de M. le Maréchal de Saxe, qui me guide dans bien des circonftances, je ne puis approuver l'armure qu'il propofe pour le cavalier ; fi elle ne le gêne point, (ce que je ne crois pas,) elle ne peut lui être d'aucun fecours, relativement au

---

(a) Tygrane voyant avancer l'armée Romaine pour le combattre, dit, en plaifantant : s'ils viennent comme Ambaffadeurs, ils font beaucoup ; mais s'ils viennent comme ennemis, ils font bien peu **.

** Plut. vie de Lucullus, tom. 4.

feu, elle peut, sans doute, le garantir du coup de sabre ; mais
si le cavalier ennemi, au lieu de chercher à le frapper, dirige
son coup sur la tête du cheval, ou le cheval sera tué du coup,
ou il se cabrera, & donnera jour à l'ennemi de pousser son
cheval, & de renverser l'homme de dessus son cheval : ce
cavalier armé de toutes piéces, doit être alors très-embarrassé
de ses armes, & il ne pourra se relever que très-difficilement (*a*).

Quant aux armes défensives en usage du tems de Montécuculi, comme la lance, la pique, l'arme à longue hampe, &
le mousquet à meche, on y a substitué le fusil, tel qu'il est aujourd'hui, & on y a ajouté la bayonnette à douille. Cette
arme est excellente à tous égards, parce que le soldat peut
faire feu, & en même tems se servir de sa bayonnette, que par
conféquent il a deux moyens de défense dans une seule arme ;
cependant si la bayonnette étoit plus longue, je crois qu'elle
seroit meilleure, parce qu'une bayonnette de deux pieds de
lame au bout du fusil, étant une arme plus longue, l'infanterie seroit mieux armée contre de la cavalerie ; & en supposant
qu'elle ait à combattre de l'infanterie, cette arme ne seroit
pas trop longue, le soldat en chargeant ses armes ne risque-
roit pas de se percer la main avec sa bayonnette, & le feu en
seroit plus vif (*b*).

(*a*) J'ai voulu faire l'expérience de ce que j'avance. J'ai mis une armure de
pied en cap, qui étoit juste à ma taille, & qui, étant debout, ne me gênoit
point, & avec laquelle j'ai marché long-tems avec assez d'aisance ; je me suis
mis à genoux avec beaucoup de difficulté, ensuite je me suis assis par terre & me
suis couché tout de mon long ; mais lorsque j'ai voulu me relever, cela ne m'a
pas été possible, & il a fallu me désarmer dans la position où j'étois.

(*b*) On pourroit objecter que la bayonnette étant plus longue, rendroit le
bout du fusil plus pesant ; mais en donnant des proportions justes à la bayonnette, on pourroit éviter cet inconvénient, & lui conserver en même tems la force

Le grand ufage que l'on fait aujourd'hui du feu, a fait imaginer de mettre les bataillons fur trois de hauteur, pour plufieurs raifons. 1°. Pour perdre moins de monde , parce que
moins il y a de profondeur , & moins il y a de coups qui portent. 2°. Pour avoir un front égal à celui de l'ennemi, qui eft
dans l'ufage de fe mettre en bataille fur trois files. 3°. Pour
faire feu des trois rangs fans mettre genoux à terre, ce qui ne
fe peut pas fur quatre files ; mais cette ordonnance n'eft bonne
que lorfqu'il faut faire feu , car elle feroit trop foible s'il falloit marcher décidément à l'ennemi la bayonnette au bout du
fufil ; c'eft pour cela que lorfqu'on eft près de l'ennemi , &
qu'il n'y a aucun obftacle qui empêche de marcher à lui , on
fait doubler les files pour mettre les bataillons fur fix. Cette
ordonnance a de la force & de la folidité , & elle n'a aucun inconvénient ; les bataillons marchant dans cet ordre bayonnette baiffée fur l'ennemi , il n'aura certainement pas le tems de
faire deux décharges , ou il fe décidera à la retraite , ou à marcher en avant , & fa profondeur n'étant pas égale , elle fera
foible dans toutes fes parties : s'il fe retire , il faut le fuivre en
ordre , doubler le pas pour le joindre , & le forcer à prendre
la fuite : s'il marche en avant la bayonnette baiffée , on a fur
lui l'avantage que doivent avoir fix rangs contre trois ; s'il
double auffi les files , on eft alors d'égale force , mais on a
l'impulfion du mouvement fur lui plus décidé que le fien.

On n'a prefque jamais vu de troupes marcher décidément à
l'ennemi , qui ne l'ayent enfoncé ou déterminé à la retraite.
A la bataille de Johanfberg , gagnée le 30 Août 1762 par

qu'elle doit avoir. D'ailleurs , quand même le bout du fufil peferoit quelque
chofe de plus , le mal feroit léger , cela forceroit le foldat à tirer plus bas ,
d'autant qu'il tire fouvent , & prefque toujours , trop haut.

M. le Prince de Condé, les quatre bataillons du Régiment de Boifgelin avoient devant eux fept bataillons ennemis, poftés dans un bois, d'où ils faifoient un feu très-vif: ce Régiment fe détermina à marcher fur ces bataillons, fans tirer, & bayonnettes baiffées ; mais l'ennemi ne les attendit pas, il fe retira avec précipitation, & même en défordre, & ce fut principalement cette manœuvre hardie, mais prefque certaine, qui fut caufe du gain de la bataille.

Dès que l'on peut joindre l'ennemi, il ne faut plus de feu; il fait plus de bruit que d'effet, fur-tout à la fixième ou huitième décharge, le fufil étant prefque toujours mal chargé par la précipitation du foldat, lorfque l'on fait le feu de peloton ; fouvent même la balle ne va pas au fond, lorfque le foldat n'a plus de cartouche, & qu'il charge à pleines mains, & conféquemment tombe à vingt ou trente pas, ou fait crever le canon; d'ailleurs le fufil fe craffe, & la cartouche ne peut aller au fond qu'avec difficulté. L'arme blanche, au contraire, en impofe au plus brave, & fait reculer le foible, qui, quand il ne voit l'ennemi que de loin, eft toujours dans l'efpérance de n'être pas atteint ; mais quand il le voit de près, la peur le faifit, & il ne faut que vingt ou trente poltrons dans un bataillon, pour y caufer un défordre certain, & pour le faire battre.

L'artillerie a été fi multipliée depuis la Guerre de 1741, que, pour-ainfi-dire, les batailles ne fe décident plus que par elle. L'armée qui a l'artillerie la plus nombreufe & la plus forte de calibre, eft prefque toujours certaine de vaincre. Je ne perds point l'efpérance de voir la Nation Françaife corriger les Princes d'avoir dans leurs armées une fi grande quantité d'artillerie, & qu'il viendra un Général Français, qui,

fans

fans s'étonner de ces foudres multipliés, fera marcher fes troupes bayonnettes baiffées, & rendra le canon inutile. Il s'en
falloit beaucoup que l'artillerie fut auffi confidérable du
tems de Henri IV; à la bataille d'Ivry, gagnée par ce Prince
en 1590, fur le Duc de Mayenne, il n'y avoit dans l'armée
Royale que quatre piéces de canon & deux coulevrines, & dans
celle de la Ligue que quatre piéces.

Le canon fait, fans doute, un grand effet, lorfqu'il eft bien
fervi, fur-tout contre de la cavalerie; mais il faut avoir attention
de n'y pas expofer inutilement cette troupe. Quant à l'infanterie, il n'y a d'autre moyen que de la faire marcher à l'ennemi, & d'attaquer fes batteries en même tems qu'il l'eft de front:
c'eft ainfi que fit le Roi de Pruffe à la bataille de Sohr, qu'il
gagna fur les Impériaux la campagne de 1745; les Impériaux
avoient placés fur leur flanc une batterie de 25 à 30 piéces de
canon, qui prenoit à revers l'armée Pruffienne, le Roi de
Pruffe la fit attaquer par trois bataillons qui l'emporterent,
tournerent cette même batterie fur l'ennemi, qui, en même tems,
fut attaqué de front par l'armée Pruffienne, le battit à platte
coûture, quoiqu'elle ait été furprife dans fon camp, & attaquée, les foldats étant encore dans leurs tentes. Cet exemple
prouve, non-feulement qu'il faut marcher aux batteries des
ennemis pour n'en être pas foudroyé, mais encore de quelle
utilité eft l'ordre & la difcipline dans toutes les circonftances
à la guerre : fi l'armée Pruffienne, furprife dans fon camp, &
foudroyée jufques dans fes tentes, n'avoit eu ni ordre ni difcipline, tous les foldats, au lieu de voler aux armes, & de fe
ranger en bataille, fe feroient enfuis, & auroient abandonné
le camp, les armes aux faifceaux, leurs tentes & leurs bagages; mais l'ordre les raffembla, la difcipline les rangea en ba-

N

taille, & cette même difcipline leur fit voir la néceffité de marcher à l'ennemi, & de faire les plus grands efforts pour le battre.

Si la grande quantité d'artillerie eft devenue très-utile le jour
d'une affaire générale, elle eft très-embarraffante pendant toute
la campagne, & les frais en font prodigieux : malgré ces inconvéniens, qui font très-grands, il eft important d'avoir une forte
& nombreufe artillerie, puifqu'aujourd'hui les Puiffances contre
qui la France peut être en guerre, fondent la force de leurs armées fur le nombre de piéces de canon. Ceci eft une affaire
d'argent, & la Nation qui en aura le plus, ou qui aura dans fon
pays une plus grande quantité de mines de cuivre & d'étain,
fera certainement la plus puiffante, parce que, ou elle aura la
matiere premiere, ou elle aura l'argent pour fe la procurer.
Tout eft changé depuis vingt ans; on étoit avant perfuadé qu'il
n'y avoit point de Puiffances fans fujets, & fans un militaire
nombreux, & folide par fa conftitution; aujourd'hui on a moins
befoin de foldats & de fujets pour être puiffant, que d'une artillerie prodigieufe : cela prouve bien que chez toutes les Nations
la valeur dégénere; on n'ofe fe mefurer corps à corps, & l'on ne
fe bat plus que de loin. Sans être fanatique de ma Nation, qu'on
lui donne l'artillerie fuffifante pour répondre au grand feu de
l'ennemi, qu'elle foit bien conduite, que l'ordre & la difcipline
foient obfervés dans fes armées, & l'avantage fera moral pour
elle. On n'en imprime point par des coups lancés de loin ; mais
ce font ceux que l'on porte foi-même qui décident & gagnent
les batailles.

(*l*) Il n'eft pas poffible qu'un foldat ou un cavalier, couvert
de fer depuis la tête jufqu'aux pieds, n'en foit embarraffé, quelqu'habitué qu'il foit à porter ces armes défenfives. Ce que dit
Montécuculi prouve qu'elles ne pouvoient que le gêner, puif-

qu'on a retranché les *Cataphrates* (a), dont les chevaux étoient bardés. Quant à ce mur de fer, dont il paroît faire tant de cas, il ne pouvoit, tout au plus, que soutenir le choc ; mais je ne crois pas qu'il lui fût possible d'attaquer avec vivacité, sans être harassé un quart-d'heure après (b). Les forces de l'homme ont des bornes ; l'homme étoit dans les siécles les plus reculés, ce qu'il est aujourd'hui : rien n'a changé dans la Nature, les mœurs ont pû seulement y mettre de la différence ; mais quelqu'habitués qu'ayent été les premiers guerriers à se couvrir de fer, & à combattre plus pour éviter la mort que pour la donner, ils ne pouvoient pas certainement soutenir un combat aussi long-tems que le soutiendroient aujourd'hui nos cavaliers, dont les chevaux ni eux ne sont point gênés par aucune arme défensive, le plastron qu'ils portent ne devant point les embarrasser, ni les empêcher d'agir. Je suis persuadé que si l'on accoutumoit la jeunesse à porter de très-bonne heure des armures de pied en cap, elle marcheroit & agiroit comme nos ancêtres ; mais elle seroit bien embarrassée, si elle avoit à combattre contre un homme armé à la légere.

(a) Les Cataphrates étoient nommés ainsi, parce qu'ils étoient armés de toutes piéces, & leurs chevaux bardés, du mot Grec χαταφραχτος, qui signifie clos & couvert de toutes parts.

(b) A la Bataille de Bovines, le Comte de Boulogne commandoit l'aile droite de l'armée ennemie ; ce Comte dès le commencement du combat fit autour de lui un espece de bataillon à contre-vuide, dans lequel il s'enferma avec quelques gens d'armes ; ce bataillon s'ouvroit pour laisser sortir le Comte & ses gens d'armes, se refermoit ensuite, & se rouvroit pour le laisser rentrer avec sa troupe, afin de lui donner le tems de reprendre haleine ; car la pesanteur de l'armure des gens d'armes, les obligeoit à se mettre à l'écart pour respirer. Il arrivoit même souvent que deux troupes ennemies, après s'être chargées, se retiroient de concert, & ôtoient leur heaume, ou casque, dont le poids étoit très-grand *.

* *Hist. de la Milice Franç. liv. 5. ch. 1. tom. 1.*

(*m*) Les Grecs & les Romains n'ont jamais féparé la cavale-rie de l'infanterie. Chez les Grecs, la phalange étoit compofée de feize mille trois cens quatre-vingt-quatre hommes, dont le quart étoit de cavalerie : une partie étoit armée à la légere, & l'autre pefamment. L'infanterie dans fa totalité compofoit un corps de douze mille deux cens quatre-vingt-huit hommes , & la cavale-rie un de quatre mille quatre-vingt feize, qui ne formoient qu'un corps ; mais qui ne combattoient pas toujours , & même prefque jamais enfemble *. Ce nombre a varié ; fous Philippe , pere d'Alexandre, la phalange n'étoit que de fix à fept mille hom-mes, & fous Alexandre, de treize mille. Quant à la compofition de la phalange, & aux différens noms attachés à chaque partie, on peut les voir dans la Tactique d'Élien, tom. 1. chap. vij.

Milic. des Grecs, ou Taêt. d'É-lien, tom. 1. chap. vj.

Chez les Romains, la cavalerie étoit attachée aux légions, elle faifoit corps avec l'infanterie ; mais ce peuple avoit beau-coup moins de cavalerie que les Grecs. La légion étoit , felon Vegece **, compofée de dix cohortes ; la premiere fe nommoit cohorte miliaire, & étoit de onze cens cinq fantaffins, & de cent trente-deux cavaliers ; chacune des neuf autres étoit de cinq cens cinquante-cinq fantaffins, & de foixante & fix cava-liers. La légion , dans fa totalité , compofoit un corps de fix mille huit cens foixante & deux combattans ; mais cette forme n'eut lieu que depuis l'Empereur Adrien, qui monta fur le Trô-ne l'an 117 après Jefus-Chrift ; c'eft fous lui que la premiere co-horte fut doublée & nommée cohorte miliaire, & cet ordre fub-fifta jufqu'à Valentinien, tems auquel Vegece a écrit : c'eft du tems de ce dernier que la légion fut augmentée, tant en infante-rie qu'en cavalerie.

**Lib. 2. cap. vj.*

Depuis la fondation de Rome jufqu'au bas Empire, la légion a effuyé divers changemens. Romulus partagea Rome en trois Tribus, chaque Tribu fourniffoit mille hommes de pied ; ainfi,

depuis Romulus jufqu'à Servius Tullius, fixième Roi de Rome,
la légion fut toujours compofée de trois mille hommes de pied,
& de trois cens chevaux. Servius Tullius ajouta une Tribu aux
trois de Romulus, & on conjecture qu'il régla la légion fur le
nombre de Tribus, & que fous fon régne, la légion fut portée
à quatre mille hommes de pied; mais elle ne fut point augmentée en cavalerie, qui, dans les divers changemens arrivés à la
légion, n'a point, ou peu variée pour le nombre de cavaliers.
La légion refta de cette force depuis Servius Tullius, jufqu'à
l'expulfion des Rois, & même jufqu'au Confulat de Cæfo Fabius
III, & de Sp. Furius, l'an 273 de Rome, tems auquel cette
République eut une guerre à foutenir contre les Veïens & les
Eques; la légion alors fut portée à cinq mille fantaffins, mais ce
fut un effort paffager, qui n'eut lieu que pendant cette guerre,
après laquelle la légion fut remife à quatre mille hommes de
pied.

Polybe, dans fon fixième Livre, chap 4, explique la maniere
dont on formoit la légion. Il dit qu'elle étoit de quatre mille
deux cens hommes de pied, & qu'il n'y avoit que deux cens cavaliers; mais que l'an 542 de Rome, tems auquel il écrivit fon
hiftoire, chaque légion avoit trois cens cavaliers. Lorfque Scipion paffa en Afrique, fes légions étoient de fix mille hommes
de pied; mais cette augmentation n'eut lieu que pour l'Afrique.

Avant Marius, il y avoit différens noms qui diftinguoient les
foldats. Les armés à la légere s'appelloient *Velites*, les plus
jeunes après ceux-ci fe nommoient *Haflats*, les plus robuftes,
Princes, & les plus anciens, *Triaires*; mais Marius, l'an 647
de Rome, réforma ces noms diftinctifs, & forma la légion de
foldats de même efpece.

Avant Jules Céfar, & même lorfqu'il fut devenu le maître de

la République, la légion fe divifoit par cohortes, manipules & centuries; chaque légion avoit dix cohortes, chaque cohorte trois manipules, & chaque manipule deux centuries. Les *Velites*, les *Haftats*, les *Princes* & les *Triaires*, reprirent alors leurs noms diftinctifs.

Selon Polybe, les plus jeunes & les plus pauvres étoient les *Velites*, ou les armés à la légere ; ceux au-deffus formoient le corps des *Haftats*, ceux de l'âge le plus vigoureux fe nommoient *Princes*, & les plus âgés, *Triaires*.

Le corps des *Haftats* & celui des *Princes*, étoit chacun de douze cens hommes, celui des *Triaires* de fix cens, & celui des *Velites* de douze cens ; ainfi chaque cohorte étoit la dixième partie d'une légion, compofée de quatre mille deux cens hommes de pied.

La cavalerie étoit divifée en dix *Turmes*, ou compagnies, de trente hommes chacune, ce qui faifoit trois cens chevaux par légion *.

* Mém. de l'Acad. des bell. Lett. de la lég. Rom. par M. Le Beau. Quelque bonne opinion que nous ayons de nous-mêmes & de notre façon de faire la guerre, nous ne pouvons cependant pas difconvenir que ces deux peuples ne foient nos maîtres ; & fi nous avons perfectionné quelques parties de cet art, ils nous en ont donné les premieres idées. Tant que ces deux peuples ont exifté, tant qu'ils ont fait la guerre, ils n'ont jamais féparé la cavalerie de l'infanterie, quoique prefque jamais ces deux armes ayent été mêlées enfemble le jour d'une bataille; mais elles faifoient corps à part, & telle cavalerie chez les Grecs étoit tirée de telle phalange, comme chez les Romains, telle *Turme* étoit tirée de telle légion & de telle cohorte.

La conftitution militaire de toutes les Nations de l'Europe eft abfolument différente, l'infanterie ni la cavalerie ne font

point corps, l'une & l'autre font féparée par Régimens, par bataillons ou efcadrons, & par compagnies. La raifon de ce changement, ainfi que quelques Militaires le prétendent, ne vient
point de ce que, lorfque les deux armes formoient un feul corps
plus ou moins confidérable, il arrivoit que lorfque la cavalerie
chargeoit l'ennemi, elle perdoit l'appui de fon infanterie, il en
arrive autant aujourd'hui, que les armes font féparées; d'ailleurs
j'ai déjà dit que quoique la conftitution militaire des Grecs &
des Romains fut que les corps fuffent compofés des deux armes,
cependant ils ne combattoient jamais enfemble, & la cavalerie
étoit placée ou fur un flanc, ou fur les deux aîles, fuivant les
circonftances & le terrein; ainfi les jours de bataille, leur difpofition étoit femblable à notre conftitution actuelle, puifque
les armes étoient féparées. La raifon de ce changement de
conftitution eft fimple; les Grecs & les Romains avoient beaucoup moins de cavalerie que les Puiffances de l'Europe n'en ont
aujourd'hui, ainfi la cavalerie actuelle étant plus nombreufe,
elle eft plus en état de fe foutenir par elle-même, & de porter
des fecours prompts à l'infanterie.

Les raifons que donne Montécuculi de ce changement, ne font
point relatives à l'attaque, mais aux logemens & aux fourrages,
à la marche lente de l'infanterie, & à la marche plus prompte
de la cavalerie. La marche lente de l'infanterie, que fuppofe
Montécuculi, n'eft pas une raifon, parce que lorfque l'infanterie
fera bien conduite, & qu'elle marchera d'un pas égal, elle marchera auffi vîte & auffi leftement que la cavalerie; & cette derniere troupe marchera auffi lentement qu'on le voudra, pour
peu qu'on y ait attention. Quant aux logemens, il eft aifé de
prendre des mefures pour qu'il n'y ait aucun inconvénient à les
faire marcher enfemble. Lorfque l'infanterie marche à la guerre,

elle porte fes tentes , la cavalerie les porte auffi , on peut donc faire camper l'une & l'autre ; mais en fuppofant que la faifon ne foit pas encore affez avancée , & que les nuits trop fraîches nuifent aux chevaux, on peut faire camper l'infanterie, & loger la cavalerie dans les hameaux ou villages les plus près du camp , mais toujours couverte par l'infanterie. Ce logement de la cavalerie ne peut avoir lieu que lorfqu'on eft éloigné de l'ennemi, car fi l'on peut en être attaqué, il faut toujours camper fans avoir égard aux chevaux, & prendre les précautions néceffaires pour affurer les troupes dans leur camp.

Lorfque les troupes marchent de leurs quartiers d'hiver pour fe rendre au rendez-vous général où l'armée doit fe raffembler, rarement plufieurs Régimens fe trouvent logés le même jour dans le même lieu, & encore plus rarement un Régiment de cavalerie fe trouve-t-il dans le même lieu qu'un d'infanterie , ou bien la marche des troupes eft mal ordonnée : mais comme le Général a l'attention que plufieurs corps ne fe trouvent pas enfemble dans un même lieu, à moins que ce ne foit une ville fufceptible de les loger , il n'eft pas à craindre que la cavalerie nuife à l'infanterie.

Quant à ce qui regarde les fourrages, comme dans ces cas de marche, on ne refte dans un lieu qu'une nuit ou deux, tout au plus, le Général a foin que dans tous les lieux de paffages il y ait des fourrages pour la cavalerie ; fi, par l'impoffible, on n'avoit point eu cette précaution, on en fait porter pour un jour aux cavaliers , & pour deux , fi l'on doit y féjourner : mais le Général a toujours foin de faire trouver des fourrages fur le paffage des troupes ; ainfi le fentiment de Montécuculi ne me paroît pas convainquant, & c'eft uniquement la raifon de guerre qui a fait féparer l'infanterie & la cavalerie , relativement à la

quantité

quantité de cette derniere arme qui eſt aujourd'hui dans les armées , & qui n'y étoit pas chez les Grecs & chez les Romains;
mais dans les meilleures conſtitutions , il y a toujours des abus.
L'infanterie & la cavalerie, non-ſeulement font deux corps différens , mais encore il paroît qu'elles ſont totalement étrangeres
l'une à l'autre. La plûpart des officiers qui commandent ces
deux armes , y mettent un eſprit entierement contraire au bien
du ſervice , par la différence du traitement que les uns font à
leurs cavaliers, & les autres à leurs ſoldats ; d'où il s'enſuit que
le cavalier regarde le fantaſſin comme fort au-deſſous de lui , &
que l'officier de cavalerie a la même idée de celui d'infanterie,
comme s'ils ne ſervoient pas le même Maître, & comme ſi combattre à cheval ou à pied pouvoit donner un relief de plus ou
de moins. Cette diſtinction pouvoit avoir lieu , & même étoit
juſte, du tems de l'ancienne gendarmerie Françaiſe; il n'y avoit
qu'un gentilhomme qui pût être gendarme, & l'infanterie étoit
compoſée comme elle l'eſt aujourd'hui , d'artiſans & de gens du
peuple : mais aujourd'hui la cavalerie eſt compoſée de la même
eſpece d'hommes que l'infanterie ; & la ſeule différence qu'il y
a entre ces deux armes , c'eſt que l'une eſt plus élevée que l'autre , mais l'eſpece eſt la même.

S'il étoit queſtion de donner la préférence à une arme ſur une
autre , l'infanterie devroit l'obtenir ſur la cavalerie : c'eſt l'infanterie qui gagne les batailles dans les pays de bois, de brouſ-
ſailles, de marais, coupés par des ravins, & de montagnes; ſans
que la cavalerie puiſſe lui être d'aucun ſecours ; elle aide à la
cavalerie à gagner les batailles en plaine , & même elle les gagne toute ſeule , lorſqu'elle eſt bien exercée & bien diſciplinée;
c'eſt elle qui aſſiége & qui prend les places , qui garde & qui
défend celles du Royaume; pendant la campagne elle aide à la

O

cavalerie à fubfifter , par les chaînes de fourrages qu'on lui fait faire pendant que la cavalerie fauche les grains ; fon fervice eft continuel pendant la guerre & pendant la paix. La cavalerie , en tems de guerre , monte des gardes en avant du camp , fait quelques détachemens, des efcortes de convois & de fourrages, attaque avec valeur, lorfqu'elle eft fur un terrein uni & dé-couvert ; dans un fiège , elle porte la fafcine à la queue de la tranchée, décide fouvent de la victoire dans un pays de plaine ; mais en tems de paix, elle n'a point, ou très-peu, de fervice à faire. Dans l'année , qu'elle eft en garnifon, elle monte un pi-quet fur la place , qui détache une troupe pour faire la découverte le matin, lorfque l'on ouvre les portes ; pendant les deux années qu'elle eft en quartier , elle n'a qu'une garde de police dans chaque quartier, on la fait monter à cheval de tems en tems pour l'exercer ; ainfi fon fervice ne peut pas être comparé avec celui de l'infanterie : d'ailleurs , en tems de guerre, elle affame un pays, coûte en tout tems prodigieufement au Prince, inconvéniens que n'a pas l'infanterie ; elle a encore celui de n'être pas propre à tout pays, au lieu que l'infanterie eft placée par-tout, pourvû qu'elle foit difciplinée. Cependant quelqu'a-vantage que puiffe avoir l'infanterie fur la cavalerie, relative-ment à fon utilité ; comme il feroit contre toute politique , & contre l'intérêt de l'État, de ne pas prifer également chaque arme , il ne faut pas donner la préférence à l'une plutôt qu'à l'autre : il faut avoir les mêmes égards & les mêmes attentions, & proportionner les récompenfes aux fervices.

Je ne paroîtrai point fufpect fur le jugement que je porte de l'infanterie : élevé dans la cavalerie, je devrois plutôt me dé-cider pour elle ; mais lorfque l'on écrit fur la guerre, & fur la propriété & l'utilité des armes qui compofent une armée, on

doit fe dépouiller de tout préjugé & de toute opinion. En général, on ne fait point la guerre fans infanterie & fans cavalerie, l'une & l'autre font abfolument néceffaires ; ainfi, comme
l'utilité eft la même fuivant les circonftances, l'eftime doit être
égale, & l'union entre ces deux armes doit être aufli intime que
fi elles ne faifoient qu'un même corps, comme du tems des Grecs
& des Romains.

J'ai dit plus haut que chez ces deux Nations la cavalerie faifoit corps avec l'infanterie, mais qu'elle combattoit toujours féparément ; on la mêloit cependant quelquefois avec les armés à
la légere. Quelques exemples de batailles mémorables fuffiront
pour prouver ce que j'avance. A la bataille de Leuctres, Cléombrote mit toute fa cavalerie en avant de fon aîle droite ; Épaminondas fuivit la même difpofition, & mit la fienne en avant
de fa gauche, pour l'oppofer à celle de Cléombrote *. A celle
de Mantinée, la cavalerie Thébaine étoit fur les deux aîles de
l'infanterie ; celle de la droite attaqua feule la cavalerie ennemie, & celle de la gauche, poftée fur une hauteur, étoit entremêlée d'armés à la légere **. A Arbelles (a), l'armée de Darius
avoit une grande partie de fa cavalerie fur les aîles ; dans le
centre, où étoit ce Prince, il étoit environné & couvert par fes
gardes à pied & à cheval, & le refte de la cavalerie étoit attaché à l'infanterie de fa Nation ; mais la difpofition d'Alexandre
ne fut pas la même, l'élite de la cavalerie étoit fur les deux aîles de l'infanterie ; fur le flanc droit étoient les compagnies

* Comm. de Folard, traité de la colonne, ch. x.

** Idem.

(a) Ce ne fut point à Arbelles que fe donna la bataille qu'on nomme communément de ce nom, puifque Darius, après fa défaite, pafla la riviere du Lycus,
& fit plufieurs milles avant que d'arriver à Arbelles ; mais dans une plaine près
d'un ancien Palais des Rois de Perfes, nommé *Gaugameles* qui fignifie en langue
Perfanne, la maifon du chameau ***.

*** Ar-
rian. liv. 3.
lib. 4. La
Marti. Dict.
Géograph. au
mot Arbellos.

O 2

royales , & fur le flanc gauche la cavalerie des Alliés & les
Theſſaliens *. Par-delà ſon aîle droite , il plaça de la cavalerie
légere ; à la gauche, par-delà les Alliés & les Theſſaliens , il y
avoit un corps de cavalerie Grecque. A Zama , entre Scipion
& Annibal, la cavalerie Romaine étoit fur l'aîle droite , & celle
des Numides ', ſous les ordres de Maſſiniſſa , ſur l'aîle gauche.
Annibal plaça ſa cavalerie Numide à ſon aîle droite, commandée par Siphax , & la cavalerie Carthaginoiſe à l'aîle gauche **.
A Cannes, la cavalerie Romaine étoit fur les deux aîles de l'infanterie , & dans l'armée Carthaginoiſe , la cavalerie Eſpagnole
& la Gauloiſe étoit fur l'aîle gauche de l'infanterie , & la cavalerie Numide ſur l'aîle droite ***. A la bataille de Pharſale,
gagnée par Céſar fur Pompée , les deux armées étoient dans la
plaine de Pharſale , la droite de Pompée appuyée à la riviere
de l'*Énipée*, & la gauche aux montagnes de *Gomphe*. Pompée
ne mit que très-peu de cavalerie à cette droite, & porta tout le
reſte, qui conſiſtoit en 6000 chevaux, fur la gauche, dans l'intention d'inveſtir l'armée de Céſar dans cette partie. La gauche
de l'armée de Céſar étoit appuyée à la riviere, il ne mit point
de cavalerie dans cette partie, parce que , outre qu'il en avoit
très-peu, il n'avoit rien à craindre de la cavalerie de Pompée
fur ce flanc gauche, & il porta toute ſa cavalerie fur ſa droite,
pour l'oppoſer à celle de Pompée ****.

Ces exemples prouvent que quoique la conſtitution militaire
des Grecs & des Romains fut que chaque corps qui compoſoit
leurs armées , fut formé de pluſieurs eſpeces d'armes , il ne s'en-
ſuivoit pas pour cela que leur ordre de bataille fut invariable-
ment ſelon la compoſition des corps.

(*n*) Du tems de Montécuculi , les mouſquets étoient très-
peſans, & il étoit néceſſaire que le ſoldat portât une fourchette,

Marginal notes:
* *Arrien.*
** *Mém. milit. de Gui-ch. chap. xv.*
*** *Idem.*
**** *Com-ment. de Cé-ſar, liv. 3. de la Guerr. civ.*

qui étoit au bout d'un bâton ferré & pointu ; il l'enfonçoit en terre, & mettoit enfuite le moufquet dans la fourchette, pour pouvoir le tirer. Ces fourchettes ne font plus en ufage que dans la défenfe des places, & l'on s'en fert pour pouvoir tirer de gros moufquets de remparts, qui portent une très-groffe balle, & une charge de poudre très-forte.

(*o*) Le calibre du fufil pour l'infanterie, du moufqueton & du piftolet pour la cavalerie, eft en France de dix-huit balles pour la livre de plomb ; mais il eft d'ufage de faire vingt balles par livre de plomb, pour que la balle ayant plus de jeu, la cartouche puiffe entrer facilement dans le canon : il arrive cependant que cette cartouche, étant jufte au canon, a beaucoup de peine à y entrer après une douzaine de décharges, parce que le canon fe craffe. Si l'on faifoit vingt-deux balles fur la livre de plomb, la cartouche feroit un peu plus petite, elle entreroit plus facilement dans le canon, & la diminution propofée de la balle n'en apporteroit point à fon éloignement ni à fon effet ; & quelque craffe qui puiffe s'amaffer dans le canon en tirant, il refteroit toujours affez de vuide pour que la cartouche, fans beaucoup de peine, & avec un feul coup de baguette, pût aller au fond. La dépenfe feroit très-médiocre pour faire ce changement, il ne faudroit que changer les moules, & les faire faire de vingt-deux au lieu de vingt, fans rien changer au canon du fufil, qui devroit cependant être plus fort de fer à la culaffe.

(*p*) La premiere idée que l'on a eu en inftituant les Dragons, a été d'avoir une très-bonne infanterie dont on pût fe fervir à pied & à cheval, felon les circonftances. L'objet étoit encore de porter promptement ces Dragons à cheval à deux ou trois lieues, plus ou moins, pour s'emparer d'un pofte important, le retrancher & le garder, en renvoyant les chevaux au camp.

Avant que l'on eut des Huffards & des Compagnies franches dans les armées, ils faifoient la petite guerre, ils alloient à la découverte, ils faifoient tous les détachemens en avant, foutenues par de la cavalerie; ils étoient principalement employés à l'efcorte des convois, aux chaînes des fourrages, à éclairer l'armée en avant & fur les flancs lorfqu'elle étoit en marche ou campée, & à être toujours fur l'ennemi; mais quand les huffards & les compagnies franches, aux dernieres defquelles ont fuccédé les troupes légeres à pied & à cheval, furent introduits dans les armées, les dragons ne furent plus employés qu'à fe faifir des poftes éloignés, à les garder, & à foutenir les huffards dans les différens détachemens en avant. Ils n'ont cependant jamais été mis en ligne; mais en potence fur les flancs de l'armée, ou en réferve en troifième ligne. Dans les premiers tems de leur inftitution, les dragons ont été excellens, foit qu'ils combattiffent à pied ou à cheval, & ils ont rendu de très-grands fervices; lorfqu'ils n'ont plus été chargés des détachemens en avant & des découvertes, qu'ils n'ont plus fait la petite guerre, & qu'ils ont été mis en réferve fous les ordres des Officiers généraux, de l'État Major de leur corps, ils n'ont point dégénérés de leur bonté lorfqu'ils ont combattu à pied; mais ils ont perdu de leur ancienne réputation dès qu'ils ont combattu à cheval. Le combat de Saye, en Bohême, leur fait, fans doute, beaucoup d'honneur; mais ils avoient pour compagnons d'armes, le corps des Carabiniers, qui eut la plus grande part à cette action de vigueur. La raifon pour laquelle ils n'étoient pas auffi bons à cheval, ne doit point leur être imputée: ce corps eft très-valeureux, il eft parfaitement compofé en officiers; mais tout foldat, quelque brave qu'il foit, n'eft affuré devant l'ennemi, qu'autant qu'il le voit fouvent. L'ufage de mettre les dragons en réferve,

& à couverts , pour-ainfi-dire , fous les aîles de leurs Officiers généraux , qui craignoient de les perdre , étoit un obftacle à leur bonne volonté , & un frein à leur valeur. L'habitude de voir l'ennemi de près, affure le courage , & fait acquérir ce fang-froid fi néceffaire dans le combat; l'ufage aguerrit, le repos & la tranquillité amolliffent le corps & engourdiffent le cœur. La Nation la plus valeureufe, fi elle refte dix ans en paix, n'aura pas, à la premiere campagne, le même nerf qu'elle avoit à la fin de la guerre qui lui a donné ce repos ; elle fera étonnée lorfqu'elle entendra fiffler les balles, & le déchirement de l'air que fait le boulet de canon; auffi eft-il avantageux de faire quelques fièges au commencement de la premiere campagne, pour aguerrir le foldat ; comme il eft à couvert du feu de la place par le parapet de la tranchée, qu'il n'avance que pied à pied, & toujours à l'abri, il fe familiarife avec le bruit du canon & de la moufqueterie, il apprend à juger la bombe, il n'en eft plus effrayé ; & tel foldat qui, les premiers jours, baiffoit la tête à chaque coup de canon qui ne pouvoit l'atteindre, monte au bout de huit jours fur le revers de la tranchée, & va d'un boyau à l'autre à travers la campagne pour abréger fon chemin. C'eft l'hiftoire des dragons: dans la derniere guerre, où, les Généraux commandant l'armée, les ont toujours employés, & leur ont fait faire le même fervice que les huffards & les troupes légeres, ils font redevenus ce qu'ils étoient à leur création.

Quant à l'ufage que Montécuculi dit qu'on en fait , en les mettant à cheval dans les vuides qui font entre chaque bataillon, cette difpofition pouvoit être bonne de fon tems, où, fans doute, les intervalles entre chaque bataillon étoient plus grands qu'il n'eft d'ufage de les faire aujourd'hui, où le feu n'étoit pas auffi vif, & où les moufquetaires qu'ils avoient à combattre n'étoient point armés de bayonnettes ; mais je penfe que cette difpofition feroit mauvaife aujourd'hui , impraticable dans toutes les circonftances, & fur toute efpece de terrein.

(*q*) J'ai déjà dit que l'on avoit retranché à la cavalerie l'armure de pied en cap , & qu'on ne lui avoit laiffé qu'un plaftron pour toute arme défenfive ; je penfe cependant que non-feulement à la cavalerie, mais même à l'infanterie, on auroit dû leur laiffer la bourguignotte , autrement dit , l'armet ou le cafque. 1°. Ce feroit une épargne , parce que la dépenfe une fois faite, & qui n'eft pas confidérable, il ne faudroit point la renouveller tous les deux ans , comme on y eft obligé aujourd'hui que les troupes ont des chapeaux ; il n'y auroit , tout au plus, que les coëffes à raccommoder ou à renouveller. 2°. Le cavalier & le fantaffin auroient certainement meilleur air , & feroient mieux & plus utilement coëffés ; au lieu que le chapeau leur donne la plus mauvaife grace du monde lorfqu'il eft trop grand , ou trop petit, ou mal retapé, ou qu'il eft déformé, ce qui arrive bientôt, lorfqu'ils ont couché deux ou trois nuits au bivouac ; d'ailleurs le chapeau ne les garantit ni de la pluie , ni du foleil , ni de fes ardeurs ; il peut gêner le foldat dans le port de fes armes, à moins qu'on ne lui donne de ces petits chapeaux, tel qu'il les a aujourd'hui, & dont l'ufage nous eft venu de l'étranger, encore faut-il qu'il foit abfolument tourné & penché fur le côté droit de la tête ; dans cette pofition il ne garantit le foldat de rien, & ne tient point dans fa tête. Si l'on vouloit bien faire attention qu'il faut vêtir & coëffer un foldat pour la guerre , & non pour une parade où une revûe , il feroit certainement coëffé & habillé différemment qu'il l'eft aujourd'hui. 3°. Ce changement de coëffure n'apporteroit aucun préjudice au commerce , parce que comme le militaire en général ne compofe dans fa totalité

qu'une

qu'une très-petite partie des habitans du Royaume , cette diminution feroit imperceptible dans le commerce des chapeliers ; d'ailleurs , fi les chapeliers font moins employés , les arquebufiers le feront davantage , & le commerce en général n'en fouffrira point. 4°. La raifon la plus forte & la plus convainquante pour donner des cafques à la cavalerie , & fur-tout à l'infanterie, c'eft que la partie la plus noble du corps eft la tête ; c'eft elle pour laquelle l'homme craint davantage, & conféquemment qui doit être la plus confervée. Lorfqu'un foldat ne craint point le coup de fabre du cavalier, il s'avance fur lui avec plus d'audace ; s'il n'a pas la tête garantie, dès qu'il voit le fabre levé fur lui, fon premier mouvement eft, ou de reculer pour garantir fa tête , ou d'élever fon arme pour parer le coup : cette arme élevée ôtant tout obftacle au cavalier pour avancer, il pouffe fon cheval en avant, & rompt le bataillon. Il faut juger des hommes par le général , & non pas fur l'audace de cinquante ou foixante , même 100 foldats , plus ou moins , qu'une maffe de cavalerie qui viendra fondre fur eux n'épouvantera pas ; mais pour ce nombre qui reftera ferme, il y en aura 300 qui feront le mouvement que j'ai dit plus haut.

La cavalerie de toutes les Puiffances de l'Europe , à l'exception des Hongrois & des Polonais , eft armée de fabres droits & larges , les uns avec deux tranchans , les autres avec un feul tranchant & à dos , par conféquent il eft plus aifé de frapper que de pointer ; il eft donc néceffaire de garantir la tête & les épaules du foldat & du cavalier. L'un & l'autre n'en feront ni plus ni moins braves ; mais ils en feront plus fermes, & l'on en perdra beaucoup moins (a). Cette arme de

(a) La confervation des hommes doit occuper effentiellement le citoyen militaire.

P

tête ne peut pas les gêner ni les empêcher d'agir ; elle doit être à l'épreuve du piſtolet , pour les garantir certainement du coup de ſabre ; cependant il faut que ce caſque ſoit léger , & qu'il ne peſe pas plus de deux à deux livres & demie.

Sa forme doit être à la Romaine ; c'eſt-à-dire , qu'il n'y ait point de bourlet , comme ceux de nos troupes légeres : il doit couvrir entierement le front & les tempes ; il faut qu'il y ait derriere une eſpece de queue d'écreviſſe , qui ſe replie & s'abaiſſe ſelon les mouvemens de la tête : il doit y avoir devant le caſque une eſpece de toît , qui garantiſſe les yeux des rayons du ſoleil ; ce toît doit être un peu relevé , pour que l'eau puiſ-ſe couler parderriere , par une gouttiere ménagée ſur les côtés du caſque ; à ces deux côtés on attache deux orillons en forme de queue d'écreviſſe , larges par en haut de deux pouces & demi , & qui ſe rétréciſſent inſenſiblement , pour que le ſoldat puiſſe les attacher enſemble ſous le menton ſans en être gêné. Ce caſque doit être plus élevé que ne le ſont ceux de nos troupes légeres , & il doit y avoir une eſpace de trois à qua-tres pouces entre la coëffe qui appuie ſur la tête , & le ſommet du caſque , afin que les rayons du ſoleil qui dardent ſur le caſque , & qui l'échaufferoient , parce qu'il n'a pas poſitive-ment la figure ſphérique (a) , ne pénétrent point juſqu'à la coëffe , & que la tête n'en ſoit incommodée. Pour encore évi-ter cette chaleur inſupportable , il faut qu'il y ait aux deux côtés , & pardevant , des trous de deux lignes de diametre , afin que l'air ſe renouvelle , & tempere la chaleur cauſée par

_____

(a) On ſait par expérience , que les rayons du ſoleil ne ſont aucune impreſ-ſion ſur une forme ſphérique , parce que les rayons ne peuvent s'arrêter ſur au-cun point fixe. Que l'on mette au plus grand ſoleil un globe de fer , de cuivre ou d'argent , & que l'on mette en même tems à côté une aſſiette de la même ma-tiere , en moins d'un quart-d'heure l'aſſiette ſera brûlante , & le globe aura con-ſervé ſa fraîcheur.

Fig. 1.   Fig. 2.   Fig. 3.   Planche 1.

Fig. 4.   Fig. 5.   Fig. 6.

Echelle de 4. Pieds.

1   2   3   4. Pieds.

Sauvane delin.   Houel Sculp.

les rayons du foleil ; mais comme la pluie pourroit tomber
par ces trois trous, & pourrir la coëffe, ou du moins la mouil-
ler, il faut qu'il y ait au-deſſus de chaque trou un toît incliné
qui empêche la pluie d'y entrer. Au-deſſus du caſque on met
un ornement plus ou moins riche, ſelon le grade ; & ſur celui
des ſoldats & cavaliers, un panache de crin de cheval, de la
couleur affectée au Régiment. J'ajoute encore deux épaulettes pareilles aux orillons du caſque ; c'eſt-à-dire, faites en
forme de queue d'écreviſſe, & larges de dix-huit lignes : ces
armures défenſives préſerveroient la tête & les épaules du ſoldat & du cavalier, ſans qu'ils en ſoient gênés. Voyez la Planche 1. Fig. 1, 2, 3 & 4.

Les armes du cavalier ſont le mouſqueton, une paire de
piſtolets, & une épée large pour frapper. Il ne fait uſage du
mouſqueton que lorſqu'il eſt en vedette, & pour avertir s'il
voit des troupes ennemies venir à lui ; mais lorſqu'il attaque
ou qu'il eſt attaqué, il ne doit jamais ſe ſervir de cette arme.
Toute cavalerie qui marche pour attaquer, & qui fait feu,
doit être certainement battue, ſi l'ennemi marche décidément
à elle le ſabre à la main. Toute cavalerie qui attend l'ennemi
de pied ferme, & qui à quinze ou vingt pas, fait feu ſur lui,
eſt pliée & battue avant qu'elle ait quitté ſon mouſqueton
pour prendre ſon épée ; ainſi le mouſqueton eſt plûtôt une arme de parade qu'une arme utile : cependant il ne faut pas la
ſupprimer, parce qu'il peut ſe trouver des occaſions où le cavalier ſoit obligé de mettre pied à terre, & alors le mouſqueton peut lui être très-utile ; mais pour que cette utilité ſoit
démontrée, il faudroit y joindre une bayonnette de treize à
quatorze pouces, qui s'ajuſteroit au canon comme celle de
l'infanterie. Cette arme de plus ne le gêneroit point, & lui

P 2

feroit d'un grand fecours lorfqu'il feroit démonté, ou que les circonftances exigeroient qu'on le fit mettre pied à terre, ce qui peut arriver dans mille occafions pendant le cours d'une campagne. Un cavalier démonté, armé comme il l'eft aujourd'hui, devient abfolument inutile ; il faut qu'il fe retire, ou bien il eft écharpé par la cavalerie, ou percé à coups de bayonnette par l'infanterie; s'il avoit une bayonnette à mettre au bout de fon moufqueton, un cavalier ennemi n'en approcheroit pas fi aifément, & il feroit à armes égales avec le fantaffin, quoique l'arme de celui-ci foit plus longue.

L'épée du cavalier, telle qu'elle eft aujourd'hui en France, a trente-trois pouces de lame & fix de poignée, elle eft large de quatorze à quinze lignes, elle eft droite, tranchante d'un côté, de l'autre elle eft à dos, & elle pefe environ trois livres. En mefurant ce dont un cavalier peut s'allonger en s'élevant fur fes étriers, la longueur du fabre & celle de fon bras, il eft prouvé qu'il ne peut atteindre le cavalier ennemi que de trois pouces de fabre, parce que de fa pofition en felle à la pofition de l'ennemi, il y a fix pieds lorfque les deux têtes des chevaux fe touchent: mais ce n'eft pas l'ennemi que le cavalier doit frapper, c'eft fon cheval; s'il le tue, ou qu'il le faffe cabrer, celui qui le monte eft hors de combat; & fi après il s'approche plus près de lui, il lui eft aifé de le frapper, fans que l'ennemi puiffe fe mettre en défenfe, parce que fon cheval bleffé devient plus difficile à gouverner, qu'il n'en eft plus le maître, & qu'il fe renverfe ou rompt fon efcadron. Beaucoup de Militaires prétendent que le cavalier feroit mieux armé, s'il avoit une épée longue & étroite, & qu'il ne fit que pointer : j'ai même été long-tems de cet avis ; mais après y avoir réfléchi, & avoir examiné l'avantage & le défavantage de l'une & de l'autre arme, je penfe que le fabre, tel qu'il eſt aujourd'hui eſt le meilleur. Si l'on armoit le cavalier avec de longues épées de quarante-deux pouces de lame, comme elles ont été propoſées, il eſt certain qu'il atteindroit le cavalier ennemi, fans que celui-ci pût le toucher ; mais s'il n'ajuſte pas bien ſon coup de pointe, ou dans la gorge, ou dans le viſage, ou dans le bras, l'épée donne dans le plaſtron, ou paſſe entre le corps & le bras ; fi elle donne dans le plaſtron, ou la lame ſe caſſe, ou la poignée lui échappe de la main par l'impulſion du coup, ou bien il riſque de ſe rompre le poignet ; fi elle paſſe entre le corps & le bras, il eſt alors fans défenſe, parce que ſon épée eſt trop longue, & qu'il eſt trop près de l'ennemi, qui, armé d'une épée plus courte, devient alors ſon maître : mais en ſuppoſant qu'il ajuſte ſon coup dans le viſage de l'ennemi, dans ſon col, dans le bas-ventre, ou dans le bras, il lui eſt impoſſible de la retirer, parce qu'en frappant, il avance ſur ſon adverſaire, & cet adverſaire mort eſt bientôt vengé par celui qui eſt derriere lui, ou ceux qui ſont à ſes côtés ; ainſi, quoique le cavalier, armé comme il l'eſt aujourd'hui, ne puiſſe frapper l'ennemi que de trois pouces de lame, il eſt du moins toujours armé : s'il eſt trop éloigné, & qu'il ne puiſſe toucher le cavalier ennemi, il frappe au moins ſon cheval, il peut parer plus aiſément avec une arme courte les coups qui lui ſont portés ; enfin il eſt le maître de ſon arme, ce qu'il ne feroit pas, fi ſon épée avoit quarante-deux pouces de lame, telle qu'elle a été propoſée pluſieurs fois. Le fourreau doit être changé, il faut qu'il ſoit de bon cuir bien paſſé, couſu à double couture & fans bois dedans, afin qu'il puiſſe plier fans ſe caſſer. Ce cuir bien paſſé & bien couſu, empêchera que la lame ne ſe rouille, ce qui arrive toujours

quand le fourreau eſt de bois couvert de cuir, parce qu'il faut
néceſſairement le coller, & qu'il y reſte toujours de l'humidité. Pour éviter encore que le cuir ne ſe mouille à la pluie,
il faut le couvrir d'une peau d'anguille fraîchement écorchée,
& jamais l'humidité n'y pénétrera. Par cette forme de fourreau, il ne ſe rompra jamais dans les différens mouvemens &
dans les manœuvres de l'eſcadron, ce qui arrive toujours, de
la façon dont ils ſont faits aujourd'hui, & ce qui coûte beaucoup pour les réparer. Les poignées dont ſe ſert la cavalerie
ne valent rien, parce qu'elles ſont ou ovales ou rondes ; il faut
qu'elles ſoient quarrées, parce qu'elles en tiendront mieux
dans la main. Lorſque la main eſt fermée, elle forme un quarré en dedans ; ainſi il faut que ce qu'elle tient ait la même
forme, pour qu'elle puiſſe la tenir avec force, alors le cavalier ſera plus aſſuré de ſon coup, & donnera plus rarement
du plat de la lame, ce qui lui arrive très-ſouvent : il faut
que la main ſoit couverte d'une coquille de fer, ou de pluſieurs branches, n'importe ; mais elles ne doivent point être
de cuivre, qui caſſe facilement : il ne doit point y avoir de
poucier ou d'anneau ; il gêne la main dans les différentes poſi-
ſitions où elle doit mettre le ſabre ; s'il frappe de droite à
gauche, la poſition de la lame n'eſt pas la même que lorſqu'il
frappe de revers, ou de gauche à droite ; elle eſt encore différente lorſqu'il frappe devant lui, & le poucier ne peut que
gêner la main dans ces différentes attitudes.

(r) Je ne ſais pas pourquoi on a abandonné la lance, qui
eſt la meilleure de toutes les armes pour la cavalerie. Les raiſ-
ſons que donne Montécuculi ne me paroiſſent pas convainquantes ni ſuffiſantes, pour abandonner un avantage preſque
certain, dans l'idée d'éviter quelques inconvéniens qu'il étoit

facile de lever. Ces inconvéniens font: 1°. L'armure de pied
en cap, & qui oblige le lancier d'avoir un valet. 2°. L'espece
de chevaux qu'il faut au lancier, qui n'est pas commune, parce qu'il lui faut des chevaux qui ayent de grandes qualités.
3°. Le dernier, & le plus considérable, c'est que la lance,
toute admirable qu'elle est pour l'attaque, est absolument sans
défense lorsqu'elle est tournée. Voyons maintenant s'il est
possible de lever ces défauts. Je pense qu'il n'est point néceffaire qu'un lancier soit armé de pied en cap ; plus il sera libre
dans ses mouvemens, moins le cheval qui le porte aura de
poids sur lui, & plus le coup de lance sera vif & ajusté : or,
s'il est possible d'avoir des lanciers sans les armer de pied en
cap, il ne sera pas nécessaire qu'ils ayent des valets, qui mul-
tiplient les bouches inutiles ; le cheval ayant moins de poids
sur lui, toute espece de chevaux sera bonne, pourvu qu'ils
ayent la taille requise, & qu'ils soient vigoureux; ce font
d'ailleurs les conditions que l'on exige pour un cheval de cavalier, il ne faut plus que le dresser, ce qui n'est pas difficile;
tout terrein où d'autre cavalerie pourra manœuvrer, sera bon
pour le lancier, ainsi il pourra servir utilement dans les armées, sans beaucoup de dépense & avec beaucoup d'avantage.

Je suppose que l'on voulut donner des lances à la cavalerie,
je pense que chaque lancier doit avoir pour toute arme défensive, outre le casque & l'épaulette indiqués ci-dessus pour toutes les troupes, un plastron tel que le cavalier l'a aujourd'hui,
mais mieux ajusté à sa taille. Ce plastron doit être plus court
qu'il ne le feroit, s'il étoit juste au corps; c'est-à-dire, qu'il ne
doit point descendre jusqu'au pommeau de la selle ; mais pour
le rendre de la longueur proportionnée, il faut qu'il y ait
une lame de fer de la même épaisseur que le plastron, atta-

chée par de forts clous bien rivés, de façon que cette lame puis-
fe fe replier facilement fur le plaftron lorfque le lancier fe pen-
che en avant, & qu'elle revienne dans fa pofition naturelle
lorfqu'il fe tient droit. Cette lame eft effentielle, parce que fi le
plaftron étoit d'un feul morceau de fer, & jufte à la taille, comme la pofition du lancier lorfqu'il met fa lance en arrêt, eft d'a-
voir le corps un peu penché en avant, le plaftron pourròit le
bleffer, au lieu que cette lame fe repliant fur le plaftron lorfque
le corps eft en avant, elle lui laiffe la liberté d'agir & de prendre la pofition qu'il juge à propos. Les courroies en croix qui
paffent fur les deux épaules, pardeffous les deux épaulettes, &
qui contiennent le plaftron, au lieu d'être de rouffi, doivent être
de bon cuir de bœuf bien paffé, & larges de deux pouces; mais
ces courroies ne peuvent pas fuffire pour contenir le plaftron
dans fa pofition lorfque la lance eft en arrêt & qu'elle frappe
le cavalier ennemi; pour le rendre ftable, il faut qu'il y ait une
bande de fer large de fix pouces, qui embraffe le corps parderriere; cette bande doit être au-deffus des hanches, pofitivement au-deffus de la lame de fer qui fe replie fur le plaftron
lorfque le lancier a le corps penché en avant. Cette bande de
fer ne doit point être auffi épaiffe que l'eft le plaftron; mais il
faut qu'elle foit affez forte pour ne pas plier, & pour contenir
folidement le plaftron dans fa pofition : elle eft attachée d'un
côté par une charniere ftable & bien rivée, & de l'autre, par
une autre charniere, dans laquelle on met une cheville de fer,
pareille à celles dont on fixe une fenêtre à fon chaffis. Sur le
plaftron, au-deffous du tetton droit, il doit y avoir un foutien
de fer, pour y pofer la lance quand on veut la mettre en arrêt;
pardeffous ce foutien, il y a un reffort, qui, quand on le preffe,
donne la facilité de le replier fur le plaftron, & qu'il ne gêne
point

Fig. 1.

Planche 2.

Fig. 2.

Fig. 3.

Fig. 4.

Fig. 5.

14 Pieds.

1 2 3 4 5 6 7

Lanversois delin.

Houel Sculp.

point le lancier lorfqu'il veut fe fervir de fon épée. Voyez la Planche 1ere. Fig. 5 & 6 , & la Planche 2 , Fig. 1 , 2 , 3 , 4 & 5.

Cette bande de fer qui embraffe le corps du lancier parderriere , eft pour contenir le plaftron, qui, par l'effort du coup de lance , pourroit fe déranger de fa pofition, s'il n'étoit contenu que par les courroies. Le foutien de fer horifontalement placé, eft pour y pofer la lance , & pour mieux affurer fa direction ; d'ailleurs fon coup ne feroit pas auffi vif, fi elle n'étoit foutenue que par le poignet , & le lancier rifqueroit de fe le caffer , s'il rencontroit de la réfiftance ; au lieu que l'empaumure étant appuyée fur ce foutien, la main ne fert qu'à diriger la lance fans faire aucun effort , & c'eft le corps du lancier qui reçoit l'effet du choc de la lance contre le corps du cavalier ennemi. Quant aux felles , elles doivent être comme celles dont on fe fert dans les Académies, que l'on appelle felles à piquier, dont les battes de devant & de derriere font très-élevées ; on peut cependant faire celles de devant moins hautes , & les faire femblables à celles des felles à la royale ; mais celles de derriere doivent être affez élevées pour foutenir le bas des reins du lancier , & que l'effort du coup de lance ne le faffe point fortir hors de fa felle. Les fangles doivent être de cuir bien paffé , & larges de cinq pouces, & le poitrail de trois pouces, afin qu'il puiffe réfifter à la fecouffe du choc, & contenir la felle dans fa pofition.

La lance dans fa longueur doit avoir quatorze pieds ; c'eft-à-dire , un demi pied de fer , onze pieds & demi de bois jufqu'à l'empaumure, un pied d'empaumure , & un pied de pommeau, au bout duquel on fait un trou avec une tariere, dans lequel on coule du plomb , pour que la lance placée fur le foutien de fer attaché au plaftron foit en équilibre. Le bois de la lance doit

Q

avoir trois pouces de circonférence , à commencer de l'empau-mure , & diminuer insensiblement jusqu'au fer , de sorte qu'il n'ait plus que deux pouces de circonférence où commence le fer. Le lancier ne doit point avoir de mousqueton ; ses armes sont la lance, l'épée & deux pistolets.

Je suppose un escadron de cent quarante-quatre chevaux sur trois rangs , chaque rang de quarante-huit cavaliers de front ; les lanciers se mettent au premier rang , & sont placés alterna-tivement avec un cavalier armé de son épée ; ainsi il ne faut que vingt-quatre lances par escadron de cent quarante-quatre cavaliers. Dans cet ordre de combat , comme dans tout autre, les officiers doivent être dans le rang , pour ne pas empêcher l'effet de la lance. Les étendards doivent être placés au second rang , & les timballes renvoyées sur les derrieres, & même aux équipages ; elles employent pour les garder cinq cavaliers , qui seroient plus utiles dans le rang. Je pense que de cette façon, on éviteroit de donner des valets aux lanciers , qu'il seroit plus aisé de trouver des chevaux qui leur seroient propres , & qu'ayant derriere eux deux rangs de cavaliers armés de leurs épées, ils ne pourroient être pris parderriere , seul inconvénient que cette arme puisse avoir.

Un escadron ainsi armé , seroit très-redoutable , & il le seroit encore davantage , si , du troisième rang , on en formoit deux troupes, pour prendre l'ennemi en flanc, en même tems qu'il est attaqué de front par les lanciers & les cavaliers armés de leurs épées. On objectera , sans doute , que l'ennemi en fera autant, lorsqu'il aura reconnu & éprouvé à ses dépens l'avantage de cette arme longue , sur celle qui est en usage aujourd'hui. Je réponds , après M. le Maréchal de Saxe , que c'est une preuve que cette arme est excellente ; on aura du moins l'avantage de

s'en être servi le premier, & d'avoir remporté une ou deux victoires. Au surplus, on ne forme pas sur le champ une troupe à
se servir de cette arme; l'ordre du Prince la met sur pied, mais
il ne peut pas exiger qu'elle soit en état de servir aussi-tôt que
levée.

On dira, peut-être encore, que l'ennemi pour diminuer au
moins le nombre des lanciers, fera un grand feu de mousqueton sur les escadrons armés de lances; tant mieux, il n'en sera
que plus certainement battu, parce que ces escadrons seront sur
lui avant qu'il ait pû quitter son mousqueton, & reprendre son
épée.

Si l'ennemi donnoit des lances à sa cavalerie, il faudroit donner des champ-freins pour couvrir la tête des chevaux; mais
ce champ-frein est inutile, si l'ennemi ne s'arme point de lance.
La dépense que je propose, en supposant les lances adoptées, ne
tombe que sur un sixième par escadron, & elle devient moins
considérable, parce que je retranche le mousqueton aux lanciers.

(ƒ) Au rapport de Montécuculi, les arquebusiers ou les carabiniers ne pouvoient attendre le choc de l'ennemi de pied
ferme, parce qu'ils n'avoient point d'armes défensives : ce n'est
pas-là la véritable raison; celle qui me paroît la plus probable,
c'est que toute troupe qui n'a d'autre arme qu'une arquebuse ou
une carabine, & qui se voit attaquée de près par un rang de
lances, ou un front de piquiers, sur plus ou moins de hauteur,
n'importe le nombre, ne peut plus recharger ses armes, & elle
est nécessairement forcée de plier, parce qu'elle n'a aucune
arme de longueur pour atteindre l'ennemi, elle n'a pas même
le tems de mettre l'épée à la main, & cette arme lui seroit encore
d'une foible ressource contre des lances & des piques.

Les carabiniers ou arquebusiers étoient dans les armées de ce

Q 2

tems-là , à-peu-près ce que font aujourd'hui nos huffards & nos dragons; c'étoient des troupes légeres que l'on employoit pour les efcarmouches avant la bataille , pour les détachemens en avant, qui veilloient à la fûreté du camp * , ainfi que les Grecs & les Romains employoient leurs armés à la légere ; mais l'idée qu'en donne Montécuculi n'eft pas avantageufe. Il s'en faut de beaucoup que nos troupes légeres à cheval foient auffi promptes à fuir que ces carabiniers & ces arquebufiers , elles favent dans l'occafion attaquer la cavalerie ; le combat qu'elles rendent dans cette circonftance, reffemble en quelque façon à celui de ces arquebufiers ; mais elles le rendent avec plus d'ordre , elles favent attaquer , fe difperfer, fe rallier , revenir à la charge, & fondre de toutes parts le fabre à la main fur l'ennemi , pour le forcer à fe défunir. Des troupes de cette efpece font très-utiles dans une armée, & je ne doute point que fi Walftein en eut eu de femblables à la bataille de Lutzen , loin de les profcrire, comme il fit , il eut follicité pour qu'on les augmentât.

On ne connoît pas encore parfaitement l'utilité de ces troupes ; leur guerre eft fi différente de celle des troupes de ligne, qu'il faut l'avoir faite par foi-même pour en connoître toutes les rufes, & pour favoir les employer à propos(a) ; on les donne communément à commander au premier Officier général qui les

* Milic. Franç tom. I. liv. iv.

(a) Pour connoître la différence qu'il y a entre cette efpece de guerre & celle des troupes de ligne , il faut faire attention que chaque Officier fupérieur & fubalterne, que chaque bas-Officier, jufqu'au Huffard & Dragon , doit être Général dans fa partie ; c'eft-à-dire , qu'il doit favoir, fans qu'on le lui dife, ce qu'il a à faire , fuivant les circonftances; au lieu que les troupes de ligne , qui marchent toujours enfemble & unies, n'ont qu'à obéir aux ordres qu'on leur donne , elles n'ont befoin que de leur courage ; & il faut pour faire un bon Officier d'Huffards & de Dragons , un bon Huffard & un bon Dragon, qu'il fache allier la rufe , le coup d'œil, le fang-froid , & le courage.

demande : quoiqu'il n'ait jamais fait cette efpece de guerre, on veut lui apprendre, dit-on, à la faire, comme fi le moment d'agir étoit celui de l'inftruction. Je fuppofe à cet Officier général tous les talens poffibles pour bien faire manœuvrer de la cavalerie & de l'infanterie, pour mener ces différentes armes à l'ennemi, pour faifir le moment d'attaquer avec avantage, pour profiter d'un faux mouvement de l'ennemi ; enfin, toutes les qualités qui caractérifent un bon Officier général : s'il n'a jamais fait la guerre avec les huffards & les troupes légeres, il fe trouvera très-embarraffé dans les différens détachemens qu'il commandera, pour les foutenir à propos, pour avoir journellement des nouvelles fûres de l'ennemi, pour lui dreffer des embufcades, pour l'y attirer, pour intercepter fes convois, attaquer fes fourrages, & enfin pour tout ce qui concerne cette efpece de guerre, dont il n'a aucune teinture, parce qu'il ne l'a jamais faite. Que l'on donne ces troupes à commander à des Officiers généraux qui connoiffent cette guerre, & qui en ayent fait une longue pratique, que l'on donne à ces Officiers généraux le nombre de troupes néceffaire pour exécuter les ordres qu'on leur donne, fans examiner leur grade, ce qui n'arrive que trop fouvent, où le nombre de troupes que l'on donne à un Officier eft prefque toujours relatif à fon grade, & rarement aux opérations & aux ordres dont il eft chargé ; qu'on leur donne enfuite carte blanche pour les détachemens relatifs à la fûreté de l'armée dans fon camp, dans les marches, & à la connoiffance qu'ils doivent avoir de tous les mouvemens de l'ennemi ; c'eft alors que l'on connoîtra l'avantage qu'il y a d'avoir beaucoup de ces troupes : le moment où il faut agir & manœuvrer, n'eft pas celui de faire des effais ; il faut être certain de fes principes, ne les pas étudier, & favoir les appliquer aux circonftances & au terrein, fur-

tout lorfque l'on commande des troupes qui doivent être la fûreté de l'armée, &, pour-ainfi-dire, fon flambeau.

(t) Montécuculi veut que les foldats s'exercent à la courfe,
au faut & à la lutte, que les cavaliers apprennent à voltiger &
à manier leurs chevaux. Tout exercice qui pourra rendre le foldat agile, ne peut être que très-utile, & le préparer aux manœuvres & aux évolutions militaires. Un homme lourd, empe-
fé, tel que peut être un payfan qui fort de fon village, ou un
ouvrier qui n'eft jamais forti de fon établi, ne peut être que très-
gauche à manier fes armes, fi on ne l'exerce long-tems, fi à
force de le faire tenir droit, & de le faire marcher devant lui
dans la pofition qu'on lui donne, on ne le rend libre dans tous
fes membres. Il en eft d'un foldat que l'on dreffe au maniement
des armes, & à bien marcher, comme d'un homme à qui on
apprend à danfer ; il faut commencer par rendre fes membres
fouples, par lui donner de l'aplomb, & qu'il puiffe agir libre-
ment. Les commencemens font pénibles & fatigans ; mais lorfque l'on eft parvenu à lui donner de la foupleffe & de l'aifance,
il acquiert cette grace & cette dextérité qui donne un air noble
& militaire ; l'intelligence fe développe à mefure que le corps
devient plus agile, & les armes dont il étoit embarraffé, qu'il
manioit avec peine & de mauvaife grace, qu'il trouvoit pefantes, lui deviennent alors des armes utiles, & même un ornement qui le pare & qui lui donne bonne grace. Ce changement
ne peut fe faire tout de fuite, je l'avoue ; mais il ne faut pas fe
rebuter, & à la fin, on parviendra fûrement à faire de l'homme
le plus lourd & le plus gauche, l'homme le plus lefte, & le
mieux placé fous les armes.

Le maniement des armes paroît une minutie à bien des perfonnes ; efprits fublimes qui voyent tout dans le grand, mais qui

n'ont pas le fens de voir que pour y parvenir , il faut s'inftruire des plus petits détails. Chaque art , chaque fcience a fes élémens & fes principes ; il faut en être pénétré avant que d'exécuter. Qu'importe qu'un peintre ait le plus beau coloris, qu'un architecte entaffe pierres fur pierres , fi l'un ignore le deffein, & fi l'autre n'a pas étudié les proportions, fi tous deux n'ont recherché dans la Nature, les principes de l'Art. Le maniement des armes, & le marcher, font les premiers élémens de la guerre, & c'eft de ces deux premiers points qu'émanent tous les autres ; fi on les néglige, on ne parviendra jamais à connoître les différens mouvemens que l'on peut faire , ni les exécuter. J'ai entendu des officiers traiter de marionnettes , ceux des Régimens qui , par une précifion exacte, en furpaffoient d'autres dans le maniement des armes : il eft cependant certain que le Régiment qui excellera dans cette partie , doit marcher mieux qu'un autre, parce qu'il eft plus libre dans le port de fes armes, que l'enfemble y eft plus parfait, & l'intelligence de chaque foldat plus développée.

Le bien marcher eft ce que l'on peut appeller la perfection du Militaire dans cette partie , & le point le plus effentiel pour bien exécuter les grandes manœuvres, pour rendre les mouvemens rapides, juftes & précis; mais ce n'eft que par degré que l'on parvient à la perfection. Je conviens qu'un Colonel, & les Officiers qui commandent fous lui, ne doivent pas uniquement s'occuper à apprendre à leurs foldats le maniement des armes ; cependant cette inftruction eft abfolument néceffaire, & elle eft un des moyens les plus certains pour parvenir à bien marcher. La marche chez les Romains étoit leur principal exercice; ils faifoient jufqu'à vingt-cinq milles dans cinq heures , ce qui revient à-peu-près à huit lieues ; mais on les exerçoit auparavant à porter & à manier leurs armes. Ils ne fe contentoient pas d'apprendre à leurs foldats à marcher d'un pas lent, plus vîte & redoublé, ils inftruifoient leurs légions à courir à l'ennemi fans fe défunir. Un exemple mémorable fuffira pour le prouver; c'eft Céfar lui-même qui parle. Dans fa defcription qu'il

Comm. fait de la bataille de Pharfale, il dit: » Il n'y avoit entre les
de Céfar, de » deux armées qu'autant de champ qu'il en falloit pour le
la Guerr. civ. » choc (a); mais Pompée avoit ordonné à fes troupes d'ef-
liv. 3. » fuyer notre effort fans quitter leur place, & de laiffer ainfi
» notre armée fe rompre d'elle-même. C'étoit, difoit-on, C.
» Triarius qui lui avoit donné ce confeil, afin de rallentir par-
» là notre impétuofité & notre premiere ardeur, & de nous
» laiffer défunir nos rangs, pour venir enfuite fur nous ferrés,
» lorfque nous ferions entr'ouverts. Il fe flattoit encore que
» nos javelots feroient beaucoup moins d'effet, leurs troupes
» demeurant conftamment dans leur pofte, que fi elles s'expo-
» foient elles-mêmes à nos coups. Enfin, *il comptoit qu'à force*
» *de courir, nos foldats perdroient haleine, & tomberoient de*
» *laffitude*: en quoi il me femble que Pompée n'avoit point de
» raifon, parce que l'homme eft né avec une certaine émula-
» tion & une certaine vivacité qui l'enflamment, par l'envie
» d'en venir aux mains. . . . . . . Cependant au fignal donné,
» nos gens s'étant avancés le javelot à la main, & voyant ceux
» de Pompée ne faire aucun mouvement pour venir à eux;
» *leur expérience, & la capacité qu'ils avoient acquife dans les*
» *combats précédens, les porta à s'arrêter d'eux-mêmes au milieu*
» *de leur courfe, pour ne pas arriver effouflés; & après avoir re-*
» *pris*

(a) On peut évaluer cette diftance à fix cens pas.

» *pris haleine un moment, ils coururent de nouveau fur l'en-*
» *nemi, lancerent leurs javelots, & mirent auffi-tôt l'épée à la*
» *main, felon l'ordre de Céfar* «. Cet exemple prouve évidemment que les Romains inftruifoient leurs foldats à courir en
ordre fur l'ennemi, & qu'ils ne fe contentoient pas du feul
pas redoublé ; il feroit, je penfe, facile d'inftruire le foldat
Français à courir fur l'ennemi, non en fourrageurs, mais en
ordre, & par bataillon ; on fauveroit la vie à bien des foldats,
parce que l'ennemi n'auroit pas le tems de faire une feconde
décharge fur le bataillon qui marche à lui avec cette impétuofité, au lieu qu'au pas redoublé il peut en faire trois, &
même quatre. La feule attention qu'il faut avoir, c'eft de ne
mettre le bataillon à la courfe qu'à foixante pas, au plus, afin
que le foldat ne foit point eſſouflé, & qu'il ait toute fa force
pour fondre bayonnette baiffée fur l'ennemi. Si les Romains,
quoique chargés d'armes défenfives, faifoient trois cens pas en
courant, pourquoi le foldat Français, qui n'a aucune armes
défenfives qui puiffe le gêner, ne pourroit-il pas faire foixante pas fans être eſſouflé ? Un Officier général de diftinction
m'a affuré avoir fait courir ainfi un bataillon l'efpace de trois
cens pas, fans qu'il y eut un foldat qui en devança un autre : il
eft vrai que ce bataillon étoit eſſouflé ; mais il ne l'étoit pas à
foixante, & il auroit été en état d'attaquer l'ennemi avec force & courage.

    Je n'adopte aucun maniement des armes en particulier plus
l'un que l'autre ; le plus aifé, quant au port des armes, & le
plus court, quant aux tems, fera toujours le meilleur ; mais
après en avoir choifi un, il faut s'y maintenir, & ne le pas
changer tous les ans, comme on l'a vu à la paix de 1748. Les
troupes du Roi de Pruffe ne font en fi grande réputation que

R

par l'enfemble, l'ordre & la difcipline qui y font établis & maintenus dans la plus grande exactitude : cet enfemble ne vient que de ce qu'elles font exercées journellement dans leurs garnifons par compagnies, demi-bataillon, bataillon & régiment. Dans les camps de paix que ce Prince forme tous les ans, & qu'il commande lui-même, il n'eft jamais queftion de l'exercice ou du maniement des armes, on n'occupe les troupes qu'à marcher, & à faire toutes les évolutions qu'elles doivent exécuter devant l'ennemi ; on n'y fait point d'effai qui emploie du tems inutilement, parce que chaque évolution, chaque manœuvre, ont été mûrement réfléchies, & exécutées dans les garnifons avant que de les exécuter au camp : mais avant que les foldats foient admis dans le bataillon, ils font long-tems exercés à part, d'abord à fe tenir droits, enfuite à marcher fans armes, après avec leurs armes ; on leur montre enfuite le maniement des armes, & enfin on les rompt à toutes les manœuvres qu'ils doivent faire devant l'ennemi, & ce n'eft qu'après être bien inftruits, qu'on les admet dans le bataillon. Cette maniere de former le foldat eft excellente ; on commence par le rendre fouple & agile, on le rend enfuite adroit, & l'on finit par le rendre intelligent.

Il eft plus difficile d'inftruire un cavalier. Comme je crois avoir détaillé cette inftruction au commencement de cet article, je ne répéterai pas ce que j'ai déjà dit ; j'ajouterai feulement, qu'en général, la cavalerie en France ne fait pas monter à cheval (a). J'ai été à portée de voir beaucoup de Régi-

---

(a) L'Auteur écrivoit pendant la campagne de 1761, & dans ce tems, les écoles d'équitation n'étoient point établies. Ces écoles feront très-utiles, & à la première guerre, elles donneront une très-grande fupériorité à la cavalerie Françaife ; mais pour conferver cette fupériorité, il faut que ces écoles fubfiftent en tems de guerre comme en tems de paix. Il préféreroit cependant à ces écoles, l'efcadron de recrue qu'il a propofé plus haut.

mens, étant Infpecteur général de Cavalerie, j'avouerai avec douleur que dans prefque tous les Régimens què j'ai paffé en revue, à peine ai-je vu quatre cavaliers par compagnie qui fuffent placés à cheval, & qui fuffent mener leurs chevaux : comment le fauroient-ils? la plûpart des officiers ne favent pas eux-mêmes monter à cheval ; & s'il y en a dans le nombre qui le fachent, ils ne veulent pas fe donner la peine d'inftruire les cavaliers. Pour fe l'éviter, quelques Régimens ont pris des Écuyers ; mais qu'ils leur montrent eux-mêmes à monter à cheval, ou qu'ils fe fervent d'Écuyers, cela eft égal ; & même il vaut mieux fe fervir d'Écuyers, parce que ceux qui parmi les officiers ne fauront pas monter à cheval, apprendront un art, qu'il leur eft indifpenfable de favoir. J'ai dit plus haut qu'il falloit donner à ces Écuyers la commiffion de fous-Lieutenant ; mais ils ne doivent être attachés à aucune compagnie, parce qu'ils doivent être uniquement occupés de l'inftruction des cavaliers & à dreffer les chevaux, non comme on les dreffe pour le manege, mais feulement pour la guerre ; c'eft-à-dire, à être dociles, à connoître leur mors, à marcher en avant, à reculer, à galopper, à connoître les aides, à tourner à droite & à gauche, à faire enfin tout ce que le cavalier exigera d'eux ; mais il ne faut pas qu'ils les dreffent à faire des voltes, à paffager & à faire des courbettes, ce qui leur gâtent les jarrêts, & les ruinent en peu de tems. Ces Écuyers ne pourroient point remplir leurs fonctions, s'ils étoient attachés à une compagnie, parce que leur fervice les occuperoit, & les diftrairoit des devoirs auxquels ils font tenus. Ils ne doivent donc point monter de gardes, ni marcher en détachement, ni aller à la guerre, ni être tenus à aucun fervice militaire (*a*) :

(*a*) Si l'on admettoit l'Efcadron de recrue que je propofe plus haut, toute

c'eft la feule commiffion réformée que j'admets dans les troupes.

(*u*) Le bataillon quarré long dont parle Montécuculi, n'eft autre chofe que la colonne, parce que toute figure plus longue que large en géométrie, eft un *parallélogramme*, qui forme un quarré long. La colonne a plus ou moins de front, mais fon épaiffeur doit être toujours la même : c'eft une erreur de croire que plus une colonne aura d'épaiffeur, & plus fon impulfion fera vive. Plufieurs raifons me feroient penfer qu'il n'y a gueres plus d'impulfion dans l'infanterie que dans la cavalerie. La conftruction de l'homme fuffit pour prouver ce que j'avance ; les pieds du foldat de la premiere file doivent néceffairement embarraffer ceux du foldat de la feconde, & l'empêcher de porter décidément fon pied en avant ; ceux de la troifième, de la quatrième, de la cinquième, &c. doivent trouver la même difficulté, lorfque toutes les files marchent ferrées. Il eft vrai que lorfque la tête de la colonne trouve de la réfiftance, les files de derriere fe joignent néceffairement, & fe touchent par l'impulfion du mouvement : voilà le moment de l'impulfion, mais la colonne en marche n'en a point, & ne peut en avoir.

Les Grecs & les Romains pouvoient en avoir, & même en avoient, parce qu'ils portoient des boucliers convexes qui rempliffoient l'efpace qui eft néceffairement entre la premiere & la feconde file, la feconde & la troifième, & ainfi des autres. Ces boucliers donnoient à la colonne une impulfion réelle en marchant ; mais aujourd'hui il n'en eft pas de même : cependant il y a une efpece de jonction de la premiere file à la quatorzième, & même à la feizième file ; mais paffé ce nom-

---

difficulté feroit levée, quant au fervice, parce que l'Ecuyer refteroit à cet Efcadron, & n'iroit jamais en Campagne.

bre, le reſte ne ſert à rien , & eſt ſuperflu. C'eſt d'après l'expérience que j'en ai faite , que j'ai remarqué que l'unité de la
colonne n'exiſtoit que dans les ſeize premieres files , & que
ſon impulſion n'étoit réelle, que lorſque la tête de la colonne
trouvoit de la réſiſtance. J'ai fait former une colonne de
cinq cens dix hommes, j'en ai ſéparé les grenadiers & le piquet , les grenadiers de quarante-quatre hommes , & le piquet de même nombre , il m'eſt reſté 432 hommes , dont j'ai
formé une colonne de 18 de front ſur vingt-quatre files : j'ai
fait marcher cette colonne, les grenadiers à la droite ſur trois
files , & le piquet à la gauche dans le même ordre ; cette colonne a marché comme ſi elle vouloit attaquer , c'eſt-à-dire,
les files ſerrées , les trois premieres préſentant la bayonnette
au bout du fuſil , & les autres portant l'arme haute. J'ai remarqué que depuis la premiere file juſqu'à la ſeizième , il y
avoit une eſpece d'accord ; mais que l'union des parties n'étoit
pas intime, & que depuis la ſeizième file juſqu'à la vingt-qua-
trième, la déſunion étoit ſenſible. J'ai fait répéter cette manœuvre juſqu'à trois fois, la colonne ſe déſunit de même vers
la ſeizième file. Je fis mettre à ſoixante pas de cette colonne
ſoixante & douze ſoldats, ſur quatre files & dix-huit de front,
enſuite je fis remarcher la colonne en avant , les quatre files
de ſoldats qui lui étoient oppoſés ſe mirent en même tems en
mouvement , & marcherent à la colonne ; celle-ci ſe déſunit
encore viſiblement vers la ſeizième file , & depuis la premiere
juſqu'à la ſeizième , l'union ne fut intime que lorſque la tête
de la colonne eut trouvé une réſiſtance devant elle ; la partie
qui s'en étoit ſéparée en marchant , joignit auſſi , mais l'impulſion avoit déjà fait ſon effet, & les quatre rangs de ſoldats
étoient rompus.

La colonne ayant une impulfion réelle lorfqu'elle trouve de la réfiftance , elle eft excellente quand on veut marcher à l'ennemi bayonnette baiffée; mais il eft inutile de lui donner tant de profondeur , puifque fon enfemble n'exifte que depuis la premiere file jufqu'à la feizième : fi les files pardelà font inutiles, pourquoi ne pas former deux colonnes d'un bataillon?

Pour qu'un bataillon foit dans les proportions néceffaires, & qu'il puiffe être divifé par nombre pair , les compagnies doivent être relatives à ce nombre pair. Une compagnie de 36 fufiliers, fans compter le tambour & le fifre , ne peut avoir que 12 hommes de front , la divifion eft pair, mais la fubdivi-fion eft impair, d'ailleurs cette compagnie eft trop foible; & pour qu'un bataillon ait la force requife , il lui faudroit feize compagnies, fans compter celle des Grenadiers, ainfi ce nom-bre ne peut être admis. Celui de 48 , fans compter le tambour & le fifre , peut être admis quant aux divifions, fubdivifions & fections, parce que cette compagnie fur trois files a feize hom-mes de front , & elle peut fe divifer par vingt-quatre , douze & fix; mais ce bataillon feroit trop foible en tems de guerre, en n'admettant que huit compagnies , & une de grenadiers: en en admettant feize , & une de grenadiers , ce bataillon fe-roit trop fort, relativement au nombre de bataillons que doit avoir un Régiment , & à la poffibilité à un feul homme de le commander le jour d'une affaire générale. En mettant la com-pagnie à 74 hommes , fans compter le tambour & le fifre , cette compagnie fur trois files aura 24 hommes de front, par-ce qu'il y a deux Caporaux qui reftent derriere en ferre-file, ce nombre peut fe divifer en 36 & 18 ; c'eft, à ce que je penfe, la force que doit avoir une compagnie en tems de guerre, & former le bataillon de huit compagnies de fufiliers, d'une de

grenadiers, & d'une de chaſſeurs. J'explique ci-après la maniere de former deux colonnes de ce bataillon, la compagnie
des grenadiers couvrant le flanc droit de la colonne de la
droite, & celle des chaſſeurs, le flanc gauche de la colonne
de la gauche, ou une ſeule colonne avec des manches ou ſans
manches. Telle étoit à-peu-près la diſpoſition de Guſtave
Adolphe, lorſqu'il battit Tilly à Léipſick en 1631 ; mais la
tête de ſes colonnes dépaſſoit ſon infanterie en bataille : je
penſe que c'eſt un défaut, parce qu'il faut, autant qu'il eſt
poſſible, cacher à l'ennemi ſa diſpoſition ; or, lorſque les têtes
des colonnes dépaſſent les bataillons en bataille, il eſt facile à
l'ennemi de reconnoître la diſpoſition en colonne, & de leur
en oppoſer d'autres ; au lieu que ſi elles marchent de front
avec le reſte de l'infanterie ; comme l'ennemi voit un front
égal par-tout, il ne peut appercevoir la profondeur de l'ordre de bataille, ni même s'en douter, & il ne change point ſa
premiere diſpoſition ; ainſi au moment de l'attaque, ſa premiere ligne ſe trouvera trop foible pour réſiſter aux colonnes,
& elle doit être enfoncée ; d'ailleurs en faiſant devancer la
tête des colonnes, on perd l'avantage du feu, parce que les
colonnes n'en doivent point faire, & que les manches ne
pourroient point tirer ſans riſquer de tirer ſur leurs propres
gens. Par cette diſpoſition, partie en colonne & partie en
bataille, l'ennemi qui eſt en face des colonnes doit être rompu, parce qu'il n'a pas aſſez de profondeur pour réſiſter à
cette maſſe qui l'attaque vivement avec la bayonnette, & une
fois rompu dans ces différentes parties, le reſte eſt attaqué en
front & en flanc, & ne doit pas tarder à fuir, ou du moins à
ſe retirer.

La colonne eſt excellente lorſque l'on veut attaquer à l'arme blanche , mais elle ne vaut rien lorfque l'on eſt expoſé au feu du canon , & qu'il y a des obſtacles qui empêchent de marcher à l'ennemi , parce qu'elle donne plus de priſe que la diſpoſition en bataille , que l'ordre eſt plus raccourci , que conſéquemment le feu eſt moins étendu , moins vif , & qu'il y a des parties du front de l'ennemi qui n'en eſſuyent point. Elle eſt excellente en retraite , parce qu'elle eſt bonne à tout terrein , & qu'elle peut faire face de tout côté , quoique toujours en force , ſur-tout s'il y a pluſieurs colonnes qui ſe retirent à même hauteur. La colonne a cependant un défaut, ſon feu de front eſt foible , & celui des flancs ne peut avoir lieu qu'en ſuppoſant la colonne attaquée par ſes flancs, alors ſon feu devient directe. Le feu oblique que Folard a adopté dans le traité de ſa colonne , n'exiſte que ſur le papier ; mais jamais ſur le terrein , à moins qu'il n'y ait que le premier rang des flancs qui tire, encore faut-il que le ſoldat du flanc droit faſſe un à droite par la gauche, pour pouvoir ſe ſervir de ſon arme ; le ſoldat du flanc gauche a plus de facilité pour faire feu , & même deux rangs peuvent tirer , ſans qu'ils faſſent aucun mouvement à gauche par la droite , & ce feu peut être oblique ; mais le flanc droit de la colonne ne peut pas tirer ſans faire un à droite par la gauche. Si on veut faire tirer les trois files des deux flancs , ce feu deviendra bien plus certainement directe , parce qu'il ne peut ſe faire ſans emboîtement ; il faut alors que la tête & la queue de la colonne deviennent néceſſairement les flancs , & que les flancs deviennent front. En général, la colonne ne vaut rien lorfque l'on veut faire feu ; mais elle eſt excellente lorſque l'on veut attaquer avec la bayonnette, aidée du feu des bataillons en bataille , qui empêchent qu'on ne la prenne en flanc ; elle eſt auſſi très-bonne en retraite, en

en

en fuppofant plufieurs qui fe retirent à même hauteur, & qui fe protegent mutuellement.

(*x*) C'eft par la théorie & l'expérience que l'on a de l'utilité & de la force de chaque arme, & par la connoiffance de l'étendue & de la fituation du terrein, que l'on peut faire une jufte difpofition de fes troupes. Le grand art eft de les placer à leur avantage, qu'elles puiffent agir facilement fans s'embarraffer, & fans cependant les faire toutes combattre. Il eft dangereux de faire marcher toutes les troupes à l'ennemi; fi quelques parties foibliffent, elles n'ont plus de fecours à efpérer; c'eft pour cette raifon qu'indépendamment de la feconde ligne qui doit foutenir la premiere, on fe ménage encore des troupes en réferve, pour les porter où les circonftances pourroient l'exiger.

C'eft une regle générale, & admife par les plus grands Généraux, qu'il ne faut jamais attaquer une armée fur tout fon front; mais dans une, deux ou trois parties différentes, & avoir derriere les troupes qui attaquent, des corps de réferve, ou pour donner plus de force aux attaques, ou pour porter des fecours prompts à celles dont les troupes feroient repouffées. Quelques exemples tirés de l'antiquité, & même de nos jours, prouveront ce que j'avance, & appuieront mes principes. A Arbelles, Alexandre refufa fon aîle gauche à la droite de l'armée de Darius, & attaqua la gauche des Perfes. A la bataille de Tunis, entre Xentippe, Général des Carthaginois, & Regulus, Xentippe fit attaquer par fa cavalerie les deux aîles de l'armée Romaine, & n'oppofa au front que fes éléphans, qui devançoient de beaucoup l'infanterie. A Cannes, Annibal ne fit d'abord attaquer que le centre de l'armée Romaine. Dans la bataille que Scipion gagna contre Afdrubal en Efpa-

S

gne, le Général Romain attaqua les aîles de l'infanterie Carthaginoiſe en même tems que la cavalerie ; mais le centre de
l'armée ne fut point attaqué , & fut contenu par l'infanterie
Eſpagnole que le Général Romain avoit mis dans le centre de
ſa bataille. A Nerwinde, M. le Maréchal de Luxembourg fit
d'abord attaquer le village de Nerwinde & de Laër , qui
étoient ſur la droite de l'ennemi , & ceux de Rumſdorp & de
Néerlanden, qui appuyoient leur gauche, & il ne fit attaquer
les retranchemens du centre, que lorſque ces villages furent
forcés. A Rocoux, M. le Maréchal de Saxe ne fit attaquer
que les villages d'Ans & de Rocoux, & contint avec une partie de ſon centre & ſa gauche, le centre & la droite de l'armée ennemie. A Lauffefd , ce même Général ne fit attaquer
que la gauche de l'ennemi. Dans preſque toutes les batailles
que le Roi de Pruſſe a livré & gagné l'avant-derniere & la
derniere guerre, ce Prince n'a attaqué que des points, & jamais l'armée ennemie ſur tout ſon front.

Si l'on reçoit la bataille , il faut fortifier les parties foibles
par leur ſituation , avec des redoutes , les garnir de troupes,
y placer du canon , & mettre derriere d'autres troupes pour
les ſoutenir , leur porter du ſecours , & les recevoir, en cas
qu'elles ſoient obligées d'abandonner les redoutes ; ces précautions ne doivent point faire négliger les points les plus
difficiles à attaquer , parce que ce ſont peut-être ces mêmes
points que l'ennemi attaquera de préférence, dans l'eſpérance
que toute l'attention ſe fera portée ſur les parties foibles.

Lorſque l'on attaque, on eſt le maître du tems , des points
que l'on veut attaquer , & du nombre de troupes que l'on
veut employer à chaque attaque. Lorſque l'on eſt attaqué ,
on ne ſait ni le tems ni le moment que l'ennemi prendra , ni

les points qu'il attaquera, ni la quantité de troupes qu'il employera ; ainfi il faut faire fa difpofition, de façon que l'armée foit en force fur tout fon front, & avoir la plus grande attention d'appuyer & de fortifier les flancs. Un Général qui a l'art de n'employer que vingt mille hommes avec avantage, contre quarante mille de l'ennemi, doit être regardé comme un grand homme de guerre : celui qui, par la fituation du terrein, eft forcé d'en employer quarante mille contre vingt mille, mais qui par fes difpofitions eft moralement fûr de la victoire, doit être mis de pair avec le premier ; mais un Général, qui, fans nulle apparence de réuffite, fans rien examiner, ne confultant que fes forces, & n'écoutant qu'un aveugle courage, iroit attaquer une armée retranchée dans un pofte excellent par lui-même, & devenu inacceffible par l'art ajouté à la fituation, eut-il deux cens mille hommes, & cinq cens piéces de canon, doit rendre compte à fon Prince & à fa Nation, du fang qu'il fait verfer inutilement ; il ne peut être regardé que comme un homme borné ; & fon courage eft celui d'un barbare, qui facrifie à l'efpérance très-incertaine de quelques lauriers, l'État, l'armée, la réputation de fes armes, & fa propre gloire.

Les circonftances à la guerre changent tant de fois, qu'il n'eft pas poffible de donner des principes qui puiffent être adaptés à toute forte de terrein. La difpofition des troupes, celle pour les attaques vraies ou fauffes, les points que l'on veut attaquer, dépendent abfolument de la fituation des lieux, & fouvent de l'ennemi ; mais elle eft toujours plus fûre, lorfqu'on a l'art de forcer l'ennemi à ne faire fes difpofitions que relativement à celle qu'on a faite. Le fuccès ne dépend plus alors que de l'ordre, de la difcipline, & de la célérité avec laquelle les ordres font exécutés, que de la clarté de ces mêmes ordres, &

S 2

de l'intelligence des Officiers généraux, chargés des différentes attaques.

Il ne faut faire ses difpofitions qu'après avoir mûrement examiné la fituation du terrein ; mais une fois faite, il eft dangereux de la changer pour en faire une autre, fur-tout fi l'on eft en préfence de l'ennemi, & à portée d'en être attaqué. L'indécifion eft un vice capital à la guerre ; la crainte que l'on a de faire des fautes, en fait faire mille pour une, & quelque foit la fageffe des confeils que l'on donne au Général, en fuppofant qu'il veuille bien les écouter, ils lui deviennent inutiles, parce qu'un homme qui ne fait pas prendre un parti, ne fe décide pas davantage fur le confeil des autres que fur fes propres idées, il craint toujours qu'on ne le trompe ; & quoiqu'il ne puiffe pas fe diffimuler les bornes de fon entendement, il juge des autres par lui-même, il eft toujours dans la crainte de mal faire, & il refte dans une indécifion dangereufe, & toujours funefte à l'Armée.

(*y*) C'eft un avantage manifefte que d'avoir beaucoup d'officiers dans une armée ; cet avantage eft bien plus remarquable chez plufieurs Nations, fur-tout chez les Français. Il eft vrai qu'ils augmentent la dépenfe ; mais l'utilité dont ils font, doit prévaloir fur l'économie modique qui réfulteroit d'un moindre nombre ; ainfi malgré le refpect que j'ai pour Montécuculi, je ne puis être de fon avis, lorfqu'il dit, *qu'à la paix il en faut diminuer le nombre*. Dans tout état militaire bien conftitué, le nombre d'officiers, en tout tems, doit être fixe, & être toujours pris fur le pied de guerre, pour ne point en augmenter le nombre en tems de guerre, ni le diminuer à la paix. Les augmentations que les circonftances exigent de faire, ne doivent regarder que la force des compagnies, & il doit en être de même des réformes. C'eft une très-mauvaife politique de lever au com-

mencement d'une guerre de nouveaux Régimens & de nouvelles compagnies (a) , c'eſt augmenter le nombre ſans accroître les
forces , c'eſt une dépenſe de plus pour l'État , c'eſt avoir des
troupes dont on ne pourra ſe ſervir de deux ans, & ſur leſquelles
on ne peut faire aucun fond qu'après deux ou trois campagnes,
ce qui , calculé , revient à cinq ans , deux pour les lever , les
équiper, les armer , les exercer & les diſcipliner , & trois de
guerre pour les aguerrir , pour qu'elles ayent pris un eſprit de
corps relatif à leur état, & pour que l'on puiſſe compter ſur elles.
Je ſuppoſe que la tête des compagnies de ces nouvelles levées
ait été priſe dans de vieux corps ; comme le nombre de ſoldats
qui n'ont point ſervi, excede de beaucoup le nombre de ceux
qui ſont inſtruits, il eſt impoſſible que l'on puiſſe en attendre de
grands ſervices. Il y aura au moins un ancien officier par compagnie ; tout l'État Major ſera compoſé d'officiers qui ſervent
depuis long-tems , & dont la capacité eſt reconnue ; mais tous
les autres ſeront auſſi neufs que les ſoldats qu'ils commandent.
Je ne parle point de la vente des emplois ſubalternes que quelques Colonels ſe ſont permiſe , quoiqu'elle ne ſoit ni avouée ni
tolérée ; ainſi on peut juger que le plus offrant obtient l'emploi,
ſans qu'il ſoit queſtion de ſes ſervices , de ſes talens militaires,
ni de ſa naiſſance.

Pour qu'une conſtitution militaire ſoit bonne , il faut qu'elle
ſoit invariable, relativement au nombre de Régimens , de bataillons & d'eſcadrons par Régiment, de compagnies par bataillon & par eſcadron, & d'officiers & bas-officiers par compagnie (b). Après avoir calculé les richeſſes de l'État , le nombre

---

(a) M. le Maréchal de Saxe eſt du même ſentiment. Voyez ſes rêveries,
Tom. 1. liv. 1. chap. 2.
(b) C'eſt encore le ſentiment de M. le Maréchal de Saxe. Rêveries, Tom. 1.
liv. 1. chap. 2.

de fes habitans, l'étendue du Royaume, le nombre des Places qui couvrent les frontieres, & qu'il faut entretenir & garder; il faut enfuite examiner quelles font les Puiffances voifines les plus à craindre, & celles qui par leur pofition & leur foibleffe ne font pas à redouter. Ce calcul & cet examen fait, on établit le militaire fur trois pieds différens, de paix, de guerre, & fur le grand pied de guerre; c'eft-à-dire, que par la conftitution établie, on fe ménage les moyens, en cas de guerre, de mettre fur le champ le militaire fur le pied de guerre, par des augmentations faites de foldats inftruits de longue main, & pliés à la difcipline, & fur le grand pied de guerre, fi les circonftances l'exigent.

Cette idée paroîtra, peut-être, un problême, & l'on ne comprendra pas comment il eft poffible d'augmenter les corps par des recrues inftruites, ou du moins, préparées à l'ordre & à la difcipline militaire. J'efpere réduire ce problême, & prouver que cela eft facile, fi on veut y apporter les foins néceffaires, & prendre les moyens les plus convenables pour y parvenir. Je ne prétends point augmenter la dépenfe, je veux conferver en tems de paix l'économie néceffaire, & diminuer en tout tems le nombre des Milices; mais plus confidérablement en paix qu'en guerre, pour laiffer aux terres des cultivateurs, & des ouvriers aux arts & aux métiers.

Ces augmentations ne doivent jamais regarder que la force des compagnies, relativement au nombre de foldats qui les compofe; mais la même quantité d'officiers & de bas-officiers doit être en tout tems toujours la même, & être calculée fur le pied de guerre: ainfi en fuppofant qu'une Puiffance, après avoir examiné fes forces, fes richeffes, fes reffources, après avoir fait un dénombrement exact de fes habitans, & avoir pris une connoiffance entiere de l'étendue de fes États, de fes frontieres, & des Places néceffaires à conferver & à garder, puiffe mettre fur pied en troupes nationales, cinquante Régimens d'infanterie de quatre bataillons chacun, dont un pour recruter les trois autres (*a*); chaque bataillon de campagne, comme il eft dit dans la Note, eft de fept cens fix hommes, en comptant la compagnie de grenadiers & celle de chaffeurs ; & le bataillon deftiné à recruter les trois de campagne, eft de huit cens hommes. Trente-quatre Régimens de cavalerie de quatre efcadrons chacun, chaque efcadron de cent quarante-fix cavaliers, en comptant les deux trompettes (*b*), dont le quatrième efcadron deftiné à recruter les trois de campagne. Seize Régimens de dragons, tels que ceux de cavalerie. La totalité de ces troupes nationales fe monteroit à 175100 combattans, tant infanterie que cavalerie & dragons : il faut fouftraire de ce nombre les bataillons & les efcadrons deftinés à recruter & à compléter pendant la guerre les

(*a*) Chaque Régiment d'infanterie eft, fuivant mon fyftême, de quatre bataillons, dont un pour recruter les trois autres. Ce bataillon eft nommé bataillon de recrue, & les trois autres bataillons de campagne. Chaque bataillon de campagne eft compofé de dix compagnies, huit de fufiliers, une de grenadiers & une de chaffeurs. Chaque compagnie de fufiliers eft de 76 foldats, en comptant le tambour & le fifre ; la compagnie de grenadiers & celle de chaffeurs de 49 hommes, en comptant le tambour : ainfi chaque bataillon de campagne eft de 706 hommes. Le bataillon de recrue n'a ni grenadiers ni chaffeurs, & n'a que huit compagnies ; mais elles font de 100 hommes : ainfi ce bataillon eft fort de 800 hommes, nombre fuffifant pour recruter d'un cinquième les compagnies de campagne. Les Caporaux & les Appointés font compris dans le nombre de la compagnie ; mais les quatre Sergens ni le Fourrier n'y font point compris.

(*b*) Pour qu'un efcadron foit dans les proportions requifes, il doit être de 144 cavaliers, fans compter les quatre Maréchaux des Logis, les deux Fourriers & les deux trompettes. Suivant ce calcul, un efcadron eft compofé de deux compagnies, chacune de 72 cavaliers & d'un trompette ; & il y a dans chacune deux Maréchaux des Logis & un Fourrier, que l'on nomme bas-officiers, comme dans l'infanterie.

bataillons & les efcadrons de campagne ; il y a 50 bataillons pour en recruter 150 ; 34 efcadrons de cavalerie pour en recruter 102 , & 16 efcadrons de dragons pour en recruter 48. La totalité de l'infanterie nationale , fe monte à 145900 hommes, le quart eft 36475, pour en recruter 109425. La totalité de la cavalerie nationale, fe monte à 19856, le quart eft 4964, pour en recruter 14892. La totalité des dragons, fe monte à 9344, le quart eft 2336, pour en recruter 7008. Ainfi par ce calcul, il y aura 131325 combattans nationaux, tant infanterie que cavalerie & dragons prêts à marcher , & 43775 , tant infanterie que cavalerie & dragons , pour recruter les troupes de campagne. Ajoutons à ce militaire quatre légions de troupes légeres, compofées d'Allemands ; chaque légion forte de deux Régimens d'infanterie , chaque Régiment de deux bataillons femblables à ceux de campagne, tels qu'ils ont été détaillés plus haut, d'un Régiment de grenadiers à cheval , femblables à ceux de la cavalerie , & d'un Régiment d'huffards de huit efcadrons, de la même force que ceux des grenadiers à cheval (a) ; chaque légion fera forte de 4566 hommes , tant infanterie que grenadiers à cheval & huffards , & les quatre légions feront au total 18264 combattans.

En fuppofant que cette Puiffance put encore entretenir
14000

(a) Je ne mets pas pour chaque légion, de bataillon ni d'efcadron de recrue ; mais il doit y avoir un entrepôt pour les recrues de chaque légion, établi dans différentes parties des frontieres du Royaume. Ce dépôt, compofé de plufieurs armes, doit faire le même effet que les bataillons & les efcadrons de recrues, & être commandé par un Lieutenant-Colonel, un Officier major, des Capitaines, des Lieutenans & des fous-Lieutenans, des différentes armes qui compofent la légion, avec des Sergens & des Fourriers, pour veiller à l'ordre, à la tenue, à la difcipline, & à l'inftruction.

14000 Allemands, divisés en plusieurs Régimens d'infanterie, & autant de Suisses, elle pourra faire camper sur le champ 177609 combattans, qu'elle partagera en deux ou trois armées, suivant les circonstances. Si l'on ne compte seulement que les troupes nationales, il est certain qu'une Puissance comme la France n'auroit pas suffisamment de 131325 hommes de troupes pour faire la guerre, parce qu'elle peut être obligée d'avoir une armée en Flandre, une en Allemagne, & une troisième en Dauphiné ou en Italie, & qu'il faut encore que les Côtes soient gardées ainsi que les Places. C'est à la garde des Côtes que j'emploie 30000 hommes de milices, auxquels je joins quelques bataillons & quelques escadrons de campagne, cavalerie ou dragons, sans compter les Gardes-côtes. Les bataillons & les escadrons destinés à recruter ceux de campagne, doivent être placés sur les différentes frontieres les plus près du théâtre de la guerre; c'est-à-dire, que les bataillons & les escadrons de recrue, dont les corps seront à l'armée de Flandre, doivent être mis dans les Places de la Flandre; ceux dont les corps seront en Allemagne, dans le pays Messin, la Lorraine & l'Alsace, ainsi des autres: on doit joindre à ces différens corps mis dans les Places frontieres, 30000 hommes de milices distribués dans les Places. Quoique les bataillons & les escadrons destinés à recruter les troupes de campagne ne soient jamais complèts, par les recrues qu'ils envoyent aux corps campés, il en reste cependant suffisamment pour, avec les 30000 hommes de milices, former un corps suffisant pour garder les Places.

Il faut encore ajouter à ce nombre ci-dessus, la Maison du Roi, infanterie & cavalerie, qui se monte à environ 10000 hommes. La France, par cette constitution, pourra mettre sous les armes 187589 combattans, sans compter 43775 soldats,

T

cavaliers & dragons, deftinés à recruter les bataillons & les efcadrons de campagne.

On fera, peut-être, une objeċtion ; la néceffité de mettre en
campagne des armées à-peu-près égales en nombre à celles de
l'ennemi, forcera le Miniftere à faire marcher les 43775 hommes deftinés à compléter les troupes de campagne ; ainfi les recrues inftruites n'auront plus lieu, & le Roi aura entretenu pendant la paix des bataillons & des efcadrons inutilement, puifqu'ils ne fervent plus à leur deftination. Je réponds à cette objeċtion ce que j'ai déjà dit, la force d'une armée ne confifte pas
feulement dans le nombre, mais dans la valeur intrinfeque de
chaque individu, & dans la compofition des corps qui les rend
folides. Les Romains faifoient de grandes chofes avec de petites armées, mais les Romains avoient une conftitution militaire
excellente : ils étoient exercés & difciplinés ; foyons-le comme
eux, & nous n'auront pas befoin d'avoir des armées fi nombreufes. 187589 combattans peuvent former trois armées formidables, relativement au pays où elles font la guerre, & au nombre
d'ennemis qu'elles ont à combattre. En fuppofant une armée en
Flandre, une fur le Rhin, & une troifième en Italie ; celle de
Flandre peut être de 80000 hommes, celle du Rhin de 60000,
& celle en Italie de 40000 ; il refte encore 7609 combattans,
que l'on peut employer fur les Côtes, & les joindre aux Gardes-
côtes & aux 30000 hommes de milices. Quelques armées que
les ennemis de la France puiffe mettre fur pied, celles-ci feront
toujours d'égales forces, par le choix des recrues & par la compofition des corps ; ce ne font pas quinze ou vingt mille hommes
de plus ou de moins qui mettent de la différence dans la force
d'une armée, c'eft l'efpece de foldat qui la compofe, c'eft
la facilité qu'ont les corps de fe compléter par de bonnes

recrues & prefque formées, c'eft l'ordre invariable & uniforme qui y eft établi, c'eft la difcipline exacte qui y eft maintenue, ce font les Officiers généraux (*a*), ce font les chefs des corps, les officiers particuliers, & la capacité & l'expérience du Général en chef, qui y mettent une différence totale. Je comprends bien qu'une armée de 30 à 40000 hommes, quels que foient les talens du Général, des Officiers généraux, & autres, & quelque foit la bonté du foldat qui la compofe, doit être plus foible qu'une autre de 80000; mais une armée de 60000 hommes bien conduite, bien difciplinée & bien exercée, formée de bons foldats, eft égale en force, & même fupérieure, à une armée de 80 à 90000 hommes, qui n'aura pas toutes ces qualités (*b*). Quand même l'armée de 90000 hommes auroit toutes les qualités énoncées ci-deffus, perfonne n'ignore que le jour d'une bataille toutes les troupes ne donnent point, que fur 60000 hommes, il n'y en a fouvent que 30 ou 40000 qui combattent, fouvent moins. Le grand art eft de les employer à propos, & de difpofer les troupes, pour que les fecours foient prompts, & toutes les parties en force; ainfi une armée de 60000 hom-

---

(*a*) Tout Général à qui le Prince confie le commandement de fes armées, doit choifir les Officiers généraux qu'il veut avoir dans fon armée; & l'intrigue ni la protection ne doivent y entrer pour rien, l'État & le Général y font trop intéreffés.

(*b*) Jamais Céfar, Condé, Turenne, ni Luxembourg, ne compterent la force de leurs armées par le nombre de leurs foldats, mais par l'efpece; ils eftimoient plus un vieux foldat, quoique petit, qu'une recrue de cinq pieds dix pouces, quelque belle qu'elle fût. Les vieux foldats font précieux, un bon Général fait en faire le cas qu'ils méritent, & il n'y a qu'un Général borné qui compte les hommes, & leur haute taille. On choifit aujourd'hui, non-feulement les foldats, mais encore les officiers, à la taille; cela produit, fans doute, le plus beau coup d'œil poffible à un exercice & à une revue, je defire qu'à la guerre il faffe le même effet fur l'ennemi.

mes bien conduite , peut , non-feulement difputer l'offenfive à une armée fupérieure en nombre , mais encore la décider pour elle (*a*) ; & quand on fera convaincu que la force d'une armée ne confifte pas feulement dans le nombre , on ne fera point marcher les bataillons ni les efcadrons deftinés à recruter les troupes de campagne , on les emploiera à garder les places frontieres avec une partie des milices.

Les milices ne doivent jamais fervir à compléter les troupes de campagne , quelque bien exercées & difciplinées qu'elles foient ; il ne faut les employer qu'à la garde intérieure du Royaume , elles y font intéreffées , parce que c'eft leur patrie ; mais elles ne le font point à des guerres étrangeres , parce qu'elles font forcées , que c'eft le fort qui les arme , & non leur volonté , & qu'elles ne peuvent jamais faire d'auffi bons foldats que ceux qui s'engagent de leur plein gré : ce n'eft pas que les milices n'ayent rendus de très-grands fervices , & qu'elles n'ayent combattu avec valeur dans beaucoup d'occafions ; mais fi on les employoit hors des frontieres du Royaume , & à recruter les troupes de campagne , l'Etat feroit bientôt dépeuplé , les campagnes défertes , les terres en friches , & les arts & métiers tomberoient en langueur.

Ce militaire , tel qu'il eft énoncé , eft le pied de guerre , il peut être facilement réduit d'un quart ; ainfi de 231364 hommes dont eft compofé en tems de guerre le militaire fuppofé , tant

(*a*) M. le Maréchal de Luxembourg l'a prouvé dans prefque toutes les campagnes où il a commandé en chef les armées Françaifes , & fur-tout dans la campagne de 1691 , où il gagna la bataille de Steinkerque ; dans celle de 93 , où il battit encore le Roi Guillaume à Nerwinde , & dans celle de 94 , où Mgr. le Dauphin , par les confeils du Maréchal , fit échouer les projets du Roi d'Angleterre , quoique l'armée de France fut plus de la moitié moins forte que celle des Alliés ; mais il y a peu de Condé , de Turenne & de Luxembourg.

de troupes de campagne que deſtinées à les recruter, en en ré-
formant un quart, il reſtera ſur pied 173523 hommes armés, &
il y en aura 57841 de réformés, & de moins à payer.

Quant à la milice, il ne faut jamais la réformer; mais pour le
ſoulagement des Provinces, il faut, en tems de paix, la diminuer de moitié, & la réduire à 30000, de 60000 qu'elle étoit
en tems de guerre ; ainſi il y aura toujours dans le Royaume
203523 hommes armés, ou prêts à l'être, dont 30000 qui,
pendant ce tems, ne coûtent rien au Prince.

C'eſt ſur le pied de guerre que l'on doit décider le nombre
d'officiers & de bas-officiers que l'on attachera à chaque compagnie : ce nombre doit être ſtable, & ne jamais varier. Une
compagnie d'infanterie eſt en tems de guerre, ſuivant mes principes, de 76 ſoldats, en comptant 8 Caporaux, 8 Anſpeſſades,
ou Appointés, & deux tambours ou fifre. Il faut pour cette
compagnie trois officiers, un Capitaine, un Lieutenant, & un
ſous-Lieutenant; il lui faut de plus cinq bas-officiers, 4 Sergens
& un Fourrier. Ce nombre d'officiers & de bas-officiers doit
être le même en tout tems, paix ou guerre; il ne doit pas même
être augmenté, ſi les circonſtances obligent de mettre le militaire ſur le grand pied de guerre, & où les compagnies peuvent
être portées juſqu'à 96 fuſiliers: trois officiers & cinq bas-officiers
bien choiſis, conduiront auſſi-bien 96 ſoldats que 76. Dans les
compagnies où il y a un drapeau, il ne faut pas plus d'officiers,
parce que l'Enſeigne ou le porte-Drapeau doit être attaché à
l'État Major, & ne point faire nombre parmi les officiers de la
compagnie. Ce ſont des hommes faits & éprouvés qui doivent
remplir ces places, & non des enfans que l'on ne connoît pas,
qui ne ſe connoiſſent pas eux-mêmes, qui n'ont pas la premiere
teinture de leur métier, & qui n'ont pas la force néceſſaire pour

soutenir leur drapeau; d'ailleurs, comme ils portent le figne de l'honneur du Régiment, il eft important de pouvoir compter fur leur valeur; & comme c'eft la marque à laquelle on doit fe rallier, il faut être affuré de leur intelligence. L'Enfeigne ou le porte-Drapeau doit être tiré du corps de la Nobleffe, parce qu'il eft chargé d'un dépôt qu'il n'appartient qu'à la Nobleffe de porter & de défendre ; il doit être Officier major né, afin que dans une bataille il fache placer avantageufement fon drapeau, & que les foldats déjà accoutumés à fon commandement, obéiffent naturellement aux différens fignaux qu'il peut faire. Ce grade étant important, ceux qui en font pourvûs doivent marcher avec les Lieutenans, & être choifis parmi les fous-Lieutenans (a).

(a) Chaque compagnie, felon mon fyftême, eft de 76 fufiliers, dont huit Caporaux, huit Anfpeffades, ou Appointés, cinquante-huit fufiliers, un tambour & un fifre. Chaque compagnie fe forme fur trois rangs, elle fe divife en deux parties égales, que l'on nomme divifions, ces divifions par fubdivifions, & ces fubdivifions par fections. Les unes & les autres doivent toujours être pairs. Le Capitaine doit fe placer à la droite de la premiere divifion, au premier rang ; le Lieutenant à la gauche de la feconde divifion, au premier rang ; le fous-Lieutenant en ferre-file, derriere la droite de la premiere divifion ; le Fourrier en ferre-file, derriere la gauche de la feconde divifion, aligné fur le fous-Lieutenant. Le premier & troifième Sergent, au fecond & troifième rang de la premiere divifion, derriere le Capitaine ; le deuxième & le quatrième Sergent, à la gauche de la feconde divifion, derriere le Lieutenant. Au premier, deuxième & troifième rang de la premiere divifion à la gauche, un Caporal dans chacun ; ainfi qu'à la droite de la feconde divifion, les deux Caporaux reftant doivent être en ferre-file, l'un à la gauche du fous-Lieutenant, fur l'alignement de la troifième file de la droite de la premiere divifion, pour remplacer les Sergens qui pourroient venir à manquer par les accidens inévitables à la guerre, les Sergens étant faits pour remplacer les Officiers. A la droite des foldats de la premiere divifion, il y aura un Appointé, ainfi qu'à la gauche de la feconde divifion. Les deux Appointés reftant, l'un fera placé dans le troifième rang, à la fixième

Une compagnie de cavalerie doit être de 73 cavaliers en tems de guerre, en comptant le trompette, & avoir en tout tems un Capitaine, un Lieutenant & un sous-Lieutenant, trois bas-officiers, deux Maréchaux des Logis & un Fourrier. Il en est des Cornettes comme des Enseignes, ils doivent être attachés à l'État Major, être choisis parmi les sous-Lieutenans, & marcher avec les Lieutenans. Quant aux cavaliers, il faut quatre Brigadiers, huit Carabiniers, soixante cavaliers & un trompette.

Une compagnie d'hussards de même force que celles de cavalerie, doit avoir en tout tems quatre officiers, un Capitaine, un Lieutenant, un second Lieutenant, & un sous-Lieutenant, & trois bas-officier, deux Maréchaux des Logis & un Fourrier. Je mets un officier de plus que dans la cavalerie, parce que le service des hussards est plus continuel & plus souvent répété. Il ne doit point y avoir de Cornettes, parce que l'espece de guerre que font ces troupes, ne leur permet pas de porter des étendards à la guerre.

Une compagnie de dragons de même façon que celles de la cavalerie, doit avoir la même quantité d'officiers & de bas-officiers que celles de hussards, parce que leur service est à-peu-près le même ; que d'ailleurs ils servent indifféremment à pied & à cheval ; il leur faut des Cornettes qui soient comme ceux de la cavalerie, attachés à l'État Major, & choisis parmi les seconds

---

file de la droite de la premiere division, & l'autre de même à la sixième file de la gauche de la seconde division. Tous les tambours ou fifres doivent se réunir dans le centre, derriere le bataillon. Toutes les compagnies d'un même bataillon doivent être ainsi rangées, à l'exception de la compagnie qui forme la gauche, qui doit se ranger par la gauche ; ainsi l'ordre des officiers & des bas-officiers, sera de la gauche à la droite.

Lieutenans. Quoique les dragons faſſent à-peu-près le même ſervice que les huſſards , cependant comme il y a des occaſions où ils attaquent de front & en ordre comme la cavalerie , il leur faut des Cornettes ; & comme ils mettent pied à terre ſuivant les circonſtances , marchent en bataillon , & attaquent l'infanterie ennemie en plaine , dans un bois, retranchée & poſtée , il leur faut des guidons , comme des drapeaux à l'infanterie.

En général , le nombre d'officiers par compagnie doit être proportionné au ſervice de chaque arme : dans l'infanterie je ne mets pas plus d'officiers que dans la cavalerie ; mais il y a plus de bas-officiers , parce que ſon ſervice eſt plus conſidérable, qu'il y a plus de petits poſtes commandés par des Sergens, qu'il n'y en a dans la cavalerie commandés par des Maréchaux des Logis; d'ailleurs, comme ſon ſervice eſt plus répété , ſes pertes ſont plus fréquentes. Il en eſt de même dans les huſſards & les dragons , & je mets même un officier de plus dans ces deux dernieres troupes, parce que leur ſervice eſt encore plus répété que celui de l'infanterie.

Tous les corps qui font la guerre en avant, qui gardent l'armée, qui l'éclairent dans ſes marches , qui empêchent l'ennemi de s'en approcher , de reconnoître ſa poſition, qui aſſurent ſes convois, ſes fourrages, qui gardent ſes communications, & enfin qui ſont chargés de toutes les opérations extérieures, doivent être nombreux, & pouvoir, malgré leur fatigue & les pertes qu'ils font, ſe ſoutenir pendant toute la campagne par leurs propres forces, & pourvoir aux détachemens ordonnés. Je n'en déterminerai ni le nombre ni la force , c'eſt ſelon le beſoin que l'on peut en avoir , relativement à la guerre plus ou moins vive , & au nombre de ces troupes que l'ennemi a dans ſon armée.

II

Il m'est permis de donner mes idées sur leur composition & sur leur usage; mais je ne puis que faire une supposition quant au nombre, c'est la volonté du Prince qui le décide. Il en est de même de la quantité de troupes dont j'ai fait mention plus haut; j'ai pris un nombre à-peu-près relatif à la Puissance de la France; ce nombre n'y fait rien, & il peut être augmenté, de même qu'il peut être diminué; mais je pense que toute constitution militaire doit être solide dans toutes ses parties, sans que ces parties soient trop fortes, qu'elle doit être invariable quant au nombre d'officiers, de bas-officiers, de Régimens, de bataillons & d'escadrons par Régimens, & de compagnies par escadron & par bataillon.

La force existant dans chaque partie, il en résultera un total formidable, & l'on gagnera en valeur intrinsèque ce que l'on croit vainement gagner par le nombre. Ce n'est pas la grande quantité de troupes qui fait faire la guerre avec le plus d'avantage, c'est la qualité qui consiste dans le choix du soldat, dans l'ordre, dans la discipline, & dans l'uniformité des commandemens & des manœuvres: or si par la composition des corps, qui est une première condition nécessaire & reconnue pour en constater la solidité, on y a joint la discipline la plus exacte; & si par cette même composition aucun soldat n'arrive aux bataillons de campagne qu'instruit, ou au moins préparé à tout ce qui peut avoir rapport à son état, il s'ensuit qu'il sera inutile d'avoir de si grandes armées, qu'il sera plus aisé de les faire mouvoir, qu'elles n'affameront point un pays, qu'elles coûteront beaucoup moins au Prince, que l'État sera florissant, les campagnes peuplées, & qu'enfin tous les sujets du Prince seront au point où Henri IV voulait que fussent les siens (a).

(a) Ce grand Prince disoit: » si Dieu me prête vie, je ferai qu'il n'y aura point

V

(ʒ) Montécuculi compte les Régimens ou de trois bataillons de cinq cens hommes ou de sept cens cinquante, ou d'un de quinze cens; cependant par le calcul qu'il fait, il dit qu'il y a dix compagnies par Régiment, chacune de cent cinquante hommes: or on ne peut pas partager le nombre de dix en trois parties égales; ainsi les Régimens étoient ou de deux bataillons, composés chacun de cinq compagnies de cent cinquante hommes chacune, faisant sept cens cinquante hommes, ou d'un seul bataillon de quinze cens hommes. S'il compte les bataillons de sept cens cinquante, ils font dans une bonne proportion de force, parce qu'en retranchant soixante ou quatre-vingt hommes par bataillon pour les détachés ou les malades, il en reste six cens soixante & dix; ce nombre est très-suffisant pour former un bon bataillon. S'il compte le Régiment d'un seul bataillon de quinze cens hommes, il pouvoit être bon de son tems, où la moitié de l'infanterie étoit armée de piques, & l'autre moitié de mousquets, & où l'on mettoit l'infanterie sur six files, tant piquiers que mousquetaires. Le front de ce bataillon, en le supposant complet, étoit de deux cens cinquante hommes, sur six files de profondeur. Il est possible que la proportion de deux cens cinquante de front sur six de profondeur, soit parfaite; je ne l'ai pas éprouvé, parce que les bataillons aujourd'hui ne font pas de cette force, & qu'on ne leur donne cette profondeur que lorsque l'on veut les faire attaquer la bayonnette au bout du fusil: mais dans ce cas ils ont beaucoup moins de front, & cette disposition peut alors s'appeller l'ordre profond. Mais ce que je crois certain, c'est qu'un bataillon de six cens hommes

---

* *Histoir.* » de laboureurs en mon Royaume, qui n'ayent moyen d'avoir une poule dans
de Henri le » son pot; ajoutant, & si, je ne laisserai pas d'avoir de quoi entretenir des gens
Grand, par » de guerre, pour mettre à la raison ceux qui choqueront mon autorité *.
Perefixe, p.
299.

rangé fur deux cens de front & fur trois files, n'eft pas dans la proportion qu'il faut qu'il ait de la profondeur au front.

Pour connoître la véritable proportion que doit avoir un bataillon rangé en bataille de fon front à fa profondeur, c'eft fur le terrein qu'il faut l'expérimenter, & non par des calculs faits dans le cabinet, & qui fe trouvent toujours faux. Sans m'amufer à faire des calculs inutiles, j'ai fait mettre fix cens hommes en bataille fur trois rangs, ainfi qu'il eft d'ufage de les mettre aujourd'hui; j'ai fait marcher ce bataillon en avant, les vingt premiers pas ont été à merveille, mais infenfiblement ce bataillon a commencé à flotter, le flottement s'eft augmenté, & à foixante ou quatre-vingt pas, il avoit la forme d'un ferpent : j'ai fait faire alte pour le remettre en ordre, & je l'ai fait marcher de nouveau ; mais le même flottement s'en eft fuivi. Je fis former ce bataillon fur quatre de hauteur, & cent cinquante de front, & je le fis marcher dans cet ordre, au petit pas d'abord, enfuite plus vîte, & enfin au pas redoublé ; ce bataillon marcha très-bien, & fans flottement, l'efpace de trois cens pas. Je jugeai d'après cette expérience, que la proportion de quatre de profondeur étoit celle qu'il falloit pour cent cinquante de front, & que le front de deux cens étoit très-difproportionné à trois de hauteur ; cependant comme il y a des circonftances où, pour ne pas perdre tant de monde, on eft forcé de mettre les bataillons fur le moins de profondeur qu'il eft poffible, & conféquemment d'étendre fon front, il ne faut point abandonner l'ordre de trois de profondeur ; mais il ne faut point marcher à l'ennemi dans cet ordre ; il n'eft bon que pour faire feu de pied ferme, parce qu'il eft plus vif & plus étendu ; mais cette ordonnance feroit trop foible pour attaquer bayonnette au bout du fufil. Malgré la

raifon du feu , j'opinerai toujours pour mettre les bataillons
fur quatre files , relativement à l'enfemble qui y eft , & qui
n'eft pas auffi folide fur trois ; d'ailleurs en doublant les files,
on fe trouve fur huit de profondeur , & cette ordonnance a
toute la force de la colonne.

Après avoir parlé de la proportion que doit avoir un bataillon en bataille, de fon front à fa profondeur, proportion
qui indique la force dont il doit être , il eft néceffaire d'examiner de combien de bataillons un Régiment , à la guerre ,
doit être compofé.

Un Régiment doit avoir par lui-même une force & une folidité, indépendantes du total de la maffe de l'armée ; & cette
force multipliée par la jonction intime des parties , doit acquérir une folidité que rien ne puiffe rompre ni défunir. L'expérience a prouvé qu'un Régiment de deux bataillons étoit
trop foible, parce que, fi dans le cours de la campagne il reçoit un échec, il ne peut plus faire le fervice que pour un, &
fi on le force à faire le fervice pour deux, ce Régiment eft
bientôt réduit à rien. L'inconvénient en a été fi bien reconnu,
que chez plufieurs Puiffances on a mis tous les Régimens d'infanterie à trois bataillons ; & en France , où il n'y avoit que
douze Régimens à quatre bataillons, il y en a aujourd'hui dix-
neuf. Il feroit à defirer que tous les Régimens d'infanterie en
France fuffent de quatre bataillons, dont un pour en recruter
trois ; ces recrues qui arriveroient aux bataillons de campagne
feroient équipées , armées & exercées ; & quelque perte que
put faire un Régiment , il feroit toujours en état de refter en
campagne & de fervir utilement , ce qu'il ne peut que difficilement , fur-tout lorfqu'il n'eft que de deux bataillons. L'inconvénient eft encore bien plus fenfible , lorfqu'un Régiment
n'eft que d'un bataillon.

Un Régiment doit être commandé par un feul chef; ce chef a des officiers fous lui, qui n'ont d'autre emploi que de faire exécuter les ordres qu'il leur donne. Puifque ce chef doit feul parler, il doit être entendu de tout le Régiment; ainfi il faut proportionner le front que doit avoir un Régiment, non-feulement à la profondeur, mais encore à l'étendue de la voix. La voix de l'homme peut fe faire entendre très-intelligiblement à cinq cens pas; mais comme il ne faut pas décider de la force d'un bataillon ou d'un Régiment par la poffibilité que peut avoir le Colonel ou le Major de le commander à un exercice, mais par la poffibilité d'être entendu & vu de tout le Régiment le jour d'une affaire générale, il eft effentiel d'examiner quel eft le front que l'on peut donner à un Régiment, pour qu'il puiffe entendre les ordres & les exécuter.

Un bataillon de 706 hommes fur trois files, doit occuper trois cens trente pieds, ou foixante & fix pas géométriques (a), les officiers dans le rang. Il eft d'ufage de mettre dix pas d'intervalle entre chaque bataillon: en fuppofant un Régiment de quatre bataillons, le front de ce Régiment en bataille fera de cinq cens cinquante-quatre pas ordinaires: en fuppofant ce Régiment fur quatre files, il n'occupera plus que quatre cens quatre-vingt-dix pas. Le premier front fur trois files n'eft que trop étendu à un exercice, pour que celui qui commande puiffe être entendu; & il l'eft beaucoup trop pour le jour d'une affaire générale, où le bruit du canon & de la moufque-

---

(a) Le pas géométrique eft de cinq pieds : le pas ordinaire eft de trois pieds. On peut évaluer le front d'un bataillon à cent trente pas ordinaires, en comptant les officiers, qui, dans tous les cas, doivent être dans les rangs. Les tambours ni les fifres ne doivent point être comptés, parce qu'ils fe placent derriere le bataillon dans le centre.

terie empêche que l'on n'entende le commandement, quoique celui qui donne les ordres fe tienne dans le centre. La feconde difpofition fur quatre files peut être admife à un exercice ; mais elle eft trop étendue pour le jour d'une bataille, par les raifons que je viens de dire. En mettant ce Régiment de trois bataillons, dans la premiere fuppofition de trois de profondeur, il n'occupera plus que quatre cens quatorze pas ; comme le Commandant fe met au centre, fa voix peut porter facilement à deux cens fept pas à fa droite, & autant à fa gauche, il ne faut que du filence & de l'attention de la part des officiers & des foldats. Dans la feconde difpofition fur quatre de profondeur, ce Régiment n'occupera plus que trois cens foixante & fix pas ; que le chef foit au centre, à la droite ou à la gauche, il fera vu & entendu de tout le Régiment. Si ce Regiment n'eft que de deux bataillons, le Commandant fe fera, fans doute, entendre plus facilement ; mais ce corps fera trop foible, il ne peut pas foutenir les fatigues de la campagne ni les pertes qu'il peut faire, fans être très-affoibli & hors d'état de fervir. Plus les corps font foibles, & plus les pertes qu'ils font font fenfibles. Je ne parle point des Régimens d'un bataillon, cette forme eft abfurde, & ne peut être fondée que fur quelques raifons relatives aux Places, & jamais relatives à la guerre. Je tâcherai de prouver dans la fuite de cet Ouvrage, que cette raifon démontre évidemment le défaut de conftruction de certaines Places, & que pour vouloir corriger un défaut, il ne faut pas commettre une faute capitale, & contraire à tout principe de guerre.

Je penfe donc que tous les Régimens d'infanterie doivent être de trois bataillons à la guerre, & d'un quatrième pour recruter les trois. Par cette conftitution, il y aura toujours les trois quarts de l'infanterie prêts à marcher & à camper, & l'autre quart servira à compléter les compagnies de soldats instruits & pliés à la discipline, ce qui n'est pas un petit avantage, & ce quart servira encore à garder en tems de guerre, les Places frontieres, avec un certain nombre de milices, pendant que les armées seront en avant & campées.

On a si bien reconnu en France l'abus d'avoir des Régimens d'un bataillon, qu'à la réforme de 1748, de vingt-quatre Régimens d'un bataillon chacun, on en a incorporé ou réformé huit, & que par la nouvelle constitution militaire de 1764, on a augmenté le nombre des Régimens de quatre bataillons, & diminué de la moitié ceux à un : on a même diminué en général le nombre des Régimens ; il y a tout lieu d'espérer qu'avec le tems on les diminuera encore, pour les mettre tous à quatre, dont un destiné à recruter les trois autres. Plus les Régimens seront forts, cependant avec les proportions requises, mieux ils serviront, & moins il en coûtera au Prince, parce que plus il y a de parties dans un total, & moins il y a d'ensemble ; plus il y a de Régimens, plus il y a d'États Majors, qui sont très-coûteux. Il est vrai que plus il y a de Régimens & plus le Prince a de graces à faire ; mais ces graces doivent être méritées, & l'intérêt & l'ambition de quelques particuliers, de quelque naissance qu'ils soient, ne doit point prévaloir sur l'intérêt réel de l'État. On dira peut-être, que faire de la jeunesse si on ne trouve à la placer ? à cet âge on est placé dans les grades inférieurs; il est même de l'intérêt des peres que leurs enfans ne montent pas de trop bonne heure sur un théâtre trop élevé, crainte qu'ils n'en descendent avec ignominie. Moins il y aura de Régimens, plus on s'efforcera de les mériter ; moins il y aura de compagnies, plus de tems on fervira pour les mériter , & on ne fera pas ennuyé d'un grade auquel on eft parvenu très-jeune, & que l'on a obtenu fans beaucoup de peine. On ne verra plus alors ce qu'on a vu à la paix de 1748 : aucun de ceux qui tenoient à la Cour, ou qui y avoient quelques protections , ne vouloit être Capitaine de cavalerie, tous, au fortir de l'académie, vouloient être Colonels; il fembloit que c'étoit une honte que d'obéir, & l'on vouloit de haute-lutte commander fans avoir la premiere teinture de l'Art le plus profond & le plus fublime. Heureufement que cette frénéfie n'a pas duré long-tems ; & tels & tels qui n'ont pas voulu de compagnie, à qui , avec raifon , on a refufé des Régimens , & qui font devenus cafaniers dans leur château , ou qui battent le pavé de Paris, voudroient bien aujourd'hui avoir accepté l'emploi, qu'ils regardoient comme fi fort au-deffous de leur prétendu mérite.

Je reviens aux Régimens de deux & d'un bataillon. On objectera, peut-être , qu'ils font néceffaires pour garder les Places qui ne peuvent contenir plus de troupes ; toute Place qui ne peut pas, en cas de fiège, contenir fix bataillons , ne peut être appellée Place, mais Fortin. Une Place fuppofe , au moins, fix baftions ; or M. de Vauban compte un bataillon par baftion. Si l'intérieur d'une Place qui a fix baftions, eft trop peu étendu pour que fix bataillons n'y foient pas en fûreté, ou ne puiffent pas y être logés, la Place ne vaut rien, quand même la conftruction de fes ouvrages feroit excellente ; ainfi il faut la démolir, fi fon utilité n'eft pas bien prouvée ni bien reconnue, ou l'aggrandir, fi fa pofition eft effentielle pour la garde des frontieres. Mais je veux que cette Place qui ne peut contenir que deux ou trois bataillons, foit très-importante, & que par le local du terrein où elle eft fituée , il ne foit pas

possible

poſſible de lui donner plus d'étendue ; ſi toutes les troupes ſont exercées uniformement, ſi la diſcipline eſt par-tout la même, il n'y aura aucun inconvénient de mettre un, deux ou trois bataillons d'un Régiment dans cette Place, & de mettre le quatrième avec d'autres Régimens, dans la Place la plus voiſine de celle-ci : mais comme il n'y a point de Places qui, en cas de ſiège, ne puiſſent contenir quatre bataillons, la diffi-culté n'eſt que pendant la paix, où ſouvent on ne met qu'un ou deux bataillons dans ces petites Places. Marſal qui a ſix baſ-tions, ne contient gueres plus d'un bataillon en tems de paix ; Neuf-Briſac qui en a huit, a ordinairement une garniſon de deux ou trois bataillons ; Landau qui a huit tours baſtionnées, avec leurs contre-gardes, & une citadelle, a ordinairement quatre bataillons dans la place & un dans la citadelle ; ainſi des autres, où l'on ne met pas la quantité de bataillons que l'on y mettroit, s'il s'agiſſoit de ſoutenir un ſiège.

Toute conſtitution militaire ne doit point être calculée ni établie relativement à l'intérieur du Royaume, ni au plus ou moins de facilité que l'on a de diſtribuer les troupes dans les différentes Places ; mais elle doit être calculée ſur la garde des frontieres, & ſur l'intérêt réel de l'État, relativement à la guerre, parce que l'on n'entretient pas ſeulement des troupes pour défendre l'intérieur des États ni leurs frontieres ; mais encore pour ſecourir ſes alliés, & pour repouſſer la force par la force. Toute Puiſſance qui ſe renferme en elle-même, & qui ſe contente de défendre ſes poſſeſſions, eſt bientôt appau-vrie & ſubjuguée ; mais ſans vouloir faire des conquêtes, il faut prévenir l'ennemi, marcher ſur ſon pays pour l'éloigner des frontieres, l'empêcher de pénétrer dans l'intérieur du Royaume, & le forcer de ſonger à ſe défendre, bien loin de

X

lui donner le tems d'attaquer. Or pour pouvoir réuſſir dans ces deſſeins avec une certitude morale, il faut que les corps qui compoſent l'armée, ſoient en état de faire la guerre, ce qui ne ſe peut pas, ſi leur compoſition n'eſt pas relative à l'attaque, & qu'elle ne le ſoit qu'à la défenſe des Places. On peut pour la défenſe des Places ſe ſervir des Régimens à un & à deux bataillons ; mais ils ſont trop foibles en campagne.

On ne fait bien la guerre que lorſque l'on a la force en main ; cette force n'exiſte que dans la ſolidité de chacune des parties qui compoſent une armée, qui, toutes unies & inſ-truites ſur les mêmes principes, & rompues à un ordre uni-forme & invariable, & à une diſcipline exacte, forment une force majeure auſſi difficile à vaincre, qu'il ſeroit aiſe de l'a-néantir, ſi toutes ces conditions ne s'y trouvoient pas.

(&) Un bataillon armé de piques doit être impénétrable à la cavalerie ; mais comme elles ne ſont plus en uſage chez au-cune Puiſſance, que d'ailleurs l'infanterie a plus ſouvent à combattre contre d'autre infanterie que contre de la cavale-rie, ce ſeroit armer l'infanterie contre une troupe avec la-quelle il eſt rare qu'elle ſe batte, & donner un avantage ma-nifeſte à l'infanterie ennemie, armée de fuſils & de bayonnet-tes ; cependant comme il faut, autant qu'il eſt poſſible, ar-mer l'infanterie relativement aux troupes qu'elle peut atta-quer, & par leſquelles elle peut être attaquée, je penſe qu'en lui donnant des bayonnettes de vingt pouces, au lieu de treize pouces qu'elles ont, elle pourroit également ſe battre contre de l'infanterie & de la cavalerie. La bayonnette telle qu'elle eſt aujourd'hui ne remplit point cet objet quant à la cavalerie : cette arme n'a que treize pouces de lame, & le fuſil quatre pieds dix pouces, ce qui fait enſemble cinq pieds onze pou-ces ; le ſoldat après avoir fait feu, préſente ſon arme pour

s'oppofer à la cavalerie qui marche à lui ; il tient le fufil au-deffus de fa croffe, de fa main droite, pofe le canon fur le bras
gauche, ou le tient de cette main à fix pouces au-deffus de la
batterie, ce qui ôte un pied & demi à cette arme ; ainfi elle ne
déborde le foldat que de quatre pieds cinq pouces, diftance qui
ne fuffit pas pour le raffurer, parce qu'il voit le cavalier trop
près de lui, qu'il craint même davantage le cheval que le cavalier, qui, à cette diftance, ne peut pas le frapper ; mais il
appréhende que le cheval ne le renverfe, & cette crainte rapproche encore le cavalier de lui ; ainfi je penfe que fi l'on donnoit à l'infanterie des bayonnettes qui euffent vingt pouces de
lame, cette arme au bout du fufil feroit affez longue pour que
le foldat ne vît pas le cavalier ni fon cheval fi près de lui, &
elle ne feroit pas plus embarraffante que celle qu'il a aujour-
d'hui ; il pourroit plus facilement charger fon fufil, parce que
la longueur de cette bayonnette l'empêcheroit de craindre de
s'en percer la main, & au lieu de l'épée, on lui donneroit un
large coûteau de chaffe à dos qui ne l'embarrafferoit point dans
les différentes évolutions ordonnées.

Il y a environ un pied & demi, fouvent davantage, du poitrail du cheval en droite ligne jufqu'à fa bouche ; fuppofons un
pied & demi, avant que le foldat armé de fa bayonnette puiffe
frapper le poitrail, la tête du cheval eft à trois pieds onze pouces de lui ; l'étonnement, la crainte d'être renverfé ou d'être
atteint par le fabre du cavalier, qui cependant ne peut que difficilement le toucher, le fait reculer ; & fi le premier rang fait
le même mouvement, le bataillon eft bientôt enfoncé & rompu. Je fuppofe qu'il n'ait pas cette crainte, & qu'il frappe le
cheval de pied ferme, ou dans les nazeaux ou dans le poitrail,
le premier mouvement du cheval qui fe fent bleffé, ou qui tombe

X 2

mort du coup, eſt de pouſſer ſur ce qui le frappe, & il force néceſſairement le ſoldat à reculer, parce que le cheval n'eſt pas atteint d'aſſez loin. La bayonnette que je propoſe a vingt pouces de lame ; ainſi le fuſil armé de ſa bayonnette aura ſix pieds & demi de longueur, & en ôtant un pied & demi pour la poſition du ſoldat qui préſente ſon arme à l'ennemi, la pointe le dépaſſera de cinq pieds : ſi le cheval avance aſſez pour que le ſoldat puiſſe frapper le poitrail, la tête du cheval ſera à trois pieds quatre pouces du ſoldat, & le poitrail ſera à cinq pieds ; mais il ne doit pas le laiſſer approcher plus près que de la longueur de ſon arme, ainſi la diſtance ſera trop grande pour que le cheval puiſſe foncer ſur lui, mais il reculera ou ſe cabrera. Je conviens que cette diſtance n'eſt pas auſſi conſidérable que celle qui ſeroit entre le ſoldat & la tête du cheval, ſi le ſoldat étoit armé d'une pique ; auſſi préférerois-je cette arme contre de la cavalerie ; mais comme il n'arrive pas communément, comme je l'ai déjà dit, que l'infanterie ait à combattre de la cavalerie (quoique cela ſe ſoit vu & ſe verra encore) & qu'elle a plus ſouvent affaire à de l'infanterie, que l'ennemi n'eſt point armé de piques (a), il faut armer l'infanterie de façon qu'elle puiſſe ſe défendre & attaquer l'une & l'autre arme : ſi on armoit l'infanterie avec des piques, il eſt certain que jamais la cavalerie ennemie ne pourroit en approcher ; mais l'infanterie ennemie auroit un très-grand avantage relativement au feu, ſur-tout, ſi celle-ci étoit retranchée, ou qu'il y eût entre elle & les bataillons armés de piques, quelque obſtacle qui les

(a) Si les Puiſſances contre leſquelles la France peut avoir la guerre, donnoient des piques à leur infanterie, ce ſeroit une raiſon de plus pour laiſſer à l'infanterie Françaiſe ſon fuſil & ſa bayonnette.

empêchât de la joindre : ainsi comme il n'est pas question de donner des piques à l'infanterie, que ce seroit même aujourd'hui une très-mauvaise arme, il faut laisser le fusil armé de sa bayonnette à l'infanterie ; mais je pense qu'il faut allonger la bayonnette, réformer l'épée, & lui donner un large couteau de chasse (a).

L'explication que donne Montécuculi relativement aux distances ouvertes ou fermées, est très-claire ; mais ces distances doivent être moindres, aujourd'hui que le soldat n'a plus d'armes défensives. La distance que l'on donne au soldat lorsqu'il est à rang ouvert, est de trois pieds pour le terrein qu'il occupe, & pour celui qui est entre le soldat de sa droite & celui de sa gauche ; c'est-à-dire, un pied un quart pour le terrein qu'il occupe, & un pied trois quarts pour l'espace qui est entre le soldat de sa droite & celui de sa gauche ; ainsi pour cent hommes de front à rangs ouverts, il faut deux cens cinquante pieds, ou cinquante pas géométriques, ou quatre-vingt-trois pas un tiers de pas ordinaires. Lorsque le bataillon est à rangs serrés, chaque soldat

---

(a) M. le Maréchal de Puiffegur dans son Art de la Guerre *, est de l'opinion qu'on retranche l'épée au soldat ; mais qu'on lui donne à la place un couteau de chasse, il donne pour raison, 1°. Que l'épée, par la position qu'elle a au côté, ne peut que gêner le soldat dans les différentes manœuvres ordonnées. 2°. Qu'elle est inutile, parce qu'elle est trop foible contre un homme armé d'un fusil & d'une bayonnette. Il dit ensuite qu'il faudroit donner au soldat un couteau de chasse, parce que dans un combat cette arme seroit d'une grande défense ; que par la position qu'on lui donne au côté, elle ne peut point gêner, parce qu'elle est couchée le long de la cuisse ; qu'il est possible que la bayonnette se casse, & qu'alors si le soldat n'avoit que son épée, ce seroit une foible ressource, au lieu qu'un bon couteau de chasse, sur-tout dans la mêlée, peut être d'un très-grand secours. M. le Maréchal de Puiffegur a raison ; mais pour que la bayonnette ne puisse se casser, il faut qu'elle soit platte & non à trois quarts, & qu'il y ait une arrête de chaque côté du plat pour la rendre plus solide sans qu'elle soit plus pesante.

* Tom. 1. chap. xj. art. iv.

fe touche , fans cependant fe gêner, afin qu'il puiffe facilement manier fes armes, & faire tous les mouvemens qui lui feront or-donnés ; dans cette pofition, il occupe un pied & demi de ter-rein : ainfi pour cent hommes de front à rangs ferrés, il faut cent cinquante pieds, ou trente pas géométriques, ou cinquante pas ordinaires.

Montécuculi met quatre pieds pour l'emplacement du cava-lier ; cette diftance étoit néceffaire lorfque la cavalerie étoit ar-mée de pied en cap ; il lui en falloit même davantage lorfque fon cheval étoit bardé : mais aujourd'hui que le cavalier n'a qu'un plaftron pour armes défenfives, & qu'il n'a que des demi-bottes fortes, trois pieds lui fuffifent ; ainfi pour un front de quarante-huit cavaliers, il faut cent quarante-quatre pieds, ou vingt-huit pas géométriques & quatre pieds, ou quarante-huit pas ordinaires ; mais ce font les chemins de front & de hauteur que ce Général dit qu'il faut qu'il y ait entre l'infanterie & la cavalerie, entre les efcadrons, & entre les moufquetaires & les piquiers, qu'il eft néceffaire d'expliquer.

Je penfe qu'il a voulu entendre par ces chemins les interval-les que l'on doit mettre entre chaque bataillon & entre chaque efcadron, & ceux qui doivent être entre l'infanterie & la cava-lerie. Il eût été à defirer qu'il fe fût expliqué plus clairement, & qu'il fût entré dans un détail circonftancié, fur la grandeur de ces intervalles, d'autant plus que les avis font partagés. Quoique la façon de combattre ne foit pas la même que celle de fon tems, relativement aux armes qui ont changé ; cepen-dant l'autorité de ce grand Général auroit du moins donné des idées relatives à cet objet.

M. le Maréchal de Saxe condamne à tous égards toute ligne pleine, tant pour l'infanterie que pour la cavalerie. Le Roi de

Pruſſe eſt d'un ſentiment contraire quant à la cavalerie, du moins en 1750 que j'allai en Pruſſe, dans pluſieurs converſations que j'eus l'honneur d'avoir avec ce Prince, & dans les manœuvres que je vis faire à ſa cavalerie, il me parut du ſentiment de la ligne pleine, & ſa cavalerie manœuvroit ſelon ce ſyſtême. Ce Prince prétend que cette maſſe alignée qui attaque l'ennemi au galop, ne doit point trouver de réſiſtance, & qu'elle doit culbuter tout ce qu'elle trouvera devant elle. Quelque reſpect que j'aye pour les opinions d'un Prince auſſi verſé dans l'Art de la guerre, & auſſi grand Général, je ne puis pas être de ſon avis, quand même je n'aurois pas pour appuyer mon ſentiment, l'autorité de M. le Maréchal de Saxe. Je ne répéterai point ce que j'ai déjà dit dans mon Eſſai ſur l'Art de la Guerre, relativement à cet objet, j'y renvoye le Lecteur *. Quant aux ＊ *Tom. 1.* diſtances qui doivent être entre chaque bataillon, entre chaque *pag. 418 &* brigade, entre les aîles de l'infanterie & la cavalerie, entre *ſuivantes.* chaque eſcadron, & entre chaque brigade de cavalerie, (le tout ſoumis cependant aux circonſtances & au terrein) je penſe que la diſtance d'un bataillon à un autre doit être au plus de dix à douze pas, celle d'une brigade à une autre, de trente; celle des aîles de l'infanterie à la cavalerie doit être aſſez conſidérable pour qu'on puiſſe y placer dix à douze piéces de gros canon du parc. La diſtance d'un eſcadron de la premiere ligne à un autre eſcadron, doit être des deux tiers du front de l'eſcadron; comme l'eſcadron occupe de front quarante-huit pas ordinaires, les deux tiers ſont trente-deux pas. Les diſtances que l'on doit obſerver entre les bataillons & les brigades d'infanterie de la ſeconde ligne, doivent être ſemblables à celles de la premiere; mais celles d'un eſcadron à un autre de la ſeconde ligne, doivent toutes être égalesau front d'un eſcadron, il faut ſeulement avoir attention que les efcadrons de la feconde ligne foient pofitivement placés vis-à-vis les intervalles de la premiere ligne.

La raifon pour laquelle je ne mets que dix à douze pas entre chaque bataillon, c'eft que l'infanterie peut manœuvrer fur elle-même en faifant demi-tour à droite ou à gauche par homme ; & c'eft même la feule manœuvre qu'elle doit faire lorfqu'elle eft en retraite. Si le pays fe rétrecit, on double les files, mais le mouvement à droite ou à gauche par homme eft toujours le même, foit que l'on fe retire, ou que l'on veuille faire face à l'ennemi; ainfi il n'eft pas néceffaire qu'il y ait de plus grands intervalles, & ceux que j'indique ne font que pour diftinguer un bataillon d'un autre , & une brigade d'une autre brigade : d'ailleurs l'infanterie de la premiere ligne n'a pas befoin d'être foutenue de la feconde ligne, comme le doit être la premiere ligne de cavarie de la feconde , parce que l'infanterie peut fe retirer fous la protection de fon feu ; & s'il arrivoit que cette premiere ligne fut fuivie trop vivement , il eft facile à la feconde de fe joindre à la premiere ; & acquérant par cette jonction une profondeur qui lui donne plus de poids & de folidité , elle peut marcher à l'ennemi la bayonnette au bout du fufil, rallentir fon ardeur, & même fi elle n'eft pas fuivie en ordre , rétablir une affaire que l'on croyoit perdue, & la faire tourner à fon avantage.

Il y a encore une manœuvre facile à faire en cas de malheur. La premiere ligne forcée de fe battre en retraite , doit fur le champ doubler les files par bataillon , par un fecond commandement les doubler encore, pour que chaque bataillon foit fur douze files; pendant ce mouvement les bataillons de la feconde ligne qui fe trouvent vis-à-vis les intervalles formés par le doublement, doivent marcher au pas redoublé pour les remplir, & enfuite attaquer l'ennemi fur cette difpofition, partie en colonne,

lonne , & partie en bataille. Cette manœuvre eſt facile à faire avec des troupes bien exercées & bien diſciplinées ; elle acquiert une force & une ſolidité incroyables , & l'on a l'avantage d'avoir toujours des troupes derriere, pour porter des ſecours prompts aux endroits qui foibliroient , ce qui n'eſt pas par la premiere diſpoſition , où toute l'infanterie de la ſeconde ligne fait corps avec celle de la premiere (a).

(a) Ceux qui ont cru avoir imaginé la manœuvre de ſubſtituer la ſeconde ligne d'infanterie à la premiere , en ſuppoſant celle-ci battue , ont certainement cru avoir trouvé quelque choſe de neuf ; ils ont raiſon quant à l'infanterie , ſur-tout cette manœuvre ſe faiſant par file ; reſte à ſavoir ſi elle eſt praticable devant l'ennemi qui ſuit la premiere ligne battue. Le grand Condé à Lens fit faire cette manœuvre , & ſubſtitua ſa ſeconde ligne de cavalerie de la droite à ſa premiere , parce que celle-ci étoit fatiguée,& même intimidée d'avoir été miſe en déroute ; mais lorſque ce Prince fit faire cette manœuvre , ſa premiere ligne étoit ralliée , les ennemis ne l'attaquoient point , & il eut tout le tems de faire retirer ſa premiere ligne , & de lui ſubſtituer la ſeconde *.

Pour pouvoir faire cette manœuvre , même avec de la cavalerie , il faut l'avoir prévue ; il faut que les deux lignes ſoient inſtruites des intentions du Général , & il faut que la premiere ligne ne ſoit pas attaquée ni ſuivie. Si ces trois conditions ne s'y trouvent point , cette manœuvre eſt impraticable , ſur-tout pour de l'infanterie , & la ſeconde manœuvre que j'ai propoſée dans mes Obſervations, me paroît meilleure & plus aiſée à exécuter. Cette manœuvre propoſée de changement de ligne par files peut être très-brillante à un exercice ; mais je la ſoutiens impraticable devant un ennemi victorieux , & qui ſuit de près le vaincu. Il faut inſtruire les troupes pour la guerre , & non pour une parade , qui ne mene à rien , ni farcir la tête du ſoldat de manœuvres inutiles , qui lui font oublier celles qu'il doit faire devant l'ennemi , & ne jettent que de la poudre aux yeux des ſpectateurs ; mais qui ne ſéduiſent point les vrais militaires, qui en reconnoiſſent bientôt l'inutilité & les défauts. Avant que de montrer aux troupes à faire une manœuvre que l'on croit utile , il faut examiner ſi elle eſt praticable devant l'ennemi , ſi elle peut ſe faire ſans danger , & ſans que l'ennemi trouve jour à attaquer avec avantage , ſi on peut éviter le déſordre , ſur-tout après avoir reçu un premier échec , & étant ſuivi de l'ennemi ; ſi toutes ces conditions ne s'y trouvent point , quelque brillante que ſoit cette manœuvre , il faut l'abandonner , n'y plus ſonger & s'en tenir à celles qui ſont connues & uſitées.

* Hiſt. du grand Condé, tom. 2.

Y

Les efcadrons de la premiere ligne doivent , comme je l'ai déjà dit , avoir entre eux un intervalle des deux tiers d'un efcadron , non qu'il faille à la cavalerie beaucoup plus de terrein pour manœuvrer qu'à l'infanterie, mais parce qu'elle doit être foutenue de la feconde ligne , par une manœuvre différente de celle de l'infanterie. La feconde ligne de l'infanterie jointe à la premiere , ou en totalité ou en partie , lui donne plus de folidité , parce qu'un homme en joint un autre facilement, qu'il le foutient & le fecourt , & que deux chevaux ne peuvent ni fe foutenir ni fe joindre ; cependant quoique l'impulfion dans l'infanterie qui marche , ne foit pas confidérable , cette impulfion exifte réellement lorfque le premier rang trouve de la réfiftance, ce qui ne peut pas être dans la cavalerie ; car fi l'on faifoit approcher les efcadrons de la feconde ligne derriere ceux de la premiere, bien loin de donner plus de force à la premiere ligne, ils ne feroient que l'embarraffer dans fes manœuvres: il eft donc néceffaire , pour que la feconde ligne puiffe porter un fecours réel & efficace à la premiere, qu'elle paffe par les intervalles de cette premiere ligne, & qu'elle attaque l'ennemi , pour donner le tems à la ligne qui fe retire de fe rallier & de revenir à la charge. La cavalerie qui fe retire n'a pas la même reffource que l'infanterie; fon feu ne vaut rien, il n'en impofe point, & même elle ne doit jamais fe fervir de fon moufqueton lorfqu'elle eft en bataille , foit qu'elle attaque ou qu'elle fe retire. En cas de retraite , on détache feulement quelques petites troupes, qui fe tiennent à quelque diftance derriere les efcadrons qui fe retirent, & font feu de leur moufqueton & du piftolet; mais l'efcadron ne doit jamais fe fervir de ces armes à feu dans cette occafion : c'eft pour cette raifon qu'en France on fait mettre à la cavalerie le moufqueton en bandouliere, lorfque l'on veut charger.

Le combat de Saye , en Bohême (*a*) , & plusieurs autres , en font des exemples manifestes ; ainsi il faut , lorsque la première ligne de cavalerie est forcée de se retirer , qu'elle passe le plus en ordre qu'elle le pourra par les intervalles de la seconde ligne , que je mets , pour cette raison , égaux au front d'un escadron , & qu'elle aille se rallier derriere , le plus près qu'elle le pourra , pour remarcher promptement au secours de sa seconde ligne qui a pris sa place , & qui attaque l'ennemi. Ce mouvement ne pourroit pas s'exécuter , si les intervalles de la seconde ligne étoient plus petits que le front d'un escadron ; & il seroit encore bien moins praticable , si la première ligne étoit plaine , parce que dans sa retraite elle entraîneroit certainement la seconde ligne avec elle.

(*aa*) C'est toujours une très-mauvaise manœuvre, & des plus dangereuses , que de faire mettre un genouil en terre au soldat pour faire feu, ou pour laisser tirer les rangs de derrière ; & je ne sais pas pourquoi lorsque l'on exerce un Régiment , & que l'on lui fait faire feu, on fait toujours mettre genouil en terre au premier rang en marchant, comme en retraite, ou de pied ferme ; il faut habituer le soldat à tirer sur trois rangs debout : il est à craindre que le soldat ne se releve point , sur-tout si l'ennemi est près , & même qu'il ne mette ventre à terre en contrefaisant le mort. S'il est dangereux de faire mettre genouil en terre au soldat pour tirer, pourquoi l'exercer à cette manœuvre qu'il ne doit pas faire devant l'ennemi ? Ce mouvement peut être brillant à un exercice; mais , je l'ai déjà dit, c'est pour la guerre que

---

(*a*) Ce qui fut en partie cause de la défaite des trois Régimens de cuirassiers de l'Empereur , c'est qu'ils firent feu sur les carabiniers & sur les dragons , tandis que ceux-ci les attaquerent le sabre à la main.

l'on doit exercer le foldat , & non pour une parade qui peut faire briller l'invention d'un Officier Major ; mais qui n'eſt d'aucune utilité , qui peut même être nuiſible & dangereuſe à la guerre.

(*bb*) En ſuivant le Texte de Montécuculi, il paroît que les ſix premiers rangs ſur leſquels il met les mouſquetaires, ne tirent que l'un après l'autre ; ainſi lorſque le premier rang a tiré , il met ſur le champ genouil en terre, pour recharger & laiſſer tirer le ſecond ; celui-ci fait la même manœuvre pour laiſſer tirer le troiſième , & ainſi des autres ; ou bien les cinq premiers rangs mettent genouil en terre pour laiſſer tirer le ſixième , le cinquième ſe releve pour tirer, le quatrième de même juſqu'au premier , & le feu recommence par le dernier rang ; de ſorte que les trois quarts & demi des mouſquetaires étoient à genouil lorſque le ſixième rang tiroit. Cette manœuvre eſt ridicule , très-dangereuſe & impraticable , parce que ſi l'ennemi marche décidément & avec vivacité ſur ce bataillon à genouil , il eſt perdu , & l'ennemi le trouve dans la poſition qu'il doit avoir pour demander quartier. En ſuppoſant cette manœuvre praticable , elle ne peut ſe hazarder que lorſque l'on eſt éloigné de l'ennemi , & qu'il ne peut charger la bayonnette au bout du fuſil.

Du tems de Montécuculi on ne connoiſſoit point la bayonnette à douille (*a*) , ni même celles dont le manche ſe mettoit

(*a*) C'eſt ſous le regne de Louis XIV que les armes de l'infanterie furent changées. Avant ce tems l'infanterie étoit armée moitié avec des piques & moitié avec des mouſquets. En 1671 on créa un Régiment de fuſiliers ; c'eſt le même qui , aujourd'hui , porte le nom de Royal Artillerie ; on arma ce Régiment de fuſils & de bayonnettes qui ſe mettoient dans le canon ; mais comme on remarqua que le ſoldat ne pouvoit pas tirer ſant ôter la bayonnette de dedans le canon,

dans le canon ; les moufquetaires n'avoient que leurs moufquets pour toute arme offenfive, & lorfqu'ils avoient tiré, ils
ne pouvoient point réfifter aux piquiers, qui marchoient fur
eux piques baiffées. Il me femble qu'il étoit cependant facile
de donner à ces bataillons armés de piques & de moufquets,
une ordonnance plus forte fans changer les armes. En mettant trois rangs de moufquetaires en avant, & trois autres de
piquiers derriere, ces trois premiers rangs auroient toujours
pû faire feu, ce feu auroit éclairci les bataillons de piquiers
ennemis, & à la diftance de foixante pas, les trois rangs de
piquiers auroient pris la place des moufquetaires, & préfentant les piques, ils feroient tombés fur l'ennemi, déjà affoibli
par le feu des moufquetaires.

Lorfque l'on met aujourd'hui les bataillons fur fix rangs,
ce n'eft point pour faire feu, mais pour charger la bayonnette
au bout du fufil ; fi dans cet ordre on vouloit les faire tirer, il
faudroit ne faire feu que des trois premiers rangs, ou faire
mettre genouil en terre aux trois premiers pour faire tirer les
trois derniers, ce qu'il faut éviter de près & de loin, parce que
cette ordonnance fur fix rangs n'eft pas une difpofition pour
refter en place, mais agiffante, qu'elle fuppofe l'ennemi près,
& qu'on ne la forme que pour le charger vivement bayonnette au bout du fufil, & jamais pour faire feu.

Lorfqu'on eft encore éloigné de l'ennemi, les bataillons
font rangés fur trois files de profondeur ; dans cet ordre, on
peut faire tirer de pied ferme ou en marchant ; mais dans l'une

---

on imagina la douille, dont on fe fert aujourd'hui. En 1703, Louis XIV donna
une Ordonnance pour fupprimer toutes les piques à l'infanterie, & elle fut toute
armée avec des fufils & des bayonnettes à douille *.   * *Hiftoire
de la Milice
Franç. tom.
2. liv. xiij.*

& l'autre circonftances, le feu de peloton ne vaut rien : il eſt
très-brillant à un exercice, dans une bataille il fait peu d'effet (*a*) ; d'ailleurs il y a des momens où il y a des parties du
bataillon qui font fans feu , & comme il faut que le foldat ne
tire que par commandement, fi l'officier ne commande pas
affez promptement , ou qu'il commande trop vîte , les pelotons ne fuivent plus l'ordre , deux tirent enfemble pendant
qu'ils ne devroient tirer que l'un après l'autre, & quelquefois
le bataillon refte fans feu.

C'eſt une queſtion qui , depuis long-tems, occupe les Militaires, pour favoir quel eſt le feu le plus vif & le meilleur que
peut faire un bataillon en bataille lorſqu'il marche à l'ennemi.
Depuis l'invention des armes à feu (*b*) juſqu'à la guerre de
1741, toutes les Nations , & fpécialement la Françaiſe, ont
été à cet égatd dans une eſpece de barbarie (*c*) ; on fe fervoit

(*a*) Quelques Colonels pour inſtruire leurs Régimens à bien tirer ont fait mettre des planches à cent cinquante pas des bataillons, ces haies de planches étoient
à la hauteur d'un homme, on a fait tirer les bataillons par pelotons , par demi-
divifion , par divifion ; il eſt certain que beaucoup de coups de fuſil ont percé ces
planches. De-là on a jugé que le feu de peloton étoit très-bon & très-meurtrier ;
mais, pendant la derniere guerre a-t-on fait la même remarque fur l'effet que ce
feu a fait fur l'ennemi & fur l'effet que fon feu a fait fur nous? Il eſt bien aifé de
toucher des planches; mais peut-on croire que le foldat ait le même fang-froid,
lorſque l'ennemi tire fur lui ? Je penfe que certainement il ne tire pas auffi jufte,
& qu'il y a plus de balles qui portent en l'air qu'il n'y en a qui portent fur l'ennemi.

(*b*) C'eſt fous Philippe de Valois , l'an 1338 , que l'on a commencé en France
à fe fervir des armes à feu. Dans un compte rendu par Barthelemi du Drach ,
Tréforier des Guerres l'an 1338 , il eſt dit dans un article : *à Henri de Faumechon ,
pour avoir poudres , & autres chofes néceffaires aux canons qui étoient devant Puy-
Guillaume.* Froiffart , en parlant d'une courfe que les Français firent juſqu'aux
portes du Quefnoy en 1340, dit que ceux de la ville déclinerent contre eux canons & bombarbes, qui jettoient grands quarreaux *.

* *Hiſtoire de la Milice Franç. tom. 1. livre vj. chap. v.*

(*c*) A la bataille d'Étingen perdue en 1743 , il fut expreffément défendu au

rarement de feu , & prefque toutes les actions fe décidoient toujours à l'arme blanche , foit qu'on combattit en plaine ou dans un pays couvert. La valeur , l'agilité & l'impétuofité naturelle du Français, lui donnoient alors un avantage manifefte fur fon ennemi, qui, avec la même valeur que lui , n'avoit pas les autres qualités néceffaires à ce genre de combat. Voilà la fource de nos victoires & de nos profpérités , qui nous ont fi long-tems aveuglés , & tenus dans une efpece d'indifférence fur les progrès que faifoient les autres Nations dans l'art de fe fervir des armes à feu.

La Pruffe , que l'on peut juftement regarder comme la Grece moderne, a été le berceau de cet art ; le grand Électeur en a jetté les premiers fondemens , & fon arriere petit-fils l'a pouffé à un degré de perfection que nous admirons: c'eft donc l'ouvrage de deux fiécles & de quatre Souverains. En puifant dans cette fource , il eft difficile de s'égarer ; mais pour établir une opinion fur des principes folides , il faut entrer dans tous les détails que je crois néceffaires , pour faire connoître comment , par degrés, le feu s'eft perfectionné , à l'imitation de la Pruffe, chez les autres Puiffances du Nord.

C'eft le grand Électeur qui , le premier , dans les victoires qu'il remporta fur les Suédois & fur les Polonais, fit l'effai du feu réglé; jufques-là il y avoit eu peu d'ordre dans la maniere de tirer , les foldats fortoient de leur rang pour tirer, & les corps s'avançant ainfi défunis, il en réfultoit qu'ils donnoient à l'ennemi , qui avoient affez de courage pour foutenir leur

Régiment des Gardes-Françaifes de tirer , quoiqu'il effuyât des ennemis un feu terrible ; c'eft cette inaction qui lui fit perdre une fi grande quantité de foldats & d'officiers.

feu, des avantages qui lui ont souvent procuré la victoire. Frédéric-Guillaume ordonna qu'à l'avenir ses bataillons seroient divisés par pelotons & par divisions, qui auroient chacun un chef pour les commander, & sans l'ordre duquel personne ne devoit tirer. Ces pelotons & ces divisions régloient entre eux le feu, de façon qu'il en partoit alternativement de chaque partie du bataillon, dont la moitié devoit avoir ses armes chargées, tandis que l'autre moitié étoit occupée à tirer. Il fallut pour cela habituer le soldat à charger promptement ses armes, on y parvint avec le tems ; de sorte qu'à la premiere bataille d'Hochstedt donnée en 1703, où le Comte de Stirum fut battu par l'armée combinée de France & de Baviere, commandée par l'Électeur de Baviere & le Maréchal de Villars, l'infanterie Prussienne qui faisoit l'arriere-garde de l'armée battue, résista en plaine, par la supériorité de son feu, aux efforts de la cavalerie Française & Bavaroise, qui s'opiniâtroit à la poursuivre ; mais il faut convenir que l'étonnement que causa l'ordre de ce feu, inconnu jusqu'alors, facilita beaucoup plus la retraite de l'armée vaincue, que l'effet du feu même : on ne fit attention qu'à l'ordre, & on ne voulut point s'appercevoir que l'effet n'y répondoit point. C'est ainsi que ce feu s'est soutenu jusqu'au moment de la guerre qui vient d'être terminée par le Traité de Paris : il a été successivement adopté par les Suédois, les Autrichiens, les Russes, & enfin par tous les Souverains de l'Empire, & par la France.

D'après l'expérience de la guerre de 1741, le Roi de Prusse, à la pénétration duquel rien n'échappe, jugea que les Nations qu'il auroit à combattre, parvenant à s'habituer à la fin à ce feu qui ne fait que du bruit & peu de mal, il se verroit
expofé

expofé au danger de perdre cette fupériorité , imagina un feu qui , renfermé dans les régles du commandement , put avoir l'avantage du premier , mais avec un effet plus démontré (*a*). Il en fit l'effai dans la campagne de 1757 , & l'a pratiqué avec fuccès dans tout le cours de cette guerre. Je vais en faire le détail, fans cependant l'adopter, parce qu'il a beaucoup d'inconvéniens.

Un bataillon en bataille fur trois files , partagé par pelotons & par divifions, chaque peloton & chaque divifion commandé par des officiers placés dans les rangs , s'avançant à l'ennemi, l'officier qui les commande ordonne de faire feu ; à cet ordre tous les officiers de ferre-file commandent à la fois au fecond rang d'apprêter fes armes , enfuite chaque foldat couche en joue , vife & tire à volonté ; en retirant fes armes il fait un demi-tour à droite fur le talon gauche , & paffe de la main droite, au foldat qui eft au troifième rang derrière lui, le fufil qu'il vient de tirer , & ce foldat lui donne en même tems de la main gauche le fien qui eft chargé ; celui-ci l'arme & le tire, pendant que le foldat du troifième rang charge , & ainfi de fuite, jufqu'à ce que celui qui commande juge à propropos de faire ceffer le feu ; alors il en donne le fignal par un long roulement de caiffe , auquel tous les foldats , même ceux qui auroient couché en joue , retirent leurs armes, mettent le chien en fon repos, & portent le fufil fur l'épaule. Tout le tems que ce feu dure, le premier rang qui porte toujours fes armes, & qui ne tire jamais, conferve fon alignement,

---

(*a*) En 1750 j'allai en Pruffe , & le Roi me fit l'honneur de me mener avec lui aux différens camps que ce Prince fait affembler tous les ans. A un camp d'infanterie près de Kenifberg , je vis manœuvrer & tirer dix bataillons , ils faifoient encore le feu de pelotons.

Z

& marche en avant , de même que ceux qui tirent & ceux qui
chargent , enforte que les deux derniers rangs étant couverts
par le premier , l'efpece de petit défordre néceffaire à ce genre
de feu , ne s'apperçoit point , & n'a nul inconvénient relatif au
défordre. Quoiqu'il n'y ait qu'un tiers du bataillon qui tire ,
ce feu n'en eft pas moins vif & meurtrier : ce n'eft pas la quantité de coups de fufil qui décide d'une affaire ; mais le plus ou
moins de deftruction qu'ils font parmi les ennemis. C'eft d'ailleurs un feu que l'on peut faire en marchant , & , j'ofe dire,
celui qui convient à la Nation Françaife , dont le caractere
vif & pétulant ne peut pas fupporter l'inaction d'un feu de
pied ferme ; il conferve avec cela l'avantage de la bayonnette,
puifqu'un bataillon ainfi difpofé arrive en ordre fur celui qui
lui eft oppofé , & qui , déjà ébranlé par le feu , ne peut foutenir
la charge du premier rang, qui lui met la bourre dans le ventre en le frappant avec la bayonnette (*a*). On ne peut pas
difconvenir que ce feu , qui réunit la vivacité & la jufteffe à
l'avantage de la bayonnette , ne foit bon , & ne puiffe être
adopté ; cependant il y a des objections très-fortes contre ce
feu. 1°. Le foldat du troifième rang peut être tué ou bleffé
dans le moment qu'il eft occupé à charger le fufil de celui du
fecond rang ; il eft vrai qu'il eft remplacé par celui qui eft à fa

(*a*) Le 13 Juillet 1762 , **M.** le Baron de Claufen , Colonel-commandant du
Régiment des Deux-Ponts , à l'attaque des Anglais qui défendoient les abattis
qui étoient à la tète du village de Filenkhaufen , fit faire au Régiment de Naf-
fau , & à celui des Deux-Ponts , le feu à volonté des deux derniers rangs , le
premier ne tirant jamais. Ce feu eut le plus grand fuccès , & il fut le maitre
de l'arrêter lorfqu'il le jugea à propos , avec des roulemens de caiffe ; mais ce
feu n'eft bon qu'en marchant , & jamais lorfqu'il y a des obftacles qui empêchent
de joindre l'ennemi , & encore plus lorfqu'il eft à couvert derrière des retranchemens ou des abattis.

gauche , mais plus il y en aura de tués , & moins le foldat du troifiéme rang aura d'affurance , parce qu'il effuie les coups fans avoir la fatisfaction de les rendre , & les aîles fe dégarniffent. 2°. Comme le foldat du fecond rang ne charge point fon arme , il eft à craindre qu'il n'y ait pas autant de confiance que s'il la chargeoit lui-même ; d'ailleurs il peut arriver que le foldat du troifième rang , ait peur ou qu'il ne charge mal ou point du tout le fufil , & alors ce feu ne feroit pas auffi vif qu'il doit l'être. 3°. L'amorce peut prendre & le coup ne point partir ; le foldat du fecond rang , dans le bruit des coups de fufil ; croit que fon coup eft tiré , celui du troifième rang le charge comme s'il étoit parti , l'amorce , & fi à ce fecond coup le fufil part , il creve , & peut bleffer celui qui le tire , & les deux foldats entre lefquels il met le canon de fon fufil ; ainfi on ne peut fe fervir de ce feu que lorfque l'on eft très-affuré de fes foldats. Celui pour lequel je pencherois , & qui me paroît obvier à tous ces inconvéniens , en gardant cependant l'enfemble néceffaire lorfque l'on marche à l'ennemi , c'eft le feu de file.

La compagnie étant compofée de vingt files , fans compter les deux Caporaux & les deux Appointés , qui font fur chacun des trois rangs , chacune de ces files a fa dénomination par les aîles fur le centre. L'officier de ferre-file après l'avertiffement du feu , fait faire haut les armes à toute la compagnie , & fait les commandemens fuivans : premiere file , feu ; deuxième file , feu , & ainfi de fuite ; le foldat après avoir tiré , recharge fes armes , revient à fa pofition , c'eft-à-dire , les armes hautes , & attend un nouveau commandement. A mefure que l'on approche de l'ennemi , on peut , pour rendre le feu plus vif , faire tirer deux files à la fois , & même doubler fi on le juge à propos ; mais le meilleur de tous les feux eft celui que l'on

180 COMMENTAIRES SUR MONTECUCULI;

nomme feu de Billebaude ; dans fon exécution , je penfe qu'il n'y
a que les deux derniers rangs qui doivent tirer & jamais le premier, à moins que l'on ne foit affez éloigné de l'ennemi pour
que ce premier rang ait le tems de recharger avant de l'avoir joint.

M. le Maréchal de Saxe dit *qu'il eft dangereux de tirer quand
on a affaire à de l'infanterie dans des lieux où l'on peut l'aborder,
parce qu'il faut s'arrêter pour tirer**. Ce Général n'auroit pas donné
ce précepte , qui me paroît faux dans tous fes points , s'il avoit fait
réflexion qu'à une certaine diftance, les troupes qui tirent peuvent tuer beaucoup de monde à celles qui ne tirent point, parce
que n'ayant rien à craindre , elles ajuftent mieux leurs coups ; au
lieu que fi les troupes qui leur font oppofées tirent fur elles, ce feu
de part & d'autre deviendra moins dangereux , parce que fon
effet ne fera pas auffi certain. Quant à ce qu'il dit, *qu'il faut s'arrêter pour tirer*, il eft vrai que l'on a été long-tems dans l'ignorance de tirer en marchant ; & l'on n'avoit encore fû imaginer que
de faire avancer les pelotons l'un après l'autre dix pas en avant,
faire mettre genouil en terre au premier rang , & tirer , pendant
ce tems le bataillon marchoit toujours , & lorfqu'il étoit parvenu
à la hauteur des pelotons qui avoient tiré, ceux qui devoient faire
feu s'avançoient au pas redoublé dix pas en avant, le premier rang
mettoit genouil en terre , & le peloton tiroit, ainfi de fuite. Cette
forme de feu mettoit bientôt le défordre dans les bataillons ; &
en fuppofant que l'ennemi eût marché en ordre au pas redoublé
fur ces bataillons défunis , ils devoient être bientôt rompus &
battus : mais aujourd'hui que trois foldats de file tirent fans que
le premier mette genouil en terre & que le feu de Billebaude peut
fe faire en marchant, il n'eft pas néceffaire de s'arrêter pour tirer ;
mais à foixante pas il ne faut plus de feu, il faut employer l'arme
blanche, & marcher décidément à l'ennemi bayonnettes baiffées,
mais fur l'ordre profond , & non fur trois de hauteur,

** Rêveries ,
tom. 1. chap. v.*

(cc) Les cinq ordres que donne Montécuculi pour ranger les mousquetaires & les piquiers, ne me paroissent pas tous également bons. Si on place les mousquetaires sur les aîles, & les piquiers dans le centre, cette partie du centre est sans feu, & les mousquetaires sans défense, s'ils sont attaqués par des piquiers ; si on en met la moitié à la tête, & le reste sur les deux aîles, ceux-ci ne seront point contenus ; si on les met tous à la tête sur trois rangs avec trois autres rangs de piquiers derriere, cette ordonnance est bonne, ainsi que je l'ai remarqué à l'observation précédente : mais si on met ces mousquetaires derriere les piquiers, comme il faut faire mettre genouil en terre aux piquiers pour laisser tirer les mousquetaires, cette disposition ne vaut rien, parce que pour bien combattre, il faut que les piquiers soient debout. Si on admettoit les demi-piques, ou pilons proposés par M. le Maréchal de Saxe *, je pense que l'on devroit suivre la disposition de ce * *Rêve-* Général, qui met ses bataillons sur quatre de profondeur ; *ries, tom. I.* comme ces pilons ont avec le fer quatorze pieds huit pouces de long, il met les deux premiers rangs armés de leur fusil avec la bayonnette de son invention, & les deux derniers présentent leurs pilons, dont la pointe est égale au fusil armé de sa bayonnette : ces quatre rangs hérissés à la même hauteur, donnent une force incroyable à cette disposition. Mais comme toute l'infanterie des Puissances de l'Europe est armée de fusils & d'une bayonnette à douille, que cette arme est excellente, quoique l'on puisse la rendre encore meilleure, cette disposition pourroit avoir lieu, en supposant la moitié de l'infanterie armée de pilons.

Les ordres de Montécuculi sont défectueux, parce que lorsque les circonstances obligent de faire feu, il ne part que des aîles ou du centre du bataillon, & qu'il faut qu'il parte de tout le front. Son autre ordre de mêler un mousquetaire & un piquier n'est pas meilleur, parce que le feu qui sort de ce bataillon n'est pas assez fourni, & que lorsque les bataillons joignent l'ennemi, ils n'ont que la moitié de leurs forces, qui consistent alors dans les piquiers. Cet ordre seroit meilleur si les mousquetaires avoient des bayonnettes à douille, parce qu'ils acheveroient avec cette arme la défaite de l'ennemi que les piquiers auroient commencée ; mais en supposant qu'il y eut dans l'infanterie des piquiers & des mousquetaires qui eussent des bayonnettes, la disposition de M. le Maréchal de Saxe feroit la meilleure, parce que le feu feroit plus vif, & qu'en approchant de l'ennemi, celui-ci trouveroit un front hériffé & impénétrable.

(*dd*) Il y a long-tems que l'on cherche la véritable & juste proportion que doit avoir un escadron. M. le Maréchal de Saxe dans ses Rêveries *, dit que les Régimens de cavalerie & de dragons devroient être composés de quatre centuries, chaque centurie de cent trente hommes, ce qui formeroit quatre escadrons. Pour adapter ce système à la composition actuelle des Régimens de cavalerie, il faudroit que deux compagnies formaffent l'escadron, & qu'elles fussent chacune de soixante & cinq hommes. L'opinion de plusieurs autres est de mettre les escadrons de cent soixante, chaque compagnie de quarante cavaliers, & que quatre compagnies forment l'escadron : d'autres de cent cinquante, & que deux compagnies de soixante & quinze cavaliers fassent l'escadron ; & enfin d'autres de cent, formé par deux compagnies de cinquante. Il est nécessaire de peser les raisons de chacun, de les examiner avec soin, & de décider sur cet examen, quelle est la juste proportion que doit avoir un escadron à la guerre.

* *Tom. 1.*
liv. 1, chap.
iij. art. iv.

L'opinion de M. le Maréchal de Saxe pour la force de l'efcadron eft fondée, fans doute, fur la formation de fa légion;
mais quelles que foient les raifons qu'il puiffe avoir, celle de
pouvoir divifer un efcadron par divifions, fubdivifions & fections pairs, fera toujours la premiere : or fon premier rang
eft de quarante cavaliers, fon fecond de trente-neuf, & fon
troifième pareil au premier. Quarante hommes de front peuvent faire deux divifions, de vingt chacune de front, une divifion deux fubdivifions, de dix chacune de front ; mais une
fubdivifion ne peut faire que deux feions impairs : d'ailleurs
il eft abfolument néceffaire de défalquer les chevaux eftropiés,
les cavaliers malades, ceux détachés aux équipages, & ceux
qui pendant le cours de la campagne ont pû être tués ; j'éva-
lue la diminution qu'il faut faire par efcadron, de feize à
vingt, mettons-la à feize, l'efcadron de M. le Maréchal de
Saxe ne fera plus, non compris les officiciers, que de cent
quatorze cavaliers ; comme il le met fur trois rangs, il n'aura
plus que trente-huit cavaliers de front fur chaque rang, les
divifions feront alors de dix-neuf, les fubdivifions ne pourront
plus fe faire, ni les feions non plus ; ainfi cet efcadron n'eft
plus dans la proportion qu'il doit avoir, même étant complet. En fuppofant que cet efcadron eut à combattre un autre
efcadron de cent cinquante cavaliers, comme il faut faire
dans celui-ci la même diminution que j'ai faite dans l'autre, cet
efcadron fera alors de cent trente-quatre cavaliers ; s'il fe
met fur trois rangs, il aura quarante-huit cavaliers aux deux
premiers rangs, & trente-huit au troifième : il débordera l'efcadron de M. le Maréchal de Saxe, en le fuppofant complet,
de quatre cavaliers fur fa droite, & de quatre fur fa gauche ;
s'il n'eft pas complet, il ne peut pas fe mefurer avec cet efca-

dron, malgré la réduction de seize cavaliers ; vingt cavaliers de plus ou de moins dans un escadron, mettent une très-grande différence dans la force & dans le choc de l'attaque. Il y a cependant un moyen pour que l'escadron de M. le Maréchal de Saxe, sans être aussi fort que celui de l'ennemi, puisse se battre contre lui avec un avantage égal ; c'est en le mettant sur deux rangs de quarante-huit de front, & en formant deux petites troupes de neuf cavaliers chacune, pour attaquer les flancs de l'ennemi en même rems qu'il le sera de front ; mais si l'ennemi fait la même disposition, la partie n'est plus égale pour celui-ci, parce que l'ennemi a deux petites troupes de dix-neuf cavaliers, & que les deux qu'elles ont à combattre ne sont que de neuf ; il y a bien égalité de force dans les deux escadrons, relativement au front & aux deux rangs qui sont égaux, mais il n'y en peut avoir de petites troupes à petites troupes : ainsi la supériorité de l'escadron de cent trente-quatre est manifeste sur celui de cent quatorze, ou entre un escadron de cent cinquante & un de cent trente, tel que le propose M. le Maréchal de Saxe.

Ceux qui veulent que les escadrons soient de cent soixante chevaux, font le calcul que j'ai fait plus haut, & réduisent les escadrons le jour d'une bataille, à cent quarante-quatre. Voilà la véritable force que doit avoir un escadron, parce que trois fois quarante-huit font cent quarante-quatre, & que ce front peut se diviser par vingt-quatre, douze & six. Si au lieu de le mettre sur trois rangs, on ne le met que sur deux, le front des deux rangs doit être toujours le même ; mais du troisième rang on en forme deux petites troupes de vingt-quatre cavaliers chacune, pour attaquer les flancs de l'ennemi ; ou si l'on juge que des troupes de douze cavaliers suffisent, les vingt-
quatre

quatre cavaliers reſtans ſe mettent en troiſième ligne pour remplacer ceux des deux rangs qui peuvent être tués , ou mis hors
de combat.

Ceux qui ſont de l'opinion que l'eſcadron doit être de cent
cinquante , ſont le même calcul de déduction que les premiers ;
mais ils ne ſont pas celui des diviſions , ſubdiviſions & ſections
pairs ; ou s'ils le ſont, ils ne mettent leur eſcadron que ſur deux
rangs de quarante-huit cavaliers de front , & forment deux troupes des trente-huit reſtans, pour attaquer les flancs , ou bien ils
ne forment ces petites troupes que de douze cavaliers chacune ,
& en réſervent quatorze pour remplacer ceux des deux rangs
qui peuvent être tués, ou dont les chevaux l'auroient été.

Quant à ceux qui ne les veulent que de cent , cette opinion
n'eſt pas ſoutenable , & elle n'eſt fondée ſur aucun principe de
guerre : le calcul doit être le même quant aux abſens, malades,
& dont les chevaux ſont eſtropiés. Moins la troupe eſt forte ,
plus ce qui y manque paroît conſidérable , & en augmente la
foibleſſe. Je ſuppoſe que cet eſcadron ſoit complet le jour d'une
bataille , on ne peut le mettre que ſur deux rangs de quarante-
huit hommes chacun de front , il reſtera quatre cavaliers qui
deviendront abſolument inutiles. Dans cette ſuppoſition il peut
en attaquer un de cent quarante-quatre ſur trois rangs, & même
il peut le battre , parce que le troiſième rang ne donne aucune
force à l'impulſion , qui n'exiſte que dans la vivacité avec laquelle le premier rang marche à l'ennemi & l'attaque : il eſt vrai
qu'il tient en reſpect les deux premiers rangs, & les aide à marcher mieux devant eux & ſans flottement ; mais ſi l'eſcadron
ſur deux rangs marche auſſi-bien, l'avantage eſt égal, & ce n'eſt
que la vivacité avec laquelle ces eſcadrons marcheront l'un ſur
l'autre, qui décidera de la victoire. Si cependant l'eſcadron de

A a

cent quarante-quatre chevaux ne fe met que fur deux rangs, &
s'il forme du troifième deux troupes de vingt-quatre chacun,
pour attaquer les flancs de l'efcadron ennemi, le défavantage
eft manifefte pour celui-ci, parce qu'il eft non-feulement attaqué
de front par une force égale à la fienne, mais il l'eft encore fur
fes deux flancs par des forces majeures.

Il y a deux obfervations à faire pour décider la force dont
les efcadrons doivent être à la guerre : ou l'on veut toujours
combattre fur trois rangs, ou l'on ne veut combattre que fur
deux, & fe ménager les moyens d'avoir deux petites troupes,
pour l'ufage que j'ai dit plus haut. Dans la premiere fuppofition,
il faut que l'efcadron foit de cent foixante cavaliers, pour en
avoir toujours quarante-huit de front le jour d'une bataille : dans
la feconde, il faut qu'il foit de cent quarante-fix en comptant
les deux trompettes, parce qu'en diminuant feize cavaliers pour
les malades, ou ceux dont les chevaux font eftropiés, ou pour
la garde des équipages, il en reftera cent trente. Les deux
rangs du front de l'efcadron doivent être dans tous les cas, de
quarante-huit cavaliers, les deux trompettes fe placent derriere
le Capitaine commandant l'efcadron, en troifième file, & on
forme deux troupes des trente-deux cavaliers qui reftent, de
feize hommes chacune, pour attaquer les flancs de l'ennemi.

La cavalerie ne peut bien manœuvrer, qu'autant que fes divifions, fes fubdivifions & fes fections feront pairs. Le nombre
de quarante-huit eft le plus jufte & le plus aifé à divifer ; d'ailleurs ce front eft fuffifant pour un efcadron, qui, s'il étoit plus
étendu, pourroit flotter plus facilement. Quant aux officiers,
ils doivent être dans le rang en tout tems, même dans les tems
d'exercice, & bien plus effentiellement le jour d'une bataille.

Je fuppofe un efcadron de cent quarante-fix cavaliers, en

comptant les deux trompettes, formé de deux compagnies telles que je les ai décrites plus haut. Le Capitaine le plus ancien, & qui commande l'escadron, doit se mettre au centre de l'escadron, à la gauche de sa propre compagnie qui doit former la premiere division de l'escadron ; le second Capitaine, sur l'aîle gauche du premier rang de sa compagnie, qui doit former la seconde division ; le premier Lieutenant, sur l'aîle droite de la premiere division, au premier rang ; le second Lieutenant au centre, à la droite de la seconde division, & à la gauche du Capitaine-commandant ; le premier sous-Lieutenant en serre-file, derriere la droite de la premiere division ; le second sous-Lieutenant, de même, à la gauche de la seconde division ; les deux premiers Maréchaux des Logis, derriere les Capitaines ; les deux seconds, derriere les Lieutenans ; les deux Fourriers en serre-file, l'un à la gauche de la premiere division, l'autre à la droite de la seconde division ; les deux trompettes dans le centre du troisième rang, derriere le Capitaine-commandant. Voyez la Planche 42, tom. 3.

En supposant que l'escadron soit sur deux rangs, & qu'il y ait derriere deux petites troupes pour attaquer les flancs de l'ennemi, le Capitaine-commandant se met toujours au centre, le second Capitaine sur l'aîle gauche du premier rang, le premier Lieutenant sur l'aîle droite, le premier sous-Lieutenant à la gauche du Capitaine-commandant, au centre de l'escadron ; les deux premiers Maréchaux des Logis sur les deux aîles, derriere le second Capitaine, & le premier Lieutenant, les deux Fourriers derriere l'escadron, les deux trompettes au centre en serre-files, alignés sur les deux Fourriers ; le second Lieutenant, commandant la petite troupe de la droite, ayant les deux flancs de sa troupe couverts par quatre Carabiniers, le second sous-

Lieutenant, commandant la petite troupe de la gauche, compofée de même que celle de la droite : voilà, je penfe, la place
des officiers en tout tems , & fur-tout lorfqu'il faut combattre.
Si cet efcadron a deux étendards, qu'il foit fur trois rangs ou
fur deux, n'importe, le premier étendard fe place à la huitième
file du fecond rang de l'aîle droite , & le fecond de même , en
partant du centre de l'efcadron fur la gauche : il faut avoir attention que chacun de ces étendards ayent devant eux un Brigadier , & deux Carabiniers à leurs côtés. Voyez la Planche
43 , tom. 3.

(ee) Montécuculi veut, fans doute, entendre une armée poftée , & qui eft attaquée dans cette pofition ; car fi rien ne l'empêche de marcher à l'ennemi, il me femble que ces moufquetaires montés fur des chevaux & fur des charrettes, doivent, non-
feulement embarraffer les fecours que la feconde ligne doit donner à la premiere , mais encore empêcher la retraite de la premiere ligne, fi elle y étoit forcée : d'ailleurs leur utilité n'eft pas
bien démontrée , & elle le deviendroit bien moins , fi les circonftances obligeoient l'armée de marcher en avant. Quant
aux éminences qu'offre le terrein, comme elles ne peuvent plus
fervir lorfque l'armée s'avance , leur utilité me paroît médiocre
& de peu de durée ; on peut bien s'en fervir pour le moment,
mais c'eft du canon qu'il faut y placer, & non des moufquetaires.

La difpofition que fait ce Général avec des foldats armés de
rondaches ou boucliers, & des moufquetaires derriere eux avec
des piquiers derriere ces moufquetaires , & d'autres moufquetaires fur les flancs des piquiers pour leur fervir de manches, eft
relative aux armes en ufage de fon tems ; mais elle feroit mauvaife aujourd'hui , quand même il y auroit une partie de l'infanterie armée de piques , parce que le feu eft devenu la princi-

pale force des armées, qu'il faut par conféquent en oppofer un auffi vif & auffi continuel, & que la partie où feroient les piquiers ne pourroit pas avec un feul rang de moufquetaires devant eux, faire un feu affez confidérable ni égal à celui de l'ennemi, qui auroit fait une autre difpofition plus relative au feu.

(*ff*) C'eft une partie bien effentielle à la guerre que d'affurer fes flancs. On les affure par des bois, des marais, des rivieres, des villages, des ravins, des montagnes, & par des retranchemens, lorfque le terrein n'offre aucun de ces appuis. Si ce font des bois, on les garnit de troupes, & on fait en avant des abattis ; fi ce font des marais, ou des rivieres, ou des ravins, on éleve des épaulemens, derriere lefquels on place des troupes & du canon pour en défendre le paffage, & éloigner les partis ennemis qui tenteroient d'inquiéter les flancs de la bataille ; fi ce font des villages, on les retranche, & l'on y met des troupes & du canon ; fi ce font des montagnes, on fait occuper les hauteurs, on retranche les gorges, on barre les chemins qui y conduifent, en laiffant cependant des iffues pour les détachemens que l'on envoye dans l'intérieur de ces montagnes, avec l'attention de bien faire garder ces iffues, pour recevoir ces détachemens en cas qu'ils foient repouffés : enfin fi l'on n'a aucun de ces avantages, on éleve plus ou moins de redoutes que l'on garnit de troupes, on met du canon entre ces redoutes, & l'on campe de l'infanterie à portée de foutenir les troupes qui les défendent.

Ces pofitions font très-bonnes quand on eft dans le deffein d'attendre l'ennemi, ou que l'offenfive n'eft point décidée; mais quand on veut marcher en avant, & attaquer l'ennemi, ces difpofitions & ces précautions font fuperflues, parce que, à moins que ce ne foit une riviere ou une chaîne de montagnes auxquelles les flancs foient appuyés, on perd bientôt tout autre appui, pour peu que l'on marche en avant ; cependant il ne faut jamais négliger de couvrir les flancs d'une armée lorfqu'elle marche, dans fon camp, & lorfqu'elle eft prête à combattre, quand même l'offenfive feroit décidée. Dans les marches, c'eft avec des troupes ; dans les camps, c'eft, fuivant les circonftances, ou avec des troupes, ou avec des appuis naturels, ou avec des retranchemens ; lorfque c'eft pour combattre, j'opinerai toujours pour que l'on faffe quelques retranchemens fur les flancs, quelque fupériorité que l'on ait fur l'ennemi, la fituation des lieux, la pofition de l'ennemi, doivent indiquer l'efpece de retranchement que l'on fera : mais je penfe que des redoutes font ce qu'il y a de meilleur, parce qu'elles font propres à tout terrein.

Je fuis très-étonné que Montécuculi dife que *lorfque les aîles de la cavalerie ont été rompues, l'infanterie eft aifément enveloppée, & qu'elle n'a plus ni les moyens, ni le cœur de fe défendre.* Les aîles de la cavalerie rompues fuppofent que toute la cavalerie ne l'eft pas, ainfi l'infanterie a donc encore fes flancs couverts ; s'il eut dit, lorfque la cavalerie eft battue l'infanterie eft aifément enveloppée, il auroit été plus intelligible fans être plus conféquent, parce que lorfque la cavalerie eft battue, la feconde ligne d'infanterie eft faite pour empêcher l'ennemi d'attaquer la premiere ligne par fes flancs & parderriere : d'ailleurs une ligne d'infanterie en doublant fes files, raccourcit fon front, à la vérité ; mais étant fur fix de profondeur, elle peut faire face devant & derriere, & il n'y a que fes flancs qui font foibles, c'eft pour cela que cette difpofition a un très-grand inconvénient. Comme ce n'eft pas-là le moment de marcher à l'ennemi bayonnette au bout du fufil, parce qu'alors on a à craindre fon infanterie & fa cavalerie, il ne faut pas doubler les files, mais faire avancer trois ou quatre bataillons des aîles de la feconde ligne, les mettre en colonne, & appuyer leur tête à la premiere ligne. Cette colonne par un à droite ou un à gauche, felon la cavalerie qui aura été battue, fi c'eft l'aîle droite ou l'aîle gauche, fe trouvera former un équerre avec l'infanterie de la premiere ligne, & empêchera, non-feulement l'ennemi de la tourner & de la prendre parderriere ; mais elle fera encore d'un très-grand fecours à la cavalerie battue, parce que par fon feu elle rallentira la pourfuite de l'ennemi, donnera le tems à cette cavalerie de fe retirer plus en ordre par les intervalles de la feconde ligne qui marche à l'ennemi, & de fe rallier enfuite pour remarcher en avant, & donnera plus de force à la charge de la feconde ligne. Si cette feconde ligne de cavalerie eft battue, il faut alors que toute la feconde ligne d'infanterie fe forme en colonne par bataillon, pour n'avoir rien à craindre de la cavalerie ennemie, & que la premiere ligne double fes files, & marche avec vivacité bayonnettes baiffées fur l'infanterie ennemie ; c'eft un moment décifif, il eft important de le faifir, fi l'on ne veut pas perdre la bataille : c'eft, je penfe, la difpofition la plus jufte qu'on puiffe faire pour battre l'infanterie ennemie, & pour n'avoir rien à craindre de fa cavalerie victorieufe. Si l'on réuffit à battre fon infanterie, quoique la cavalerie ait été pliée & battue, comme la cavalerie ennemie ne peut trouver aucun jour pour attaquer l'infanterie, dont la premiere ligne eft protégée par la feconde en colonne par bataillon, & que cette difpofition en colonne eft formidable pour de la cavalerie, fur-tout lorfqu'il y a plufieurs colonnes qui marchent à même hauteur & qui fe protegent mutuellement, la cavalerie ennemie n'eft point à craindre, & elle fera forcée de venir au fecours de fon infanterie attaquée par un ordre profond, & prife en flanc par les bataillons des aîles de la feconde ligne, formés en colonne.

Il falloit que l'infanterie de ce tems-là fut bien mauvaise, ou bien mal disciplinée, ou qu'il y eut un vice dans la façon de l'armer, pour mettre ainsi bas les armes & demander quartier. Et à quoi lui servoient ces six rangs de piques, que Montécuculi dit avec raison être si formidables, sur-tout contre de la cavalerie? Il me semble que présentant trois rangs de piques à cette cavalerie, ils devoient suffire pour l'arrêter, & pour donner le tems à la seconde ligne de marcher à son secours; mais ce n'étoient pas les piquiers qui couroient le plus grand danger, c'étoient les mousquetaires, qui n'avoient d'autres armes que leurs mousquets; ceux-là devoient être bientôt rompus & culbutés par la cavalerie. Si ces mousquetaires avoient eu des bayonnettes, leur défaite auroit été plus difficile, & ils ne se seroient pas rendus, comme le fait entendre Montécuculi. Après la bataille de Ramillies, le Régiment d'Alsace, de quatre bataillons, fut entouré dans sa retraite par la cavalerie ennemie; ce Régiment se forma en bataillon quarré, & continua sa marche sans pouvoir être entamé. Sommé plusieurs fois de se rendre, & interrogé où il vouloit aller, il répondit à Tirlemont, distant de trois lieues du champ de bataille. Ce Régiment conserva si bien l'ordre de sa disposition, & marqua tant de résolution & de fermeté, qu'il arriva à Tirlemont, ainsi qu'il l'avoit dit; mais abandonné de toute l'armée, qui avoit été mise en déroute, il fut obligé de capituler. Ce Régiment n'avoit cependant point ces piques si redoutables, il n'avoit que des fusils & des bayonnettes, beaucoup d'ordre & d'ensemble, de braves soldats, & des officiers intelligens pour les conduire. Tant il est vrai que l'infanterie aguerrie & bien menée, qui ne s'épouvantera point de cette masse de chevaux qui la menace de l'écraser, & qui ne tirera qu'à trente pas, mais avec ordre & de sang-froid,

résistera

réſiſtera toujours à la cavalerie la plus déterminée, pourvu qu'elle garde ſes rangs, qu'elle ménage ſon feu, qu'elle ne tire qu'à propos & à coup ſûr, & qu'elle écoute le commandement.

C'eſt, ſans doute, un très-grand malheur lorſque la cavalerie eſt battue ; mais il y a de la reſſource, & tout n'eſt pas perdu. La bataille de Molvitz, gagnée par le Roi de Pruſſe en 1741 ſur les Autrichiens, eſt un exemple bien frappant que de l'infanterie bien diſciplinée & bien conduite peut ſeule rétablir une affaire, & la gagner (a).

(gg) La diſpoſition de ce bataillon eſt poſitivement celle du bataillon quarré ; elle a contre elle d'être foible aux quatre angles, de ne pouvoir pas marcher facilement, de n'être pas propre à tout terrein, & de pouvoir être rompue ſans reſſource ſi l'ennemi parvient à pénétrer par un des angles. On a ſi bien reconnu le défaut de cette diſpoſition, qu'on l'a abandonné, & qu'on y a ſubſtitué la colonne, qui, à tous égards, eſt meilleure, forte dans toutes ſes parties, propre à tout terrein, & qui peut

---

(a) Le 10 Avril 1741, les deux armées ſe rencontrerent dans la plaine de Molvitz. On combattit de part & d'autre avec beaucoup de courage & d'opiniâtreté ; la cavalerie Autrichienne fit ſur-tout des prodiges de valeur, & elle rompit & mit en fuite celle du Roi de Pruſſe; elle prit enſuite en flanc la 1ere. ligne de l'infanterie Pruſſienne, les bagages furent enlevés, & l'on crut la bataille perdue. Frédéric paroiſſoit dans les endroits les plus dangereux, ralliant ſes troupes, les rappellant au combat ; mais il avoit beau leur crier : *Mes enfans, ſauvez l'honneur de la Pruſſe, & la vie de votre Roi*, le déſordre étoit tel, que ceux qui étoient autour de lui, craignant pour ſes jours, ou qu'il ne fut pris, l'entraînerent loin du champ de bataille : c'eſt alors que le Maréchal de Schuerin vint à bout de rétablir le combat, à la faveur de cette diſcipline admirable à laquelle les troupes Pruſſiennes étoient accoutumées ; il remporta la victoire avec la ſeconde ligne de l'armée, & força les Autrichiens à céder un champ de bataille que leur valeur auroit dû leur mériter, mais que celle des Pruſſiens, jointe à leur diſcipline, leur arracha en très-peu de tems.

marcher facilement fans fe rompre, avantages que n'a pas le bataillon quarré.

La façon de former une colonne eft fimple, lorfque l'on ne voudra pas y mettre du merveilleux ; celle qui fut ordonnée en 1754 tient de ce merveilleux, & elle a été reconnue mauvaife par les meilleurs Militaires : il faut beaucoup de tems pour former cette colonne ; pendant qu'elle fe forme, elle laiffe trop de jour à l'ennemi pour l'attaquer avec avantage ; ainfi un bataillon ne peut fe mettre en colonne que très-éloigné de l'ennemi. Le même inconvénient fubfifte lorfque l'on veut remettre cette colonne en bataille. Pour qu'une manœuvre foit bonne, il faut qu'elle puiffe fe faire de près comme de loin fans danger: la maniere la plus fimple eft de la former par le centre ; mais comme j'ai dit plus haut qu'une colonne ne devoit pas paffer feize files de profondeur, parce que celles qui feroient pardelà n'ajoutent à fa force ni à fon impulfion, & qu'elles donnent même à la maffe plus de difficulté pour marcher, je vais, en fuivant mes principes, donner le moyen fimple pour former deux colonnes d'un bataillon, chaque colonne du front d'une compagnie fur douze de profondeur. Ce nombre fuffit pour donner à la colonne toute la folidité poffible ; & quoique j'aye avancé qu'elle devoit être de feize files, j'ajoute qu'elle ne doit point paffer ce nombre, mais que fur douze files elle eft fuffifante, & qu'elle a affez de profondeur pour, par l'impulfion de fon mouvement, avoir la pefanteur & la force néceffaires pour enfoncer tout bataillon qui fe trouvera devant elle fur un moindre nombre de files.

Je fuppofe un bataillon de 706 hommes, en comptant la compagnie de grenadiers & celle de chaffeurs. Il eft d'ufage de mettre les grenadiers pour couvrir le flanc droit ; & au lieu du piquet que je retranche (*a*), j'y fubftitue une compagnie de chaffeurs, que je place fur le flanc gauche. Cette compagnie de chaffeurs n'eft point tirée des compagnies comme l'eft le piquet, elle eft une dixième compagnie à l'inftar de celle des grena-diers; c'eft le bataillon en général qui la recrute, comme aujourd'hui fe complettent les grenadiers, & c'eft de cette compagnie que l'on doit tirer les grenadiers. Comme je fuppofe un bataillon de recrue, les compagnies de fufiliers n'auront aucune peine à fournir les chaffeurs, & les chaffeurs de même fourni-ront facilement aux grenadiers : cette compagnie de chaffeurs eft un creufet de plus, où l'homme qui ambitionne de devenir grenadier, s'épure. La compagnie de grenadiers & celle de chaffeurs font chacune de quarante-neuf hommes, en comptant le tambour. En féparant ces deux compagnies du bataillon, il reftera 608 fufiliers qu'il eft queftion de former fur deux colon-nes, les grenadiers couvrant le flanc droit de la colonne de la droite, & les chaffeurs, le flanc gauche de la colonne de la gauche.

Je fuppofe ce bataillon fur trois rangs, tel qu'il eft d'ufage de ranger aujourd'hui un bataillon lorfque l'on veut qu'il faffe feu. Tout le bataillon au premier commandement marche dix pas en avant; les deux compagnies des flancs, celle de grenadiers & celle

---

(*a*) En retranchant les piquets qui couvrent aujourd'hui le flanc gauche des ba-taillons, je ne prétends pas pour cela que l'on ne tire jamais de foldats dans les compagnies pour occuper des poftes, pour des gardes, ou pour des détachemens. Il feroit contre tout principe de faire marcher toute une compagnie, fi le pofte, la garde, ou le détachement recevoient un échec, ou étoient battus, pris ou tués, ce feroit une compagnie de perdue. Il faut que la perte tombe fur toutes les compagnies, elle en paroîtra moins confidérable, parce que plus elle fera divifée, & moins elle fera fenfible.

de chaſſeurs marchent toujours, mais lentement; les trois compagnies de la droite après les dix pas faits, font un à droite par
homme, & marchent au pas redoublé : dès que la premiere des
trois qui ont faits leur mouvement à droite par homme eſt ſur
l'emplacement qu'occupoit celle qui marche avec les grenadiers,
elle fait à gauche par homme, & va joindre au pas redoublé la
premiere compagnie; les deux qui ſuivent en font autant, & la
colonne de la droite eſt formée. Le même mouvement ſe fait
en même tems pour former la colonne de la gauche; mais au
lieu de ſe faire par la droite, il ſe fait par la gauche, & dans
moins de deux minutes les deux colonnes ſont formées de 24
de front ſur douze files de profondeur. Voyez la Planche 36,
tome 3.

En ſuppoſant que l'on voulut donner des manches à ces deux
colonnes, le bataillon fait toujours le même mouvement en
avant que j'ai dit ci-deſſus; mais les grenadiers, la premiere & la
ſeconde compagnie de la droite, les chaſſeurs, la premiere & la
ſeconde compagnie de la gauche marchent toujours, mais lentement. Des quatre compagnies qui reſtent, les deux de la
droite font un à droite par homme, les deux de la gauche, à
gauche par homme; & lorſqu'elles ſe trouvent ſur le terrein
qu'occupoient les deux compagnies des aîles, elles ſe remettent,
celle de la droite par un à gauche, & celle de la gauche par un
à droite, & elles marchent au pas redoublé pour former les deux
colonnes, qui ſe trouvent ſur neuf de profondeur & vingt-quatre de front, celle de la droite ayant les grenadiers pour appuyer ſa droite, & une compagnie de fuſiliers pour couvrir ſon
flanc gauche, celle de la gauche ayant la compagnie de chaſſeurs ſur ſon flanc gauche, & une compagnie de fuſiliers ſur ſon
flanc droit. Ce mouvement eſt auſſi promptement fait que le

premier, & cette difpofition réunit le feu à la force de la colonne, qui, quoiqu'elle ne foit que fur neuf files de profondeur,
a cependant toute la folidité qu'il lui faut pour enfoncer des bataillons qui ne feroient que fur trois ou quatre de profondeur.
Voyez la Planch. 37, tom. 3.

Si l'on trouve que les colonnes foient trop éloignées l'une de
l'autre, que l'on veuille que les deux manches du centre fe
joignent, & qu'elles appuyent cependant leur flanc oppofé aux
deux colonnes, le même mouvement fe fait en avant par-tout le
bataillon; mais au lieu que les deux compagnies de l'aîle droite
& les deux de l'aîle gauche marchent toujours en avant dans la
difpofition précédente, ce font, dans celle-ci, les quatre compagnies du centre qui marchent, mais lentement; les deux
compagnies de la droite par un à gauche par homme, marchent; & lorfqu'elles fe trouvent fur l'emplacement qu'occupoit
la troifième compagnie de la droite, elles font un à droite par
homme, & marchent au pas redoublé joindre la compagnie qui
marche devant elles, & qui doit faire la tête de la colonne de
la droite. Le même mouvement fe fait à la gauche, à l'exception que les deux compagnies de l'aîle gauche font à droite par
homme, & enfuite à gauche pour former la colonne de la gauche. La compagnie de grenadiers & celle de chaffeurs, par le
pas oblique, l'une par fa gauche & l'autre par fa droite, vont
joindre les deux compagnies qui tiennent la tête des colonnes;
cette difpofition eft plus rapprochée, me paroît plus folide, &
même meilleure; mais c'eft l'étendue du terrein que l'on veut
occuper qui doit décider de l'une ou de l'autre difpofition. Voyez
la Planch. 38, tom. 3.

En fuppofant que l'on voulut faire la difpofition ci-deffus;
mais au lieu de former les deux colonnes par le centre, de faire

des deux compagnies des flancs la tête des deux colonnes, le
même mouvement en avant de tout le bataillon se doit toujours
faire. La compagnie de la droite marche trente pas en avant,
celle qui est à sa gauche, vingt pas; alors par le pas oblique par
la gauche, elle va se placer sur l'alignement de la troisième
compagnie, qui, lorsque les deux compagnies sont sur leur terrein donné, va les joindre pour former la colonne de la droite;
les deux compagnies du centre marchent en même tems en
avant, & vont remplir l'espace qui sépare les deux colonnes.
Le même mouvement se fait en même tems pour former la colonne de la gauche, excepté que ce mouvement se fait par la
droite; la compagnie de grenadiers & celle de chasseurs ne
quittent jamais les deux compagnies des aîles, & couvrent toujours, l'une le flanc droit de la colonne de la droite, l'autre le
flanc gauche de la colonne de la gauche. Cette manœuvre
n'est pas plus longue que la précédente; elle est bonne, dans la
supposition qu'on veuille faire la tête des colonnes, des aîles.
Voyez la Planch. 39, tom. 3.

Si au lieu de former deux colonnes du bataillon on n'en veut
former qu'une, le même mouvement en avant se fait par-tout le
bataillon. Les deux compagnies du centre marchent toujours,
mais lentement; les trois compagnies de la droite font à gauche
par homme, celles de la gauche, à droite par homme, & marchent en avant d'elles; lorsqu'elles se trouvent sur l'emplacement qu'occupoient les deux compagnies du centre, celles de
la droite font à droite, celles de la gauche à gauche, & vont
au pas redoublé joindre les deux compagnies qui forment la
tête de la colonne, qui se trouve alors de quarante-huit hommes de front. Pendant ce mouvement, la compagnie de grenadiers & celle des chasseurs par le pas oblique, l'une par sa

gauche , & l'autre par fa droite , marchent pour couvrir les
flancs de la colonne , alignées fur les deux premières compagnies. Cette difpofition eft formidable , parce que cette colonne a beaucoup d'étendue , étant fur quarante-huit de front &
fur douze files ; mais il faut être en mefure d'attaquer l'ennemi
bayonnette au bout du fufil, parce que par cet ordre il n'eft pas
queftion de faire feu , & qu'il faut éviter d'en effuyer de la part
de l'ennemi , & fur-tout du canon. Voyez la Planch. 40, tom. 3.

Si l'on veut donner des manches à cette colonne , le bataillon doit toujours faire le même mouvement en avant , que ci-
deffus ; c'eft-à-dire , qu'il doit marcher dix pas en avant , les
deux compagnies du centre marchent toujours, mais lentement;
la feconde & la troifième de la droite font à gauche par homme , & marchent en avant , & lorfqu'elles font fur le terrein
qu'occupoit la quatrième compagnie du centre , elles font à
droite par homme , & vont au pas redoublé joindre cette compagnie , qui marche toujours. Le même mouvement fe fait à la
gauche par la fixième & la feptième compagnie, à l'exception que
ce mouvement fe fait à droite par homme, & enfuite à gauche.
La compagnie de l'aîle droite & celle de l'aîle gauche, la
compagnie de grenadiers & celle de chaffeurs , par le pas
oblique, l'une par fa gauche, l'autre par fa droite, vont joindre la tête de la colonne, & couvrir fes flancs. Cette colonne
n'eft , à la vérité , que fur neuf files , mais elle eft fuffifante,
& réunit le feu à l'impulfion. Voyez la Planch. 41, tom. 3.

Si on veut que la colonne ait moins de front & plus de profondeur, il faut que le bataillon faffe toujours dix pas en avant;
après ce mouvement, les fix compagnies du centre doublent les
files, les deux du centre marchent en avant , les deux autres
par le pas oblique , vont fe placer derriere les deux premieres,

les deux autres enfuite font la même manœuvre; & vont fe placer derriere les quatre compagnies déjà formées, ce qui fait une colonne de vingt-quatre de front fur dix-huit files. Les deux compagnies des aîles, celle de grenadiers & celle de chaffeurs, vont couvrir par le pas oblique les deux flancs de la colonne. Si on veut donner moins de profondeur à la colonne, & étendre davantage fes manches, il ne doit y avoir que les quatre compagnies du centre qui doublent leurs files, & qui en marchant comme il eft dit ci-deffus, forment la colonne de vingt-quatre de front fur douze de profondeur; les deux compagnies de l'aîle droite & celle de grenadiers, par le pas oblique, vont joindre la droite de la colonne à même hauteur du premier rang, pour couvrir ce flanc droit; les deux compagnies de l'aîle gauche & celle de chaffeurs par le même mouvement, mais par la droite, vont fe placer à la hauteur de la tête de la colonne, & couvrir ce flanc gauche : par cette ordonnance l'ordre de bataille eft plus étendu, le feu plus vif, & la colonne eft en force. Je n'ai pas cru qu'il fut néceffaire de donner une Planche pour ces deux ordres; lorfqu'on a vu les autres, il eft facile de comprendre celles-ci.

Toutes ces manœuvres font promptes & aifées à faire; & avec des bataillons exercés, il ne faut pas plus de deux minutes pour les exécuter; un feul commandement fuffit. Ce ne font pas les manœuvres les plus compliquées qui font les meilleures; les plus fimples font toujours les plus aifées à faire, parce qu'elles font plutôt comprifes du foldat & de l'officier, & la facilité de les exécuter en fait la bonté, & même la fûreté (a).

(hh) Je

(a) Je prie le Lecteur de fe reffouvenir de la Note que j'ai mife plus haut, où j'explique la place que chaque officier & chaque bas-officier doit occuper; cela eft

(*hh*) Je ne penfe pas que le croiſſant dont parle Montécuculi ait jamais exiſté, & qu'aucun Capitaine s'en ſoit jamais ſervi; il me paroît auſſi abſurde dans ſa forme que foible dans toutes ſes parties, ſur-tout lorſqu'il eſt formé par de la cavalerie, il
ne peut avoir ni force ni conſiſtance ; mais je penſe que ce Général a voulu entendre par cette ordonnance, une ligne de cavalerie appuyant un de ſes flancs à une autre ligne de cavalerie,
& dont le flanc oppoſé marche en avant pour former l'écharpe,
ce qui feroit à-peu-près un croiſſant, ou, pour mieux dire, un
angle obtus & rentrant. Cette diſpoſition ne peut avoir lieu que
pour couvrir le flanc d'une aîle de cavalerie qui feroit en l'air &
ſans appui ; mais pour que cette diſpoſition fût bonne, il faudroit
y joindre de l'infanterie & du canon, placer l'un & l'autre ſur
le flanc de cette écharpe, & les faire ſoutenir encore par des
dragons & des troupes légeres. A la bataille de Cannes décrite
par Polybe, il eſt dit qu'Annibal voulant commencer le combat, fit marcher l'infanterie Eſpagnole & Gauloiſe qui étoit au
centre de la ligne, & ordonna aux Carthaginois & aux Afri-
quains qui étoient ſur les deux aîles, de reſter dans leur poſition. Cette infanterie du centre en s'avançant, forma un croiſſant convexe qui fut bientôt plié par les Romains, parce qu'elle
fut obligée de ſe dédoubler pour former un cercle de la ligne
droite. Les Romains ayant toute leur profondeur, ne trouverent point de réſiſtance, & enfoncerent ce croiſſant, qui, en ſe
repliant, devint concave, & dans lequel entrerent les Romains;
alors l'infanterie Carthaginoiſe & Afriquaine fit un mouvement
par ſes aîles, l'une par ſa droite, & l'autre par ſa gauche, &

---

eſt eſſentiel, parce qu'il verra que quelque forme que l'on donne au bataillon, il
y aura toujours des officiers & bas-officiers dans le premier, le ſecond & le troiſième rang, ſur les flancs & en ſerre-file,

Cc

* Polyb.
Comment. de
Fol. tom. 4.
chap. xxiv. enveloppa les Romains, ce qui décida du fort de la bataille *. Annibal fit faire ce mouvement à son infanterie du centre, bien persuadé qu'elle seroit enfoncée ; mais en même tems dans l'espérance que ce premier succès engageroit les Romains à entrer dans ce cercle que l'infanterie Espagnole & Gauloise formeroit naturellement par l'attaque vive des légions Romaines , & qu'en faisant marcher ses deux aîles d'infanterie qui étoient restées en place , il enfermeroit les Romains & s'assureroit de la victoire. Mais dans cette bataille il n'est question que d'infanterie , relativement à ce mouvement circulaire, & nullement de la cavalerie. L'infanterie se replie sur elle-même , & manœuvre facilement, elle prend aisément toutes les formes qu'on veut lui donner ; mais la cavalerie n'a pas la même facilité à se mouvoir. Je n'ai jamais lû dans aucun Ouvrage qui traite de la Guerre, la disposition dont parle Montécuculi, & je ne crois pas que l'on puisse voir dans l'antiquité la plus reculée, un seul exemple de cette disposition , relativement à la cavalerie , à moins que ce ne soit chez les Turcs ou chez les Polonais ; mais je pense que l'on ne prendra pas les premiers pour modeles : quant aux seconds, la constitution actuelle de cette République ne lui permet pas d'être très-instruite de la guerre (a).

(ii) J'ai déjà dit que la distance d'un escadron à un autre en premiere ligne , devoit être les trois quarts du front d'un escadron, & celles des escadrons de la seconde ligne , égales au front ; je crois en avoir dit les raisons. Celle que Montécuculi

---

(a) A la bataille de Philippowá, gagnée en 1656 par les Suédois sur les Lithuaniens , l'armée Lithuanienne , composée toute de cavalerie, étoit rangée en demi ** Hist.
de Charles
Gustave par
Puff. tom. 1.
liv. iij. cercle : cette mauvaise disposition la fit battre en très-peu de tems par une poignée de monde **.

indique ne me paroît pas fuffisante ; d'ailleurs ces pelotons de moufquetaires de huit de front fur cinq de profondeur , me paroiffent dans le nombre de ces petits moyens , dont il ne réfulte jamais rien de bon. M. le Maréchal de Saxe condamne abfolument ces petites troupes d'infanterie dans les intervalles de la cavalerie * ; en effet , quarante coups de fufils , plus ou moins, n'empêcheront point que l'ennemi ne s'avance , & n'attaque avec vigueur : plus il aura à craindre le feu de ces pelotons , plus fa charge fera prompte & vive pour en diminuer le danger ; & fi la cavalerie entremêlée de ces pelotons d'infanterie eft battue , ceux-ci font perdus & hachés en piéces. Par cette difpofition à armes mêlées , la cavalerie doit attendre l'ennemi de pied ferme ; car fi elle avance au trot ou au galop fur la cavalerie ou fur l'infanterie ennemie , elle perd le fecours qu'elle s'étoit promis de ces pelotons d'infanterie , parce qu'ils ne peuvent pas la fuivre : or toute cavalerie, quelque valeureufe qu'elle foit, qui fe laiffe attaquer de pied ferme par une autre cavalerie qui marche à elle au trot ou au galop , & qui conféquemment a l'impulfion du mouvement , doit être enfoncée & battue , parce que tout corps mobile qui en frappe un autre mobile , doit le faire reculer.

Rêveries, tom 1. liv. t. chap. iv.

Je n'approuve point ce mélange d'armes par petites troupes avec la cavalerie , elles n'ont point de confiftance ; & comme l'une & l'autre arme comptent fur un fecours réciproque, que d'ailleurs celui que peut efpérer la cavalerie de ces petits pelotons d'infanterie , ne peut être égal au fecours que ces pelotons doivent attendre de la cavalerie , la crainte que celle-ci a que ces pelotons ne l'abandonnent , & celle de ces pelotons que la cavalerie ne foit pliée & battue , doivent

C c 2

certainement donner moins de fermeté à ces deux armes, bien loin de leur donner de l'assurance.

Quand la situation du terrein ou les circonstances, exigent que l'on mêle les armes, j'ai déjà dit que ce devoit être par brigades, & jamais par petites troupes, qui n'ont aucune solidité, qui ne peuvent en imposer à l'ennemi, & qui souvent sont battues avant d'avoir été attaquées. Gustave Adolphe à la bataille de Lutzen, entremêla sa cavalerie d'infanterie * ; mais c'étoient de gros pelotons de trois à quatre cens hommes d'élite, & non de quarante, comme l'indique Montécuculi. A la bataille d'Almanza, gagnée par M. le Maréchal de Berwick le 17 Août 1707, l'armée ennemie commandée par le Lord Gallowai, étoit entremêlée d'escadrons & de bataillons depuis la droite de la ligne jusqu'à la gauche, de sorte que la droite commençoit par cinq bataillons, puis cinq escadrons, & ainsi de même jusqu'à la gauche **. Cet exemple semble condamner la disposition à armes mêlées, puisque le Lord Gallowai fut battu ; cependant cela ne prouve pas que cette disposition soit mauvaise, mais cela peut seulement prouver qu'elle n'étoit pas relative au terrein.

Il y a des situations où la cavalerie doit être dans le centre & l'infanterie sur les aîles, d'autres où l'infanterie doit être sur la droite & la cavalerie sur la gauche, d'autres où l'on entremêle l'infanterie & la cavalerie, mais par brigades ; d'autres enfin, où toute l'infanterie est en premiere ligne, & la cavalerie en seconde.

Donnons un exemple. Le terrein où se donna en 1709 la bataille de Malplaquet, est situé de maniere que la disposition peut être de plusieurs façons différentes, sans s'écarter des principes de guerre, non que toutes les dispositions que l'on

* Comm. de Fol. Trait. de la colonn. tom. 1.

** Mém. de St. Hilaire, tom. 4.

peut faire fur ce terrein foient également bonnes , mais elles
ne choquent aucun principe de guerre , & elles peuvent être
admifes.

Sur ce même terrein la cavalerie peut être au centre , &
l'infanterie fur les deux aîles , ou l'infanterie entremêlée avec
la cavalerie , ou toute l'infanterie en premiere ligne , & la
cavalerie en feconde & troifième , fans occuper pofitivement
le même terrein fur lequel M. le Maréchal de Villars avoit
placé fon armée. Je n'entrerai point dans un long détail fur
cette bataille, parce qu'elle n'eft pas l'objet de cette obfervation ; je me contenterai de faire voir la fituation du terrein
qu'occupoit l'armée Françaife , & celui qu'elle auroit pû occuper, voulant prouver que fur le même terrein on peut faire
plufieurs difpofitions différentes , toutes relatives au local &
aux principes de la guerre.

L'armée Françaife avoit fa droite appuyée d'un côté au bois
de Lanieres , & de l'autre , au bois de Janfart ; toute cette
droite occupoit l'intervalle de ces deux bois , le centre étoit
dans les vergers & jardins qui bordent le bois de Janfart : la
gauche de l'infanterie étoit poftée dans une partie du bois du
Sart, la droite de cette gauche occupoit l'intervalle qui eft entre
le bois de Janfart & celui du Sart, & elle donnoit la main à celle
qui étoit poftée dans les jardins & vergers en face du bois de Janfart. Il y avoit un hameau un peu en arriere dans la plaine ,
mais plus près du bois du Sart , dans lequel il y avoit de l'infanterie & du canon , pour protéger , fans doute , la retraite
de l'infanterie qui étoit en avant , en cas qu'elle fut forcée
de fe retirer. La cavalerie étoit derriere fur plufieurs lignes ,
fa droite au bois de Lanieres , & fa gauche s'étendant jufqu'à
une trouée formée par la gauche du bois du Sart & un autre

bois ; l'infanterie étoit couverte par des retranchemens en forme de lignes. Telle étoit la pofition de M. le Maréchal de Villars. Voyez la Planch. 3.

* Tom. 2.
Planch. 19
& 20. M. le Maréchal de Saxe donne dans fes Rêveries * deux dif-pofitions fur ce même terrein. Par fa premiere difpofition, il couvre de trois redoutes l'intervalle qui eft entre le bois de Lanieres & celui de Janfart ; entre les vergers & jardins qui touchent le bois de Janfart, il met une redoute ; il fait encore conftruire deux redoutes dans l'intervalle du bois de Janfart & celui du Sart, & il en met encore une derriere, dans l'inter-valle de ces deux redoutes. A l'extrémité du bois du Sart, à l'entrée de la trouée du côté de l'armée Françaife, il éleve une redoute ; il met de l'infanterie dans toutes, & des batteries de canon en avant ; fon infanterie eft derriere par divifions de trois & de fix bataillons, la cavalerie derriere l'infanterie, entremêlée de quelques brigades d'infanterie, & en troifième ligne, il y a une feconde ligne de cavalerie fans infanterie qui s'étend depuis le bois de Lanières jufques derriere le bois du Sart. Derriere le bois du Sart & la redoute de la trouée, il met de l'infanterie, l'une pour foutenir les troupes qui font dans la redoute, & l'autre dans des vergers qui touchent le bois du Sart. Il met deux bataillons dans le hameau qui eft en arriere des redoutes, & il n'occupe aucun des trois bois. Voyez la Planch. 4.

Sa feconde difpofition eft la même quant aux redoutes ; mais il fait paffer une partie de fon infanterie & de fa cavale-rie par les intervalles des redoutes de fa droite, dans l'inten-tion d'attaquer un corps de l'armée ennemie qui eft dans cette partie ; il ne garnit point le bois du Sart de troupes, quoiqu'il y ait un retranchement naturel formé par un foffé qui le borde. Voyez la Planch. 5.

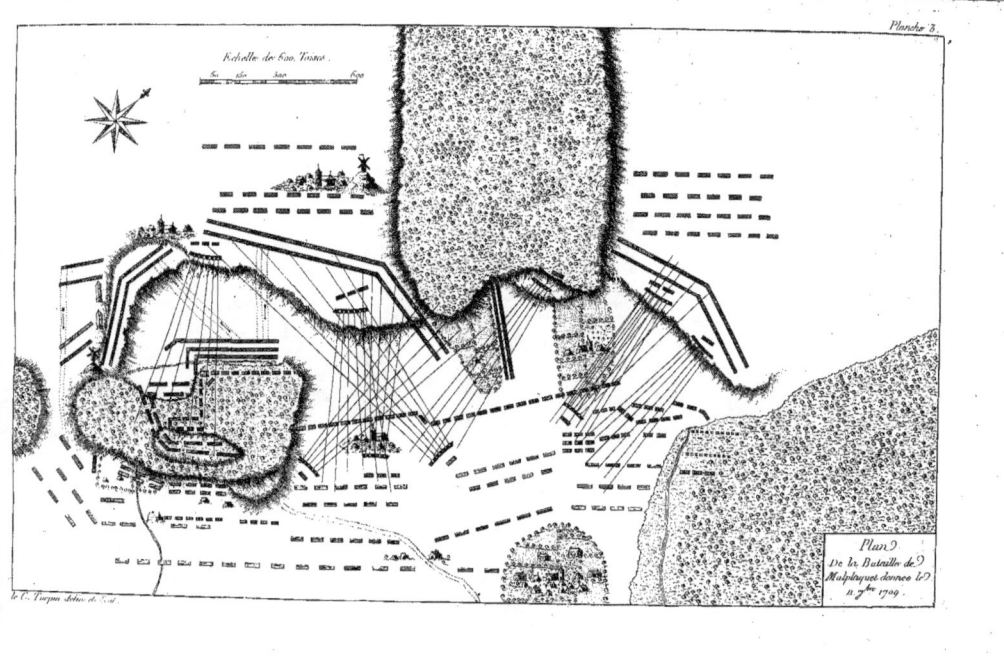

Echelle de 600 Toises.

Plan
De la Bataille de
Malplaquet donnée le
11 7bre 1709.

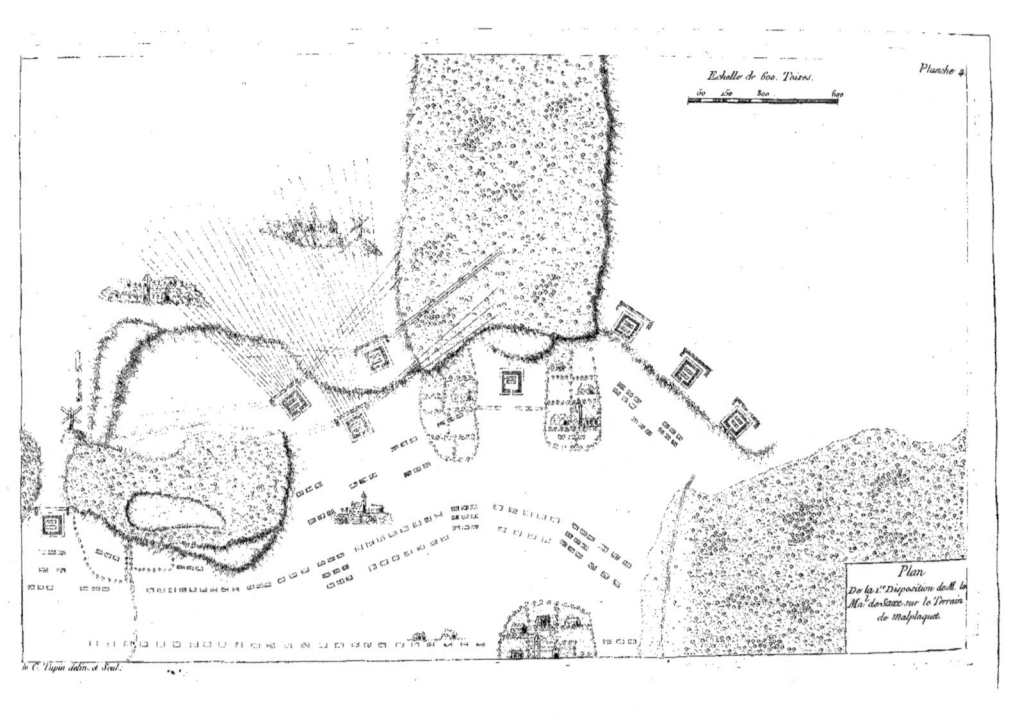

Echelle de 600. Toises.
50   150   800   600

Plan
De la 1ère Disposition de M. le
Ma.l de Saxe sur le Terrain
de Malplaquet.

le C.te Tupin delin. et Sculp.

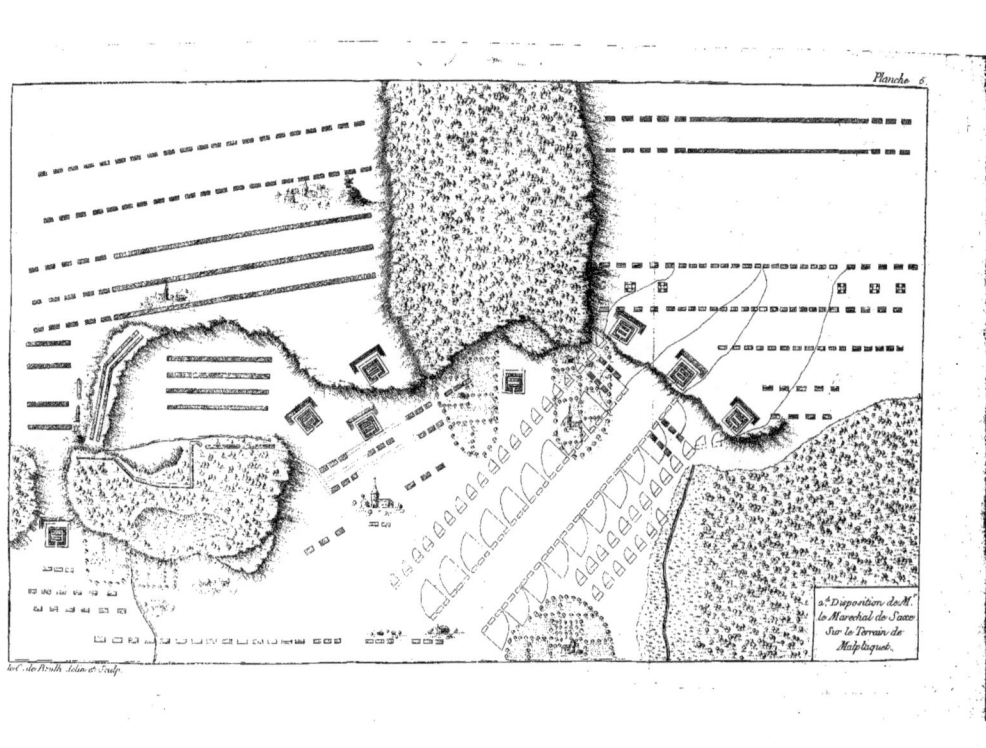

2.ᵉ Disposition de M.
le Marechal de Saxe
Sur le Terrain de
Malplaquet.

J.ᶜ de Beaulé delin. et Sculp.

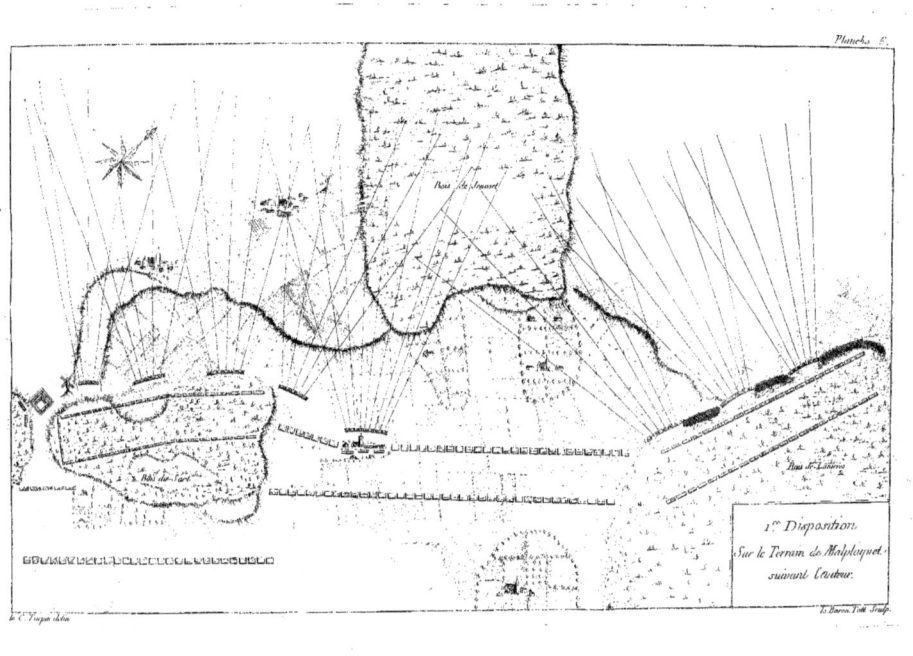

Bois de Sraurt

1.re *Disposition*
Sur le Terrain de Malploquet
suivant l'auteur.

Bois de Lanière

*le C.*e *Vuyar delin.*   *Le Baron Toth Sculp.*

Le terrein préfentoit une autre pofition à prendre , c'étoit de garnir d'infanterie le bois du Sart , depuis la droite de ce bois jufqu'à la trouée , de conftruire une redoute à l'entrée de cette trouée, relativement à l'ennemi, de mettre deux bataillons dans le bois qui forme la trouée avec celui du Sart , pour défendre le flanc gauche de la redoute , placer quelques bataillons dans le hameau qui eft dans la plaine, mettre le refte de l'infanterie dans le bois de Lanieres, avec des abattis en avant , huit efcadrons de dragons & vingt de cavalerie derriere le bois du Sart , pour foutenir les troupes qui défendent cette trouée, ou pour les recevoir , en cas qu'elles fuffent forcées de l'abandonner; & enfin la cavalerie fur deux lignes , fa droite au bois de Lanieres , fa gauche à celui du Sart , le hameau à la hauteur de la premiere ligne de la cavalerie, dans lequel j'ai dit qu'il falloit pofter quelques bataillons avec du canon. Voyez la Planch. 6.

On peut fur le même terrein faire une autre difpofition , en embraffant une plus grande étendue de terrein , & cependant étant en force dans tous les points avec l'aide de l'art , parce que cette pofition étoit purement défenfive (*a*), & elle fuppofe qu'on a eu le tems de la choifir & de la fortifier. Par cette feconde difpofition , j'occupe avec de l'infanterie le bois de Lanieres , à la tête duquel je conftruis une redoute où je mets un bataillon , & de l'infanterie derriere fur deux lignes ; à la droite & à la gauche de la redoute je mets deux fortes batteries de canon, Dans la plaine qui eft entre ce bois &

_____

(*a*) Il étoit important d'empêcher l'ennemi qui venoit de prendre Tournay , de faire le fiège de Mons ; ainfi il s'agiffoit de couvrir cette Place , & de prendre une pofition qui forçât l'ennemi ou à combattre l'armée Françaife dans une pofition avantageufe , ou à abandonner fes projets fur Mons.

celui de Janfart, je place quatorze efcadrons en premiere ligne, & treize en feconde ; la droite de cette cavalerie appuyée
au bois de Lanieres, & la gauche à celui de Janfart. Dans le
bois de Janfart je mets vingt-deux bataillons, les uns dans le
bois, faifant face au bois, les autres fur les deux flancs, faifant
face à la plaine de droite & de gauche. Aux deux extrémités
du bois, fur les flancs de la ligne qui fait face au bois, j'éleve
deux redoutes, & je mets un bataillon dans chacune, dans le
centre je fais des abattis, & entre ces abattis & les redoutes,
je place deux batteries de canon ; fur le flanc droit du bois
deux autres batteries de canon, une proche la redoute de la
droite, & l'autre entre la gauche de la cavalerie de la premiere ligne, & l'infanterie du flanc qui eft dans le bois ; la
gauche du bois eft difpofée de même que la droite. Derriere
ces vingt-deux bataillons, j'en mets neuf à l'entrée du bois,
pour foutenir ceux qui le défendent. Dans l'intervalle du bois
de Janfart à celui du Sart, treize efcadrons en premiere ligne,
& douze en feconde ; j'occupe le bois du Sart en entier par
trente-quatre bataillons fur deux lignes, & trois batteries de
canon en avant. A l'entrée de la trouée, relativement à l'ennemi, je conftruis une redoute, dans laquelle je mets un bataillon ; quatre bataillons & une batterie de canon dans le
bois qui eft à la gauche de celui du Sart, pour défendre à l'ennemi le flanc gauche de la redoute, & pour l'empêcher de la
tourner : derrière la redoute je place fix Régimens de dragons
à pied, derriere ceux-là j'en mets fix autres à cheval. Dans le
hameau qui eft dans la plaine, je mets quatre bataillons pour
faciliter la retraite de la cavalerie, en cas qu'elle y foit forcée ;
& à la droite du hameau, je mets dix-huit efcadrons en réferve, leur droite appuyée au bois de Lanieres, & leur gauche
au hameau. Voyez la Planch. 7.   Il

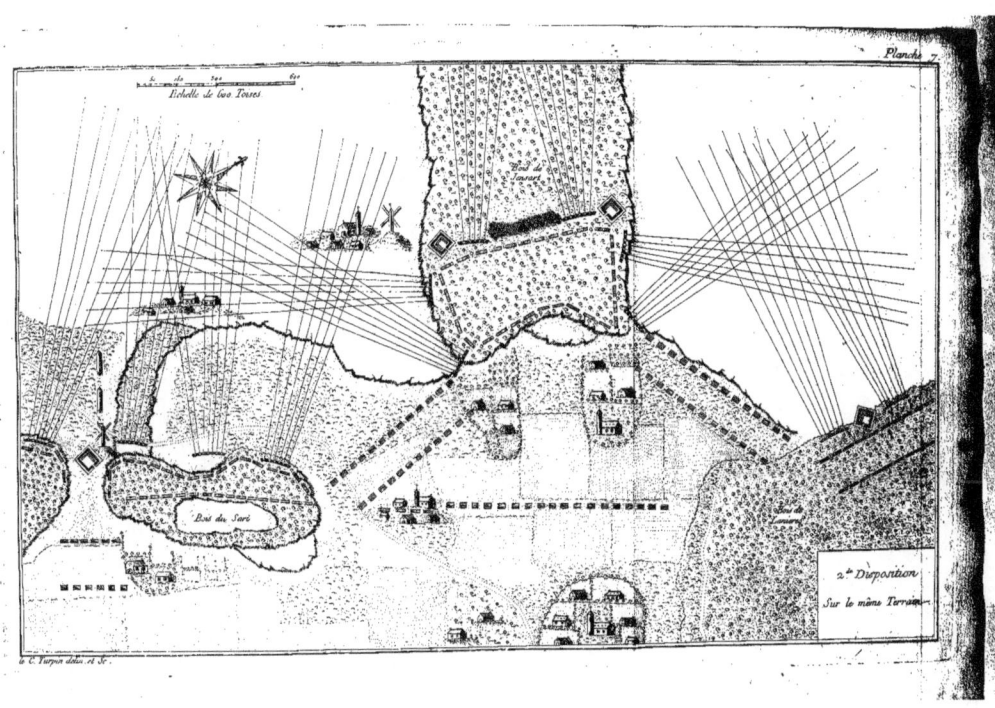

Echelle de 600 Toises

Tonnerl

Bois du Soré

2.de Disposition

Sur le même Terrain

le C. Turpin delin. et Sc.

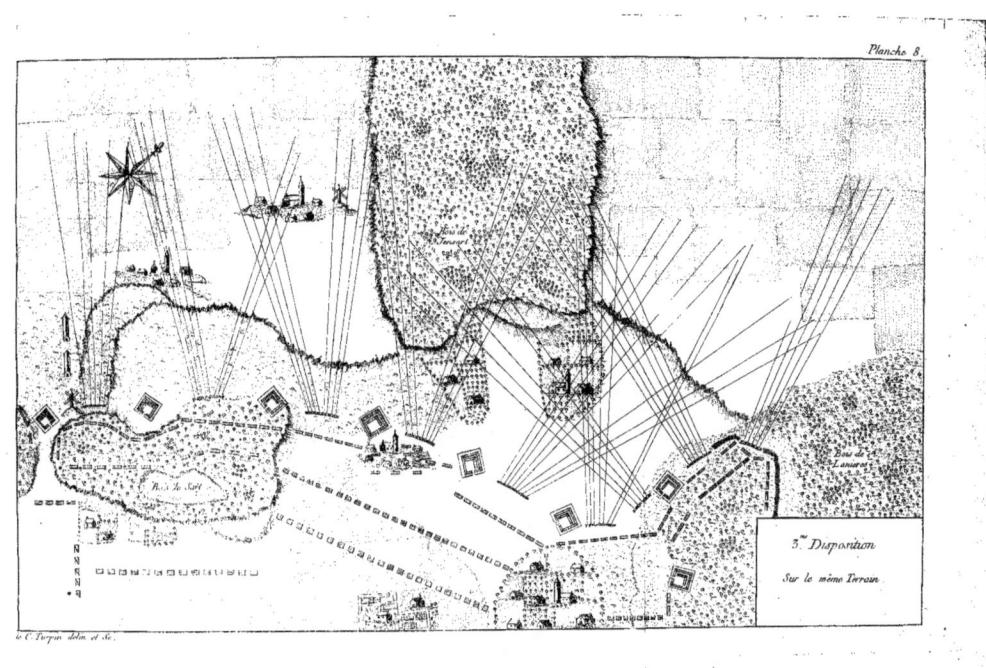

3.ᵉ Disposition

Sur le même Terrain

le C. Turpin delin. et sc.

Il y a encore une autre difposition à faire ; mais en embraf-fant moins de terrein. Il faut élever des redoutes à deux cens toifes les unes des autres, tirer une ligne de redoutes depuis la trouée qui eft à la gauche du bois du Sart, jufqu'à la droite de ce même bois, & continuer les redoutes dans la plaine, en fe rappro-chant du village de Malplaquet jufqu'au bois de Lanieres ; placer toute l'infanterie en premiere ligne derriere les redoutes, dans lefquelles on mettra un bataillon ; faire occuper le bois du Sart & celui de Lanieres, faire des abattis dans ce dernier bois ; mettre du canon entre chaque redoute, & d'autres entre les abattis du bois de Lanieres ; derriere la redoute de la gauche, placer quatre Régimens de dragons à pied, & deux autres Ré-gimens fur le flanc de l'infanterie qui eft dans le bois du Sart, fix efcadrons de dragons en colonne dans les vergers qui tien-nent au bois du Sart, & toute la cavalerie en feconde, troifième & quatrième ligne : j'ajoute encore une redoute dans le bois de Lanieres, qui appuye & couvre la droite de la cavalerie, & je mets fur fon flanc droit deux bataillons ; on en verra l'objet dans un moment. Voyez la Planch. 8.

Pour ne point m'écarter du terrein que M. le Maréchal de Villars occupoit (a), & que M. le Maréchal de Saxe fuit dans fes Rêveries, il eft, je crois, facile, en occupant ce même ter-rein, de rendre cette pofition inattaquable.

(a) M. de Feuquieres dans fes Mémoires, donne un plan de Malplaquet, où le terrein eft très-différent de celui de M. le Maréchal de Saxe ; mais j'ai cru de-voir fuivre ce dernier, parce que dans l'hiftoire des batailles gagnées par M. le Prince Eugene, mife au jour par M. Dumont, il eft queftion, non-feulement du bois de Lanieres, de celui du Sart & de celui de Janfart, mais encore la fitua-tion du terrein eft à-peu-près femblable à celle que donne M. le Maréchal de Saxe ; au lieu que M. de Feuquieres ne fait mention que du bois de Blangis & de celui du Sart, & la fituation du terrein eft abfolument différente.

D d

Il faut fuivre la difpofition précédente, depuis la trouée qui eft à la gauche du bois du Sart jufqu'à la droite de ce même bois ; & au lieu de fe rapprocher du hameau & du village de Malplaquet, comme dans la difpofition précédente, il faut conftruire une redoute à la pointe du bois de Janfart; une autre dans les vergers; une fur la droite de ce même bois, défendant la plaine & le bois ; une à-peu-près dans le milieu de l'intervalle qui eft entre le bois de Lanieres & celui de Janfart, cependant un peu plus rapprochée du bois de Lanieres ; & enfin une der-niere fur la lifiere du bois de Lanieres. Pardelà cette redoute faire des abattis ; entre ces abattis & la redoute, mettre une batterie de canon ; à l'angle intérieur de cette redoute, faire encore des abattis avec des intervalles, pour que le canon & les troupes qui font derriere les premiers abattis puiffent fe retirer, fi elles y étoient forcées ; mettre un bataillon dans chaque re-doute ; deux dans le bois fur la gauche du bois du Sart, pour protéger la redoute qui défend la trouée; douze bataillons entre cette redoute & celle de fa droite ; douze autres entre celle-ci & celle qui eft à la pointe droite du bois du Sart : ainfi de même dans l'intervalle de chaque redoute qui couvre le front de l'ar-mée. Derriere les abattis qui font en arriere de la redoute éle-vée fur la lifiere du bois de Lanieres, il faut fix bataillons & une batterie de canon, quatre Régimens de dragons à pied derriere la trouée de la gauche, pour foutenir les troupes qui défendent la redoute; cinq bataillons dans le hameau du cen-tre, pour fe porter où befoin fera; quatre efcadrons de dragons en colonne derriere les jardins & vergers qui joignent le bois du Sart, quatorze efcadrons de cavalerie derriere ce même bois: vingt-huit efcadrons en premiere ligne derriere l'infanterie, ayant leur droite au bois de Lanieres, & leur gauche à celui du

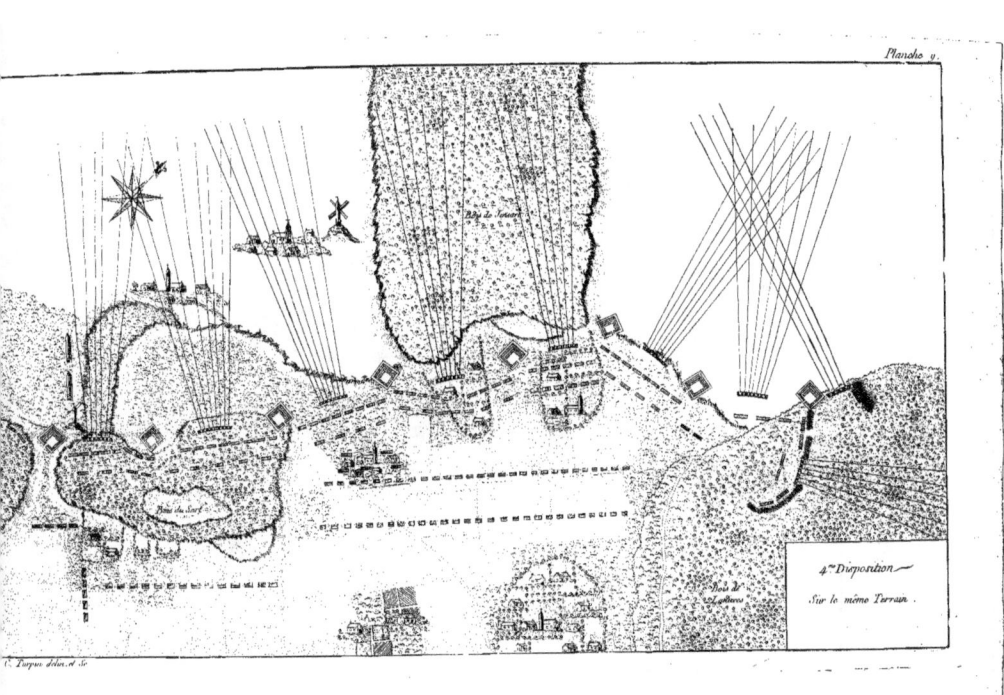

4.ᵐᵉ Disposition
Sur le même Terrain.

C. Parquin delin. et Sc.

Sart, le hameau devant eux , & vingt-huit en feconde ; placer
des batteries dans les intervalles des redoutes , & les difpofer
de façon que tous les feux fe croifent , & attendre dans cette
pofition que l'ennemi ofe venir attaquer l'armée ainfi poftée &
retranchée. Voyez la Planch. 9.

Par la difpofition de M. le Maréchal de Villars , l'infanterie
eft en premiere ligne , & la cavalerie en feconde , troifième
& quatrième.

Par les deux de M. le Maréchal de Saxe , fon infanterie eft,
en partie, en premiere ligne , & le refte eft entremêlé avec fa
cavalerie qui eft en feconde ligne ; le furplus de fa cavalerie eft
en troifième.

Par ma premiere difpofition , l'infanterie eft fur les aîles, & la
cavalerie dans le centre.

Dans la feconde, l'infanterie eft dans les bois , la cavalerie
dans la plaine ; mais pour-ainfi-dire fur la même ligne, & entremêlée l'une avec l'autre.

Dans la troifième & quatrième , toute l'infanterie eft en premiere ligne , couverte par des redoutes , & la cavalerie eft en
feconde & troifième ligne.

Il eft queftion d'examiner quelle eft celle de toutes ces difpofitions qui remplit le mieux l'objet de la défenfive qu'annonce
une armée qui fe retranche , telle qu'étoit celle de M. le Maréchal de Villars.

M. le Maréchal de Villars occupoit avec fon infanterie l'intervalle qui eft entre le bois de Lanieres & celui de Janfart,
les vergers & jardins qui bordent ce dernier bois , & tout l'intervalle qui eft entre ce bois & celui du Sart , dont il occupoit
une partie. Derriere cette premiere ligne étoit toute fa cavalerie & fes dragons, fur deux, trois & quatre lignes, fuivant la

fituation du terrein ; toute la plaine entre les deux bois étoit retranchée, & l'infanterie étoit derriere ces retranchemens ; mais
le bois du Sart n'étant pas entierement occupé, les ennemis attaquerent en force cette partie, & pendant cette attaque, ils firent tourner par d'autres troupes celles qu'ils attaquoient déjà en
front, & les chafferent du bois. Le flanc gauche de la droite
qui appuyoit au bois de Janfart, prêtoit nécessairement le flanc
à l'ennemi qui étoit dans le bois, & cette droite attaquée en
front & en flanc, fut battue, & se replia en défordre sur la cavalerie. Le centre fut contenu, & ensuite repouffé par deux
groffes colonnes d'infanterie qui fortirent du bois de Janfart, &
qui empêcherent cette infanterie de porter du fecours aux deux
aîles. Le bois du Sart évacué, les ennemis s'en emparerent ;
alors l'infanterie Françaife placée dans l'intervalle du bois de
Janfart & de celui du Sart, fe vit attaquée en flanc par le bois
du Sart, & en front par un gros corps d'infanterie, qui s'em-
para des retranchemens. Ce défordre dans le bois du Sart ne
feroit pas arrivé, fi on eut fait mettre pied à terre à une partie
des dragons, & s'ils euffent occupés tout le bois du Sart jufqu'à
la trouée de la gauche : ce bois qui n'étoit occupé qu'en partie,
fut la caufe principale de la défaite des Français, ils furent
tournés & pris en flanc, & c'eft cette gauche entierement battue qui décida M. le Maréchal de Bouflers à faire fa retraite
fur Bavay & fur Quiwrain, qui fe fit dans le plus grand ordre
poffible (a).

La premiere difpofition de M. le Maréchal de Saxe eft excellente depuis la droite jufqu'à la pointe droite du bois du

_____

(a) Le Maréchal de Villars ayant été bleffé, le Maréchal de Bouflers com-
manda feul l'armée, & ce Général fit une des plus belles retraites qui ayent été vûes

Sart ; mais il femble avoir négligé la gauche. La redoute qu'il éleve à cette gauche eft à l'entrée de la trouée , relativement à l'armée Françaife ; & comme il ne fait point occuper le bois du Sart , rien n'empêche l'ennemi de s'en emparer en force : une fois maître de ce bois , les redoutes deviennent inutiles ; & pendant qu'il fait attaquer avec quelques bataillons & du canon la redoute de la trouée, il peut, étant maître du bois , prendre en flanc l'infanterie qui eft en plaine derriere les redoutes qui mafquent l'intervalle qui eft entre le bois du Sart & celui de Janfart, pendant que d'autres troupes bordant le bois du Sart, éloigneront à coups de fufils la cavalerie qui eft dans la plaine, & l'empêcheront de porter des fecours à l'infanterie attaquée en plaine. Cette infanterie attaquée en force doit être chaffée & pouffée vers les redoutes de la droite ; alors l'ennemi s'empare du hameau , la cavalerie Françaife ne reftera certainement pas dans la pofition où elle eft, elle feroit anéantie par le feu de l'infanterie ennemie , & par le canon qu'il fera conduire fur le bord du bois du Sart. L'infanterie qui eft derriere le bois du Sart fera forcée de fe retirer , parce qu'elle n'eft pas en force, & que l'ennemi fe fortifie dans le bois. Les redoutes de la gauche feront alors ifolées & abandonnées à leurs propres forces, fans pouvoir efpérer de fecours; & ce que peuvent faire de mieux les troupes qui ont été forcées de fe replier fur les redoutes de la droite, c'eft de fe retirer par le bois de Lanieres avec les bataillons qui étoient dans cette partie , & d'aller rejoindre leur cavalerie & une partie de leur infanterie retirée derriere le village de Malplaquet, & peut-être plus loin. Les troupes qui font dans les trois redoutes de la gauche du centre , & dans celle de la trouée de la gauche, ne tarderont pas à fe rendre , faute de fecours , & fans efpérance d'en recevoir. Je crois que fi

M. le Maréchal de Saxe eut fait conftruire la redoute de la trouée à la tête de cette trouée au lieu de la mettre à l'entrée, qu'il eut encore fait élever une redoute entre celle de la gauche & celle qui eft à la droite du bois du Sart, & qu'il eut mis dans ce bois, non-feulement l'infanterie qu'il met dans les vergers derriere le bois du Sart, mais encore celle qu'il met en feconde ligne, mêlée avec fa premiere ligne de cavalerie, fa difpofition auroit été forte dans toutes fes parties, la ligne de défenfe plus rapprochée, & l'ennemi n'auroit certainement pas ofé attaquer une armée poftée & retranchée de cette maniere.

Par la feconde difpofition de M. le Maréchal de Saxe, il fuppofe que l'armée ennemie eft féparée en deux par le bois de Janfart, & que ces deux parties n'ont plus aucune communication, ce qui n'eft pas; car on peut voir dans le plan de la bataille de Malplaquet, Planch. 3, qu'il fortit de ce bois deux groffes colonnes d'infanterie, qui repoufferent l'infanterie Françaife poftée dans les vergers & dans les jardins qui bordent la lifiere de ce bois : or fi ce bois eft acceffible, ces deux parties, quoique féparées, peuvent fe donner des fecours mutuels; & en fuppofant qu'une partie de l'armée Françaife fe fût avancée au-delà des redoutes de la droite pour attaquer l'ennemi dans cette partie, qui pouvoit empêcher ces deux groffes colonnes de marcher à la partie de l'armée Françaife qui auroit dépaffé les redoutes, & de l'attaquer fur fon flanc gauche en même tems qu'elle l'auroit été de front par le corps ennemi pofté dans cette partie ? En fuppofant cette manœuvre praticable, il faut au moins avant que de l'exécuter, mettre en fûreté toute la gauche, &, pour cet effet, garnir de troupes le bois du Sart; mais ce bois étant abfolument fans troupes, il me femble que la manœuvre de M. le Maréchal de Saxe eft dangereufe, & même mauvaife, d'autant plus certainement, que toute fa gauche eft en l'air, parce que le bois du Sart n'eft point occupé, & que toute cette partie eft abfolument dégarnie de troupes. L'ennemi en s'emparant du bois du Sart, attaque en force la redoute de la trouée, & par d'autres troupes, il prend en flanc l'infanterie qui eft en bataille dans la plaine, derriere les redoutes du centre de la gauche ; cette infanterie qui n'eft plus en force, puifque celle qui pouvoit la foutenir & la fecourir, ainfi que la cavalerie, ont été portés en avant des redoutes de la droite, fera forcée de fe replier fur l'infanterie qui eft derriere les trois redoutes de la droite ; la cavalerie ennemie débouchera en force, à la faveur de fon infanterie, par le bois du Sart, & attaquera la partie des troupes qui fe fera rapprochée de Malplaquet : cette partie trop foible pour réfifter à des forces très-fupérieures, ou fera battue, ou fera une retraite précipitée, & le refte de l'armée Françaife fe trouvera bientôt entouré & pris en flanc, en front & parderriere.

Je prie le Lecteur de ne pas penfer que je fois excité par aucun efprit de critique ; je cherche à m'inftruire, & ce n'eft qu'en réfléchiffant fur les opérations des grands hommes, que l'on trouve la vérité. Perfonne ne refpecte plus que moi M. le Maréchal de Saxe, & n'eft plus l'admirateur de fes talens ; mais comme j'écris pour mon inftruction, ainfi que pour celle des autres, je ne crois pas offenfer la mémoire de ce grand Général, en condamnant fes deux difpofitions fur le terrein de Malplaquet : il eft vrai qu'elles font meilleures que celle de M. le Maréchal de Villars, qu'en faifant occuper le bois du Sart, & en mettant la redoute à la tête de la trouée au lieu de la mettre à l'entrée, elles feroient excellentes & en

force par-tout ; mais je penfe qu'en n'occupant point le bois du Sart , elles font foibles à leur gauche. Quant au mouvement qu'il fait faire à une partie de l'armée, en avant des redoutes de la droite , je le répete, il eft hazardeux & très-dangereux. Pour faire ce mouvement en fûreté, il faut que toute la partie depuis le bois de Janfart jufqu'à celui du Sart, & depuis ce bois jufqu'à la trouée de la gauche , foient inacceffibles & inattaquables , & que le bois de Janfart foit impraticable à l'infanterie , ce qui n'eft pas.

La premiere difpofition que je fuppofe eft jufte , relativement au terrein, chaque arme eft dans la pofition où elle peut combattre ; les flancs font affurés & en force , d'un côté par une redoute foutenue & protégée , & de l'autre par des abattis : mais fi l'ennemi en mafquant la droite & la gauche par de gros corps d'infanterie & beaucoup d'artillerie, marche par le bois de Janfart avec le refte de fon infanterie, s'il s'empare des vergers & jardins qui font en avant de ce bois, & qu'il y établiffe de fortes batteries de canon , il eft impoffible que la cavalerie qui eft en bataille dans la plaine , puiffe refter dans la pofition où elle eft ; elle fera forcée de fe replier fur le village de Malplaquet, & alors elle abandonnera le flanc de fon infanterie de la droite & de celle de la gauche. Ce corps d'infanterie , que je fuppofe confidérable (a) , peut attaquer en flanc la gauche & la droite de l'infanterie Françaife poftée dans le bois de Lanieres & dans celui du Sart, en même tems que le front fera attaqué par les corps d'infanterie , qui jufqu'à ce

moment

(a) La fuppofition que je fais étoit réelle ; l'armée des Alliés étoit plus forte que l'armée Françaife de quarante-deux bataillons & de quarante efcadrons

moment n'avoient fait que masquer & contenir la droite & la gauche de l'armée Françaife ; mais pour n'être point troublés dans cette attaque , il faut que fa cavalerie débouche par le bois de Janfart, & qu'elle fe forme en avant des vergers, pour empêcher la cavalerie Françaife qui s'eft retirée fur le village de Malplaquet , de marcher au fecours de fon infanterie , en attaquant parderriere celle des ennemis qui marche pour prendre en flanc l'infanterie Françaife poftée dans le bois du Sart ou dans celui de Lanieres ; c'eft la droite de l'armée Françaife que l'ennemi doit attaquer de préférence , parce que le hameau qui eft proche de la droite du bois du Sart , garde le flanc de l'infanterie qui eft dans ce bois ; que les troupes qui font dans ce hameau peuvent être facilement renforcées par celles qui font dans le bois , au lieu que la droite eft abfolument découverte fur fon flanc gauche , la cavalerie s'étant repliée fur Malplaquet : l'aîle droite battue , l'aîle gauche ne tardera pas à faire fa retraite , fans hazarder un combat trop inégal , & qui probablement ne feroit pas à fon avantage.

On peut encore faire une autre difpofition pour attaquer cette armée, c'eft de masquer & de faire une fauffe attaque à l'aîle gauche ; de faire entrer quelques bataillons dans le bois de Janfart, avec beaucoup de groffe artillerie ; de placer cette artillerie dans les vergers , pour foudroyer la cavalerie , afin de la forcer à reculer , pour fe mettre hors de la portée du canon ; & avec beaucoup d'infanterie , attaquer l'aîle droite poftée dans le bois de Lanieres. Si cette attaque réuffit , la bataille eft gagnée ; parce que cette droite forcée de fe retirer , laiffe le flanc droit de fa cavalerie à découvert , & que cette même cavalerie fera forcée de fe replier encore , & d'aller fe mettre à couvert derriere le village de Malplaquet , ou d'aller appuyer sa droite au village de Malplaquet, & sa gauche au bois du Sart, laissant le hameau devant elle pour n'être pas attaquée en flanc par l'infanterie ennemie qui s'est emparée du bois de Lanieres. Elle sera d'autant plus forcée de prendre cette position, que, lorsque l'infanterie postée dans le bois de Lanieres en aura été chassée, rien n'empêchera la cavalerie ennemie de déboucher en ordre par l'intervalle qui est entre le bois de Lanieres & celui de Janfart, & que, secondée par une partie de l'infanterie victorieuse, il seroit facile à ces troupes réunies d'attaquer avec avantage la cavalerie Française, si elle restoit dans sa premiere position. Cette droite entierement battue, l'infanterie ennemie qui s'est emparée du bois de Lanieres, & qui en a chassé l'infanterie Française, attaquera sûrement le village de Malplaquet où cette infanterie battue se sera retirée, & comme dans une retraite les dispositions ne sont pas toujours justes, il est à croire que ce village sera bientôt forcé & évacué ; alors la cavalerie Française, qui, par sa seconde position, a sa droite appuyée au village de Malplaquet, nepourra plus rester dans cet ordre, & elle sera forcée de se replier derriere le bois du Sart ; c'est alors que la gauche de l'armée Française doit être attaquée en force par les troupes qui dans le commencement de la bataille l'ont masquée & contenue, & cette attaque doit être secondée par une partie de l'infanterie victorieuse ; car il doit en rester une autre partie dans le village de Malplaquet, & dans les vergers & jardins qui bordent le bois de Janfart, pour couvrir les flancs de sa cavalerie, que je suppose avoir passé par l'intervalle du bois de Lanieres & de celui de Janfart, & être en bataille, sa gauche au village de Malplaquet, & sa droite aux vergers & jardins nommés plus haut : ainsi quoique cette disposition paroisse bonne, parce que chaque arme est sur le terrein où elle peut agir ; comme la droite peut être séparée de la gauche, si la cavalerie est battue, ou forcée de se retirer, & que ces deux aîles d'infanterie ne peuvent point se porter de secours, ni même se joindre, cette disposition est mauvaise.

Ma seconde disposition, toujours sur le même terrein, est d'une nature différente, il n'y a qu'un ou deux points à attaquer, qui sont le bois de Jansart, & en tournant la droite par le bois de Lanieres. Si le premier est forcé, la bataille est perdue, parce que la cavalerie qui occupe les deux intervalles des bois du Sart & de Jansart, & de celui-ci au bois de Lanieres, ne peut plus rester dans sa position, il faut qu'elle se retire derriere le hameau qui est dans la plaine, & qu'elle aille appuyer sa droite au bois de Lanieres, & sa gauche à celui du Sart : il est vrai que l'infanterie qui étoit dant le bois de Jansart peut se replier & se joindre, partie à celle de l'aîle droite, partie à celle de l'aîle gauche, & partie dans le hameau qui est en plaine ; mais l'infanterie de la droite, quoique fortifiée par celle qui l'a jointe, est cependant trop foible pour résister à une attaque vive & faite avec beaucoup de troupes ; elle est trop éloignée de la gauche pour en pouvoir espérer aucun secours, & elle risque d'être absolument coupée, à moins qu'elle ne se rapproche de la lisiere du bois de Lanieres, & qu'elle n'abandonne la redoute qui couvroit son front ; mais n'ayant plus ce retranchement devant elle, l'ennemi peut la tourner sur son flanc droit, l'attaquer en même tems en front, & la forcer à se replier sur le village de Malplaquet. L'ennemi maître du bois de Lanieres, la cavalerie Française ne pourra plus rester dans sa seconde position ; l'infanterie ennemie qui sera dans les vergers & jardins qui bordent le bois de Jansart, & celle qui sera dans le bois de Lanieres, faciliteront à leur

E e 2

cavalerie de déboucher entre les deux bois , le village de Malplaquet fera bientôt attaqué , & l'infanterie qui s'y étoit retirée, chaffée & forcée de fe replier fur le bois du Sart , ainfi
que fa cavalerie , & l'armée Françaife fe trouvera tournée &
forcée de changer fa pofition ; pofition qui ne vaudra rien ,
parce qu'en faifant face au bois de Lanieres , elle aura la plus
grande partie de l'armée ennemie en front , & qu'elle fera
prife en flanc par fa gauche , par les troupes qui, aucommence-
ment de l'action , mafquoient cette gauche. D'ailleurs ce changement de pofition n'eft pas aifé à faire devant un ennemi victorieux , & il faut l'avoir prévu avant que de l'entreprendre.
Lorfqu'en 1758 M. le Prince Ferdinand de Brunfwick marcha
fur l'armée Françaife campée , fa droite à Rhimberg , & fa
gauche à Clofter Camp, ayant le canal de Rhimberg derriere
elle , ce Prince déboucha par les bruyeres de Sonfbeck , &
vint attaquer Clofter Camp , où il y avoit mille hommes d'infanterie : fur ces entrefaites, M. le Comte de Clermont , Prince
du Sang , fit faire un quart de converfion à gauche par la
droite à toute l'armée , mit fa droite à des bois , qu'il farcit
d'infanterie , & fa gauche au canal. Dans cette pofition l'armée préfentoit le front à l'ennemi , qui n'ofa jamais l'attaquer ; mais cette difpofition avoit été prévue , auffi fut-elle
faite en très-peu de tems , & fans aucune confufion. Je reviens à ma difpofition. Il eft vrai que le bois de Janfart , farci
d'infanterie , avec deux bonnes redoutes aux deux angles que
forme l'infanterie , n'eft pas aifé à emporter ; mais le fuccès de
la bataille dépend de ce pofte. Si l'ennemi, au lieu d'attaquer
le bois de Janfart , dirigeoit fes forces fur la droite de l'armée
poftée dans le bois de Lanieres , cette attaque feroit très-dangereufe pour lui , parce que du flanc du bois de Janfart il

effuieroit un feu terrible de canon & de moufqueterie, & que ce feu le prendroit en écharpe ; mais s'il cherchoit à tourner la droite de l'armée, cette attaque pourroit lui réuffir plus aifément, parce qu'il n'auroit rien à craindre du bois de Jan-fart ; & fi cette droite eft battue & chaffée, toute l'armée Françaife eft forcée de changer de pofition : ainfi quoique cette difpofition foit meilleure que la premiere, comme le fuccès ne dépend que de la réfiftance que fera l'infanterie pof-tée dans le bois de Janfart, en fuppofant que l'ennemi attaque cette partie, ou de celle que fera la droite, fi elle eft atta-quée, je ne confeillerois point cet ordre de bataille, fur-tout pour une armée qui eft décidément fur la défenfive.

La troifième difpofition eft plus forte à tous égards, & pour-ainfi-dire inattaquable ; le front de l'armée eft couvert par des redoutes ; entre chaque redoute, il y a une batterie de canon, & derriere une ligne d'infanterie. La droite eft la partie la plus foible, parce qu'il n'y a que des abattis à for-cer & à franchir ; c'eft pour cette raifon que j'ai mis une re-doute en arriere fur le bord du bois de Lanieres, parce que fi l'infanterie poftée derriere les abattis en étoit chaffée, c'eft comme fi l'ennemi n'avoit rien fait, parce qu'en fe retirant entre ces deux redoutes, cette droite eft alors en force comme les autres parties de l'armée ; d'ailleurs comme je mets beau-coup d'infanterie derriere les abattis, il n'eft pas aifé de la dépofter ; & cette partie qui d'abord paroît foible, devient la plus forte, relativement à la redoute conftruite en arriere.

Cette difpofition eft plus rapprochée, toutes les parties font également fortes, & tout Général qui aura devant lui une armée retranchée comme celle que je fuppofe, agira fa-gement de ne pas l'attaquer, il doit tâcher de la tourner ; s'il ne le peut pas, il faut qu'il faffe l'impoffible pour lui couper fes fubfiftances & fes fourrages, pour la forcer à changer de pofition, car s'il l'attaque fur le terrein retranché, tel que je le fuppofe, il y perdra très-inutilement beaucoup de monde, & y acquérera peu de gloire.

La quatrième difpofition eft fur le même terrein qu'occupoit l'armée de M. le Maréchal de Villars; mais tout le front eft couvert de redoutes, le bois du Sart eft entierement garni, & le bois de Lanieres qui ne l'étoit pas, eft en force dans toute la partie occupée. De quelque côté que l'ennemi puiffe venir, & qu'il dirige fes attaques, il faut qu'il force les redoutes avant de pénétrer jufqu'à l'armée. Cette difpofition me paroît formidable, mais elle occupe plus de terrein, & je choifirois la précédente comme plus rapprochée.

Lorfque dans un pays rétréci par des montagnes ou par des rivieres, il fe trouve un terrein fuffifant pour ranger une armée en bataille, mais dont la moitié jufqu'au centre eft couvert de petits bois ou de brouffailles, où la cavalerie ne peut pas manœuvrer, & dont l'autre moitié eft une plaine rafe, l'infanterie doit être placée dans la partie des bois & des brouffailles, & la cavalerie dans l'autre partie; mais fur le flanc de cette cavalerie, il faut y mettre de l'infanterie & du canon, & derriere cette infanterie, des huffards & des dragons, pour affurer ce flanc, empêcher l'ennemi de le tourner, & pour pouvoir foi-même le prendre en flanc fi l'occafion s'en préfente. En 1757, l'armée Françaife ayant quitté fon camp de Munfter, vint camper à Warendorff, & de-là à Réda; fur cette nouvelle, M. le Duc de Cumberland quitta fon camp fous Paderborn, & alla fe camper à Bileweld, fa droite appuyée à la gorge de Bileweld, où étoit fon Quartier général, le village de Brakeweld à-peu-près dans le centre, cependant plus près de la droite ; sa gauche s'étendoit dans la plaine, jusqu'à un bois très-clair & acceſſible, même à la cavalerie ; c'eſt même par cette raiſon que les ennemis avoient élevés quelques retranchemens à leur gauche pour la couvrir. En avant du village de Brakeweld, ils avoient conſtruit une grande redoute qui pouvoit contenir environ trois cens hommes ; entre les retranchemens de la gauche & cette redoute, le camp étoit acceſſible par-tout, & l'on pouvoit y arriver ſur pluſieurs eſcadrons de front. La partie depuis Brakeweld juſqu'à la gorge de Bileweld, étoit plus couverte ; mais ce ſont des haies auſſi favorables à celui qui attaque qu'à celui qui eſt attaqué. Ce camp dans ſa totalité étoit aſſis ſur une pente douce, ayant derriere lui une longue chaîne de montagnes, & n'ayant pour toute retraite que la gorge de Bileweld. Telle étoit la poſition du camp de M. le Duc de Cumberland. Par la ſituation du terrein ſur lequel ce camp étoit aſſis, & par celle qui étoit en avant, il eſt aiſé de voir que ſi M. le Maréchal d'Eſtrées eût eu le deſſein d'attaquer l'armée ennemie dans cette poſition, toute l'infanterie auroit dû être portée ſur la droite de l'armée ennemie, depuis la redoute en avant de Brakeweld juſqu'à la gorge de Bileweld, & toute la cavalerie depuis la redoute juſqu'aux retranchemens de la gauche, avec deux ou trois brigades d'infanterie ſur cette gauche pour attaquer ces retranchemens ; ainſi par la ſituation du terrein, la plus grande partie de l'infanterie auroit été ſur la gauche de l'armée, & toute la cavalerie ſur la droite, à l'exception de deux ou trois brigades d'infanterie qui auroient couvert le flanc de la cavalerie, & de quelques Régimens de huſſards & de dragons qui auroient été placés à la gauche (a).

_____

(a) Quoique M. le Duc de Cumberland eut préparé ſa poſition de Bileweld

Ces exemples fuffifent pour prouver que la difpofition doit toujours être relative au terrein & à l'arme qui peut agir avec plus de facilité, qu'il faut cependant que les troupes puiffent toutes fe fecourir & fe protéger, ce qui ne fe trouve point dans ma premiere difpofition fur le terrein de Malplaquet, parce que l'infanterie de la droite eft trop éloignée de celle de la gauche, cependant chaque arme eft fur le terrein qui lui eft propre & où elle peut combattre; mais l'éloignement des deux aîles d'infanterie, & la facilité que l'ennemi peut avoir de forcer à coups de canon la cavalerie de fe replier fur le village de Malplaquet, & d'abandonner par cette retraite le flanc de fon infanterie, rendent cette difpofition défectueufe.

Toute difpofition bonne par elle-même, exige encore les fecours

---

depuis plufieurs jours, & qu'il eut fait toutes les difpofitions néceffaires pour attendre l'armée Françaife, ce n'étoit cependant pas fon intention, puifqu'à la premiere marche que fit la réferve de M. le Prince de Soubife, & fans attendre que l'armée Françaife eut fait aucun mouvement, ce Duc prit le parti de décamper, aimant mieux faire une retraite volontaire, & loin de l'ennemi, que d'attendre qu'il fut à portée de le combattre, ou de l'inquiéter au paffage du Wefer; précaution prife à tems, car M. le Maréchal d'Eftrées devoit l'attaquer le lendemain: mais il étoit indifpenfable de préparer la marche qui devoit dépofter M. le Duc de Cumberland par force ou par diverfion, avant que l'armée du Roi put paffer le Wefer. La retraite de M. de Cumberland facilitoit l'exécution de ce projet; mais fa marche vers Hamelen pouvoit rendre difficile celui d'affiéger cette Place. Pendant que M. le Maréchal d'Eftrées s'occupoit férieufement, & avec toute l'activité poffible, des moyens préliminaires, il s'avança à Bileweld pour tenir l'ennemi dans l'incertitude fur le point où il vouloit paffer le Wefer, & confommer des fubfiftances qui lui devenoient inutiles pour l'exécution de fes projets formés depuis long-tems, & dont les combinaifons furent fi juftes, qu'en même tems qu'il paffoit le Wefer à Hoxter & à Radisfort, il prévoyoit que M. le Duc de Cumberland l'attendroit à Hafteimbeck pour le combattre & l'empêcher d'affiéger Hamelen: ce qui eft prouvé par fa lettre à M. de Paulmy, en date du 16 Juillet *, dix jours avant la bataille qui fournit au Roi dans un feul jour, la Heffe, la Weftphalie, & une partie de l'Électorat d'Hanovre,

* Imprimée dans les Piéces juftificatives de fon Mémoire.

cours de l'art, lorſque l'on a pour objet de reſter ſur la défenſive. Si, dans ce cas, ces deux précautions ſont néceſſaires, la
diſpoſition que le Général fait de ſes troupes ſur le terrein choi-
ſi, pour y attendre & combattre l'ennemi, n'eſt pas moins eſſentielle. La diſpoſition de M. le Maréchal de Villars ſur le
terrein de Malplaquet étoit abſolument défenſive, puiſque ſon
objet étoit d'empêcher les ennemis de faire le ſiège de Mons:
le champ de bataille qu'il choiſit étoit relatif à ſon objet; les
retranchemens qu'il fit faire en avant de ſon infanterie, ajoute-
rent encore à la bonté de ſa poſition; mais ſa diſpoſition ne
rempliſſoit point entierement ſes vûes, parce que le flanc gauche de ſon armée n'avoit aucun appui, & le bois du Sart qui
auroit pû lui en ſervir s'il l'eut fait occuper en entier, lui devint
funeſte, parce qu'il n'en occupa qu'une partie. Prenons un
exemple plus moderne.

Le champ de bataille de Fontenoy n'avoit pour objet que la
défenſive, parce qu'il s'agiſſoit d'empêcher les Alliés de troubler les opérations du ſiège de Tournai, que le Roi faiſoit en
perſonne. Parcourons le terrein, examinons ſa ſituation, les
retranchemens que M. le Maréchal de Saxe fit élever pour le
rendre plus fort, & voyons enſuite ſi la diſpoſition des troupes
pour combattre rempliſſoit l'objet de la défenſive, que la poſition de l'armée Françaiſe exigeoit.

M. le Maréchal de Saxe inſtruit que les Alliés commandés
par M. le Duc de Cumberland, M. le Maréchal de Konigſeg,
& M. le Prince de Waldeck, s'aſſembloient à Lembeck, couverts de la riviere de Senne, ne douta point que leur intention
ne fut de tâcher de ſecourir Tournai, & d'attaquer l'armée du
Roi; ce Général fut confirmé dans ſon opinion, lorſqu'il apprit
qu'ils étoient venus camper entre l'Abbaye de Cambron &

F f

Soignies; mais incertain s'ils marcheroient pour secourir Tournai, en dirigeant leurs efforts vers le bas Escaut, ou s'ils se porteroient sur l'armée du Roi, en laissant la grande chauffée de Leuse à Tournai, & en menaçant la partie du haut Escaut; & pour être instruit de leurs mouvemens & de leurs marches, il détacha M. Duchailas du côté de Leuse, avec ordre de se retirer à mesure que l'ennemi s'avanceroit sur lui, ce qui fut exécuté ainsi qu'il l'avoit ordonné. La marche des Alliés ne permettoit plus à M. le Maréchal de douter que leur dessein ne fut de venir attaquer l'armée du Roi, laissant le bois de Barri & de Leuse à leur droite. Il avoit d'avance choisi un champ de bataille, dont il avoit assuré la gauche par deux redoutes, & par des abattis entre ces deux redoutes faits dans le bois de Barri; mais il ne prit aucune précaution pour le front du champ de bataille, qui ne fut totalement déterminé que la surveille de l'action.

Ce champ de bataille formoit un angle, dont le sommet étoit Fontenoy. Il est aisé de sentir de quelle importance il étoit de garder & de défendre ce poste, & la nécessité de faire dépendre le succès de la bataille de sa conservation; on s'occupa, autant que le tems put le permettre, à fortifier ce village, & à le mettre en état de défense, profitant de tous les avantages du terrein & des chemins creux qui l'environnent; on éleva pendant la nuit des redoutes sur la droite de ce village, dont la direction s'étendoit vers Antoin; à la pointe du bois de Barri on avoit élevé une redoute, & une autre encore pardelà cette pointe, pour appuyer la gauche, & on avoit fait des abattis entre ces deux redoutes; ainsi le bois de Barri appuyoit la gauche, le village de Fontenoy étoit au centre, & celui d'Antoin appuyoit la droite. Il y avoit environ 350 toises de la redoute située à la

droite du bois de Barri, relativement à l'armée Françaife jufqu'à Fontenoy, & de ce village à Antoin environ 900 toifes;
l'armée occupant ce terrein devoit néceffairement former un
équerre. Tel étoit le terrein que l'armée occupa lorfque les Alliés vinrent l'attaquer le 11 Mai 1745.

Voyons actuellement la difpofition que fit M. le Maréchal
de Saxe, relativement au terrein qu'il avoit choifi, & les précautions qu'il prit pour parer aux attaques que l'ennemi pouvoit
faire. Il mit un bataillon dans chacune des redoutes de la gauche, quatre dans Fontenoy, deux derriere pour les foutenir;
depuis la gauche du village de Fontenoy jufqu'à la redoute
du bois de Barri, onze bataillons; pardelà, fur la gauche, dix bataillons, dont trois en premiere ligne, & un plus
loin fur la gauche; trois autres à-peu-près alignés fur les onze
bataillons, & trois autres plus en arriere; derriere cette feconde
ligne, huit efcadrons; depuis la droite de Fontenoy jufqu'à
Antoin, derriere les trois redoutes, il y avoit une ligne compofée d'une brigade d'infanterie, de quatorze efcadrons de dragons, & d'une autre brigade d'infanterie, qui appuyoit fa droite
à Antoin, dans Antoin cinq bataillons; la cavalerie étoit fur
deux lignes, l'une de vingt-quatre efcadrons, & la feconde de
vingt-huit; entre ces deux lignes de cavalerie il y avoit huit
bataillons en réferve, pour fe porter où befoin feroit. Dans les
trois redoutes entre Fontenoy & Antoin, il y avoit placé des
détachemens, tirés des deux brigades d'infanterie qui défendoient cette partie; enfin la Maifon du Roi & les Carabiniers
étoient en réferve, appuyant leur droite à la feconde ligne de
cavalerie, & leur gauche vers la grande chauffée de Leufe.
M. le Comte de Lowendal, qui depuis eft mort Maréchal de
France, étoit avec fa réferve entre le mont de Trinité & le village

de Rumignies, & M. le Maréchal avoit laissé vingt-sept bataillons & dix-sept escadrons, pour contiuer le siège & contenir la
garnison. Voyez la Planche 10.

Telle étoit la disposition de M. le Maréchal de Saxe, lorsque les Alliés débouchèrent par le village de Vezon & par celui
de Maubray, & vinrent se mettre en bataille, les Anglais &
les Hanovriens sur deux lignes d'infanterie, leur droite au bois
de Barri, & leur gauche à la hauteur de Fontenoy, ayant derrière leur gauche le village de Bourgeon, que les Français
avaient brûlé la veille. Leur cavalerie étoit en troisième ligne,
& la réserve en quatrième, composée d'infanterie & de cavalerie. Les Hollandais formèrent l'équerre avec la droite de leur
armée, & faisoient face aux trois redoutes entre Fontenoy &
Antoin, leur droite vers la gauche des Hanovriens, & leur
gauche entre Antoin & le village de Pieronne.

La disposition de M. le Maréchal de Saxe étoit bonne; mais
il me semble que de Fontenoy à la redoute du bois de Barri,
cette partie étoit la plus foible, & cependant c'étoit celle sur
laquelle il étoit probable que les Alliés feroient les plus grands
efforts, parce qu'en supposant qu'ils eussent pénétrés par cette
partie, & battu les troupes qui la défendoient, ils les replioient
nécessairement sur Antoin, ou, au moins, sur le pont de ba-
teaux jetté proche le village de Calonne; & en allant appuyer
leur gauche au village de Ramecroix & leur droite à Tournai,
la Place étoit secourue. M. le Comte de Lowendal qui étoit
près le mont Trinité avec sa réserve, auroit été forcé de repas-
ser l'Escaut pour rejoindre l'armée sur la rive droite, & le siège
auroit été levé; mais ce n'étoit pas ce qu'il y avoit de plus à
craindre, en supposant que cette gauche eut été battue; il n'y
avoit qu'un seul pont sur l'Escaut, il est vrai qu'il étoit défendu

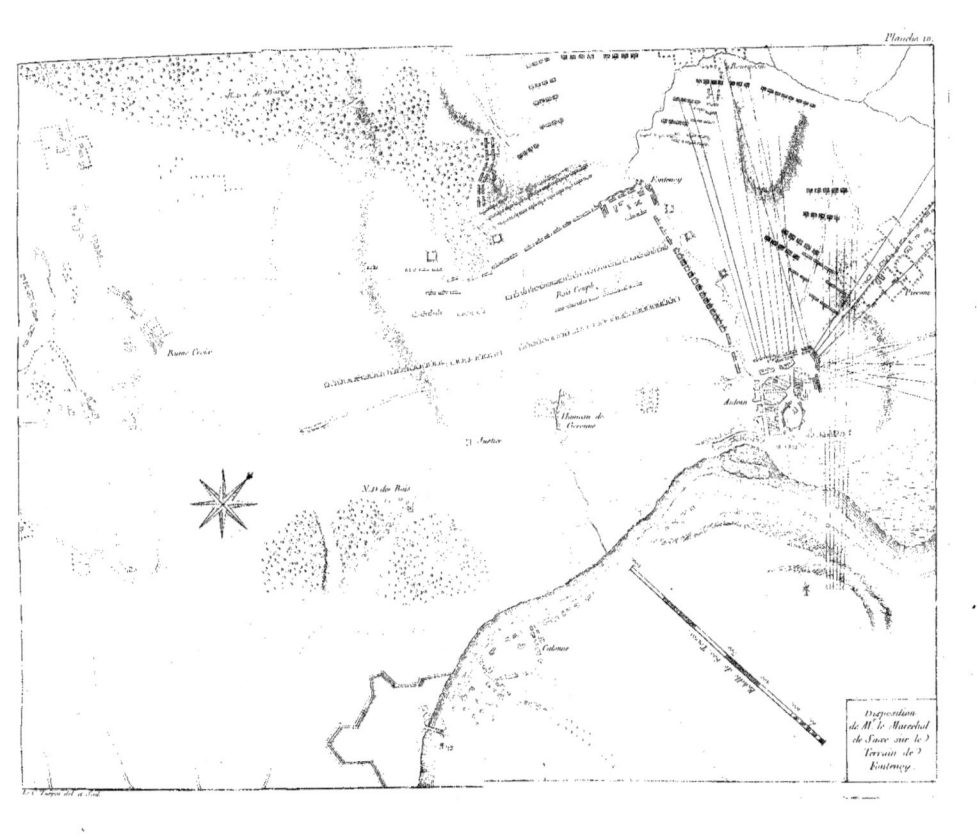

Disposition
de M.º le Maréchal
de Saxe sur le
Terrain de
Fontenoy.

par des tetranchemens très-étendus , & qui pouvoient mettre à couvert une grande quantité de troupes; mais perfonne n'ignore le défordre & la confufion qui fe mettent dans une armée battue, lorfqu'elle eft fuivie vivement : eût-elle fix ponts pour fe mettre hors d'infulte , une grande partie des foldats fe jettera à la nage , dans l'efpérance de fe fauver plutôt ; mais ce défordre doit augmenter lorfqu'elle n'a qu'un feul pont pour fe retirer.

Cette partie entre Fontenoy & la redoute du bois de Barri étant la plus foible , il auroit fallu élever encore une redoute entre Fontenoy & la redoute du bois , alors tout le front de l'armée auroit été en force; mais quoique l'armée Françaife remporta la victoire , cela ne prouve pas que M. le Maréchal de Saxe n'ait pû faire une meilleure difpofition , non-feulement quant à la force de la pofition de l'armée , mais encore quant à la difpofition des troupes.

Je ne doute pas que fi ce Général eut eu affez de forces pour fe porter par-tout, & que l'état d'affaiffement où il étoit, lui eut permis d'avoir toute fa tête, & d'agir par lui-même , il n'eut remédié aux inconvéniens qui pouvoient réfulter de fa difpofition, & certainement il en eut fait une autre plus relative à l'état de la guerre actuelle ; mais il étoit mourant, il n'avoit pas la force de monter à cheval, fa voix étoit éteinte, &, porté fur un char, fon courage feul le foutenoit. M. le Maréchal de Saxe fit tout ce que l'on pouvoit attendre de lui dans l'état affreux où il étoit, il fit même plus qu'on ne pouvoit efpérer ; ainfi n'attribuons point à ce grand Général les défauts qui pouvoient être dans fa difpofition ; & en prenant le terrein tel qu'il l'avoit choifi & fait fortifier , examinons fi l'on n'auroit pas pû faire une meilleure difpofition , & fi par cette difpofition l'armée n'auroit pas été plus en force , & moins fufceptible d'être forcée par le centre de la gauche, comme elle le fut d'abord.

Je n'ai point imaginé la difpofition fuivante, j'en dois l'idée à M. le Maréchal d'Eftrées, qui l'eut, fans doute, exécutée, s'il eut commandé l'armée ; & la victoire qui balança long-tems entre les Français & les Alliés, eut été plutôt décidée en faveur des Français, en fuppofant que les Alliés euffent ofé attaquer l'armée dans une pofition bonne par elle-même, mais dont la difpofition étoit encore plus formidable.

M. le Maréchal de Saxe avoit trente-fept bataillons, dont il pouvoit difpofer pour ce point de défenfe ; de ce nombre, fix avoient leur place marquée, quatre dans Fontenoy, & deux dans les redoutes du bois de Barri. Dans l'intervalle de la redoute du bois de Barri à Fontenoy, établir quatre batteries de canon du parc, fans compter celles qui étoient dans le village de Fontenoy, & près de la redoute de la gauche ; ces quatre batteries balayant la plaine en avant, & croifant leur feu en avant de Fontenoy & de la redoute. Dans les trois intervalles de ces quatre batteries, placer un peu en arriere trois colonnes d'infanterie de fix bataillons chacune ; derriere le village de Fontenoy, quatre bataillons, pour foutenir les troupes qui le défendoient, d'autant plus que ce point étoit effentiel à conferver. Derriere la brigade placée fur le flanc droit de Fontenoy, & qui foutenoit les deux premieres redoutes, trois autres bataillons en feconde ligne, pour veiller à la confervation de Fontenoy, & à celle des deux redoutes de ce flanc droit. Derriere les abattis qui étoient entre les deux redoutes de la gauche, trois bataillons, trois autres derriere la redoute qui fermoit abfolument la gauche. Je ne change rien à la difpofition depuis Fontenoy jufqu'à Antoin, excepté que je mets douze efcadrons de cavalerie en feconde ligne, derriere ceux de dragons. En feconde ligne derriere les batteries & les ba-

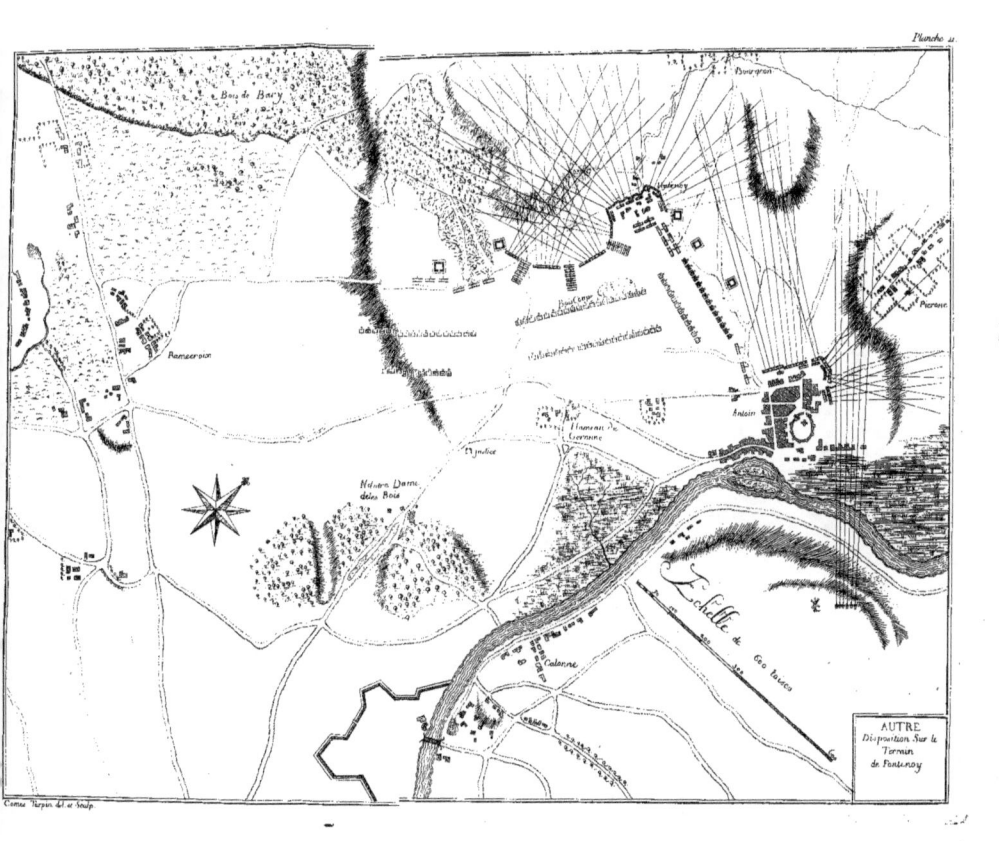

Planche 11

Bois de Bary

Bourgeon

Fontenoy

Pierroen

Ramecroix

Bois Crene

Antoin

Hameau de Germine

Notre Dame delas Bois

Echelle de 600 toises

Colonne

AUTRE
Disposition Sur le
Terrain
de Fontenoy

Comte Turpin del. et Sculp.

taillons du centre de la gauche , je mets vingt efcadrons , &
vingt en troifième ligne ; fur la gauche de cette cavalerie , je
place la Maifon du Roi & les Carabiniers , fur deux lignes de
dix-fept efcadrons en premiere , & dix en feconde , leur gauche
s'étendant vers le village de Ramecroix , cette partie étant effentielle à garder , parce que les Alliés pouvoient auffi-bien
marcher fur Ramecroix par le chemin de Leufe , que fur le village de Vezon ; c'eft pour cette raifon que Ramecroix auroit dû
être accommodé & fortifié , & y placer une brigade d'infanterie
tirée de la tranchée de Tournai , ou de la réferve de M. le
Comte de Lowendal, qui étoit, comme je l'ai déjà dit , campé,
fa gauche au mont de Trinité , & fa droite à Rumignies. Voyez
la Planche 11.

Je crois cette difpofition formidable depuis Fontenoy jufques
pardelà le bois de Barri , cette partie eft inattaquable ; celle
entre Fontenoy & Antoin eft plus foible en troupes , mais elle
eft couverte par trois redoutes , & on peut détacher quelques
bataillons des trois colonnes du centre de la gauche , fi les circonftances l'exigent , & rendre par-là cette partie auffi difficile à
attaquer ; d'ailleurs , on peut faire mettre pied à terre aux dragons , d'autant qu'ils font foutenus par une ligne de cavalerie,
& couverts par trois redoutes.

(*kk*) L'ennemi ne peut pas pourfuivre bien loin la cavalerie
de la premiere ligne , fi l'on a pris la précaution de placer quelqu'infanterie , du canon , & des troupes légeres , fur le flanc de
cette cavalerie ; mais la cavalerie ennemie n'a rien à craindre
de l'infanterie de la premiere ligne , & Montécuculi fe trompe,
lorfqu'il dit que *l'infanterie de la premiere ligne tomberoit en
queue & en flanc fur la cavalerie ennemie* , qui pourfuivroit
celle qu'elle a battue. Comme cette premiere ligne d'infanterie

eft probablement attaquée par celle de l'ennemi , ou qu'elle eft
dans l'attente de l'être , elle ne peut hazarder de fe défunir ni
de s'affoiblir , en marchant en partie au fecours de fa cavalerie,
parce qu'elle diviferoit fes forces , & que ne préfentant plus le
même front , elle feroit elle-même prife en flanc par les bataillons ennemis qui la déborderoient ; mais en prenant les précautions que j'ai dit ci-deffus ; cette infanterie, ce canon, & ces
troupes légeres , que je place fur le flanc de la cavalerie oppofé à celui de l'infanterie qui eft en ligne , fuffifent pour contenir la cavalerie ennemie, l'empêcher de fuivre trop vivement
la cavalerie battue , & lui donner le tems de paffer par les intervalles de la feconde ligne , qui doit marcher en avant , &
attaquer l'ennemi avec force & célérité lorfque la premiere ligne fera derriere elle , en même tems que les troupes légeres le
prendront en flanc & parderriere. L'infanterie du flanc doit
refter dans fa pofition, & faire un grand feu de fon canon pour
contenir la feconde ligne de la cavalerie ennemie. Pour donner
plus de folidité à ce fecours, on peut faire marcher une brigade
d'infanterie de la feconde ligne ; cette brigade fe forme en colonne , & va appuyer fa tête à la premiere ligne , fait enfuite
un à droite ou un à gauche, fuivant le flanc où elle eft appuyée,
& par fon feu, elle doit rallentir la vivacité de la pourfuite de
l'ennemi.

Si cette premiere ligne de cavalerie, au lieu d'être battue ,
enfonce l'ennemi, & le force à une retraite précipitée , les
troupes légeres doivent fe joindre à elle pour preffer fa retraite,
& pour le forcer , par la vivacité avec laquelle elle le fuit ,
à entraîner avec lui la feconde ligne ; fi cette charge réuffit, &
que les deux lignes ennemies foient en déroute , l'infanterie &
le canon qui étoient fur le flanc de la cavalerie, doivent fe rapprocher

cher de la premiere ligne de son infanterie , pour prendre en
flanc l'infanterie ennemie en même tems qu'elle est attaquée de
front. Ce mouvement ne doit se faire que lorsque la seconde
ligne de la cavalerie qui suit la premiere, aura dépassé le terrein
sur lequel étoit la premiere ligne. Si l'ennemi se retire en ordre,
la seconde ligne doit prendre le terrein qu'occupoit la premiere,
pour garder le flanc de l'infanterie du corps de bataille , & le
corps d'infanterie qui étoit sur le flanc opposé de la cavalerie,
marcher toujours à hauteur de cette seconde ligne de cavalerie.
Ces préceptes sont bons, mais il faut les appliquer aux circonstances & au terrein , & ne pas prendre pour une regle générale
ce qui peut être bon dans une occasion , & qui dans une autre
seroit un mouvement ou une disposition fausse.

(*ll*) Par la disposition de Montécuculi , il paroît qu'il suppose une plaine , & que ses deux flancs sont appuyés à une riviere ou à des marais , & de l'autre à des montagnes ou à des
ravins impraticables. Supposons une riviere à la gauche & des
montagnes à la droite, il est nécessaire d'examiner la disposition
de ce Général, relativement au terrein indiqué, & au nombre &
à l'espece de troupes qui composent son armée.

Il suppose que son infanterie est composée de seize bataillons
de douze cens quatre-vingt hommes chacun , tant piquiers que
mousquetaires; sa cavalerie de quatre-vingt escadrons de cent
cinquante cavaliers chacun; de deux mille dragons & de deux
mille croates, ou troupes légeres ; ce qui compose une armée
de 36480 combattans. Il partage son infanterie en deux parties
égales , il met six bataillons en premiere ligne , & deux autres
bataillons pour fortifier les flancs, & former *un bataillon double*.
Sa seconde ligne est de la même force & dans le même ordre
que la premiere; il met vingt-cinq escadrons en premiere ligne,

Gg

c'est-à-dire , treize à la droite de l'infanterie de la premiere ligne , & douze à la gauche dans la même position ; pardelà la cavalerie il met cinq cens croates , ou troupes légeres , à la droite , & autant à la gauche ; il couvre les deux flancs de cette premiere ligne par seize cens dragons à pied , dont huit cens à la droite & huit cens à la gauche , les uns appuyés à la chaîne de montagnes , & les autres à la riviere. Il paroît qu'il place dix escadrons cuirassés entre les deux lignes derriere les deux aîles , dont cinq à la droite & cinq à la gauche , avec mille croates sur la même ligne , partagés en deux parties égales ; cette ligne de cavalerie mise entre la premiere & la seconde ligne , paroît avoir pour objet de renforcer la premiere ligne au moment qu'elle s'ébranlera pour attaquer , ou bien de la soutenir ; en supposant que cinq escadrons de cuirassiers , & trois de croates , ou de hussards , puissent donner un secours efficace à treize escadrons de cuirassiers qui sont pliés & battus. La seconde ligne est semblable à la premiere pour le nombre de bataillons & pour les escadrons : il place deux cens dragons à cheval sur l'aîle droite & autant sur l'aîle gauche , derriere les dragons à pied , mais alignés sur la seconde ligne. Il met vingt escadrons cuirassés en réserve ; mais il ne dit point où il faut les placer, il dit seulement qu'il en faut dix pour la réserve de la premiere ligne , & dix pour la seconde ligne , ce qui n'est pas clair ; s'il avoit dit qu'il en falloit dix pour l'aîle droite & dix pour l'aîle gauche, il auroit été plus intelligible. Comme son ordre de bataille me paroît déjà assez confus , j'ai cru devoir partager ces vingt escadrons en deux parties égales , & en mettre dix derriere la seconde ligne de la cavalerie, appuyés à la riviere , & dix dans la même position , appuyés à la chaîne de montagnes. Enfin il place des pelotons d'infanterie tirés des bataillons ,

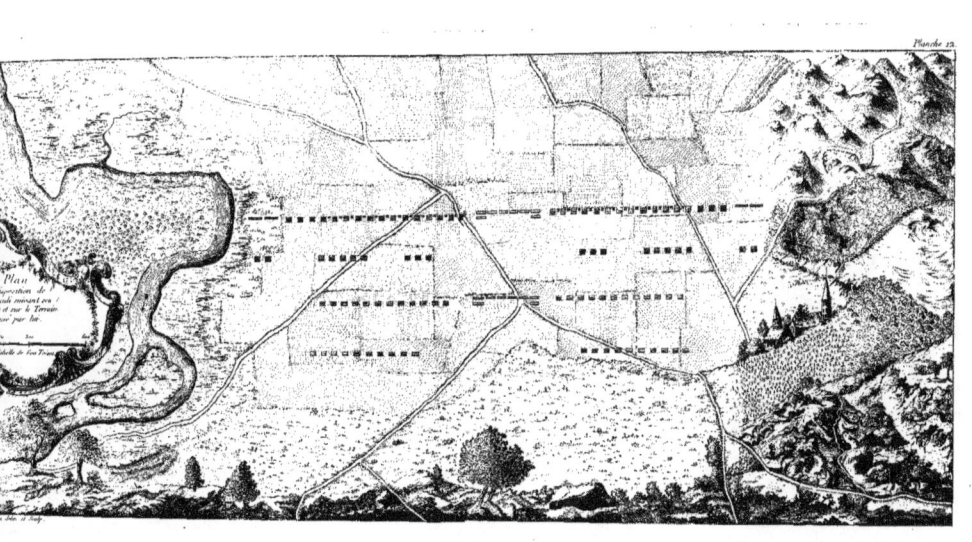

entre les efcadrons de la premiere ligne. Il me femble que telle eft la difpofition de Montécuculi ; du moins , c'eft ainfi que je l'ai conçu. Voyez la Planche 12.

L'explication qu'il donne de l'emplacement de fes croates, ou troupes légeres, n'eft pas claire ; il les place *vis-à-vis le milieu du front*. Il y a dans cette expreffion une obfcurité fur l'endroit où il veut qu'ils foient poftés ; on ne fait fi c'eft en avant de chaque front , vis-à-vis le milieu de chaque aîle , ou fi c'eft entre les deux lignes , d'autant qu'il dit enfuite , *qu'ils doivent être mis comme en leſſe , toujours prêts à fortir tout d'un coup , dès que l'occafion le demande.* S'ils font en avant du front de la premiere ligne, ils ne font point en *leſſe* ni enfermés ; or comme le terme de fortir fuppofe que l'on eft enfermé ou enclavé dans une ligne ou entre deux lignes , ils ne peuvent pas être en avant de la premiere ligne. Il ajoute que *s'il y a un plus grand nombre de cavalerie légere que les deux mille croates , il feroit difficile de les comprendre dans l'ordre de bataille.* Je ne vois point quelle feroit la difficulté de les employer utilement ; il dit lui-même *qu'il faut les mettre fur les aîles de l'autre cavalerie,* (ce qui s'entend fur les aîles de la cavalerie de la feconde ligne.) voilà donc leur place toute trouvée. Ce qui prouve encore que fon intention a été de mettre ces mille croates entre les deux lignes, vis-à-vis le milieu de chaque front , c'eft qu'il ne place fur les aîles de la feconde ligne que le furplus pardelà les deux mille croates qui font dans fon armée. Ce qu'il dit enfuite eft contre toute poffibilité : il fuppofe que cette cavalerie légere eft enveloppée fans pouvoir fe défendre, & il prétend que dans cette pofition *elle doit fe mettre à couvert derriere l'armée.* Si elle eft enveloppée de façon à ne pouvoir pas fe retirer , il lui eft impoffible de fe mettre à couvert derriere l'armée , il falloit

qu'elle fe mit en fûreté avant que d'être enveloppée ; dans cette
pofition fâcheufe , elle n'a d'autre reffource que de tâcher de
pénétrer par quelqu'endroit le fabre à la main , & de fe faire
jour pour fe rendre au lieu indiqué par Montécuculi : d'ailleurs,
comment ce Général veut-il que ces croates foient enveloppés,
puifqu'il les met entre deux lignes ? Avant qu'ils foient attaqués , il faut que la premiere ligne de cavalerie foit battue ; &
encore ne le feront-ils pas , parce qu'ils feront entraînés par
cette premiere ligne, ou ils fe mettront promptement en fûreté,
en paffant par les intervalles de la feconde. Si on les place en
avant de la premiere ligne , ils peuvent être facilement enveloppés pour peu qu'ils s'en éloignent , ou fe renverfer fur la premiere ligne , & y mettre du défordre ; mais alors ils ne feront
plus en *leffe*.

Examinons les raifons que peut avoir eu ce Général pour
faire la difpofition ci-deffus , & les défauts que je crois y trouver. Montécuculi a probablement eu deffein de faire agir principalement fa cavalerie, & pour lui donner un fecours plus prompt,
il met entre les deux lignes dix efcadrons cuiraffés & fix de croates ; mais ces feize efcadrons, dont il y en a huit pour l'aîle droite,
& huit pour l'aîle gauche, ne peuvent qu'éloigner, & même empêcher les fecours que la feconde ligne doit donner à la premiere, &
y mettre du défordre fi elle eft battue : d'ailleurs, que deviendront ces pelotons d'infanterie, qu'il met dans les intervalles des
efcadrons de la premiere ligne ? ils feront foulés aux pieds des
chevaux , ou hachés en piéces par l'ennemi. Si au lieu d'être
battue, cette premiere ligne culbute la cavalerie ennemie, elle
ne peut efpérer cet avantage qu'en marchant elle-même à l'ennemi , & elle perd alors le fecours qu'elle s'étoit promis de ces
pelotons d'infanterie, parce qu'ils ne peuvent pas la fuivre ; & fi

pour ne pas perdre ce fecours très-incertain , elle fe laiffe attaquer de pied ferme, il y a tout lieu de croire qu'elle fera battue.
Les mille croates qu'il place entre les deux lignes , à côté des
dix efcadrons cuiraffés, font, fans doute, pour prendre en flanc
la cavalerie ennemie, en fuppofant la premiere ligne forcée
de fe retirer; mais pour qu'ils puiffent exécuter ce projet, il faut
au moment que la cavalerie s'ébranle pour marcher à l'ennemi , que les cinq cens croates de la droite aillent appuyer leur
gauche à la hauteur du bataillon de la droite de la premiere ligne , & leur droite tirant vers la feconde ligne; & que ceux de
la gauche fe mettent dans la même pofition , leur droite au bataillon de l'aîle gauche de la premiere ligne , & leur gauche
tirant vers la feconde ligne. Les mille autres croates qu'il appuye aux aîles de la cavalerie de la premiere ligne , peuvent
avoir deux objets, celui de prendre en flanc l'ennemi en même
tems qu'il fera attaqué de front, & celui de couvrir le flanc des
dragons à pied , & de faciliter leur retraite fi les circonftances
l'exigeoient : les dragons à cheval femblent avoir le même objet, ces derniers peuvent être de quelqu'utilité; mais les croates
ou les huffards ne peuvent fervir à rien, parce qu'il eft probable
qu'ils feront attaqués en même tems que la cavalerie, & que
n'étant pas montés affez avantageufement , ils ne pourront pas
réfifter au choc de la cavalerie ennemie ; ainfi loin de couvrir
& de protéger les dragons à pied, ce feront ces dragons qui les
protégeront par leur feu, & qui leur faciliteront les moyens de
fe retirer. Les huit bataillons en premiere ligne , dont il y en
a deux pour fortifier les côtés , font rangés dans l'ordre accoutumé, avec la différence cependant que du tems de Montécuculi les bataillons étoient rangés fur fix de hauteur, & qu'aujourd'hui ils ne font plus que fur trois; la feconde ligne eft dans
le même ordre, tant infanterie que cavalerie.

Huit bataillons en premiere ligne ne font pas fuffifans ; c'eft la premiere ligne qui doit faire les plus grands efforts, & qui eft la plus expofée, par conféquent elle doit être plus forte en infanterie que la feconde ligne, qui n'eft faite que pour porter des fecours prompts, ainfi que la réferve, aux parties de la premiere ligne qui pourroient foiblir.

La feconde ligne de cavalerie ne peut être d'aucun fecours à la premiere, parce qu'il y a entre elles deux, dix efcadrons de cuiraffiers & fix de croates ; ces mille croates qui font en *leffe*, pour me fervir des termes de Montécuculi, ne peuvent pas remplir l'objet que ce Général s'eft propofé, s'ils ne font pas le mouvement que j'ai dit plus haut, avant que la cavalerie ne s'ébranle pour marcher en avant ; car s'ils attendent pour le faire que leur cavalerie foit pliée & battue, ils feront entraînés dans fa retraite ; s'ils font leur mouvement à tems, ils peuvent lui être d'un grand fecours, mais il faut bien compter fur l'intelligence de leurs officiers & fur la valeur de ces troupes. Je fuppofe qu'ils faffent leur mouvement à tems, qu'ils foient conduits par des officiers valeureux & intelligens, & qu'ils ne s'épouvantent point d'un premier échec, la retraite de cette premiere ligne fera toujours embarraffée par les dix efcadrons de cuiraffiers qui font entre les deux lignes, & qui empêcheront la feconde ligne de marcher à fon fecours.

L'objet que l'on doit fe propofer dans la difpofition que l'on fait des troupes fur un champ de bataille, eft de mettre chaque arme fur le terrein qui lui eft propre, & où elle peut agir avec plus d'avantage, que toutes puiffent fe protéger l'une l'autre, fans que cette protection exige de grands mouvemens : il faut encore que la premiere difpofition puiffe fe changer facilement felon les circonftances, fans que l'ennemi puiffe s'en appercevoir que lorfqu'elle eft faite, ou qu'il eft attaqué dans ce nouvel ordre ; ou s'il s'en apperçoit, qu'il ne trouve aucun moyen ni aucun jour pour attaquer avec avantage pendant le tems que fe fait le mouvement.

La difpofition de Montécuculi ne peut pas fe changer fans faire de grands mouvemens, qui demandent beaucoup de tems, fans une précifion qu'il eft bien difficile d'avoir, & fans mettre de la confufion dans les troupes. Ce défordre peut venir de deux principes ; le premier des pelotons d'infanterie qu'il met entre fes efcadrons de la premiere ligne ; le fecond, & le plus certain, vient de ces dix efcadrons qui font entre les deux lignes. Je penfe auffi que les croates, ou huffards, qui couvrent les flancs de la cavalerie de la premiere ligne, & qui ont fur leur flanc des dragons à pied, feroient mieux placés à côté des dragons à cheval, parce que dans cette pofition ils peuvent être utiles à la cavalerie fi elle eft battue ; ils peuvent encore être d'un grand fecours aux dragons à pied, en fuppofant qu'ils fuffent attaqués par un nombre de troupes très-fupérieur : fi, au contraire, la cavalerie ennemie eft battue, ces croates, joints aux dragons à cheval, peuvent par une attaque vive fur le flanc, achever la défaite de cette aîle, fuivie en ordre, mais avec vivacité par la premiere ligne.

Après avoir examiné la difpofition de Montécuculi, & fait voir en quoi elle eft défectueufe, il faut examiner celle que l'on pourroit faire du même nombre de troupes, & fur le même terrein. La difpofition que je propofe me paroît plus fimple, plus fufceptible de fecours, plus aifée à changer, plus facile à fe mouvoir, & moins fujette au défordre.

Je mets dix bataillons en premiere ligne, huit en bataille, & deux en colonnes derriere les bataillons qui ferment les deux aîles (*a*). Sur chaque flanc de l'infanterie je mets quatorze escadrons , & pour couvrir les aîles de la cavalerie , je place huit cens dragons à pied à la gauche, appuyés à la riviere, & douze cens à la droite, qui ont leur gauche appuyée à la chaî-ne de montagnes. De ces douze cens dragons à pied, j'en détache quatre cens , pour occuper les issues & les chemins qui pourroient être dans l'intérieur des montagnes, sur le flanc de l'armée, & donner jour à l'ennemi de pénétrer par cette par-tie , & d'attaquer ce flanc ; je fais rompre les chemins par des coupures larges & profondes, & la terre qu'on en tire sert de parapet aux troupes que je place derriere. Si les hauteurs sont praticables , & que l'ennemi puisse s'en emparer , au lieu de quatre cens dragons j'en détache six cens , dont une partie pour garder les coupures faites dans les chemins , & l'autre pour occuper & garder les hauteurs. La seconde ligne est de six bataillons, treize escadrons à la droite, & autant à la gau-che , mille croates sur le flanc droit, un peu en avant de la se-conde ligne , derriere les dragons à pied , & autant à la gau-che dans la même position. Il reste vingt-six escadrons cuiras-sés, que je partage en deux parties égales , & que je place en réserve en troisième ligne, l'une appuyée à la chaîne de mon-tagne, & l'autre à la riviere. Voyez la Planch. 13.

Ou cette armée a dessein de marcher en avant, & d'attaquer
l'ennemi,

(*a*) Il faut se ressouvenir que les bataillons selon Montécuculi, sont de douze cens quatre-vingt soldats : j'ai laissé les bataillons de cette force , pour ne pas m'écarter du Texte , relativement à cette disposition ; d'ailleurs si leur force pa-roît au Lecteur trop considérable , il n'a qu'à supposer que j'ai joint ensemble deux bataillons de six cens quarante hommes , & qu'au lieu de dix bataillons en premiere ligne , il y en a vingt , & douze en seconde au lieu de six.

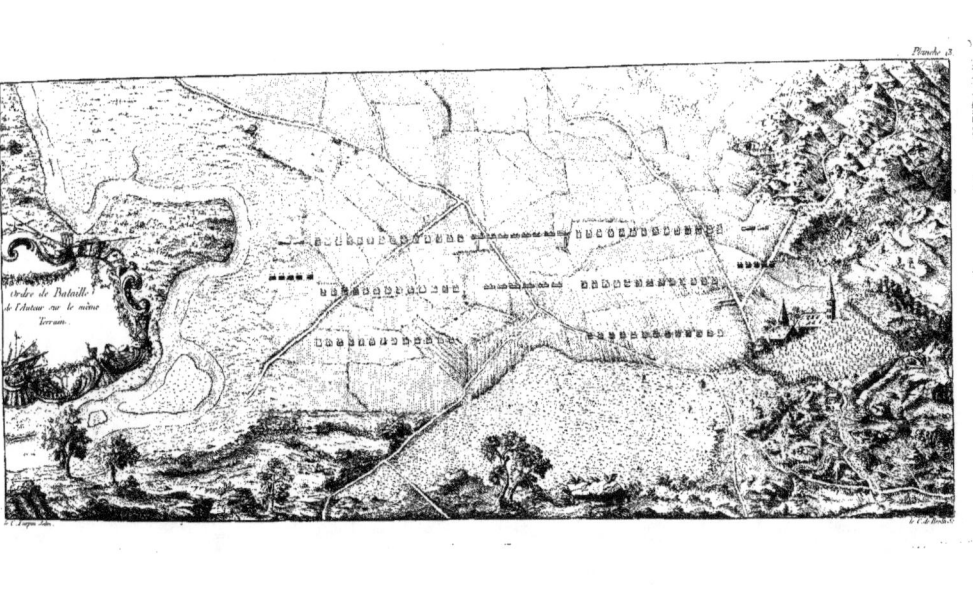

Ordre de Bataille
de l'Auteur sur le même
Terrain.

l'ennemi, ce qu'elle peut faire sans perdre la protection de ses appuis, ou elle a dessein de rester dans sa position, & d'y attendre l'ennemi. Si elle marche pour attaquer, elle doit toujours occuper les hauteurs par des détachemens, & les troupes destinées à cette garde, doivent fouiller très-exacte-ment l'intérieur des montagnes, & n'avancer qu'à mesure que l'armée marche ; dans ce cas il est inutile de lever de la terre ni de faire des coupures : mais lorsque l'on est à portée de l'ennemi, on peut sur le champ barrer les chemins, en cou-pant de gros arbres, & en élevant de la terre pour n'être point inquiété par ce flanc, & pour diminuer le nombre de troupes qu'il faudroit y employer sans cette espece de fortifi-cation. Si cette armée a choisi une position, & qu'elle soit résolue d'y attendre l'ennemi, elle doit avoir eu le tems de fouiller les montagnes, de rompre les chemins, de faire des coupures, & d'assurer cette partie, ainsi que les hauteurs.

Je suppose actuellement que cette armée dans la position indiquée ci-dessus, attaque l'ennemi ou qu'elle en soit atta-quée, n'importe, les manœuvres, en la supposant battue, sont les mêmes ; & si elle bat, ses dispositions pour suivre l'ennemi sont aussi les mêmes. En supposant la premiere ligne droite de sa cavalerie battue, elle doit se retirer par les intervalles de la seconde ligne, & se rallier derriere, pendant que celle-ci mar-che à l'ennemi ; mais pour faciliter cette retraite de la pre-miere ligne, & donner plus de poids à l'attaque de la seconde, il faut que dans l'instant que les deux armées s'ébranlent pour marcher en avant & se charger, que les dragons à pied se for-ment en colonne, cinquante ou soixante pas en avant de leur premiere position, pour être plus en force, & par le feu du flanc de cette colonne, en imposer à l'ennemi, & rendre son

H h

attaque moins vive. Les mille croates doivent faire leur mouvement en même tems que les dragons font le leur, & se mettre en écharpe, l'escadron de la droite à trente pas de la colonne de dragons, & l'escadron de la gauche, tirant vers l'escadron de l'aîle de la seconde ligne. Cette colonne de dragons à pied, & ces croates, ou hussards, en écharpe, assurent
le flanc de la cavalerie, & empêchent qu'on ne la tourne, &
menacent en même tems celui de l'ennemi, s'il a l'imprudence de se laisser emporter à un premier succès. Huit escadrons de la réserve de la droite doivent aller se placer derriere
les mille croates ; & lorsque ces troupes légeres marcheront
pour prendre en flanc & parderriere l'ennemi victorieux, qui
suit la cavalerie en retraite, ces huit escadrons doivent prendre la place des croates, pour contenir, avec la colonne de
dragons, la seconde ligne de l'ennemi. Le même mouvement
doit se faire à la gauche, du moment que les deux armées s'é-
branlent pour se charger. Voyez la Planch. 14.

J'ai dit que je mettois deux bataillons en colonne, l'une
derriere le bataillon de l'aîle droite, & l'autre, derriere celui
de l'aîle gauche de la premiere ligne. Ces deux bataillons doivent rester dans cette position, jusqu'à ce que la premiere ligne soit à portée de l'ennemi, & prête à le charger la bayonnette au bout du fusil ; alors ces deux colonnes doivent s'a-
vancer par le pas oblique à la hauteur de la ligne d'infanterie, doubler le pas, & attaquer l'ennemi en flanc, en même
tems que les huit bataillons l'attaqueront en front.

Je suppose que cette attaque ne réussisse point, & que cette
premiere ligne d'infanterie soit pliée & forcée de se retirer ;
les deux colonnes des flancs doivent, sans changer leur ordre,
se retirer avec la ligne, & couvrir les deux flancs ; mais la

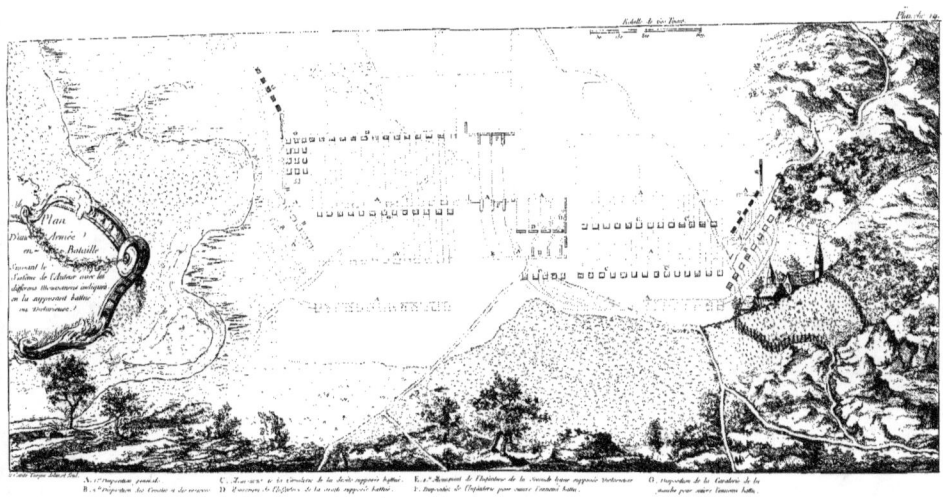

Plan
D'une Armée
m— en Bataille
Suivant le
Systeme de l'Auteur avec ses
differens Mouvements indiquant
en la supposant battue
ou victorieuse.

A, 1ere disposition generale.

B, 2e disposition des Centre et des reserves.

C, Mouvement de la droite supposée battue.

D, Mouvement de l'Infanterie de la droite supposée battue.

E, 2e Mouvement de l'Infanterie de la Seconde ligne supposée victorieuse.

Y, disposition de l'Infanterie pour couvrir l'ennemi battu.

G, disposition de la Cavalerie de la
marche pour suivre l'ennemi battu.

seconde ligne qui eft de fix bataillons , doit fe partager en
deux, chaque bataillon fe former en colonne, & aller appuyer
fa tête aux deux bataillons en colonnes qui couvrent les
aîles : ce mouvement eft aifé à faire , & ne peut même pas être
vu de l'ennemi , qui dans la chaleur du combat , & dans le
moment d'un premier fuccès, ne voit que la victoire , ne fonge
qu'à en profiter , & à fuivre l'ennemi qui fe retire , fans faire
attention aux mouvemens que fait fa feconde ligne ; ces deux
colonnes de quatre bataillons chacune étant formées , les huit
bataillons doivent fe retirer leftement , mais en ordre , pour
engager l'ennemi à fe mettre entre ces deux colonnes : s'il s'y
engage , il doit être vivement attaqué fur fes deux flancs , &
cette attaque doit donner le tems à la première ligne de fe
rallier , & de remarcher à l'ennemi bayonnette baiffée. Pendant que la feconde ligne d'infanterie fait fon mouvement , &
qu'elle fe forme en colonne par bataillon , il doit fe détacher
dix efcadrons des deux réferves , cinq de celle de la droite , &
cinq de la gauche , & aller fe placer à cinquante pas derrière
le terrein qu'occupoit la feconde ligne d'infanterie , pour raffurer les troupes en retraite , & les forcer à fe rallier en avant
d'eux ; mais fi cette infanterie eft totalement en défordre, malgré l'attaque des flancs de l'ennemi par les deux colonnes , &
que les officiers qui la commandent ne puiffent point la rallier que derrière ces dix efcadrons , il faut alors que cette cavalerie la laiffe paffer , & qu'elle marche enfuite à l'ennemi,
qu'elle le charge à toutes jambes le fabre à la main ; & fi elle
entre dans les bataillons ennemis , il faut qu'elle ait la précaution de ne point les dépaffer , mais de refter dedans, & de
hacher en piéces tout ce qui fera réfiftance ; fi ces efcadrons
dépaffoient les bataillons ennemis, ceux-ci, après qu'ils feroient

paffés, fe retourneroient fur eux , & leur feroient un feu terrible qui en tueroit beaucoup , & qui les empêcheroit de fe
rallier. Voyez la même Planche.

Si, au lieu d'être battue, l'infanterie force l'ennemi à la retraite, la feconde ligne doit fe former en colonne par bataillon, &
chacune de ces fix colonnes doit aller remplir l'intervalle qu'il
y a entre chaque bataillon de la première ligne. Quoiqu'il n'y
ait que fix colonnes pour fept intervalles , en faifant joindre
les deux bataillons du centre , il fe trouvera fuffifamment de
colonnes pour remplir les intervalles. Cette feconde difpofition eft facile à exécuter ; elle eft forte dans toutes fes parties,
le feu eft plus vif, quoique les colonnes n'en doivent point
faire , & cet ordre eft folide pour fuivre l'ennemi dans fa retraite fans craindre aucun événement fâcheux. Voilà le moment où la ligne pleine eft bonne , parce que comme l'enfemble eft important dans cette circonftance , les troupes la con-
ferveront bien plus facilement lorfque les bataillons fe joindront , & que l'ordre fera entremêlé de colonnes & de bataillons en bataille. Il ne faut que du filence & de la difcipline
dans les troupes, & elles fuivront l'ennemi avec vivacité &
fans confufion.

Cette difpofition eft forte par elle-même ; & quand même la
feconde ligne de l'ennemi fe joindroit à fa première , elles ne
pourroient pas efpérer de rompre cette ordonnance , parce
que l'affurance d'une victoire anime & encourage celui qui fuit
l'ennemi rompu & en retraite , que celui-ci eft anéanti & découragé par la honte d'une défaite prochaine , & qu'il n'eft pas
en lui de remédier à une affaire, que la difpofition du vainqueur décide manifeftement pour lui. Voyez la même Planch.

Si la cavalerie a le même fuccès que l'infanterie, la feconde ligne doit s'avancer en ordre à mefure que la premiere fuit l'ennemi. Comme je fuppofe le mouvement des dragons à pied & celui des croates fait , ainfi que je l'ai dit plus haut; c'eft-à-dire , les dragons à pied, formés en colonne, & les croates en écharpe , appuyés à cette colonne ; les croates , ou les huffards, doivent, dans ce moment, dépaffer les dragons, fuivis de huit efcadrons de cuiraffiers de la réferve , les premiers pour attaquer en flanc l'ennemi en retraite, & les feconds pour les foutenir , & pour contenir en même tems la feconde ligne de l'ennemi. Si les huit efcadrons ne font pas jugés fuffifans , on peut faire marcher les dix qui reftent , ce qui fera treize efcadrons à la droite, & autant à la gauche. Les dragons à pied doivent fuivre à la hauteur de l'infanterie de la premiere ligne ; ceux qui occupent les montagnes ne doivent point quitter le flanc de l'armée , à moins qu'ils ne voyent jour à attaquer avec avantage le flanc de l'ennemi en retraite ; mais ceux qui couvrent le flanc gauche , & qui bordent la riviere , ne doivent s'avancer qu'avec la premiere ligne , & ne jamais quitter fon flanc. Lorfque l'ennemi eft décidément battu , & qu'il eft en pleine retraite , il faut abandonner fa pourfuite aux croates, ou huffards , & aux efcadrons de la réferve, foutenus des dragons à pied , & de quelques bataillons détachés du corps de bataille. L'ordre pour cette pourfuite doit être relatif au terrein & à la difpofition de l'ennemi ; mais le plus folide, en fuppofant une plaine , eft partie en colonne & partie en bataille. Voyez la même Planche , difpofition de la gauche.

Je penfe que la difpofition que je propofe eft meilleure que celle de Montécuculi , chaque arme eft placée fur le terrein qui lui eft propre, & où elle peut agir ; elle peut facilement changer de pofition fans que l'ennemi puiffe s'y oppofer, fans même qu'il s'en apperçoive, & fans lui donner aucun jour pour attaquer avec avantage dans le moment que le mouvement fe fait, parce qu'il ne fe fait que fur les derrieres par la feconde ligne d'infanterie, par les réferves, & par les croates ; que la premiere ligne refte toujours dans fon premier ordre, à l'exception des deux bataillons en colonne, qui, au moment d'attaquer, devancent les flancs de l'infanterie de la premiere ligne, pour donner plus de force à fon attaque, & des dragons à pied qui fe forment en colonne fur les flancs.

Je n'ai point cherché à trouver Montécuculi en faute ; mais fa difpofition m'a paru fi embrouillée & fi confufe, que je n'ai pû me refufer d'entrer dans des détails qui m'ont paru néceffaires pour en faire voir la défectuofité.

Si cette armée, au lieu d'avoir pour appuis des montagnes à fa droite & une riviere à fa gauche, a d'un côté des bois, & de l'autre un village, la difpofition ne doit plus être la même, parce qu'il n'y auroit pas affez de huit cens hommes pour garder & défendre le village, & pas affez de douze cens pour défendre le bois.

Il y a dans cette armée feize bataillons, de douze cens quatre-vingt hommes chacun, ce qui fait 20480 combattans ; en faifant mettre pied à terre aux deux mille dragons, on aura fuffifamment d'infanterie. Il faut retrancher le village, & faire des abattis dans le bois ; on peut alors partager l'infanterie en deux parties, en placer une dans le bois, derriere les abattis, & l'autre partie, moitié dans le village & moitié derriere, pour foutenir & rafraîchir les troupes qui le défendent ; mettre la cavalerie fur deux lignes dans l'intervalle du village au bois, à l'exception de douze efcadrons cuiraffés, qu'il faut placer fur le flanc droit du village, parce que ce village cou-

vre la droite , qu'il eſt en plaine , & qu'il peut être tourné ;
derriere ces douze eſcadrons, mettre en ſeconde ligne les deux
mille croates , pour aſſurer plus efficacement cette partie , &
abandonner à la cavalerie le ſort de la bataille , qui doit, ſuivant cette diſpoſition, décider ſeule du ſuccès ou de la défaite.

Comme je ſuppoſe le village & les bois retranchés , cette
poſition eſt purement défenſive , la droite & la gauche ſont en
force, à la vérité ; mais ſi la cavalerie eſt battue , l'infanterie
eſt ſéparée en deux ſans pouvoir ſe rejoindre, & c'eſt le même
inconvénient que j'ai dit plus haut , qui étoit dans ma premiere
diſpoſition ſur le terrein de Malplaquet ; d'ailleurs , qui peut
empêcher l'ennemi d'attaquer avec la plus grande partie de
ſes troupes , le flanc qui lui paroîtra le moins difficile à emporter ? Cette partie chaſſée de ſon poſte , la cavalerie eſt
priſe en flanc & en front , elle ne peut plus reſter dans ſa poſition, & la bataille eſt décidément perdue.

Quoique cette diſpoſition ſoit bonne , relativement à l'emplacement des différentes armes qui ſont ſur le terrein où elles
peuvent combattre, elle eſt mauvaiſe par les inconvéniens qui
en peuvent réſulter : il faut donc en faire une autre qui rem-
pliſſe l'objet qu'on s'eſt propoſé. Ou l'on veut faire agir prin-
cipalement ſa cavalerie , & cependant lui donner les ſecours
qu'elle doit naturellement attendre de l'infanterie, ou l'on ne
veut ſe ſervir que de ſon infanterie : pour cet effet on peut
faire deux diſpoſitions.

La premiere ſuppoſe que l'on veut faire combattre ſa cavalerie , & lui ménager des ſecours prompts de l'infanterie. Je
n'emploierai que le même nombre de troupes qu'indique Montécuculi ; je partagerai ſeulement ſes bataillons en deux ; comme il les fait de douze cens quatre-vingt hommes , je les mets

de fix cens quarante ; ainfi au lieu de feize bataillons, j'en ai trente-deux, & quatre de dragons, de cinq cens hommes chacun, à qui je fais mettre pied à terre, ayant fuffifamment de cavalerie pour remplir mon objet.

Je retranche le village, non par des lignes & des angles, ni par des redoutes fimples, ou avec des baftions, mais par des redoutes de mon invention, que je crois plus fortes, & bien plus difficiles à attaquer. Les unes préfentent un angle à la campagne, & ont un redan en avant qui le couvre, & dont le foffé communique à celui de la redoute. Cette redoute a vingt-quatre toifes fur chaque face extérieure, le parapet du redan eft à huit toifes de l'angle du foffé de la redoute ; ce parapet a trois toifes d'épaiffeur, & le foffé trois de largeur ; le parapet de la redoute eft de trois pieds plus haut que celui du redan, pour multiplier le feu, & pour que le redan foit protégé par la redoute. Vers le centre de la redoute, j'éleve un cavalier de trois pieds plus haut que le parapet, fur lequel on place quatre piéces de canon de quatre ; ce cavalier n'a point d'embrafures ; parce qu'il faut que le canon foit plus élevé, pour pouvoir être tiré fans craindre de bleffer les foldats qui font dans la redoute & dans le redan ; s'il y avoit des embrafures, ou le canon feroit trop bas, ou le cavalier trop haut. Voyez la Planch. 15, Fig. 1.

Ma feconde efpece de redoute eft fur les mêmes proportions que la premiere ; mais elle préfente une face à la campagne. Du centre de cette face, il part un boyau long de douze toifes & large de trois, fans compter le parapet de droite & de gauche. A l'extrémité de ce boyau, j'éleve une redoute qui a quatorze toifes fur chaque face extérieure ; cette redoute préfente un angle à la campagne, le foffé qui l'environne

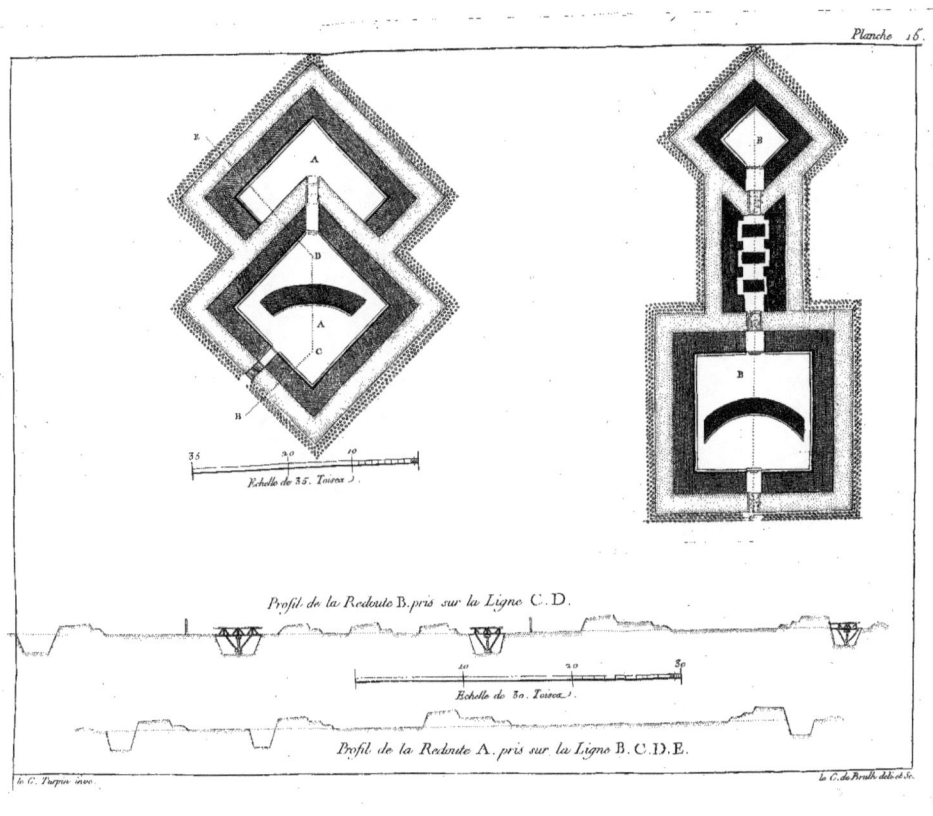

Échelle de 35. Toises .

Profil de la Redoute B.pris sur la Ligne C.D.

Échelle de 80. Toises .

Profil de la Redoute A. pris sur la Ligne B.C.D.E.

le C. Turpin inve.

le C. de Perulh delt. et Se.

ronne communique à celui du boyau , & celui du boyau à celui de la grande redoute. Ce boyau qui communique de la
grande redoute à la petite , a un parapet pareil à celui des
deux redoutes ; c'eſt-à-dire , qu'il a trois toiſes d'épaiſſeur , & le
foſſé trois de largeur. Dans le centre du boyau il y a trois
traverſes , pour qu'il ne ſoit point enfilé , & pour que l'ennemi , en le ſuppoſant maître de la petite redoute, ne puiſſe pas
marcher ſur le champ à la grande. Les proportions pour l'é-
lévation , ſont les mêmes que celles de la premiere redoute
avec ſon redan ; il y a de même un cavalier pour y placer du
canon. Cette redoute demande plus de tems pour la conſtruire que la premiere ; auſſi je ne la propoſe que lorſque l'on eſt
maître du tems , & que l'on a ſuffiſamment de travailleurs
pour la conſtruire promptement. Voyez la même Planche ,
Figure 2.

Ces redoutes doivent avoir trois rangs de puits en avant ,
qui les bordent tout autour , juſqu'aux deux angles de la face
intérieure , où eſt la porte pour y entrer ; & c'eſt de la terre
de ces puits que l'on éleve le cavalier que je mets en dedans.
Ce cavalier doit être fait avec des ſauciſſons , des faſcines &
des gabions.

C'eſt avec ces redoutes entremêlées , tantôt celle avec un redan , tantôt l'autre , que je fortifie la poſition que je ſuppoſe
ci-deſſus. Le village eſt en force , & même inattaquable ; le
flanc droit eſt défendu par une double redoute , flanquée de
deux batteries de canon , avec de l'infanterie derriere : ſur le
flanc de cette infanterie , il y a douze eſcadrons de cavalerie ,
& ſix de croates , ou de huſſards , en ſeconde ligne ; qui défendent cette partie ; le centre de la bataille eſt couvert d'une
redoute avec ſon redan , flanquée de deux batteries de canon ,

I i

avec huit bataillons derriere la redoute. La gauche appuyée au bois, eft défendue par une redoute avec fon redan, & par-delà, jufqu'au ruiffeau, il y a des abattis défendus par de l'in-fanterie. La cavalerie eft fur deux lignes entre le village & la redoute du centre, & entre cette redoute & celle qui eft fur le bord du bois ; à l'exception de dix efcadrons que je place derriere l'infanterie du centre, en troifième ligne, & de fix efcadrons de croates, ou huffards mis en écharpe, proche le bois. Par cette difpofition, la cavalerie peut agir facilement, elle peut marcher en avant pour attaquer ; & fi fon attaque ne réuffit pas, & qu'elle foit obligée de fe retirer, elle le peut fans avoir rien à craindre de l'ennemi, qui ne dépaffera ja-mais les redoutes ; il faut qu'il les prenne, avant que de fonger à profiter du premier avantage qu'il a eu fur la cavalerie ; ainfi elle peut fe retirer fans craindre d'être fuivie, fe rallier, & retourner à la charge. Voyez la Planche 16.

La feconde difpofition eft différente, quoique fur le même terrein, parce que je fuppofe que l'on ne veut faire combat-tre que l'infanterie. Tout le front eft couvert de redoutes de mon invention, depuis le bois qui eft à la gauche jufques par-delà le village, de forte que la redoute de la droite eft pofiti-vement à égale diftance du village & de la riviere ; il y a des batteries de canon fur tous les flancs des redoutes, un batail-lon dans chaque redoute, comme à la premiere difpofition, & l'infanterie eft diftribuée derriere les redoutes & entre les batteries de canon ; la cavalerie eft derriere fur deux lignes, à l'exception de dix-huit efcadrons, & de douze de huffards en feconde ligne, placés derriere la redoute de la droite. La dif-pofition de la gauche, relativement aux abattis, eft la même que la précédente. Voyez la Planche 17.

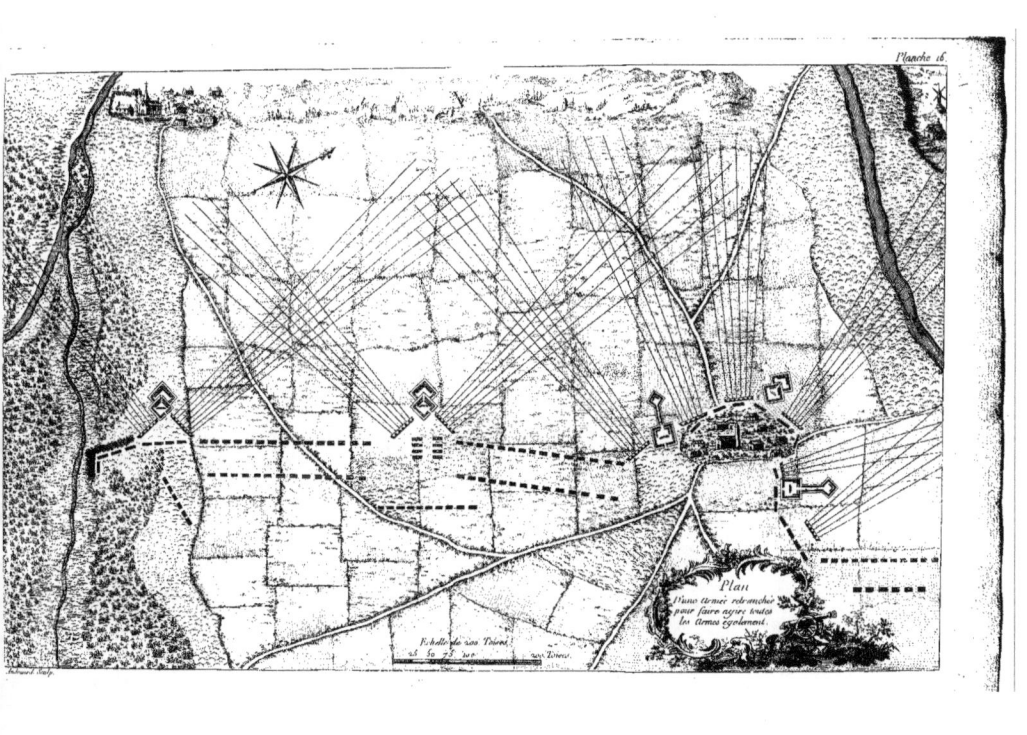

Plan
D'une armée retranchée
pour faire agir toutes
les Armes également.

Echelle de 200 Toises.
25 50 75 100   200 Toises.

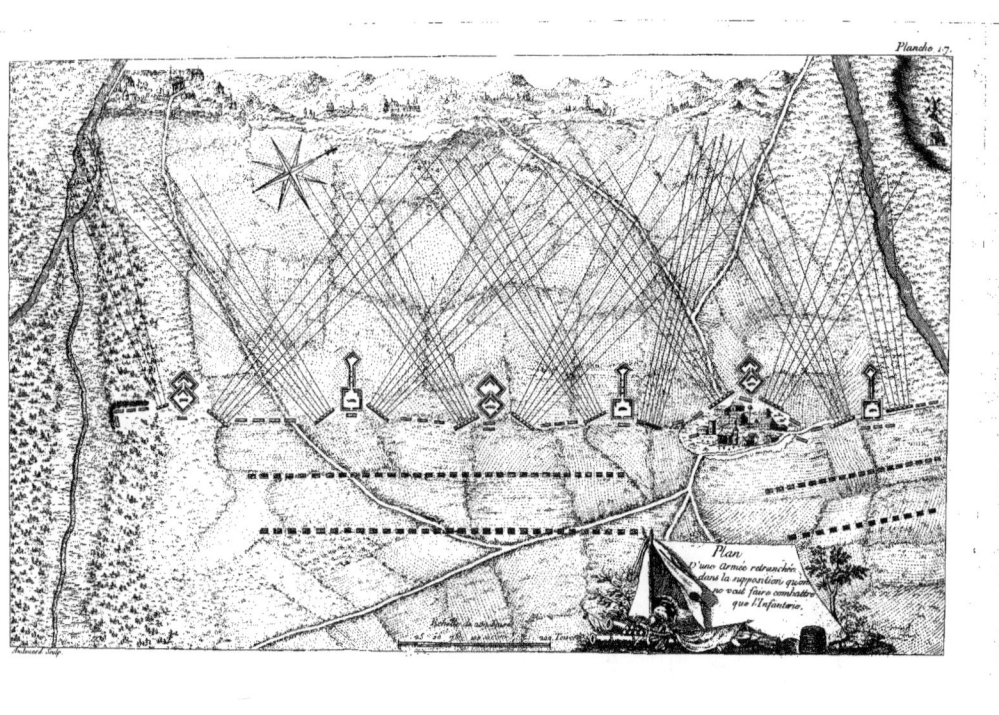

Plan
D'une Armée retranchée
dans la supposition qu'on
ne veut faire combattre
que l'Infanterie.

Par cette difpofition , toute l'infanterie eft en première ligne, couverte par des redoutes, & en force par-tout. La cavalerie que l'on ne veut pas faire combattre eft comme dans
une fortereffe ; & je penfe que cette difpofition remplit entierement l'objet de la défenfive , qu'elle eft très-difficile à attaquer, & même inattaquable.

Toute difpofition eft toujours foumife au terrein , que l'on
foit fur la défenfive ou fur l'offenfive. Si cette armée eft fur
l'offenfive , ces redoutes font inutiles ; mais comme il faut
toujours fe ménager des appuis aux flancs , on peut appuyer
fa droite à la riviere , & la gauche au bois, laiffer le village
en arriere ; mais le retrancher , & faire élever une redoute à
l'entrée du bois , pour faciliter la retraite en cas de malheur.
Comme à la guerre les événemens font douteux, malgré les
plus fages précautions & difpofitions , il faut toujours fe ménager une retraite affurée. Il eft impoffible de donner une
difpofition générale, applicable à tout pays, à toute fituation
& à toute efpece d'armes ; c'eft au Général à voir , juger , difpofer & combattre.

La victoire gagnée , il faut favoir en profiter, & prendre
les mefures les plus juftes, en cas de fuccès, pour que l'ennemi
ne puiffe plus tenir la campagne. Il eft auffi effentiel de favoir profiter de fes avantages , qu'il l'eft d'empêcher l'ennemi
de tirer tout le fruit qu'il peut attendre d'une victoire. On ne
peut exécuter ces projets, qu'autant qu'on les a prévu de longue main ; l'un & l'autre dépendent du génie, de l'activité,
de la difpofition , & du coup d'œil du Général , de l'intelligence des Officiers généraux , de l'ordre qui eft obfervé dans
les troupes , & de la confiance qu'elles ont dans leur Général.
Savoir profiter d'une victoire , & mettre fes talens en exécu-

tion, c'eſt être en même tems Général, politique & citoyen. Combien d'exemples pourroit-on citer de batailles perdues, que les ennemis n'ont point gagnées , parce qu'ils n'ont pas ſû ou voulu en profiter ? Si un Général vouloit ſe perſuader qu'il acquert mille fois plus de gloire en finiſſant la guerre dans une campagne par la ruine entiere de l'armée ennemie, que par dix ans de ſuccès qui ne décident rien , & qui ne tendent qu'à la prolonger, à ruiner l'État , & à le dépeupler de ſes habitans, il ne ſeroit plus queſtion de faire, comme on dit, *un pont d'or à l'ennemi*. Il y a , ſans doute, des circonſtances & des pays qui empêchent de profiter de tous ſes avantages; mais il faut , du moins , en tirer tout le parti poſſible, ſans s'expoſer à recevoir aucun échec, n'enviſager que l'utilité que l'on peut retirer d'une armée battue, la ſuivre avec prudence, la harceler, ſans négliger de prendre des poſitions avantageuſes, pour conſerver toute la campagne l'aſcendant que l'on a ſur elle , ſe préparer par-là les moyens de faire de grandes conquêtes les campagnes ſuivantes , & enfin, forcer l'ennemi à implorer la clémence du Prince, & à lui accorder la paix.

(*mm*) On place l'artillerie ſur tout le front de l'infanterie; on la met ordinairement entre les brigades ou en avant , on profite des éminences que le terrein préſente. Les batteries ſont plus ou moins conſidérables , ſelon l'uſage que l'on veut en faire , & la quantité de piéces que l'on a , parce qu'il faut qu'il y en ait ſur tout le front; mais aujourd'hui que l'artillerie eſt ſi conſidérablement multipliée , que la plus nombreuſe & la plus avantageuſement placée, a un avantage certain; preſque toutes les batailles ne ſe décident plus que par le canon. Cette façon de faire la guerre diminue de beaucoup la gloire des troupes , & des Généraux qui les commandent;

de même la perte d'une bataille ne peut pas , en quelque façon, leur être attribuée.

Montécuculi dit qu'il faut placer du canon dans les intervalles des escadrons; je le crois embarrassant , & si la cavalerie
est battue, c'est du canon de perdu ; si on en met, il faut que
ce soit entre les brigades ; encore faut-il le faire soutenir par
un bataillon placé derriere , dans la position la plus convena-
ble ; le terrein & les circonstances doivent l'indiquer. Cette
disposition n'empêchera pas la cavalerie de marcher en avant;
mais au moment qu'elle s'ébranle pour marcher à l'ennemi , il
faut rapprocher le canon & l'infanterie de la seconde ligne ,
& avoir attention qu'il n'empêche point cette seconde ligne
de suivre la premiere ; pour cet effet , l'infanterie destinée à
soutenir & à garder ce canon, doit être en colonne , & se retirer sur le flanc de la seconde ligne. Ce canon ne doit être que
de quatre , afin que l'on puisse le traîner aisément. Dans la
position où je suppose le canon & cette infanterie, après la
marche de la cavalerie à l'ennemi, l'un & l'autre peuvent être
très-utiles à cette cavalerie, en cas qu'elle soit battue, & forcée de se battre en retraite. 1°. Ils la rassureront, parce qu'elle
ne pourra être tournée par ses flancs. 2°. Le feu des bataillons
& du canon qui prendra l'ennemi en écharpe , rallentira sa
poursuite , & facilitera à la cavalerie battue, sa retraite , elle
se ralliera beaucoup plus promptement, & elle remarchera en
avant pour soutenir sa seconde ligne , qui dans ce moment devient la premiere. 3°. L'ennemi sera ébranlé par le feu de
cette infanterie & de ce canon , & la seconde ligne le chargeant avec vigueur, aura plus de facilité à le vaincre. En supposant deux ou trois batteries semblables sur le front de l'aîle
droite, & autant sur la gauche, il y aura sur chaque aîle trois

colonnes d'infanterie, & quinze piéces de canon, qui font très
en état de garder les flancs de la cavalerie, d'autant plus qu'il
doit y avoir derriere en feconde ligne, des huffards & des
troupes légeres à pied & à cheval, qui doivent marcher pour
attaquer le flanc de l'ennemi, en même tems que la feconde
ligne l'attaque de front. Le gros canon doit être placé dans
les intervalles des brigades d'infanterie, & il ne doit point là
gêner dans fes manœuvres; la feule attention qu'il faut avoir,
c'eft de le placer avantageufement, qu'il prenne en écharpe
les bataillons ennemi, & que les canoniers, fans s'embarraffer
du canon ennemi, pointent toujours leurs piéces fur les troupes, & jamais fur les batteries; plus le canon détruit, moins il
y a de troupes pour garder & foutenir les batteries, & plus
les troupes qui perdent font ébranlées; & fi fon effet eft tel
qu'on doit l'efpérer, les bataillons ennemis font bientôt anéan-
tis, ils reculent pour fe mettre hors de la portée du canon,
les batteries font bientôt abandonnées; & fi dans ce moment
on marche à l'ennemi, le canon eft pris, & la victoire promptement décidée.

(*nn*) La confervation des équipages eft fi importante, que
l'on ne peut y apporter trop de précautions. La perte des
équipages décide fouvent du fort d'une campagne. Dans les
équipages on comprend les charriots des vivres, ceux des hôpitaux, les pontons, les charriots pour l'artillerie, les équipages des Officiers généraux & particuliers, les tentes des foldats, & enfin les vivandiers. L'efcorte doit être forte, & toujours proportionnée à la quantité de bagages, à la poffibilité
que l'ennemi a de les attaquer, à la fituation du pays, & à
l'efpece d'armes que l'ennemi peut employer pour les attaquer. Elle doit être compofée d'infanterie, de huffards & de

dragons , parce que ce font ces troupes que l'on détache de préférence pour attaquer les équipages ; rarement employe-t-on de la cavalerie de ligne pour ces fortes d'entreprifes , parce qu'elle eft trop pefante , que d'ailleurs, comme des équipages peuvent fe parquer, les troupes qui les défendent s'en font un retranchement ; ainfi la cavalerie n'en peut pas approcher, au lieu que l'infanterie eft faite pour en attaquer d'autre , quoique celle-ci foit retranchée, & à couvert derriere des charriots ; & fi on n'en a pas fuffifamment , on peut faire mettre pied à terre aux dragons, ce qu'on ne peut pas faire faire à la cavalerie, parce qu'elle n'eft pas armée pour combattre à pied. L'infanterie de cette efcorte doit être tirée des Régimens des troupes légeres à pied & à cheval ; & fi on en détache des bataillons de ligne, ce ne doit jamais être des grenadiers.

Montécuculi dit que *les troupes en perdant le champ de bataille , perdront leurs femmes , leurs enfans , & ce qu'elles ont de plus cher.* Cela feroit vrai, fi le jour d'une bataille on laiffoit les équipages derriere l'armée ; mais il faut avoir foin de les mettre en fûreté , en les envoyant fur les derrieres & fous une bonne efcorte : d'ailleurs, pourquoi des femmes & des enfans à l'armée ? ce font des bouches inutiles qui l'affament , & qui augmentent les embarras : quelques femmes font , fans doute, néceffaires pour blanchir , mais le nombre par bataillon & par efcadron doit être fixé ; quand il y en aura une par compagnie, & même pour deux, elle fuffira : mais furquoi j'infifte, c'eft fur les enfans ; il n'en faut pas un feul à l'armée , & je ne comprends pas pourquoi , jufqu'à ce jour, on les y a fouffert & toléré. Le nombre des vivandiers doit être aufli limité, tant ceux qui font à la fuite du Quartier général , que ceux qui font attachés aux Régimens ; il faut aufli fixer le nombre des voitures qu'ils pourront avoir, que ces voitures foient toutes à quatre roues, & traînées par quatre bons chevaux attelés de deux en deux, pour moins gâter les chemins.

(*oo*) Cette rufe pourroit quelquefois avoir l'effet qu'en attend Montécuculi. Si, à la bataille de Lutzen, l'armée Suédoife eût fû que Guftave Adolphe avoit été tué, cette mort auroit certainement découragé les Suédois; & au lieu d'une victoire fignalée qu'ils remporterent, ils euffent peut-être été battus, fur-tout après la jonction de Papenheim. A la mort de M. de Turenne, l'armée Françaife fut fi confternée, qu'il fallut lui faire repaffer le Rhin, pour éviter une déroute totale; mais il pourroit arriver des circonftances où cette rufe pourroit faire un effet tout contraire; cet effet fe mefure à la confiance & à l'eftime que les troupes ont pour leur Général.

(*pp*) A la bataille de Soor, gagnée par le Roi de Pruffe fur l'armée Impériale en 1745, ce Prince ayant à combattre une armée très-fupérieure à la fienne, & ayant appris que le Général de l'armée Impériale avoit détaché un corps confidérable de croates & de huffards, pour l'attaquer par fes derrieres pendant que l'armée l'attaqueroit de front, envoya fes bagages fur fes derrieres, efcortés de peu de troupes, & les pofta de façon, que l'ennemi qui les tournoit ne pouvoit venir à lui fans paffer par l'endroit où étoient fes équipages. Ce Prince ne douta point que les croates & les huffards ne tombaffent fur fes équipages, & ne s'amufaffent à les piller, mais que pendant ce tems il ne feroit pas inquiété fur fes derrieres. Ce qu'il avoit prévu arriva, le corps de croates & de huffards attaqua fes bagages, les prit, & lui pendant ce tems-là remporta une victoire complette fur les Impériaux, qui le dédommagea amplement de la perte de fes bagages, dont l'armée ne fouffrit point, par le remplacement prompt qu'il en fit faire. (*qq*) (*qq*) En 1702 , l'armée d'Efpagne , commandée par le Roi d'Efpagne , & fous lui M. le Duc de Vendôme , marche à Luzara pour en faire le fiège. On croyoit M. le Prince Eugene Général de l'armée Impériale, dans le Seraglio ; mais ce Général ayant paffé le Pô , couvre fon armée de la digue du Zero , derriere laquelle il la met en bataille ventre à terre, dans l'efpérance que l'armée d'Efpagne arrivant dans fon camp, poferoit les armes aux faifceaux , qu'elle iroit enfuite à l'eau , au bois & à la paille , & la cavalerie au fourrage , & qu'il faifiroit ce moment pour monter la digue, & marcher de front au camp Efpagnol, dont il prendroit les armes, & une grande partie des chevaux. Un hazard fit échouer cette grande entreprife , fur le point d'être exécutée ; un aide-Major voulant placer une garde de cavalerie, ne crut pas pouvoir mieux la pofter que fur cette digue, il monte deffus, & voit toute l'armée ennemie fur le ventre contre le revers de la digue ; ce qui fauva l'armée Efpagnole, & lui donna le tems de prendre les armes, & de repouffer l'ennemi qui s'avançoit pour l'attaquer. L'armée d'Efpagne fit repaffer la digue à l'ennemi, qui fe mit à couvert derriere; & elle prit Luzara & Guaftalla, fans que le Prince Eugene ofa s'y oppofer. Les réflexions que fait M. de Feuquieres fur cette journée , font très-intéreffantes , & d'un grand homme de guerre, j'y renvoie le Lecteur * : elles font relatives aux précautions que * *Mémoir.* l'on doit prendre dans les marches , & en arrivant dans un *de Feuquieres, tom. 2.* camp.

Le projet de M. le Prince Eugene ne pouvoit être conçu que par un génie auffi vafte que le fien. La connoiffance du pays le lui fit imaginer, fon expérience dans la guerre lui en fit voir la poffibilité, & il ne manqua à ce grand projet que de n'avoir pas pû furprendre l'armée Efpagnole, qui l'auroit cependant été,

K k

fans l'aide-Major qui monta fur la digue ; mais quelle qu'ait été
la réuſſite de cette entreprife, l'idée feule de ce projet eſt admirable , & donne la plus haute idée des talens & du génie de ce
grand Capitaine.

(*rr*) Les différentes difpoſitions que fait Montécuculi pour
attaquer l'ennemi, ne ſont pas également bonnes ; il a pris les
deux premieres dans l'antiquité.

La premiere fut exécutée par Épaminondas, à Leuctres.

La feconde par Annibal, à Cannes, à quelque différence près,
mais qui eut le même fuccés.

La troiſième, où il partage ſa feconde ligne en deux, pour la
porter de droite & de gauche fur les flancs de la premiere ligne,
ſuppoſe un terrein immenſe, que les flancs de l'ennemi n'ont aucun appui, ce qui eſt un très-grand défaut dans un ordre de bataille : il ſuppoſe auſſi que l'ennemi ne s'appercevra pas de ce
mouvement ; il eſt vrai qu'il ajoute que *ce ſtratagéme réuſſira
mieux dans un tems ſombre & nébuleux , ou lorſque le vent fera
voler de la pouſſiere en l'air.* Je crois en général qu'il eſt très-
dangereux de trop étendre le front d'une armée , comme il l'eſt
auſſi de le trop raccourcir. Quoiqu'il ſoit impoſſible à un Général d'être par-tout le jour d'une bataille , il fera dans bien moins
de parties, ſi ſon front eſt trop étendu , & il ne pourra pas voir
les points auxquels il faudra porter des ſecours, ni s'y porter
lui-même aſſez promptement, ni envoyer ſes ordres à tems, pour
remédier aux faux mouvemens qu'il verroit faire à quelques troupes ; ainſi cet ordre de bataille me paroît dangereux. On peut
bien faire marcher fur les flancs de la premiere ligne quelques
troupes de la feconde , pour tourner l'ennemi & le prendre en
flanc , en ſuppoſant cependant que ſes aîles n'ayent point d'appuis ; mais le reſte doit demeurer dans la poſition où il eſt, pour

foutenir la ligne qui eft en avant, & même il vaut mieux, dans ce cas, détacher des troupes de la réferve que de la feconde ligne.

La quatrième difpofition peut être auffi très-dangereufe, à moins que l'on ne foit bien fûr de fes troupes légeres ; non pas relativement à leur valeur, mais quant à la difcipline & à l'ordre qui y font obfervés, parce qu'il feroit dangereux qu'elles ne fe retirâffent pas en ordre fur l'armée, ou qu'elles ne rompiffent la ligne en bataille, & qu'elles ne l'empêchâffent de marcher en avant : dans ce cas, il faut qu'elles fe retirent par les intervalles de la cavalerie ; mais jamais fur l'infanterie, pour de-là, s'aller placer fur le terrein qui leur fera indiqué. On peut faire marcher quelques troupes légeres avant que les armées foient à portée l'une de l'autre, fous la protection defquelles le Général s'avance, pour reconnoître la difpofition de l'ennemi ; mais dès que fa reconnoiffance eft faite, elles doivent fe retirer fur les flancs de l'armée, ou fur le terrein que les circonftances ou la pofition de l'armée exigeront. *

(ſſ) Cette crainte n'eft pas commune à une armée qui fe préfente au combat ; elle peut bien être dans l'ame de quelques particuliers, mais jamais dans des bataillons, & encore moins dans toute une armée ; cependant fi cela arrivoit, il faudroit détacher toutes les troupes légeres à pied & à cheval, foutenues des dragons & de quelque cavalerie, pour entretenir le défordre dans l'armée ennemie, & même l'augmenter, jufqu'à ce que l'armée ait pû la joindre, & faire changer cette retraite en une déroute générale ; mais il faut bien prendre garde que cette crainte ne foit que fimulée, & que cette retraite précipitée n'ait d'autre but que d'attirer l'armée dans un pofte qui lui feroit défavantageux, ou dans quelques embufcades placées fur fes flancs :

c'eſt pour ces raiſons qu'il ne faut détacher que les troupes lége-res, les dragons, & quelques eſcadrons de cavalerie tirés de la réſerve; mais l'armée doit reſter enſemble, s'avancer toujours en ordre tant que l'ennemi ſe retire, que les troupes en avant le ſuivent avec vivacité, & avoir attention de faire fouiller le pays ſur les flancs de l'armée, pour ne pas tomber dans quelques em-buſcades. Tant que l'ennemi ſe retire en ordre, il faut le ſuivre; mais lorſque ſa retraite eſt décidée, & que l'on n'a rien à crain-dre pour ſes flancs, il faut alors détacher quelques brigades d'infanterie & de cavalerie, qui ſe joindront aux troupes en avant, pour tirer tout le fruit poſſible d'un avantage auſſi ma-nifeſte & auſſi imprévu.

(*tt*) Cette méthode peut être abuſive, parce qu'il peut ar-river que tel officier ne ſoit le premier à monter aux grades que par la mort de ſes anciens, ou par vétuſté, & que d'ailleurs il n'ait aucun talent militaire que le courage: or, pour avancer en grade, ſur-tout aux grades ſupérieurs, qui exigent une expérience éclairée par l'étude, il faut plus que du courage; ainſi il ſeroit du bien du ſervice de n'avancer perſonne que relativement à ſes ſer-vices, à ſes actions, à ſes talens, à ſa conduite à la guerre, & à l'étendue de ſon génie militaire; mais il faut éloigner tout ce qui peut avoir la plus petite apparence de protection, car ſi elle a lieu, la méthode uſitée vaut mieux, & il y a beaucoup moins d'inconvé-niens. Si la protection, la naiſſance, les conſidérations ou les ri-cheſſes ſont écoutées, l'abus ſera encore bien plus grand. J'ai vu des perſonnes qui ſe croyoient de grands ſeigneurs, parce que leurs peres très-riches avoient achetés une Terre dont ils portoient le nom, & qui joignoient à ce nom très-cherement acheté une très-grande ignorance, demander des emplois, les obtenir par intrigue, & à force d'argent, & s'en dégoûter, heureuſement pour l'État, au

bout de trois ou quatre ans ; mais en suppofant l'équité, la connoiffance exacte des fujets, & le dépouillement de tout fentiment
d'amitié & de confidération dans ceux qui font les interprêtes des
volontés du Prince, le rang ni l'ancienneté ne doivent être comptés pour rien, fi les qualités requifes pour remplir le grade auquel on afpire, n'y font jointes ; fi elles s'y trouvent, l'ancienneté doit prévaloir, parce qu'elle fuppofe de l'expérience & de
l'acquit, juftifiés par les faits.

Je ne prétends pas qu'il faille pour monter aux grades fupérieurs, avoir les qualités éminentes qui caractérifent le Général
d'armée ; il feroit même peut-être dangereux qu'elles fe trouvâf-
fent dans tous les officiers en général. Comme on ne peut fe
cacher fes propres talens, que l'amour-propre aide encore à les
croire au-deffus de ce qu'ils font, il feroit à craindre que la bonne opinion que chacun auroit de foi-même & de fa capacité, ne
diminuât la confiance que l'on doit avoir dans le chef, & dans
les Officiers généraux chargés de fes ordres ; que l'ordre & la
difcipline ne s'altérâffent, & que chacun ne voulût agir que relativement à fes idées ; mais on peut être un bon Capitaine, un
bon Lieutenant-colonel, un bon Colonel, & même un bon Officier général, fans avoir pour cela ces talens & ce génie, qui
mettent l'homme comme au-deffus de lui-même, & qui lui méritent l'honneur de commander à fes femblables.

Il réfulte un très-grand abus des promotions générales ; on
éleve à des grades fupérieurs, le bon, le médiocre & le mauvais officier, fans aucune diftinction, feulement parce qu'ils font
les uns & les autres dans l'ordre du Tableau ; fouvent même on
fait Officier général un Colonel-Brigadier, que l'on ne croit pas
capable de conduire fon Régiment, pour donner ce même Régiment à un fujet plus en état de le bien commander, & d'y

maintenir l'ordre & la difcipline. On ne l'employe point, dira-t-on, il refte oublié, & ce titre qu'on lui donne, ne lui fervira qu'à décorer fa tombe : ce n'eft pas toujours une régle qu'il ne foit pas employé, il ne lui faut qu'une protection fupérieure, & même fubalterne, pour l'être certainement ; or fi la même grace eft donnée à l'homme inappliqué & fans talens, comme à celui qui réunit à l'étude, le génie & le goût militaire, quelle émulation ces graces, indiftinctement diftribuées, peuvent-elles donner à ceux qui s'appliquent & qui s'inftruifent de l'art auquel ils fe font confacrés? Paul Émile devoit-il être flatté d'avoir Varron pour collegue? Non, fans doute, & il ne pouvoit en être dédommagé que par l'eftime & la confiance que les gens éclairés avoient en lui ; il abandonnoit à Varron le vain fafte qu'entraînent après eux les honneurs, que le vulgaire eft toujours empreffé de prodiguer à l'homme décoré, fans examiner fi fes talens juftifient le grade éminent auquel il eft élevé. Ce grade aviliffoit Varron, loin de l'honorer, parce que fon incapacité étoit dans un plus grand jour. Paul Émile, au contraire, honoré du grade de Général, juftifioit par fes vertus & fes talens, le choix que les Romains avoient fait de lui. Comment eft-il poffible que cette République, qui, parmi tous fes citoyens, fut choifir un fi digne Général pour commander fes légions, fut affez aveugle pour lui donner un tel collegue ? le Sénat auroit dû confulter les légions.

Pourquoi dans les promotions ne pas confulter les officiers particuliers, & même les foldats ? les uns & les autres font les juges les plus féveres & les plus integres, ils connoiffent mieux les Officiers généraux & particuliers, que le Général d'armée & que les Miniftres, parce qu'ils les voyent opérer, qu'ils font les témoins oculaires de leurs difpofitions & de leur conduite. Ces officiers particuliers, ces foldats, font des membres de l'État, ils contribuent par leur valeur, & de leur fang, à la gloire de l'État & à celle du Général , ils devroient donc être confultés fur le choix de ceux qui doivent les commander (*a*).

(*a*) Le peuple eft admirable pour choifir ceux à qui il doit confier quelque partie de fon autorité. Il n'a à fe déterminer que fur des chofes qu'il ne peut ignorer , & des faits qui tombent fous les fens. Il fait très-bien qu'un homme a été très-fouvent à la guerre, qu'il y a eu tels & tels fuccès, & qu'il a la confiance des troupes; il eft donc très-capable d'élire un Général *.

* Montefquieu , de l'Efprit des Loix, tom. 1. liv. 2, ch. 2.

ARTICLE SECOND.

De l'Artillerie (*a*).

ON en peut confidérer la frabrique, la proportion, l'ufage, les dépendances. Il faut remarquer pour la fabrique, que, dans les anciens Arfenaux, il y a un cahos d'Artillerie fans ordre, fans diftinction & fans proportion, & qu'à peine peut-on trouver affez de noms pour les diftinguer, en forte qu'il n'y a point de ferpent, de bête ou d'oifeau, dont on n'ait donné les noms à quelques pièces. Chaque Prince, chaque Général, chaque Fondeur à voulu inventer, fuivant fon caprice, de nouveaux calibres & de nouvelles dimenfions, fans que plufieurs d'entr'eux ayent pû faire des épreuves raifonnables de leur utilité & de leur ef-

fet, tant parce que cela eſt d'une grandé dépenſe, que parce qu'on n'en peut juger que dans une
guerre véritable & vigoureuſe.

I°. On a donc été obligé, pour juger de leur
bonté, de fondre quantité de piéces de degré en
degré, depuis la plus courte juſqu'à la plus longue, depuis la plus légere juſqu'à la plus groſſe,
& on a enſuite tendu d'eſpace en eſpace, depuis
la plus petite diſtance juſqu'à la plus grande, un
grand nombre de toiles l'une derriere l'autre, dans
la ligne du coup ; on a encore été obligé de tirer
pluſieurs coups ſur une terre plus ou moins épaiſ-
ſe, afin de juger à l'œil, de la réſiſtance, de la juſ-
teſſe & de la force des piéces, & de connoître de
plus l'étendue & la qualité de la ligne droite ou
oblique que le boulet a tracé dans l'air.

Par le moyen de ces épreuves on a trouvé la
juſte proportion qui, aboliſſant les manieres anciennes, établit le canon dans ſa perfection, à laquelle il s'en faut tenir, ſans faire d'autres diviſions, que celles qui ſont approuvées par un uſage
bien établi.

II°. L'Artillerie trop groſſe & trop peſante eſt
d'une grande dépenſe, par la fonte du métal, par
la poudre qu'elle conſume, par les chevaux qui la
traînent, & par les hommes qui la ſervent ; d'ailleurs

leurs elle eſt incommode & lente à conduire & à manier ; & lorſqu'on la tire, elle ébranle & ruine les batteries, les remparts, les affûts, les platte-formes & les embraſures.

1°. L'Artillerie trop légere ne peut pas faire un grand effet, à cauſe du peu de poudre qu'on lui donne pour la charge, qu'elle recule trop, qu'elle s'échauffe en peu de tems, qu'elle ne porte pas tou-jours juſte, qu'elle verſe & creve même quelquefois.

2°. Les piéces trop longues ſont auſſi fort pe-ſantes, & le boulet perd une partie de ſa force avant que d'être ſorti du canon.

3°. Si elles ſont trop courtes, le boulet ſort avant que toute la poudre ait pris feu, & qu'elle lui ait donné un mouvement ſuffiſant, outre que leurs bouches ne paſſant pas au-delà des gabions & des chandeliers qui couvrent l'artillerie, elles les rompent, les brûlent, & les ruinent.

On mettra ici une proportion diſtinctive, aiſée à retenir, & qui a une ſymmétrie très-juſte des parties, tant entr'elles qu'à l'égard du tout ; c'eſt celle qu'on eſtime la meilleure, & c'eſt celle que j'ai ſuivi dans un grand nombre de piéces que j'ai fait fondre en Italie & dans les Arſenaux de l'Em-pereur, partie pleines, partie moins fortes de mé-tal, & toutes parfaitement bonnes.

Ll

I°. Quant à la matiere (*b*), on en fait de cuivre, de fer & de fonte, qui eſt un compoſé d'airain, d'étain & de bronze, mêlés en différens alliages.

II°. Quant à la forme (*c*), toute l'artillerie ſe réduit aujourd'hui à deux eſpeces.

Savoir celle qui a le noyau.
- Égal & cylindrique, qui font :
  - Canons.
  - Coulevrines.
- Inégal, voûté, ou en cloche.
  - Canons.
  - Pierriers.
  - Mortiers.
  - Pétards.
  - Orgues.

III°. Les Canons font :

	Tirent livres de balles.	Longs de calibres.	Peſent quintaux.
Entiers	48	18	72.
Demi	24	20	43.
Quarts	12	24	27.
Demi-quarts Fauconneaux	6	27	21.

1°. Les coulevrines font :

	Tirent livres de balles.	Longues de calibres.	Peſent.
Entieres	16	32	56.
Demies	8	33	33.
Quarts	4	35	20.
Petits Fauconneaux	2	36	11.

2°. Les Canons légers de métal, avec le noyau inégal, ou en cloche,

Sont :

	Tirent livres de balles.	Longs de calibres.
Demi	24	12.
Quart	12	14.
Huitième	6	16.
Seizième pour un Régiment	3	18.

3°. Les Pierriers ne tirent ni fer ni plomb ; mais des pierres depuis douze livres jufqu'à quarante-huit, ou des cartouches, ou des ferrailles.

4°. Les Orgues font plufieurs canons ajuftés enfemble fur un affût à deux roues, qui fe tirent avec un feul feu qui va en ferpentant ; il y en a quelques-unes que l'on appelle à boëtes, & on les charge par la culaffe avec leurs chambres.

Ces deux fortes d'artillerie font fuffifantes pour la campagne, & pour la défenfe des Places.

I₀. L'Artillerie renforcée de métal fert pour les batteries & contre-batteries : dans la plus grande épreuve, on la charge avec un poids de poudre égal à celui du boulet ; on n'en met que la moitié dans les coups ordinaires, & les deux tiers pour faire breche. Les doubles canons (*d*) peuvent fervir dans les Places pour ruiner les ouvrages des Affiégeans, & ceux-ci s'en peuvent fervir pour battre les Places, pourvu qu'on les y puiffe conduire par eau. Les coulevrines fervent pour tirer loin.

II°. Celle qui eft moins forte de métal (e), & qu'on appelle à caufe de cela artillerie de campagne, fe place au milieu de l'armée; elle eft aifée à manier, & la charge de poudre qu'on lui donne pour l'ordinaire, eft un tiers, ou la moitié du poids du boulet, & quelquefois on la charge de groffes pierres, & à cartouche. Quand on tire des grenades avec de l'artillerie, on met le tiers de la poudre ordinaire, parce que les grenades font mifes fur le même pied que les pierres, & les pierres font comptées fur le pied du tiers du poids du fer; par exemple, la charge d'un demi-canon eft de douze livres de poudre, moitié du poids du boulet; fi l'on s'en fert pour tirer des grenades, fa charge ne fera que de quatre livres de poudre.

On tire avec les Pierriers (f) des grenades & des boulets, qui, ayant percé le rempart, crevent dedans, & y font breche. On charge les pierriers de quantité de fachets, de coëffes, ou de tonnelets remplis d'éclats de pierres, de petites balles, de ferrailles, ou de chaînes; mais tout cela ne doit pas excéder le poids de leur boulet. Ils fervent dans les flanc des défenfes, à chaffer l'ennemi des dehors dont il eft maître, & à jetter des boulets de feu pour éclairer la campagne ; ils tirent depuis douze jufqu'à quarante-huit livres de pierres ; quelques-uns ont la chambre large d'un tiers du boulet, & longue de deux tiers ; d'autres l'ont de la longueur d'un boulet entier : d'ailleurs, toute leur longueur eft, depuis quatre jufqu'à huit boulets.

Les grands mortiers jettent des pierres de quatre à fix cens pefant. Ils fervent contre les batteries, les redoutes, les magafins, les baftions, & autres ouvrages étroits de l'ennemi. Ils ruinent les galleries, les maifons, les couvertures, les affûts & les platteformes de l'artillerie ; ils jettent une pluie & une grêle de feu qui ruine les maifons couvertes de paille ou de bois ; ils jettent auffi des chauffetrapes trempées dans des matieres réfineufes, aifées à s'enflammer, & fondues ; elles font enfermées dans un vaiffeau de bois qui creve en l'air, & alors les chauffetrapes tombant çà & là, percent en fichant tout ce qu'elles rencontrent, & y mettent le feu. On fait encore des fleches préparées de même, qu'on tire avec des arbalêtes ou des arcs, à la maniere des Tartares, ou avec des arquebufes ordinaires ; enfin on tire des balles de feu, ou avec des moufquetons à la main, ou avec des canons ordinaires, pour porter plus loin : on tire même des boulets de fer maffif, rougis au feu, & des grenades de même.

Les petits mortiers qui jettent cent livres de pierres avec la chambre longue , fervent à tirer des grenades plus loin qu'à l'ordinaire ; mais en ce cas, les grenades doivent être faites de maniere qu'elles puiffent réfifter à la poudre qui les chaffe.

M. Holft , Colonel d'Artillerie , met plufieurs petits mortiers fur une planche, lorfqu'on éleve la planche , ils demeurent tous enfemble pointés vers un endroit ; ils font aifés à manier , & très-juftes. On en fit l'épreuve le 24 Mai 1669.

Les Pétards fe font de plufieurs manieres, & de formes différentes ; ils fervent à rompre des portes, des paliffades , des barricades , des grilles de fer, des ponts-levis , des herfes , des chaînes , des galleries, des mines, &c.

Il faut pour le fervice de l'artillerie.

I°. Des affûts ordinaires (g) , & des platteformes exactement proportionnées , auffi-bien que les roues ; des affûts plus bas fur de petites roues baffes, & tout d'une piéce. Pour les pierriers, il faut des platteformes , des batteries , de petites échelles , des chevres ou boulins , des charriots , des harnois , des gliffoires , le chargeoir avec fa lanterne, le fouloir , des cuillers, des affûts , des coins, des écouvillons , des lanades , des balais, des fourches , & des boute-feux.

II°. Des boulets juftes avec le vent néceffaire.

Dans les canons de métal , par chaque cent livres de balles, on met une livre de vent , & deux livres dans ceux de fer.

· De la poudre qui se fait de salpêtre , de soufre & de charbon , mêlés en différente quantité , & des instrumens pour la faire.

III°. Que la piéce soit bien fondue, de bonne trempe , éprouvée, tiercée, bien proportionnée avec le compas courbe, le plomb ou l'aiguille, afin que la grosseur des deux côtés du canon étant partout égale , (ce qui s'appelle éteindre le vif à la piéce,) elle regle la mesure des coups. Que la visiere soit parallele au *noyau* de la piéce ; qu'elle soit visitée, qu'on examine si elle est forte de métal, si le noyau est parallele, si la lumiere, les tourillons , les dauphins sont en leur place ; si le canon est bien droit , si le noyau de fer n'est point tortu , si on l'a percée bien droite avec le foret ou la tariere ; si elle est bien polie pardedans , sans porosités, sans creux, sans crevasses ; qu'on la charge, qu'on la pointe, qu'on la tire, qu'on la rafraîchisse , & qu'on la remette en état, lorsqu'elle a été long-tems chargée ou enclouée.

Sous l'artillerie (*h*) , qui est la principale machine de l'armée , on comprend tout ce qui en dépend ; les instrumens militaires , les matériaux, les ouvriers & les artisans qui y servent.

Anima.

Dado ti-
nivella.

272 COMMENTAIRES SUR MONTECUCULI,

I°. Elle comprend les feux d'artifices, ou la pyrobolie, tant les matieres dont ils se font, que les feux mêmes tout faits. On les voit décrits fort au long en plusieurs livres de toutes sortes de langues ; mais comme il y a des gens assez téméraires pour oser écrire d'une matiere qu'ils n'entendent point, ou pour transcrire ce que d'autres en ont écrit, il ne s'en faut rapporter qu'à l'expérience.

II°. Elle comprend les Officiers, & les charges de l'artillerie.

III°. Les charriots & les chevaux pour conduire tout ce qu'il faut. Un cheval peut tirer environ 500 pesant ; mais pour continuer à la longue, & souvent dans des pays rudes & difficiles, on compte 300 pesant pour chaque cheval, sans le poids du charriot.

OBSERVATIONS.

ARTICLE SECOND.

De l'Artillerie.

(a) ON commençoit du tems de Montécuculi à avoir une connoissance raisonnée de l'artillerie ; mais on étoit encore bien loin d'avoir atteint cette juste dimension & cette proportion auxquelles on est aujourd'hui parvenu. Ce n'est qu'à l'aide de l'expérience que l'on a pû connoître & découvrir quelle
devoit

devoit être la longueur d'une pièce, relativement à son calibre, à son épaisseur, & à la quantité de poudre qu'il faut pour chasser le boulet au plus loin possible ; on a même été très-long-tems dans l'erreur sur ces différens calculs. Quant aux proportions, on s'imaginoit que plus une pièce étoit longue, & plus elle portoit loin : on étoit dans le même aveuglement sur la quantité de poudre, & l'on croyoit que plus on en mettoit, & plus le boulet étoit chassé avec force, & alloit loin; mais on a reconnu que le trop de longueur diminuoit la portée du boulet, comme le trop de poudre ne lui donnoit pas plus de force, ni ne le portoit pas plus loin. Ce n'est pas la grande quantité de poudre que l'on met dans une pièce qui chasse le boulet avec plus de vivacité, c'est la quantité de celle qui s'enflamme ; or si on a remarqué & expérimenté, que de douze livres de poudre il ne s'en enflamme que huit, les quatre livres en sus sont de trop, & en pure perte.

La coulevrine de Nancy qui est à Calais, est de dix-huit livres de balles ; elle a vingt-un pieds onze pouces six lignes depuis sa bouche jusqu'au bouton de la culasse. Cette proportion est totalement contre l'expérience, puisque par les épreuves que l'on a faites, elle ne porte pas plus loin qu'une pièce de seize selon les proportions actuelles, qui ne donnent à ces pièces que dix pieds dix pouces depuis la bouche jusqu'à l'extrémité du bouton. Quoique du tems de Montécuculi il y eut des pièces depuis dix-huit jusqu'à trente-six pieds de long, cela ne justifie point les proportions de la coulevrine de Nancy. La raison du peu de portée de cette pièce est sensible, sa longueur prodigieuse donne, à la vérité, le tems à la poudre de s'enflammer ; mais elle a fait une partie de son effet avant que le boulet ne soit sorti de la pièce ; le frottement du boulet, en parcourant

M m

l'ame, diminue encore de fa vivacité, & la colonne d'air étant plus confidérable, il n'eft pas furprenant que cette piéce ne porte pas auffi loin qu'on fe l'étoit imaginé.

Les piéces trop courtes ont le même inconvénient, mais par un effet contraire; le boulet fort de la piéce avant que toute la poudre foit enflammée, ainfi il ne reçoit l'impulfion que d'une partie de la charge, qui ne peut pas le porter auffi loin que s'il étoit chaffé par toute la poudre embrafée. On a trouvé aujour-d'hui la véritable proportion des piéces de tout calibre, mais ce n'eft qu'à l'aide de l'expérience; & fuppofé que l'on ne l'ait pas encore exactement trouvé, du moins en approche-t-on beau-coup. Il n'en eft pas de même pour la compofition du métal, parce que je crois effentiel de chercher à alléger les piéces, fans diminuer leur fervice.

(b) Il y a plufieurs fyftêmes fur la compofition de la matiere dont on fait le canon. Montécuculi parle de canon de cuivre, de fer & de fonte, & il ajoute que celui de fonte eft un com-pofé d'airain, d'étain & de bronze, mêlés en différens alliages. L'airain n'eft autre chofe que du cuivre pur; le bronze eft un compofé de cuivre, d'étain ou de zinc. Le zinc a la propriété de rendre le cuivre jaune, il a auffi celle de le rendre dur & caffant. L'étain a la même propriété; mais au lieu de le rendre jaune, il lui donne une couleur plus pâle qu'il n'a lorfqu'il eft pur: ainfi un canon de fonte ou de bronze, felon l'acception re-çue, eft la même chofe. Quant au canon de cuivre pur, on ne s'en fert point; le cuivre fans l'alliage de l'étain ou du zinc, n'eft pas affez folide. J'ai dit que le zinc mêlé en proportion avec le cuivre, le rendoit plus jaune; & lorfque l'on joint au zinc de la racine de *curcuma* (a), le cuivre dans lequel cette mixtion eft jettée devient couleur d'or *.

* *Hift. de* l'*Académie des Scienc.* 1741, p. 45.

(a) *Curcuma*, autrement appellé *terra merita*, eft une racine oblongue, tube-

Le canon de fer eſt de deux eſpeces, il y en a de fer forgé &
de fer fondu ; la premiere eſpece n'eſt point en uſage, j'en ai
cependant vu une piéce très-longue, & hors de toutes proportions, dans l'arſenal de Wolfenbutel ; cette piéce eſt ſi longue,
qu'il a fallu ſoutenir la volée, crainte qu'elle ne foiblît & ne
ſe pliât. La ſeconde eſpece n'eſt plus en uſage que ſur mer, ou
dans quelques châteaux gardés par des Invalides ; mais on ne
s'en ſert point dans les Places de guerre ni dans les armées.

La matiere dont on fait le canon a toujours été à-peu-près la
même, elle n'a différé que dans le plus ou le moins de mixtion.
Cette matiere eſt compoſée de cuivre roſette, de laiton, ou cuivre jaune, & d'étain. La roſette de Norvege eſt réputée la
meilleure pour l'artillerie, parce qu'elle eſt plus dure que celle
que l'on tire de Hongrie, de Suede, d'Italie & de la Lorraine *;　* *Mém.*
je crois cependant qu'il ſeroit poſſible d'en tirer des mines de 　*d'artill. par*
France, ſans en aller chercher auſſi loin. J'en connois deux, 　*St. Remy,*
entr'autres dans le Lyonnais, à trois lieues de Lyon, dont on 　*pag. 212.*
tire un excellent cuivre roſette ; & après les épreuves faites, il a
été jugé égal en qualité au cuivre de Norvege. Ces deux mines
ne ſuffiroient pas, à la vérité, pour fournir du cuivre aux Fonderies de canon du Royaume, parce qu'elles ne produiſent qu'environ trois cens milliers de cuivre ; mais comme ce ne ſont pas
les ſeules mines qui ſoient en France, on pourroit en trouver
ſuffiſamment à qualités égales ; il y auroit un très-grand profit
pour le Roi ; l'État y trouveroit ſon avantage, parce qu'il n'y
auroit point d'exportation d'argent, que les frais ſeroient très-

---

reuſe, noueuſe & peſante, dont le dedans eſt couleur de ſafran. On a trouvé
le ſecret de fixer ſa teinte jaune ſur certain métaux, ce qui leur donne une
couleur d'or. Il y en a de deux eſpeces, *le terra merita* long, & *le terra me-*　* *Valmont*
rita rond ; le dernier eſt plus rare que le premier, ils ont l'un & l'autre les 　*de Bomare,*
mêmes propriétés *.　　　　　　　　　　　　　　　　　　　　　　　　*Dictionnaire*
　　　　　　　　　　　　　　　　　　　　　　　　　　　　　　　　univ. d'Hiſt.

diminués, ce seroit une branche de commerce qui s'étendroit, des sujets de plus qui trouveroient à vivre, & on ne seroit point soumis aux vents ni aux incidens qui retardent souvent l'arrivée de ces matieres. Ces Fonderies sont établies dans les bourgs de St. Bel & de Cheiffy ; les mines sont riches, & les Fonderies dans le meilleur état.

De ces différens métaux on forme un métal, dont on fait les piéces. Avant que de mêler ces métaux ensemble, il faut les purifier de leurs parties hétérogenes, avec une poudre, dont on peut voir la composition dans les Mémoires de St. Remy *.

La quantité de chacun de ces métaux qu'il faut mêler ensemble, pour que le métal composé acquiert une dureté suffisante, n'est pas absolument déterminée ; chaque fondeur a ses proportions relatives à ce mélange, cependant ils different peu les uns des autres. Le mélange le plus en usage, & le plus généralement reçu, est de mettre sur une partie quelconque de rosette, la onzième partie d'étain, & de laiton, seulement les deux tiers.

De tout tems on a fondu les piéces avec un noyau ; ce noyau est une piéce ronde de fer, que l'on enduit d'une pâte de cendre bien recuite ; on met sur cette piéce de fer couche sur couche, jusqu'à ce que ce noyau soit de la grosseur du calibre que doit avoir la piéce. Je n'entrerai point dans la maniere de fondre le canon, ni dans le détail des choses nécessaires & des préparatifs préliminaires avant que de fondre une piéce, je ne ferois que répéter ce qu'ont déjà écrit plusieurs Auteurs. Je renvoye aux Mémoires de St. Remy, & à l'artillerie raisonnée de le Blond ; mais tous ces ouvrages n'apprendront point cette partie, comme de se transporter dans une Fonderie, & de voir par soi-même depuis la premiere opération jusqu'à la derniere.

Depuis plusieurs années le sieur Maritz a imaginé de fondre

les piéces pleines, & il se sert ensuite du foret pour les percer. Quand le foret y a passé, on y substitue des boëtes de cuivre ou de bois de figure cylindrique, auxquelles il y a des couteaux d'acier bien solides; on fait tourner ces boëtes, & à mesure que ces couteaux coupent le métal, on laisse descendre la piéce, qui est dans la position verticale, jusqu'à ce qu'elle soit entierement forée. Le même Maritz a imaginé une autre machine, pour forer les piéces horisontalement.

Cette méthode de fondre les piéces pleines est beaucoup plus parfaite que la premiere, parce qu'elle est moins sujette aux chambres & aux cavités, en ce que le métal ne trouvant aucun obstacle, se répand également dans la chappe (a), & est moins sujet à faire des chambres dans la masse, pourvu qu'il ne soit point coulé trop chaud, parce qu'alors il bouillonne, & peut laisser par ce bouillonnement des cavités où l'air se concentre, qui rendent la piéce foible dans ces parties, & par conséquent mauvaise.

M. le Chevalier d'Arcy, Brigadier d'infanterie, & de l'Académie royale des Sciences, dans son Essai sur une théorie d'Artillerie, croit que si on pouvoit trouver le secret de séparer le fer fondu du laictier (b), qui est la cause de sa dureté & de sa fragilité, le fer fondu deviendroit aussi doux que le fer forgé; je crois qu'il a raison, mais que cette opération est très-difficile à faire, & comme impossible. Il paroît condamner la composition du métal en usage aujourd'hui pour les piéces de fonte; il donne pour raison, que la chaleur du cuivre en fusion convertit l'étain en chaux, & que lorsqu'il est déjà solide, l'étain reste encore

---

(a) C'est l'enveloppe du moule.
(b) Le laictier est une partie du métal, à demi vitrifiée.

long-tems en fufion. Il paroît enfuite pencher pour les canons de fer forgé doublés de cuivre, de l'invention du fieur Hanotteau.

Il n'eft pas à préfumer que depuis le tems que le canon a été imaginé, & que l'on coule annuellement des piéces, les Métalurgiftes n'ayent cherchés quel pouvoit être le métal le plus propre au canon, & celui qui pouvoit le mieux réfifter à l'explofion de la poudre, & à l'impreffion que le boulet doit faire dans l'ame de la piéce, par la vivacité avec laquelle il en fort. Le fentiment de M. le Chevalier d'Arcy pourra, fans doute, donner des lumieres pour perfectionner les piéces ; mais je doute fort qu'il foit fuivi dans fon entier. Sans m'en rapporter à mes idées, j'ai confulté des perfonnes de l'art, entre autres M. de Bellegarde, Officier eftimé dans l'Artillerie, & qui en a fait une très-longue étude : je le nomme avec grand plaifir, non que j'imagine ajouter à fa réputation, mais pour lui donner une marque publique du cas que je fais de fes connoiffances, & joindre mon fuffrage à celui des perfonnes éclairées qui le connoiffent.

Je rapporte ici mot à mot ce qu'il m'a dit : c'eft lui qui parle.

,, Lorfque l'on confidere le cuivre & l'étain féparément, il eft ,, certain que le degré de chaleur néceffaire pour fondre le cui,, vre eft fort au-deffus de celui qui convient pour diffoudre l'é,, tain ; mais fi l'on envifage ces deux fubftances confondues & ,, intimement liées enfemble, ne pourroit-on pas inférer : 1°. Que ,, le réfultat fera moins ductile, & plus fufible que le cuivre. ,, 2°. Que ce même réfultat fera moins fufible, & plus ductile ,, que l'étain.

,, Le but que l'on fe propofe lorfque l'on combine le cuivre ,, rofette avec l'étain, eft de donner plus de dureté au réfultat ; ,, car une piéce de canon de pure rofette ne pourroit réfifter ,, long-tems à l'action de la poudre & du boulet, fans devenir ,, indirecte, & enfin fe plier.

,, Un objet important dans la compofition des piéces, eft de
,, déterminer le rapport qui doit fe trouver entre les qualités
,, alliées. L'expérience a fait connoître que le rapport de onze
,, à cent étoit à-peu-près celui qui convenoit pour la perfection
,, du mélange ; c'eft-à-dire, qu'il falloit onze livres d'étain pour
,, cent livres de cuivre rofette, en fuppofant que l'étain & la
,, rofette ont la plus grande pureté. L'étain uni au cuivre dans
,, un moindre rapport que celui de onze à cent, ne donne pas à
,, la piéce affez de confiftance ; l'étain uni au cuivre dans un
,, plus grand rapport que celui de onze à cent, produit un mé-
,, tal plus dur, mais extrêmement caffant; enforte que ces mé-
,, taux étant combinés en raifon d'égalité, le mixte acquiert la
,, fragilité du verre.

,, L'étain a de l'affinité avec tous les métaux; mais pour que
,, cette affinité ait lieu, il faut que ces fubftances métalliques
,, foient chacune dans un état femblable, ou fous la forme mé-
,, tallique, ou fous la forme du verre; car une fubftance métal-
,, lique ne peut contracter aucune union avec aucun verre mé-
,, tallique, pas même avec le fien.

,, Si dans ce mélange du cuivre avec l'étain, cette derniere
,, fubftance venoit à perdre fon phlogiftique (a), la mixtion
,, deviendroit impoffible ; alors cette fubftance plus légere que
,, le cuivre, furnageroit fur le creufet, pour peu que l'on ceffât
,, d'agiter la matiere. La maffelote (b) de la piéce contiendroit
,, feule la chaux de l'étain ; & s'il fe rencontroit quelques parties
,, de cette chaux embarraffées dans le métal, elles fe rappro-

(a) C'eft la partie inflammable qui fe trouve dans les métaux.
(b) C'eft la fuperfluité du métal qui fe trouve lorfque la piéce de canon eft
coulée.

,, cheroient néceffairement de l'axe du mouvement du métal ;
,, qui, en tombant dans le moule, tourne avec rapidité ; alors
,, la piéce étant forée, ne contiendroit plus d'étain. Il ar-
,, riveroit la même chofe, fi l'étain plongé dans la rofette en
,, fufion, confervoit fa forme métallique, fans s'unir intimement
,, au cuivre. On remarque dans la maffelote les veftiges d'étain,
,, avec fon brillant métallique que n'a pas la chaux : on recon-
,, noît de légeres couches d'étain fur quelques particules de mé-
,, tal enlevées par le foret ; mais pareille chofe ne s'obferve
,, point dans les morceaux de métal enlevés par le cizeau à la
,, fuperficie extérieure de la piéce.

,, Il paroît donc d'après ces obfervations : 1°. Que l'étain qui
,, ne pourroit pas foutenir feul la chaleur capable de fondre le
,, cuivre fans s'altérer, fouffre pendant quelque tems fon action,
,, étant uni au cuivre fans fe décompofer. 2°. Par cette union,
,, ces deux métaux acquierent réciproquement des qualités qu'ils
,, n'avoient pas féparément ; ainfi ce n'eft pas les propriétés de
,, ces métaux qu'il faut confidérer dans ce mélange, mais feule-
,, ment celle qui réfulte de leur mixtion (a).

,, Les propriétés nouvelles qu'acquiert le canon de rofette
,, mélangée avec l'étain, femblent prouver que la piéce eft for-
,, mée par une nouvelle combinaifon des élémens de ces deux
,, métaux, intimement unis & liés enfemble, (je fais abftraction
,, de la maffelote, de la partie du métal enlevée par le foret,
,, pour former l'ame, & des tourillons, ou fe raffemblent nécef-
,, ,, fairement

(a) Toutes fubftances qui s'uniffent enfemble, perdent une partie de leur propriétés, & le compofé qui réfulte de leur union, participe des propriétés de ces fubftances qui leur fervent de principes.

,, fairement la chaux d'étain, & l'étain, qui ne font pas entrés
,, dans la mixtion,) alors les pores de ce mixte feront les feuls
,, vuides que l'efprit pourroit appercevoir ; cependant l'on ne
,, peut pas difconvenir que le fluide de la poudre enflammée
,, chauffant & pénétrant fouvent une piéce de cette efpece,
,, n'en accélere la décompofition (a); malgré cet inconvénient,
,, ces piéces font d'un très-bon ufage, fur-tout depuis qu'on a
,, trouvé le moyen de rectifier les lumieres qui s'évafoient faci-
,, lement autrefois.

,, Dans la plus grande exécution du canon, il n'eft jamais af-
,, fez échauffé pour fondre l'étain.

M. le Chevalier d'Arcy pour démontrer ce qu'il avance, cite
ce qui fuit : *La maniere de féparer le cuivre d'avec le plomb*
prouve évidemment que l'étain fe fond dans les interflices du
cuivre, fans que le cuivre fe fonde. ,, Je crois, continue M. de
,, Bellegarde, que M. le Chevalier d'Arcy auroit dû choifir une
,, preuve moins indirecte. Il eft inconteftable que l'étain eft plus
,, fufible que le plomb ; mais toujours dans des circonftances où
,, ces métaux feront féparés de toute autre fubftance. La ro-
,, fette pourroit avoir plus d'affinité avec l'étain qu'avec le
,, plomb. L'étain (dans cette hypothefe) s'uniroit plus intime-
,, ment avec le cuivre, que ne feroit le cuivre avec le plomb.
,, Les menftrues (b) que l'on emploieroit pour féparer le plomb

(a) Il ne faut pas croire que le fluide que l'on apperçoit fur la fuperficie de
la piéce lorfqu'on la voit fuer, foit effectivement celui de la poudre, qui, après
avoir pénétré la piéce, s'y amaffe, ce n'eft que de l'eau infipide qui s'eft infinuée
dans les pores du métal ; on peut même concevoir que cette eau ne vient que
de l'Atmofphere ; ce qui le prouve, c'eft que la même chofe arrive fouvent
lorfqu'on la fore.

(b) C'eft un diffolvant humide qui pénetre dans les parties d'un corps fec,
& fert à en tirer ce qu'il y a de plus fubtil.

N n

,, du cuivre, ne feroient peut-être plus agiffantes pour défunir
,, l'étain; il auroit donc fallu pour établir pofitivement cette
,, vérité, la déduire de la maniere de féparer le cuivre d'avec
,, l'étain.

,, Quant au projet du fieur Hannotteau, qui propofe de faire
,, des piéces de fer doublées de cuivre, & que M. le Chevalier
,, d'Arcy femble appuyer; imaginons que ces piéces font ache-
,, vées avec toute la perfection dont elles font fufceptibles,
,, bientôt la doublure de cuivre, battue du boulet, rendra l'ame
,, indirecte, & hors de fervice : on fait d'ailleurs quelle eft l'ac-
,, tion du foufre fur le fer ; tous les acides, & même l'eau, en
,, ont beaucoup fur ce métal ; ainfi ces piéces ne peuvent être
,, que mauvaifes, & de peu de durée.

,, M. le Chevalier d'Arcy rapporte encore une remarque du
,, fieur Hannotteau fur la différence du poids des piéces d'artille-
,, rie, faites de la même fonte, & avec les mêmes dimenfions ; "
cette différence, dit M. le Chevalier d'Arcy, *ne vient que des*
chambres ou fouflures qui fe trouvent dans ces piéces, & que l'on
ne peut reconnoître. ,, Si toutes les piéces de même calibre &
,, de la même fonte, avoient effectivement le même volume, la
,, raifon de cette différence feroit inconteftable ; mais la diffé-
,, rence dans les dimenfions ne feroit-elle pas la plus grande
,, caufe de l'inégalité de leur poids ? c'eft ce que le fieur Han-
,, notteau auroit infailliblement reconnu, fi, avant de faire l'ob-
,, jection, il avoit pris la peine de comparer toutes les parties
,, de quelques-unes des piéces ".

Voilà ce que me répondit M. de Bellegarde, en lui expofant
les doutes que j'avois fur l'opinion de M. le Chevalier d'Arcy,
touchant la compofition du métal, de l'union intime de l'étain
avec le cuivre, qu'il ne croit pas, & fur le canon de fer forgé
doublé de cuivre, qu'il paroît approuver.

(c) Dans le détail que fait Montécuculi des piéces qui étoient
en uſage de ſon tems, il fait mention de piéces de quarante-huit
livres de balles, de vingt-quatre, de ſeize, de douze, de huit,
de ſix, qu'il appelle fauconneaux, de quatre, & de deux, qu'il
nomme petits fauconneaux. La longueur de ces piéces n'eſt
pas proportionnée ; ſa piéce de vingt-quatre a vingt pieds de
long, la longueur de celle du même calibre en uſage aujourd'hui,
n'eſt que de dix pieds onze pouces & demi depuis la bouche juſqu'à l'extrémité du bouton, ce qui fait vingt-trois calibres de
longueur, proportion que l'on a cru ſuffiſante, pour donner au
boulet toute la portée poſſible. On a remarqué, à l'aide de l'expérience, que lorſque la piéce étoit trop courte, la poudre n'a-
voit pas le tems de s'enflammer toute, avant que le boulet en
fût ſorti, ce qui diminuoit la vivacité & la portée du boulet : il
en eſt de même lorſqu'elle eſt trop longue, toute la poudre s'enflamme avant que le boulet ait pû parcourir l'ame; d'ailleurs, le
frottement du boulet & la réſiſtance de l'air étant plus conſidérables, il s'enſuit que le boulet perd une partie de ſes forces.

Les dimenſions des autres piéces, dont Montécuculi fait le
détail, ſont toutes auſſi diſproportionnées, & même encore plus
que la piéce de vingt-quatre. Les calibres ſont aujourd'hui de
24, de 16, de 12, de 8, & de 4, longues; chacune de ces piéces a ſes proportions relatives à ſon calibre, pour la longueur
& l'épaiſſeur. On peut en voir le détail dans l'Artillerie raiſon-
née de le Blond * : on peut voir auſſi dans le même Ouvrage, la   *Chap. 2.
quantité de poudre qu'il faut pour chaque piéce, relativement   art. v.
à ſon calibre, pour donner au boulet la vîteſſe & la force poſſible **. M. de St. Remy, dans ſes Mémoires d'Artillerie, donne   ** Idem.
d'autres proportions pour la charge du canon; mais depuis lui,   art. xij.
on a reconnu qu'il n'étoit pas néceſſaire de mettre une ſi grande

quantité de poudre que celle qu'il indique, & que le tiers de la pefanteur du boulet fuffifoit pour le plus grand éloignement, & la moitié du tiers lorfque l'on tire à ricochet.

(*d*) Les doubles canons étoient, fans doute, ceux de quarante-huit livres de balles; ils ne font plus en ufage à caufe de leur pefanteur, de la difficulté de lés tranfporter d'un lieu dans un autre, & de l'attirail prodigieux qu'ils entraînent après eux, en chevaux & en voitures; on ne s'en fert même plus dans les Places, parce qu'ils ruinent les remparts, & ébranlent les murs; & fi on vouloit s'en fervir pour les fièges, il faudroit faire comme faifoient autrefois les Turcs, qui les fondoient fur la place; mais auffi ils les abandonnoient lorfqu'ils étoient forcés de lever le fiège. On a réduit le calibre des piéces de fiège à vingt-quatre livres; j'en ai encore vu de trente-trois livres en 1744, au fiège de Fribourg, mais elles ont été fondues, & on en a fait des piéces de vingt-quatre. Ces piéces fuffifent pour faire écrouler les murs les plus forts, font d'une dépenfe beaucoup moins confidérable, plus aifées à tranfporter, plus faciles à remuer & à fervir, & elles exigent beaucoup moins de chevaux pour les traîner, & d'attirails néceffaires pour les mettre en batterie.

(*e*) L'artillerie de campagne eft de quatre calibres différens; elle fe divife en piéces de 16, de 12, de 8 & de 4, à la Suédoife (*a*); les piéces de 16, de 12, de 8, s'appellent piéces du parc, parce que c'eft le Corps royal de l'Artillerie qui en a la garde, qui les conduit, qui les efcorte, qui les place, & qui les fert: celles à la Suédoife font attachées aux Régimens d'infanterie. Pendant la derniere guerre, elles étoient fervies par des canoniers tirés

---

(*a*) Les piéces de 4 longues, ont été réformées depuis la derniere guerre.

des Régimens, & que l'on inftruifoit à pointer & à tirer le canon; mais on a remarqué que ces canoniers diminuoient la force des bataillons; pour y remédier, on a, depuis la paix derniere, augmenté le Corps royal, & ce font des détachemens de ce Corps qui ferviront à l'avenir les piéces des Régimens (a).

L'artillerie en campagne fe divife par brigades; chacune eft ordinairement de cinq piéces, avec les charriots néceffaires pour porter la poudre, les boulets, les cartouches, & les outils pour fervir chaque piéce; il y a encore d'autres charriots attachés à l'artillerie, ces charriots portent les munitions pour l'infanterie, pour la cavalerie, & en général pour toutes les troupes. Les pontons, ainfi que les voitures qui portent les madriers & les planches pour la conftruction des ponts, y font auffi attachés.

Il y a quelques années que l'on avoit imaginé de forer les piéces de douze à feize, & celles de huit à douze, ce qui rendoit ces piéces beaucoup plus légeres, & plus aifées à conduire & à fervir: ces piéces avoient à-peu-près des portées égales à celles du calibre ordinaire; mais celles de huit forées à douze ont été hors de fervice après cent coups tirés de fuite avec vivacité; elles ont été, par cette raifon, jugées d'un mauvais ufage. Celles de douze forées à feize ont réfifté à cent vingt & à cent trente coups, & par cette épreuve jugées bonnes; mais je ne crois pas cette expérience fuffifante & convainquante. On a

---

(a) Cette inftitution eft excellente, parce qu'en fuppofant qu'il fallut faire un fiège, comme l'infanterie dans cette circonftance ne fe fert point de fon canon de Régiment, tous les canoniers détachés aux Régimens qui font au fiège, fervent le canon du fiège, fans qu'il foit néceffaire d'en faire venir pour cet objet: le jour d'une bataille, ils fervent le canon des Régimens, & il y en a fuffifamment au parc d'artillerie pour fervir celui de campagne: je penfe, d'ailleurs, que le canon de Régiment fera beaucoup mieux fervi.

coulé dans le même tems des piéces de douze & de feize, allégées chacune de mille à onze cens livres de métal, que je crois beaucoup plus fûres; ces dernieres piéces ont moins de longueur que celles des calibres ordinaires, mais elles auront peut-être l'inconvénient de ne pas porter aufli loin.

Si l'opinion de M. le Chevalier d'Arcy eft jufte, relativement à la mixtion de l'étain avec le cuivre rofette, l'inconvénient doit être bien plus confidérable lorfque la piéce eft moins épaiffe, parce que la quantité de poudre étant la même que lorfque la piéce a toute fon épaiffeur, l'impreffion doit être bien plus forte dans la coupe tranfverfale de la piéce, elle doit s'échauffer bien plus promptement. L'étain, en fuppofant qu'il ne foit pas intimement uni au cuivre, doit être bien plutôt en fufion, & l'épaiffeur n'étant pas fuffifante, relativement à la charge, il eft à craindre que la piéce ne creve; mais quand même M. le Chevalier d'Arcy fe feroit trompé, relativement à l'union intime de l'étain avec le cuivre, la piéce n'ayant pas l'épaiffeur qu'elle doit avoir, doit s'échauffer plus aifément, & la force de la poudre agir plus fenfiblement fur toutes les parties de la piéce, ce qui doit la rendre mauvaife.

(*f*) Je ne fais pas pourquoi dans l'énumération que fait Montécuculi de toutes les bouches à feu en ufage de fon tems, il ne fait point mention des mortiers à bombe; cependant comme de fon tems il y avoit des mortiers, il devoit certainement y avoir des bombes. Strada * dit que les premieres furent jettées au fiège de Vachtendonck, en 1558: comme Montécuculi vivoit en 1650, il n'eft pas poffible qu'il n'y eut des bombes de fon tems. Ces grenades qu'il met dans des mortiers, & qu'il jette fur les remparts, ne font que de petites bombes, mais elles ne peuvent jamais faire l'effet d'une bombe de 150 pefant; elles font inquiétantes, on les

Hift. de la guerre de Fland.tom.3. liv. 6.

appelle des perdreaux; mais elles eftropient plus qu'elles ne tuent.

La plus longue portée du pierrier eft de cent cinquante toi-
.fes, lorfqu'il eft chargé de deux livres de poudre; il eft de même
métal que les mortiers, fon affût eft de bois, avec des cram-
pons, ou cercles de fer, qui contiennent les tourillons. Les
pierriers jettent des pierres, au lieu que les mortiers jettent
des bombes. Il y a des mortiers à chambres cylindriques, d'autres en poires, d'autres fphériques; ces deux derniers font de
nouvelle invention. La chambre, fuivant la grandeur du mortier, contient depuis deux livres de poudre jufqu'à douze, &
même dix-huit. Il y a des mortiers qui jettent des bombes que
l'on nomme comminges; ces bombes ont dix-fept pouces dix
lignes de diametre, ainfi elles ont cinquante-trois pouces fix lignes de circonférence, elles contiennent trente livres de poudre,
& pefent chargées cinq cens livres. On s'en eft fervi en 1733 au
fiège de Trarback, & en 1745 au fiège de Tournai, & l'on remarqua qu'elles ne faifoient pas l'effet qu'on en avoit atten-
du; d'ailleurs, elles font difficiles à mouvoir, ainfi que leurs
mortiers qui font énormes. On peut en voir la defcription dans
St. Remy *.

* *Mém.*
d'artill. tom.
2. part. 2.

(*g*) Les affûts bas fur des roues baffes, & toutes d'une piéce,
font d'un très-bon ufage pour la défenfe d'une Place, pour mettre fur le chemin couvert, fur les ouvrages avancés, & même
fur le rempart. Dans la défenfe des Places il n'en faudroit point
d'autres; mais je voudrois que les flafques fuffent plus courtes, ils feroient auffi faciles à remuer & à fervir, & il ne leur
faudroit point autant de terrein pour les mettre en batteries:
les roues baffes ont l'avantage de n'être point vûes de l'affié-
geant, & elles ne peuvent pas être brifées par le canon, à moins
que ce ne foit par quelques boulets tirés à ricochet.

(*h*) Cet article qui traite de l'artillerie eft d'un Général confommé dans toutes les parties de la guerre ; & fi Montécuculi a erré quant aux proportions & aux dimenfions des piéces, c'eft plutôt une erreur du tems que celle de ce grand Général. Les réflexions que j'ai faites fur cet article, fervent à donner une teinture de l'artillerie à ceux qui commencent à fervir ; mais comme cette partie de la guerre eft très-intéreffante, & qu'elle le devient tous les jours de plus en plus, par l'ufage où l'on eft aujourd'hui d'avoir dans une armée une nombreufe artillerie, elle doit exciter la curiofité de tous les militaires. L'extrait que j'en ai donné ne peut pas fuffire, il ne peut que préparer ; heureux s'il pouvoit en donner le goût. Je fuis toujours étonné que des perfonnes qui fe deftinent aux armes, ne cherchent pas à connoître toutes les parties que renferme l'Art de la guerre. L'un fe deftine à fervir dans l'infanterie ; l'autre, plus riche, tâche d'obtenir une compagnie de cavalerie ; un autre fert dans l'artillerie, un autre dans le génie ; mais les uns & les autres ne s'attachent qu'à connoître la force & la propriété de l'arme à laquelle ils fe font attachés : cependant dans le nombre il en eft qui parviennent aux grades fupérieurs, & qui de-là deviennent Officiers généraux ; il feroit donc effentiel, & pour eux & pour l'État, qu'ils fuffent inftruits de ce qui peut concerner la guerre dans le grand, & de toutes les parties qu'il faut faire mouvoir dans les grands mouvemens d'armée ; enfin il feroit à defirer que tous les officiers, foit d'infanterie, de cavalerie, d'artillerie & autres, ne s'appliquâffent pas feulement à connoître l'ufage & la propriété de l'arme qui leur eft propre, mais qu'ils vouluffent encore s'inftruire de l'ufage de celles qu'ils regardent comme étrangeres à leur état.

ARTICLE

ARTICLE TROISIEME.

Des Munitions de Guerre & de Bouche.

PAR munitions de Guerre on entend principalement la poudre, les balles, les boulets
& la meche.

Iº. On en prend plus ou moins avec foi (*a*),
fuivant le pays où l'on va, les deffeins que l'on
a, & la facilité ou la difficulté d'en tirer d'autres,
des lieux voifins ou éloignés.

IIº. On en prend ordinairement pour cent
coups pour chaque canon, mortier ou pierrier,
& pour feize coups par jour pour le moufquetaire qui eft en faction. Pour feize coups, il faut
une livre de plomb, parce qu'on compte que
chaque balle pefe une once. C'eft pourquoi,
quand le calibre des moufquets feroit tel que
quatorze balles de ce calibre peferoient une livre, on ne laiffe pas d'en faire feize, parce qu'en
n'en faifant que quatorze, elles entreroient trop
à force dans le canon, au lieu que feize entrent
aifément, & ont le vent qu'il faut. Quand la poudre
eft bonne, il n'en faut que la moitié du poids de la
balle ; fi elle n'eft pas fi bonne, il en faut les deux

O o

tiers ; ainſi à une livre de plomb, une demi-livre de bonne poudre.

La balle de piſtolet (*b*) peſe une demi-once ; la meche ſe conſume continuellement, & on ſup-pute qu'il s'en conſume par heure neuf pouces, & par conſéquent une verge & demi en vingt-quatre heures ; un cent peſant de meche fait à-peu-près 450 braſſes.

Celui qui a le ſecret de vivre ſans manger, peut aller à la guerre ſans proviſions. La famine eſt plus cruelle que le fer, & la diſette ruine plus d'armées que les batailles. On peut trouver du reméde pour tous les autres accidens, mais il n'y en a point pour le manque de vivres. S'ils n'ont pas été préparés de bonne heure, on eſt défait ſans combattre.

I°. Les eſpeces de vivres (*c*) abſolument né-ceſſaires, ſont le pain, le ſel, le biſcuit, le vi-naigre, & quelque boiſſon pour les hommes ; de l'orge, de l'avoine, du foin, de la paille, de l'herbe pour les chevaux ; de plus, de la chair fraîche & ſalée, du beurre, du fromage, du lard, du poiſſon ſalé & des légumes.

II°. On compte communément pour un Sol-dat deux livres de pain, une livre de viande, une meſure de vin, ou deux de biere, une demi-livre de fel par femaine ; pour un cheval , fix livres d'avoine , ou quatre livres d'orge ou de bled, dix livres de foin par jour, & trois fagots de paille par femaine. Dans une famille particuliere, on compte ordinairement quatre feptiers, ou facs de bled , par an pour chaque perfonne, & deux tonnes de biere.

III°. Les magafins (*d*) doivent être en plufieurs lieux qui foient forts, voifins de l'armée , & commodes pour y voiturer les provifions par eau , par charrois, par bêtes de fomme; il feroit bon que celles-ci fuffent doubles , afin que les unes arrivant au camp, les autres en repartiffent pour aller recharger. A l'égard des magafins qu'on bâtit , il faut les tourner aux vents les plus fains : en général, il faut les rafraîchir fouvent de nouvelles provifions, les pourvoir de moulins à vent, à eau , à bêtes & à bras , & de fours pour cuire le pain.

IV°. Les principaux réglemens fur le fait des vivres , regardent les Boulangers, les Vivandiers, les Marchands, les viandes & les boiffons.

1°. Que chaque chofe foit taxée (*e*) à un prix raifonnable par les Prévôts & par les Commiffaires, en comparant le prix que le vendeur exige avec celui qu'il a payé, & avec les incommodités & les périls de la voiture.   O o 2

2°. Que les mesures, les poids & les denrées soient bonnes, & non falsifiées.

3°. Qu'on ait grand soin dans l'armée de conserver les vivres, qu'on empêche les larcins, les trahisons, la corruption, les incendies ; qu'ils soient distribués avec ordre & avec épargne, conformément aux listes authentiques des Soldats effectifs, parce qu'il n'est pas tems de les ménager quand on est à la fin.

4°. On tire encore des vivres de la campagne, soit en coupant les grains, soit en forçant les lieux voisins à en fournir. On a coutume de creuser des fours sous terre, & de faire des moulins à bras avec les pierres des maisons qu'on abat, ou avec d'autres, qu'on trouve par hazard.

OBSERVATIONS.

ARTICLE TROISIEME.

Des Munitions de Guerre & de Bouche.

(a) IL est d'usage aujourd'hui de prendre en campagne trois cens coups par piéces ; la raison en est sensible. Depuis la guerre de 1741, l'artillerie s'est si considérablement multipliée dans les armées, qu'il paroît que c'est à elle seule qu'on a remis le sort des batailles. Du tems de Montécuculi, où l'artillerie étoit beaucoup moins nombreuse, l'infanterie & la cavalerie avoient la principale part à la gloire d'une victoire, comme aussi elles avoient la honte d'une défaite, qu'elles partageoient avec le Géneral. Aujourd'hui la gloire appartient presque toute entiere à l'artillerie, & la honte au Général & aux troupes ; ainsi comme presque toutes les batailles se décident à coups de canon, il a fallu augmenter la quantité de poudre & de boulets, ce qui entraîne nécessairement un plus grand nombre de voitures & de chevaux, qui, joints à cette quantité prodigieuse de piéces, rendent une armée pesante, lente dans ses opérations, difficile à faire subsister, & très-embarrassante pour la faire marcher. Ce nombre de coups par piéces ne suffiroit même pas s'il falloit faire des sièges, & il faudroit en avoir encore suffisamment sur les derrieres pour que les opérations du siège ne languissent point : il peut même arriver que quoiqu'il ne se fasse point de siége, on n'eut pas assez de trois cens coups, ce nombre est bientôt employé dans une bataille un peu vive ; & si les circonstances forcent de recommencer le lendemain, ou quelques jours après, il faut avoir des dépôts sur les derrieres, pour pouvoir compléter les munitions pour l'artillerie & pour l'infanterie.

Quant à la quantité de cartouches qu'il faut avoir pour l'infanterie, & pour les troupes en général, j'en parle dans la suite de cet Ouvrage.

(*b*) La balle du pistolet & du mousqueton pour la cavalerie doit être du même calibre que pour l'infanterie, afin de ne pas multiplier les moules, & pour éviter de donner à l'infanterie des balles destinées à la cavalerie, & à la cavalerie, des balles destinées à l'infanterie. Cette précaution est d'autant plus essentielle, que très-souvent il n'y a pas assez de cartouches de faites, & que l'on donne au soldat la poudre & les balles féparées : fi les calibres étoient différens, cette inégalité pourroit devenir funefte ; elle feroit moins dangereufe pour la cavalerie, parce qu'elle ne doit, pour-ainfi-dire, jamais tirer ; mais comme l'infanterie doit aujourd'hui faire beaucoup de feu, puifque les Puiffances contre lefquelles la France peut avoir la guerre, ont mis leurs principales forces dans la viva-cité & la continuité du feu, il eft important que le foldat puiffe fe fervir de fon arme, ce qu'il ne peut pas, fi la balle n'eft pas du calibre de fon fufil.

(c) On a coutume dans les armées de donner au foldat du pain & de la viande tous les quatre ou cinq jours. Dans les marches longues, ou imprévues, ou forcées, on lui donne du bifcuit ; & dans le commencement de la campagne, où il n'y a point encore de légumes, on lui donne du riz ; mais jamais on ne lui a donné (du moins en France,) ni fromage, ni beurre, ni lard, ni poiffon falé : il feroit à defirer qu'on lui donna plus de pain & plus de viande.

Les armées font trop nombreufes aujourd'hui, pour qu'il foit poffible d'avoir affez de voitures pour porter ces provi-fions de fromage, de beurre, de poiffon falé, & de lard, ce feroit un embarras de plus, fans que ces denrées fuffent d'un grand foulagement pour le foldat. Le vin ou la biere lui fe-roient plus utiles, parce qu'il y a des pays où les eaux font très-mauvaifes ; je fuppofe cependant que ce vin ou cette biere ne fuffent point mélangés d'eau-de-vie, ou d'autres liqueurs ou drogues pernicieufes ; car fi cela étoit, ils feroient plus nuifibles que la mauvaife eau, que l'on peut corriger en y mettant une goutte de vinaigre (a) ; mais comme cette dé-

(a) Les Romains portoient toujours fur eux, en campagne, un flacon rempli de vinaigre, pour en mettre dans leur eau lorfqu'elle fe trouvoit mauvaife.

penfe de vin ou de biere feroit exceffive , que d'ailleurs il feroit à craindre qu'il n'y eut de la fraude de la part des Entrepreneurs , il vaut mieux n'en pas donner , & augmenter le
pain & la viande. Il y a affez d'autres moyens pour voler le
Prince , fans imaginer encore celui-là.

(*d*) On ne peut prendre trop de précautions pour que les
magafins foient en fûreté , pour qu'ils foient dans des lieux
fecs, & pour que les chemins qui y conduifent de l'armée
foient bons , faciles , & bien gardés. Entre les gros magafins
& l'armée , il doit y avoir plufieurs dépôts , pour la plus
grande facilité des tranfports. A mefure que les dépôts fe vui-
dent , on tire des gros magafins pour remplir ceux-ci. Lorfque l'armée s'éloigne des gros magafins, il faut les rapprocher, & pouffer les entrepôts en avant, ce qui s'entend pour
les bleds, les farines & les fours. Quant aux fourrages , c'eft
la nature du pays où l'on fait la guerre qui en décide ; s'il eft
abondant en fourrages, il eft inutile de faire tranfporter ceux
que l'on a en magafin; le tranfport eft très-coûteux , & il s'en
perd une grande partie ; d'ailleurs , on les retrouve l'hiver
pour la nourriture des chevaux , fans faire de nouveaux achats.
Mais fi le pays eft ruiné , ou aride , il faut de toute néceffité
les faire fuivre ; la guerre eft plus difpendieufe , mais cette
dépenfe eft indifpenfable : le moindre retard dans les convois
de toute efpece , occafionne un très-grand changement dans
les opérations. Un Général ne doit jamais être obligé de refter une heure de plus dans un camp , faute de vivres ; ce qui
n'arrive cependant que trop fouvent : on perd l'occafion , &
peut-être tout le fruit d'une campagne , qui avoit eu les commencemens les plus heureux.

(*e*) Il feroit à fouhaiter qu'il fut poffible de taxer les den-

rées à leur jufte valeur ; mais comme il faut que l'abondance foit dans le camp, fi on taxoit les denrées, ce feroit
un moyen für pour y mettre la difette, parce qu'il faut que
le marchand trouve un profit affez confidérable pour le dédommager de fes peines, & des pertes qu'il peut faire ; cependant je crois que l'on peut mettre des bornes à ce profit.
Si la licence étoit entiere, tous les vivandiers s'entendroient
enfemble pour renchérir leurs denrées, & les Officiers généraux & particuliers, ou ne pourroient point vivre, ou fe rui-
neroient ; c'eft à la perfonne que le Général a chargé de veiller à la police du Quartier général, de prendre garde qu'il
n'y ait point d'abus à ce fujet, & que les denrées qui fe vendent au Quartier général ne foient pas à un plus haut prix
que celles que les vivandiers particuliers des Régimens vendent
dans l'armée. Il faudroit auffi que ceux qui font chargés de
cette police, ne retirâffent aucune rétribution de chaque
vivandier, ce qui certainement doit augmenter les denrées,
parce que ces vivandiers doivent, avec juftice, fe dédommager
fur les denrées qu'ils vendent, de ce qu'il leur en coûte pour avoir
la permiffion de vendre ; & pour le profit d'un feul, l'officier
particulier fe ruine, ou fe nourrit mal. C'eft un officier de l'É-
tat Major de l'armée qui doit être chargé de cette police, &
fous lui des Majors de Régimens, pour les vivandiers des Régimens : comme il feroit au-deffous d'eux (du moins doit-on le
penfer,) de recevoir aucune rétribution de ces vivandiers, les
denrées feront à plus bas prix, l'officier ne fera plus lézé, &
le vivandier aura un profit honnête, qui le récompenfera de
fes peines.

ARTICLE

ARTICLE QUATRIEME.

Du Bagage.

IL n'y a point de mot (*a*) qui exprime fi proprement la nature du bagage que le mot latin *impedimenta* , qui fignifie embarras , empêchement.

On pourroit aifément exécuter ce qu'on entreprend fans l'embarras du bagage ; mais toutes les invectives qu'on fait contre , ne fervent de rien ; c'eft vouloir illuminer un corps fans qu'il faffe d'ombre. Comme nous fommes indifpenfablement obligés de boire , de manger , de nous garder des injures de l'air , & de nous repofer quelquefois , il eft néceffaire de cuire , de prendre de la nourriture , de nous habiller , de dormir , d'avoir des tentes , d'aller au fourrage , de porter des meubles & des harnois , & avec cela , de ne pas négliger le fervice. Il faut donc qu'il y ait des gens qui fe chargent de ces foins , tandis que le Soldat eft en faction , & ce font les gens d'équipage.

I°. Dans les réglemens militaires de Maximilien II. (*b*) on permet un cheval pour douze Ca-

P p

valiers, & dans un autre réglement on paſſe à chaque Officier une certaine quantité de bagages & de chevaux pour lui, comme on accorde aujourd'hui des bagages & des valets à toutes les garniſons de Hongrie.

Dans l'armée de l'Empereur en campagne, on paſſe quatre charriots & un Vivandier à chaque Compagnie, & un bidet à chaque Cavalier, outre ſon cheval de ſervice ; & pour les Fantaſſins, on leur paſſe en campagne des femmes & des bêtes de charge. Il faut compter ſéparément les charriots qui ſervent pour les vivres, pour les malades, & pour les inſtrumens de différentes ſortes d'artiſans qui travaillent pour l'armée.

II°. On doit réduire le bagage au moindre pied qu'il eſt poſſible, pour le bon ordre & pour la diſcipline. Il y a là-deſſus pluſieurs articles remarquables dans les ſtatuts militaires, & ſur-tout dans ceux des Suédois.

III°. Dans les quartiers Impériaux, le ſervice eſt le lit, le bois, la chandelle & le ſel ; dans le ſervice d'Eſpagne, il y a de plus les uſtenſiles de cuivre & de blanchiſſage.

OBSERVATIONS.

ARTICLE QUATRIEME.

Du Bagage.

(a) IL n'eſt pas poſſible de faire la guerre ſans bagages, c'eſt un mal néceſſaire; mais il feroit eſſentiel de les diminuer. Si l'on retranchoit le ſuperflu, les armées feroient moins peſantes, la conſommation des vivres moins conſidérable, & les ſubſiſtances de tóute eſpece plus abondantes.

Dans la réforme que je propoſe, & que je crois abſolument indiſpenſable, je n'ai perſonne en vûe, & je n'enviſage que l'utilité & le bien général. Les Ordonnances du Prince, qui fixent la quantité de chevaux & de voitures que pourra avoir un Officier général, la quantité de chevaux que pourront avoir les Officiers ſupérieurs & particuliers, ſont très-claires & très-ſages, mais mal obſervées. Il eſt inutile de faire des loix, ſi ceux qui ſont chargés de les maintenir ne tiennent pas la main à leur exécution. Chaque Officier général, & autre, ſe permet plus d'équipages qu'il ne doit en avoir, dans l'eſpérance que cette licence échappera aux yeux du Général ; & l'armée ſe trouve avoir, au moins, un tiers en ſus d'équipages de plus qu'elle n'en devroit avoir. De quelle utilité peut être cette grande quantité de voitures que traînent après eux les Officiers généraux, & qui ne ſont chargées que de batterie de cuiſine, de vins de toute eſpece, de liqueurs, de linge de table, & de proviſions ſans nombre ? Il ſemble que l'on n'aille à l'armée que pour y étaler un faſte qui y eſt indécent,

Pp 2

inutile & embarrassant (*a*). Que l'on retranche ce superflu, peu fait pour une Nation guerriere, le bagage sera moins nombreux, on n'aura pas besoin d'une si grande quantité de valets, qui affament l'armée, qui, s'ils ne trouvoient point à se placer, laboureroient la terre, ou se feroient soldats, ou vivroient de quelques métiers utiles, les armées agiroient avec plus de vivacité, les marches seroient plus rapides, & les succès moins douteux.

Si ceux qui commandent, & qui les premiers doivent exécuter les ordres du Prince, sont les premiers à les transgresser, de quel droit les feront-ils exécuter aux autres ? Pour être obéi, & pour pouvoir punir, il faut montrer l'exemple : quand les chefs seront les premiers à avoir une table où il n'y aura que le nécessaire, sans superfluité & sans aucune recherche, on verra bientôt disparoître ces tables somptueuses, cette multiplicité de mets, qui renchérit sur le luxe des villes. Lorsqu'Alexandre entreprit la conquête des Perses, il couvrit ses soldats d'airain, les arma de fer, & ne leur donna qu'une nourriture solide & frugale : les Perses amollis par le luxe,

---

(*a*) Charles-Quint ayant formé le dessein en 1538 d'attaquer Alger, assembla une armée formidable & une flotte nombreuse, pour transporter ses troupes sur les côtes d'Afrique. On comptoit dans l'armée de Charles cinq mille jeunes gentilshommes des plus grandes maisons & des plus riches de l'Espagne ; mais cette noblesse sans expérience & sans aucune idée de la discipline militaire, s'étoit fait suivre par une quantité prodigieuse de valets & d'équipages. Ferdinand Alvarés de Tolede, Duc d'Albe, à qui Charles avoit donné le commandement de son armée, ordonna à cette noblesse de renvoyer ses équipages, & de ne conserver que ses armes & ce qui lui étoit absolument nécessaire ; cet ordre choqua cette noblesse, il y eut beaucoup de murmures & de plaintes ; mais il fallut obéir. Tant il est vrai qu'un Général sait se faire obéir quand il le veut, sur-tout, quand il donne lui-même l'exemple de l'ordre, de la discipline *Hist. du* & de l'obéissance *.
Duc d'Albe, tom. 1. liv. 1. chap. xv.

couverts d'armes d'or, énervés par la bonne chere, furent vaincus aussi-tôt qu'attaqués.

Je pense bien que je ne serai pas approuvé de tous les militaires en général ; plusieurs s'écrieront qu'ils ne peuvent pas se passer à l'armée de toutes ces commodités dont ils jouissent pendant la paix, & auxquelles ils sont habitués: s'ils sont réellement militaires, & s'ils cherchent le bien général, ils sauront se passer des choses qui leur seront défendues par les ordres du Prince, & ils sauront s'accommoder au tems ; au surplus, peu m'importe que la foule s'éleve contre mes idées, ce n'est pas crier dans le désert que de proposer des choses honnêtes, décentes & indispensables, & les vrais militaires se rangeront de mon côté. Si mes concitoyens veulent réfléchir, & prendre le caractere militaire qui leur est propre, ils seront les premiers à reconnoître qu'il y a de très-grands abus dans la multiplicité des équipages, & un luxe indécent & ruineux dans les tables, sur-tout dans celles des Officiers généraux, & de ceux qui sont attachés à l'armée : on est aussi-bien rassasié avec cinq ou six bons plats de viande de boucherie & de légumes, & plus sainement nourri, qu'avec cette profusion de mets recherchés, qui brûlent le sang & détruisent l'estomac (a). Si je ne puis pas gagner le suffrage des uns, j'espere que ceux qui veulent le bien ne me trouveront pas si outré dans mes idées ; leur suffrage me suffit, & il me flattera bien davantage que le blâme des autres ne me causera de chagrin (b).

___

(a) Un Auteur moderne fait parler un grand homme de l'antiquité, & lui fait dire ces mots, qui devroient être gravés dans le cœur de tous les militaires. » Le premier courage d'un guerrier est d'exposer sa vie ; le second est de la ré- » duire aux seuls besoins de la Nature.

(b) Si je ne craignois que mes principes, relativement à la somptuosité des

Le nombre des bouchers, des boulangers, & des vivandiers, doit être proportionné à la force de l'armée ; il doit y avoir affez des deux premiers, pour que l'armée ne manque jamais de pain ni de viande. (ceci ne regarde que les boulangers & les bouchers qui fourniffent aux Officiers généraux & particuliers ; les boulangers pour la livraifon des troupes font affez occupés, fi l'on veut que les diftributions fe faffent exactement : quant à la viande, on donne les bœufs aux foldats, qui les tuent, & ils partagent enfuite cette viande par bataillon & par efcadron.) Il faut avoir affez de voitures pour conduire le pain au camp ; fi les fours font éloignés, il faut un plus grand nombre de voitures, pour que, lorfque les unes repartent du camp après la diftribution faite, il en parte d'autres chargées du lieu où font les fours, pour la prochaine livraifon. Les vivandiers font abfolument néceffaires ; ce font eux qui fourniffent aux Officiers particuliers, & même aux généraux, ce dont ils peuvent avoir befoin, & ils évitent aux officiers particuliers, d'avoir plus de bagages que les Ordonnances ne leur en permettent. Le nombre doit être limité ; il en faut peu, & qu'ils foient bien fournis.

(*b*) Les réglemens militaires de Maximilien II ne font certainement pas fuivis aujourd'hui dans les armées Impériales, & on ne paffe plus quatre charriots & un vivandier par com-

---

tables, ne paruffent trop féveres, j'avancerois qu'il faudroit, qu'outre la diminution des plats, & les deux fervices que l'on eft d'ufage d'avoir, fans compter le fruit, qui devroient tous être réduits à un feul, que chaque Officier général, ou autre, qui iroit dîner hors de chez lui, fît porter fon couvert, fa ferviette & fon gobelet, & que celui qui donne à dîner ne fût tenu qu'à mettre une nappe, & à la couvrir de la quantité de plats ordonnés par le Prince. Quelle diminution cette regle établie n'apporteroit-elle pas dans les équipages?

pagnie. En fuppofant les compagnies de deux cens foldats, ce qui n'a jamais été, une armée de cinquante bataillons, à quatre compagnies par bataillon, auroit eu mille charriots ou vivandiers, indépendamment des charriots pour conduire & tranfporter les fubfiftances de l'armée ; en fuppofant encore quatre-vingt efcadrons, de cent cinquante cavaliers chacun, comme chaque cavalier avoit un cheval de plus, on peut juger quel embarras & quelle confommation ce fecond cheval devoit occafionner. Il en étoit de même du tems de Léopold, tems auquel a écrit Montécuculi. Sous le regne de Louis XIV, dans les armées que commandoit M. de Turenne, il y avoit encore beaucoup de cavaliers qui avoient deux chevaux ; on en trouve la preuve dans fes Lettres, & dans celles de M. de Louvois, mais il n'a pas été poffible d'avoir aucun détail relatif à cet arrangement.

Les armées de ce tems-là devoient être bien pefantes ; on fe récrie aujourd'hui, & avec raifon, fur la quantité d'équipages que nous avons, il s'en faut de beaucoup qu'ils foient auffi nombreux que ceux du tems de Montécuculi. Il faut cependant faire une réflexion, les armées du tems de Montécuculi & de M. de Turenne, n'étoient pas, à beaucoup près, auffi nombreufes que le font celles d'aujourd'hui. Quarante mille hommes étoient une très-forte armée, & fouvent ces deux grands Généraux ont commandés des armées de vingt-cinq à trente mille hommes. Vingt à vingt-cinq mille hommes ne font aujourd'hui que l'avant-garde d'une armée, ou un camp détaché de la grande armée. Il s'en falloit de beaucoup auffi que l'artillerie y fut fi nombreufe, vingt-cinq à trente piéces de canon compofoient une très-forte artillerie ; aujourd'hui il faut parler de cent cinquante à deux cens piéces du parc, fans compter

l'artillerie des Régimens: on peut juger de la quantité prodi-
dieufe de charriots qu'il faut pour le fervice d'une pareille artillerie. Il fuffifoit du tems des Grecs & des Romains de ne
pas craindre fon femblable, pour avoir la réputation de brave:
on inftruit aujourd'hui des hommes à affronter le canon, dont
ils ne peuvent fe défendre (*a*). On pourroit penfer de-là que
nous fommes plus braves que n'ont jamais été les Grecs & les
Romains ; mais ne pourroit-on pas auffi conclure que leur
courage étoit raifonné, & que le nôtre n'eft que pure oftentation.

Les armées du Roi de Pruffe, dont on vante tant la promptitude des marches, & l'ordre qui y eft obfervé, ont beaucoup
d'équipages ; mais les voitures font moins chargées de chofes
inutiles que ne peuvent être les nôtres. Le Général de l'armée Pruffienne peut avoir une caleche, ou berline, attelée de
fix chevaux, deux fourgons, quatre haquets, & autant de
chevaux de bâts, ou mulets, & chevaux de monture qu'il le
juge à propos. Un Général d'infanterie peut avoir une chaife,
ou berline, attelée de fix chevaux, un fourgon, trois haquets,
douze chevaux de bâts, ou mulets, & autant de chevaux de
monture qu'il veut: ainfi du refte, jufqu'au fous-Lieutenant
& l'Enfeigne. Quant à la table, le Général peut avoir dix
couverts fans deffert, & une autre petite table de fix couverts
pour les officiers d'Ordonnances, & les Adjudans, ou Aides
de Camp (*b*) ; les autres Officiers généraux & particuliers, à
proportion

(*a*) Celui qui le premier a gagné une bataille par l'artillerie, dut, felon moi,
rougir de fon fuccès.
(*b*) Ce n'eft pas le nombre des couverts qui doit être fixé, mais celui des plats.

La

proportion de leur grade. On peut juger par ce détail que les Officiers généraux Prussiens peuvent se passer d'une partie des équipages que le Roi de Prusse leur permet d'avoir. Il est défendu dans les armées Prussiennes de donner à souper, sous peine de 6000 livres d'amende, au profit de la caisse des Invalides; il n'est pas défendu de souper, mais il l'est d'en donner. Cette Ordonnance est très-sage; la guerre est un état d'activité, or il n'est pas possible, lorsqu'on a bien soupé & que l'on s'est couché tard, d'être debout de grand matin. Tout Officier général & particulier doit être levé à la pointe du jour; s'il donne à souper, il ne peut que se coucher très-tard: souvent la compagnie entraîne à jouer, & on ne se couche que lorsque le soleil se leve; c'est la vie d'un sibarite, & non d'un militaire appliqué à ses devoirs.

Chaque compagnie a son vivandier, & il y en a un, outre cela, pour donner à manger aux officiers du Régiment.

On peut voir par ce réglement, qu'il y a beaucoup d'équipages dans les armées Prussiennes, mais que l'ordre y est strictement observé, & la chere ordonnée par le Prince à tous les Officiers généraux & autres, allege de beaucoup ces équipages, & en diminue l'embarras. Je crois que l'on pourroit encore diminuer ceux des Officiers généraux, & qu'ils pourroient suivre à la lettre les Ordonnances relatives à la table; mais cette diminution feroit encore plus sensible en

---

La frugalité de la table n'empêchera point les bons militaires d'aller dîner chez le Général, & ceux qui n'en seront point contens, n'y reviendront plus; ce ne sera pas grand dommage; mais le Général doit tenir la main à ce que la table de ces gens si délicats ne soit pas plus recherchée que la sienne. La diminution des équipages, sans aucune considération de grade, de naissance, de richesses & d'affection particuliere, fera seule cet effet.

Q q

France , où l'on employe dans les armées une grande quantité d'Officiers généraux très-inutilement. Dans une armée de foixante mille hommes , il ne faudroit que dix Lieutenans généraux & vingt Maréchaux de Camp. Lorfque M. de Turenne avoit trois Lieutenans généraux dans fon armée , il ne favoit que faire du troifième ; il eft vrai que les armées de ce tems-là n'étoient pas auffi nombreufes que celles d'aujourd'hui, ainfi j'en admets davantage ; d'ailleurs, il faut fe prêter au tems & au préjugé : ainfi dix Lieutenans généraux & vingt Maréchaux de Camp , fuffifent pour une armée de foixante mille hommes (*a*).

Je penfe qu'un vivandier pour deux compagnies fuffiroit, puifqu'il y en a un principal , qui n'eft pas compté dans le nombre de ceux qui font attachés aux compagnies, pour nourrir les officiers du Régiment.

Ce réglement pour les tables ne pourroit pas avoir lieu en France , relativement à la table féparée pour les Aides de Camp & les Ordonnances , parce que tout officier en France a droit d'être à la table du Général. Dans toutes les loix que l'on fait , il faut avoir attention de ne pas choquer l'efprit de la Nation, ni les ufages qui y font établis de tout tems : or il ne feroit pas poffible d'établir en France qu'il y eut une table féparée de celle du Général , ou des Officiers généraux, pour les Aides de Camp & pour les Ordonnances ; mais il feroit très-aifé de réduire la profufion & la délicateffe des mets , & conféquemment les équipages.

(*a*) Si ces Officiers généraux font bons , ils feront d'une très-grande utilité ; s'ils font médiocres, ils nuiront moins qu'un plus grand nombre de leur efpece.

ARTICLE CINQUIEME.

De l'Argent.

L'ARGENT eſt cet eſprit univerſel (*a*) qui, ſe répandant par-tout, anime & remue tout; il eſt virtuellement toutes choſes : c'eſt l'inſtrument des inſtrumens, il fait enchanter l'eſprit des plus ſages, & calmer la fureur des plus féroces.

L'argent produiſant tant d'effets merveilleux, dont les Hiſtoires ſont remplies, faut-il s'étonner ſi un certain homme étant enquis combien de choſes étoient néceſſaires à la guerre, il répondit trois : l'argent, l'argent, l'argent.

I°. Mais, comme il eſt auſſi l'ame & le ſang des hommes, & qu'à cauſe de cela on a bien de la peine à perſuader aux peuples de le donner pour l'entretien des troupes, il faut leur repréſenter l'utilité & la néceſſité indiſpenſable de ces contributions, & leur promettre de les ſoulager en tems & lieu.

1o. Aucun État ne peut être en repos, ni repouſſer les injures, ni défendre les Loix, la Religion & la liberté, ſans armes. Dieu les a honorés, en ſe donnant le nom *du Dieu des Armées.*

Q q 2

Sans elles la majesté du Prince ne peut être respectée, ni par les Sujets , ce qui cause des soulevemens, ni par les Étrangers, ce qui est la source des guérres. Les richesses même, & les commodités, ne peuvent se conserver sans les armes. Les Égyptiens divisoient tous les revenus du Royaume en trois parties ; la premiere pour les Sacrificateurs & pour le Clergé; la seconde pour le Roi & pour les Ministres , & la troisième pour la Milice. Qu'on regarde la perte que cause une simple course de pillards, & qu'on examine si le dommage qu'on souffre dans une heure par la destruction , les incendies & les outrages qu'ils font dans les campagnes , dans les maisons , dans les fruits , dans les meubles , dans les personnes , dans les troupeaux , n'est pas beaucoup plus considérable que ce qu'il auroit fallu donner pour entretenir par an un petit nombre de troupes.

II°. C'est un soulagement dans les contributions , quand elles sont imposées avec justice, avec égalité, & avec une exacte proportion , & qu'elles sont levées sans insolence, sans dureté, & sans les faire tourner au profit des particuliers, ou qu'au défaut d'argent on prend d'autres denrées, comme des draps, des vivres; mais sur-tout lorsqu'on sort bientôt de son propre pays pour

porter la guerre fur celui de l'ennemi, ou fur celui d'autrui, quel qu'il foit. On y fait autant de
conquêtes qu'il eſt néceſſaire, pour entretenir l'armée toute entiere, ou en partie, ou pour maintenir les garniſons des Places, qui font les boule-
vards des Frontieres, & qui procurent à l'État
les moyens de reſpirer en repos.

OBSERVATION.

ARTICLE CINQUIEME.

De l'Argent.

(a) L'ARGENT eſt le nerf des États (a), & le militaire leur
foutièn. C'eſt à la protection que le Prince accordera
à tous les Arts, qu'il devra ſes richeſſes, & c'eſt par un militaire, dont la conſtitution ſoit ſolide & proportionnée à ſa
puiſſance, qu'il s'aſſurera le produit de ces Arts. Le commerce hors du continent, ne peut s'aſſurer que par une bonne

---

(a) Les Grecs regardoient la tempérance, l'amour de la gloire & du travail,
le courage & la diſcipline, comme le nerf de la guerre ; ils mépriſoient l'argent,
ils étoient pauvres. Ils eurent une flotte nombreuſe pour combattre Xercès, ils
la conſtruiſirent de la charpente de leurs maiſons : ils ne payoient point leurs
ſoldats, parce que tout ſoldat étoit citoyen, & ils eurent une armée de héros *. Les tems & les mœurs ont changés ; on ne pourroit pas aujourd'hui conſ- * *Quatrième*
truire des vaiſſeaux de la charpente des maiſons, ni avoir des ſoldats ſans les *Entretien de*
payer ; mais il eſt important de les imiter quant à la tempérance, à l'amour du *Phocion.*
travail, & à la diſcipline.

& forte marine ; le commerce extérieur fur le continent, comme le tranfport des marchandifes & des denrées du Royaume à un État voifin , l'agriculture & tous les Arts utiles ne peuvent s'accroître & être en fûreté , que par le refpeét que les États voifins auront pour un Prince qui a la force en main, & qui peut, d'un feul mot, mettre cent mille hommes fous les armes.

Quelles peuvent être les principales branches fur lefquelles font appuyées , & qui font la force & la richeffe d'un État ? L'agriculture , & tous les Arts utiles, le commerce , & tous les Arts agréables ; mais ces branches de richeffes n'étant pas également propres à toutes les Puiffances, relativement à leur pofition, elles exigent du Prince plus ou moins de proteétion. De quelle utilité feroit une marine à un Prince qui n'auroit aucun port de mer ? il ne pourroit avoir des vaiffeaux que dans les ports des Puiffances voifines, fes fujets ne pourroient point commercer pour eux , & ils ne pourroient faire qu'un commerce de cabotage, qui n'eft jamais qu'en fous-ordre, & peu profitable ; cette branche de commerce étant interdite à ce Prince, il doit chercher à s'en dédommager , en excitant tous les Arts qui peuvent faire fleurir le commerce entre fes fujets & leurs voifins. L'agriculture & les manufaétures de toutes efpeces , doivent être chez ce Prince les principales branches du commerce de fes fujets ; mais l'une & l'autre doivent être excitées, honorées, & protégées par un bon militaire.

Quelques confidérables que foient les revenus d'un État, quelques foient les reffources qu'il peut trouver en lui-même , quelque foit fon induftrie, fi les finances ne font pas bien adminiftrées, fi un trop grand nombre de perfonnes font employées à les recevoir, l'État & le Prince feront bientôt en souffrance. Le plus grand abus dans l'administration des finances, est de les faire passer par beaucoup de mains; plus il y en a qui les perçoivent, & moins il en entre dans les coffres du Prince : c'est une vérité reconnue, sur laquelle on tire un voile, & que beaucoup de gens sont intéressés à épaissir; & pour enrichir quelques particuliers, on diminue les revenus du Prince, on gêne le commerce, & l'on ruine les habitans. Pour subvenir aux dépenses que le Prince est indispensablement obligé de faire pour entretenir son militaire de terre, & sa marine, (si par la position de ses États il peut & doit en avoir une,) pour l'entretien de ses Places frontieres, & pour les frais d'une guerre toujours dispendieuse; quelque succès que l'on ait, il est forcé malgré lui de mettre de nouveaux impôts sur ses peuples, dont le produit, s'il entroit en entier dans ses coffres, lui fourniroit abondamment ce dont il peut avoir besoin; mais comme ces impôts son prélevés par des personnes qui, pour la plupart, n'ont que leur intérêt en vûe, sans envisager celui des peuples & du Prince, il arrive nécessairement que les taxes imposées ne sont pas reparties suivant la faculté de chaque particulier; que le pauvre paye à proportion plus que le riche, & que l'homme riche, mais protégé, paye beaucoup au-dessous de ce qu'il devroit payer; c'est, sans doute, un grand abus. Ce ne seroit que demi-mal, si le produit de ces impôts entroit tout entier dans les coffres du Prince; mais comme pour la perception de ces deniers on y employe beaucoup plus de monde qu'il n'en faudroit, & qu'il faut les payer, s'il en entre la moitié, c'est beaucoup, & je ne parierois pas qu'il n'y en entra moins.

La guerre est toujours onéreuse à l'État, quelque succès que l'on puisse avoir; cependant en supposant des conquêtes, il eſt des moyens de la rendre moins diſpendieuſe , par les contributions en argent, en denrées & en fourrages, que l'on peut tirer du pays conquis ; mais le choix que l'on fait des perſonnes chargées de percevoir ces contributions , de quelqu'eſpece qu'elles ſoient , & les moyens que l'on employe à cet effet, rendent ces avantages ou réels ou nuls. Pour en tirer tout le fruit poſſible , il faut en charger des perſonnes dont la probité & le déſintéreſſement ſoient à l'épreuve de toute tentation ; elles doivent être payées par le Roi , & il doit leur être expreſſément défendu de rien exiger & de rien recevoir ſous peine des punitions les plus ſéveres. Comme c'eſt le Général qui impoſe les contributions , ſur la connoiſſance qu'il a des richeſſes du pays , & des revenus du Prince impoſé ; dans l'ordre qu'il envoye aux Miniſtres, ou au Conſeil de ce Prince , pour payer les contributions , il doit être ſpécifié que l'intention du Roi , & la ſienne, ſont que la perſonne chargée de recevoir les contributions n'exige aucune gratification ni redevance ; que même s'il arrivoit que le Prince voulût lui faire un préſent, il lui fût abſolument défendu de le recevoir , & s'il le recevoit , il fût puni de mort ; de même que ſi on le lui propoſoit, les contributions doubleroient. Par ce moyen, l'argent des contributions entrera tout entier dans les coffres du Prince ; & ſi malheureuſement il ſe voit forcé de ſévir contre telle perſonne qui aura tranſgreſſé ſes ordres & ceux du Général , cette punition ſévere ſervira d'exemple aux autres , & il ne ſera plus dans la dure néceſſité de la réitérer. Il faut ſavoir effrayer les hommes par le ſupplice d'un ſeul ; & ſi on ne peut pas parvenir à les rendre vertueux par la douceur & par les récompenſes, il faut les forcer à le devenir par la crainte des châtimens.

L'article

L'article des fourrages & celui des hôpitaux, eſt encore un gouffre où l'on ſe perd, parce que l'on a bien voulu fermer les yeux ſur toutes les abominations qui s'y commettent. Il y a encore pluſieurs autres abus, qu'il ſeroit abſolument néceſſaire & facile de réformer ; mais il faudroit entrer dans des détails trop longs, & qui feroient horreur. Il vaut mieux jetter un voile ſur le paſſé ; mais il eſt de l'intérêt de l'État & du Prince, & du devoir de ceux en qui il a remis ſon autorité, de le lever lorſque les circonſtances l'exigeront, & de ne pas permettre que de ſemblables abus ſe renouvellent.

Les contributions doivent être taxées au prorata de la richeſſe des habitans & de la fertilité du pays. Il y a de l'inhumanité, dira-t-on, à ruiner les habitans, & à dévaſter un pays, en enlevant l'argent, les grains, les farines, les fourrages, les chevaux, les voitures, &c. il y en auroit, ſans doute, ſi on ne laiſſoit pas aux habitans dequoi ſe nourrir, dequoi enſemencer, & des chevaux ou bœufs ſuffiſamment pour cultiver leurs terres, ſi l'on ne donnoit même des grains à ceux qui n'en ont point, & ſi on ne les forçoit à travailler leurs terres & à les enſemencer ; mais il faut enlever tout le ſurplus : ce qu'on laiſſe ou ce qu'on donne aux laboureurs, eſt une libéralité dont on recueille le fruit la campagne ſuivante. Il faut avoir tous les ménagemens poſſibles pour les habitans de la campagne; mais il faut agir avec moins de douceur avec les habitans des villes, qui s'enrichiſſent encore par le voiſinage des armées. Il ne faut pas craindre de paſſer pour barbare, parce qu'on exigera les plus fortes contributions, pourvu cependant que ceux qui ſont impoſé puiſſent les payer ; on ſeroit bien plus barbare, ſi, pour ſoulager les États d'un Prince ennemi, on ruinoit ſes propres ſujets, pour ſubvenir aux frais de la guerre.

R r

Si les circonstances, la convenance, ou des droits acquis peuvent faire espérer de garder à la paix le pays conquis, il faut traiter les habitans comme sujets, & non comme ennemis, sans cependant les dispenser de fournir leur contingent, au prorata de leurs richesses, & de la fertilité du pays ; mais si on ne peut pas espérer de le garder à la paix, il ne faut d'autre ménagement que celui que l'humanité nous dicte, laisser aux habitans de la campagne dequoi vivre & ensemencer leurs terres, & faire payer les villes, bourgs & châteaux. Si on agit avec plus de ménagement, c'est être généreux aux dépens de ses sujets & de soi-même.

CHAPITRE III.

De la Disposition.

LA disposition est le rang qu'on donne aux choses, suivant leur quantité & leur qualité. L'ordre est né avec le monde, lequel au sortir du cahos, reçut la disposition que nous y voyons, & qui est proportionnée à sa fin.

On dispose avec un sage conseil la matiere pour la forme, les moyens pour la fin, & les parties pour le tout.

Iº. Le conseil est la base des actions (a) : voici des avis sur cela.

1°. Confulter lentement , exécuter promptement.

2°. Se faire une loi fuprême du falut de l'armée.

3°. Donner quelque chofe au hazard.

4°. Profiter des conjonctures.

5°. Donner de la réputation (*b*) à fes armes.

6°. Celui qui penfe à tout (*c*) , ne fait rien ; celui qui penfe à trop peu de chofes, eft fouvent trompé. Comme dans chaque fujet il fe trouve beaucoup de propriétés , de qualités particulieres, & de circonftances , en connoître peu, ce n'eft pas les connoître fuffifamment ; en connoître beaucoup , & comparer enfemble tous les différens incidens , & faire deffus fes réflexions , eft un point difficile à atteindre. Dix mots combinés enfemble en autant de manieres qu'ils le peuvent être par des tranfpofitions fimples , doubles & triples , monteroient à des millions de combinaifons. Or, quelle force d'efprit, & quel tems faudroit-il pour les parcourir ? Il faut tenir le milieu entre le trop & le trop peu , & choifir quelques termes effentiels , les plus propres & les plus intimes à l'objet dont on délibere , en appliquant les regles de l'art aux cas particuliers, par rapport à la fin qu'on fe propofe, aux moyens d'y arriver, aux obſtacles qu'il faut lever, & à la liaiſon du paſſé avec l'avenir par le préſent.

IIº. La diſpoſition eſt univerſelle ou particuliere.

OBSERVATIONS.

CHAPITRE III.

De la Diſpoſition.

(a) Quelqu'éclairé que ſoit un Général , quelqu'expérience qu'il ait, il a ſouvent beſoin de conſeil ; mais il doit ſe ſervir de ſes lumieres pour ne conſulter que ceux qu'il juge capables de lui en donner de bons. Il paroît plus naturel de choiſir parmi les Officiers généraux ceux qui ont le plus d'expérience, & qui ont, dans les différentes occaſions, montré de la capacité & de l'intelligence ; mais il arrive ſouvent que l'on choiſit l'ancien , non parce qu'il a des talens militaires , mais parce qu'il eſt l'ancien ; ſouvent encore on choiſit ceux qui paroiſſent vous être les plus attachés , & avec leſquels on vit le plus habituellement , ſans examiner s'ils ont les talens qu'on leur ſuppoſe ; on les aime , cela ſuffit pour leur croire tous les talens & toute la capacité poſſible. Mais comme dans ces circonſtances , le Général ne peut ſéparer ſon intérêt perſonnel de celui de l'armée & de l'État, il doit faire abſtraction de toute amitié & de tout préjugé. Un homme trop circonſpect, & qui veut tout ſoumettre à un calcul géométrique, ne vaut rien pour le conseil ; un homme bouillant, qui ne consulte que son courage , & qui ne connoît rien de difficile, est encore plus dangereux ; mais celui qui réunit la prudence au courage , l'étude à l'expérience , & qui appuye ses avis de raisons solides & militaires , c'est celui-là que l'on doit choisir de préférence. J'ai vu un très-brave homme, mais bouillant, venir donner un avis à un Général aussi brave & aussi bouillant que le donneur d'avis ; l'avis fut suivi sans autre examen , & le Général fut battu. J'ai vu dans une autre occasion, un Officier général consulté sur une opération importante & urgente , trouver tant de difficultés , & être si long-tems à dire son dernier mot , que l'occasion s'échappa, & l'opération qu'il étoit aisé d'exécuter un quart-d'heure devant, devint impossible, & n'eut point lieu.

Dès que le conseil est tenu, & que les avis se sont réunis pour l'exécution d'une marche à faire, d'un camp à prendre, ou d'une disposition pour une bataille , il faut suivre le précepte de Montécuculi, & l'exécuter promptement. Il dit *qu'il faut donner quelque chose au hazard ;* mais il faut auparavant avoir pris toutes les précautions nécessaires pour s'assurer d'un succès au moins moral. Ce qu'il entend par donner au hazard , n'est pas de ne faire aucune disposition , & de négliger les moyens que l'on peut avoir pour parvenir à ses desseins ; mais comme il n'y a rien de physique ni d'absolu à la guerre, il entend qu'après les précautions & les dispositions les plus sages , on abandonne le reste à la fortune , qui , cependant , est presque toujours pour le Général qui se conduit avec génie , avec prudence & avec audace , qui sait profiter des circonstances, & qui les saisit à propos.

(*b*) Il est bien essentiel au commencement d'une guerre de

donner de la réputation à fes armes (*a*) ; il en réfulte trois
effets très-avantageux. 1°. Elle donne de l'audace au foldat,
& une certitude morale de réuffir dans tout ce qu'il entreprendra. 2°. Elle établit la confiance du foldat pour le Général. 3°. L'ennemi eft moins hardi & moins entreprenant.
Pour établir ce fentiment dans l'efprit de l'ennemi, & infpirer
le contraire à fes propres troupes , il faut au commencement
de la campagne que les premiers détachemens qui rencontrent
l'ennemi le battent , ce qui établira d'abord la confiance & la
hardieffe dans le foldat; il faut faire enfuite quelques marches
hardies , mais bien combinées , & qui forcent l'ennemi ou à
reculer , ou à prendre une autre pofition , ainfi que fit au
commencement de la campagne de 1760 M. le Maréchal de
Broglio , lorfqu'il fit paffer l'Ohm à fon armée , en préfence
de l'armée des Alliés , commandée par M. le Prince Ferdinand de Brunfwick ; ce Prince fut obligé de lever fon camp,
& de fe retirer fur Neuftat : du camp de Schweinfberg, le Maréchal marcha fur Frankenberg fur l'Eder , & força par cette
marche le Prince Ferdinand à aller camper à Saxenhaufen,
pour couvrir la Heffe & la Weftphalie , que le Maréchal me-
naçoit également.

Il n'eft pas poffible de donner de la réputation à fes armes
lorfque l'on n'entreprendra jamais rien fur l'ennemi, lorfqu'on
ne fera de mouvement que lorfqu'il en fera ; il faut le forcer à
en faire , mais autant qu'il eft poffible , ne s'y laiffer jamais
contraindre. Plus on entreprend fur l'ennemi , cependant
avec fageffe & précaution , plus on donne d'audace à fes pro-

(*a*) C'eft la conduite que M. le Maréchal de Luxembourg a toujours tenu dans
toutes fes campagnes.

pres troupes ; plus l'ennemi est dans la crainte , & moins il ose entreprendre sur l'armée (*a*). Un Officier général au service de l'Impératrice Reine, interrogé par un Français ce qu'on pensoit dans son armée de M. le Maréchal de Saxe, ne lui répondit que ces mots : *il nous commande comme à vous.* Cet éloge est d'autant plus flatteur , qu'il part de la bouche d'un ennemi, & sa briéveté ne le rend que plus énergique.

Un Général qui saura prendre de bonnes positions, qui fera de justes dispositions relatives au terrein, qui disposera ses détachemens en avant, de façon que l'ennemi n'osera , non-seulement approcher de son camp , mais même projetter de l'attaquer, a , sans doute, une premiere partie des qualités qui caractérisent un Général ; mais il lui en manque une principale , c'est la hardiesse nécessaire pour attaquer , & conséquemment, les ressources dans l'esprit pour trouver les moyens de faire des conquêtes , lui manquent aussi. Ce Général ne recevra jamais de grands échecs, mais aussi il n'aura jamais de grands succès ; il sera toujours aux ordres du Général ennemi , & avant la fin de la campagne , si le Général ennemi sait profiter de la timidité d'esprit de son adversaire, il peut en tirer de grands avantages ; mais celui qui non content de prendre de bonnes positions, de préserver son camp de toute insulte, d'assurer ses marches, ses convois, ses fourrages, cherche encore les moyens d'attaquer l'ennemi avec avantage , & sait profiter du moment, réunit la prudence de Fabius à l'audace de Scipion. Lorsque

(*a*) Henri IV , par sa vigilance & son audace , en avoit tellement imposé au Duc de Mayenne , & même à Farneze de Parme , que ces deux Princes, quoiqu'avec des armées plus nombreuses, étoient toujours sur la défensive , & qu'ils évitoient , autant qu'ils le pouvoient , de mesurer leurs forces avec celles de Henri.

l'on n'a d'autres vûes ni d'autres idées que de n'être point battu, c'est le moyen de l'être bientôt ; mais lorsque sans négliger les précautions pour n'être point battu, on prend encore les mesures néceffaires pour attaquer l'ennemi & pour le battre, on doit être moralement certain d'avoir des fuccès marqués avant la fin de la campagne.

(c) Les détails dans la conduite d'une armée font infinies, le Général doit les connoître ; mais il ne doit pas s'occuper effentiellement de tous, lorfqu'il a donné fes ordres à ceux qu'il a jugé capables de les exécuter. J'entends par ces détails, l'établiffement des magafins principaux, les entrepôts entre ces magafins & l'armée, les lieux où doivent être placés les fours, le dépôt des bœufs de l'armée, ceux pour les malades, l'établiffement des hôpitaux, le tranfport des malades aux hôpitaux, &c. Cependant comme tous ces objets doivent changer de place à mefure que l'armée avance dans le pays, & qu'elle fait des conquêtes, il eft obligé de donner de nouveaux ordres à ce fujet ; mais il ne doit plus s'en occuper dès qu'il les a donnés ; il doit fe réferver les grandes manœuvres, les marches, l'emplacement des camps, les fourrages, les convois, le nombre & l'efpece de troupes qu'il faut pour l'efcorte de l'un & de l'autre, relativement au pays & à la proximité de l'ennemi, les différens détachemens qui fortent, leur deftination & leur objet, les détachemens à pofte fixe pour garder fes communications avec fes derrieres, le champ de bataille, la difpofition des troupes, l'ordre & la difpofition pour fuivre l'ennemi battu, ainfi que l'ordre pour la retraite après une bataille perdue. C'eft à lui à donner fes ordres aux Officiers généraux ; ces ordres doivent être courts & clairs, &, comme le dit Montécuculi, *dans les termes de l'Art*. Quant à fes projets, ils ne doivent être fûs que de lui ; cependant

dant il y a des circonftances qui l'obligent de les communiquer à ceux qui, par leurs emplois dans l'armée, peuvent lui en faciliter l'exécution, comme l'Intendant de l'armée, le Munitionainre général des vivres, relativement aux fubfiftances & aux fourrages ; le Maréchal général des Logis de l'armée, le Major général de l'infanterie, & le Maréchal général des Logis de la cavalerie, pour la marche des troupes, pour les différentes colonnes fur lefquelles l'armée doit marcher, la diftribution des troupes, de l'artillerie & des bagages. Un Général qui voudroit entrer dans tous les plus petits détails, n'en connoîtroit aucun. L'efprit de l'homme a fes bornes, quelques lumieres qu'il puiffe avoir, & le plus fouvent ces bornes font très-rapprochées ; la Nature n'accorde pas à tous les hommes ce fens droit qu'on n'eftime pas affez : ainfi il ne faut pas qu'un Général furcharge fa tête d'affaires, & de détails inutiles.

Je fuppofe qu'un Général a toutes les lumieres poffibles, l'intelligence la plus facile, & l'expérience la plus confommée, il ne peut, malgré ces avantages, fuffire à tout ; & pour vouloir entrer dans les plus petits détails, il perd de vûe & néglige ceux dont il feroit important qu'il s'occupât. Si le jour d'une bataille il court fans ceffe de la droite à la gauche, de la gauche au centre, de la premiere ligne à la feconde, il fera partout, & ne fera nulle part ; il ne verra rien, & ne pourra donner fes ordres à propos, parce qu'il ne verra qu'en courant, que d'un moment à l'autre les circonftances peuvent changer, & que tel ordre, tel mouvement qui feroient bons dans le moment, ne valent plus rien, & même font dangereux la minutte d'après. Il faut donc que le Général, après avoir fait fa difpofition relative au terrein, à l'efpece de troupes qu'il veut faire combattre, à celles qu'il deftine, ou pour porter des fecours prompts, ou pour rendre les attaques plus vives , & enfin aux points principaux qu'il veut faire attaquer, fe place dans un lieu d'où il puiffe voir les mouvemens des deux armées , qu'il inftruife chaque Officier général du lieu où il fera , & que de ce pofte il donne fes ordres fuivant les circonftances. Si quelques parties de l'armée foibliffent, & qu'il juge que fa préfence y foit néceffaire, il doit s'y porter promptement, rétablir l'ordre , s'il eft poffible, y porter des fecours, payer de fa perfonne, & l'affaire rétablie, retourner à fon pofte, pour veiller à la fûreté & au bon ordre du total de l'armée.

Le fang-froid eft une des principales qualités que doit avoir un Général , fur-tout dans le moment d'une affaire générale ; mais il faut que ce fang-froid foit actif, & qu'il ne glace ni celui qui l'a , ni ceux qui approchent de lui. Il eft auffi dangereux d'être bouillant, que d'avoir ce fang-froid glacial que rien n'émeut ; celui-ci voit fans voir, & l'autre ne voit rien.

ARTICLE PREMIER.

De la Difpofition univerfelle.

LA difpofition univerfelle regarde la guerre en gros , elle prefcrit une regle générale pour la faire, & la dreffe fur un plan avantageux.

Entabler bien aux échecs (a) dès les premiers mouvemens qu'on donne à fes piéces , influe fur la fuite une facilité de vaincre : quand vous avez mal débuté, & que vos piéces font en défordre , il eft difficile d'y remédier dans la fuite. C'eft un axiome de médecine, que le défaut de la premiere coction ne fe corrige point dans la feconde. Ainfi, les fautes que font les Magiftrats fouverains dans les ordres qu'ils donnent, peuvent difficilement être corrigés dans l'exécution par les inférieurs, qui fouvent portent la faute de ceux qui ont manqué dans le principe. Auffi David prie-t-il Dieu de le délivrer des péchés d'autrui.

I°. Frontin traite de la difpofition univerfelle fous ce titre : *De conftituendo ftatu belli ;* ce que nous pourrions traduire ainfi : *De la maniere de bien établir l'état de la guerre ;* c'eft-à-dire, d'établir & de concerter la forme, de la bien conduire, & de la bien gouverner par rapport à la victoire.

II°. Guftave Adolphe (*b*), Roi de Suede, faifant la guerre en Pologne avec une armée compofée d'une bonne Infanterie, mais de peu de Cavalerie, ne la rifqua point dans ces vaftes plaines de Pologne ; mais il s'arrêta dans la Pruffe, où ayant pris plufieurs Places, & s'étant fortifié, il garda à la paix ce qu'il avoit conquis pendant la guerre. Charles Guftave, au contraire, y ayant rallumé la guerre en 1656, traverfa le Royaume d'un bout à l'autre, à la faveur des divisions ; mais les divisions étant assoupies, & son armée étant affoiblie, il reperdit tout. L'armée pesante des Suédois n'étoit pas propre à courir, ni l'armée légere des Polonais à combattre de pied ferme. Ces derniers donnerent une bataille près de Warsovie, & ils furent défaits, & les premiers se ruinerent eux-mêmes par leurs courses.

IIIº. Le grand Vizir ayant souvent expérimenté dans la guerre de Candie, que la flotte des Turcs étoit toujours battue au passage de la mer par celle des Vénitiens, changea la maniere de faire passer des troupes & des provisions. Il ne mit plus sa flotte en un corps ; mais l'ayant partagé en plusieurs, il en faisoit passer quelques parties à diverses fois, en différens tems, par différens lieux, à la dérobée, à la faveur de quelque vent favorable, & par ce moyen il y avoit toujours quelques vaisseaux qui arrivoient heureusement.

OBSERVATIONS.

ARTICLE PREMIER.

De la Difpofition univerfelle.

(a) LA comparaifon que fait Montécuculi du jeu d'échecs à la guerre, eft jufte à beaucoup d'égards. Il eft de regle au jeu d'échecs de ne jamais avancer une piéce fans projet, & fans qu'elle foit foutenue; il l'eft de même à la guerre, de ne point marcher en avant fans deffein, & fans que la marche foit affurée, de ne jamais faire fortir de détachemens fans qu'ils foient foutenus, & fans qu'ils ayent un objet. Ou l'on a deffein d'entreprendre fur l'ennemi, ou d'empêcher qu'il n'approche de l'armée, ou qu'il n'attaque quelque pofte; de même au jeu d'échecs, on avance une piéce foutenue, pour faire échec au roi ou à la dame, & fouvent à tous les deux à la fois, ou l'on avance une piéce pour garantir fon roi d'être en échec; mais cette comparaifon, toute jufte qu'elle paroît, ne l'eft pas dans le principe ni dans l'effet, parce qu'il eft facile de faire mouvoir à fa volonté un pion, ou toute autre piéce, & qu'il ne l'eft pas de même de faire agir des hommes; que le terrein eft uniforme fur le damier, & qu'il ne l'eft pas à la guerre; que les échecs n'entraînent pas après eux des bagages, des charriots, de l'artillerie, & des hôpitaux, comme une armée; que l'on voit, ou que l'on peut voir la marche de fon adverfaire, & deviner fon deffein, par une piéce qu'il avance plutôt qu'une autre, & qu'à la guerre une marche, un détachement, quelque confidérable qu'il foit, même un camp, ne dénotent pas toujours le projet de l'ennemi ; on en peut tirer des conjectures , mais il est possible de s'y tromper, & on s'y trompe souvent.

De bien débuter aux échecs est un grand avantage ; il en est de même à la guerre, mais trop de présomption, une certitude mal placée de la réussite de ses projets, fondée sur quelques succès que l'on attribue à la foiblesse ou à l'incapacité du Général ennemi , font quelquefois hazarder des mouvemens, des marches faites mal-à-propos , des camps pris sans précaution & sans connoissance du pays, qui font changer en peu de tems la face de la guerre , & qui d'offensive qu'elle étoit dans le commencement, la fait bientôt tourner en défensive , par la perte d'un poste important , ou d'une bataille , par des communications coupées, qui obligent de se rapprocher de ses subsistances, & qui fait perdre en huit jours, quarante ou cinquante lieues de pays, qui avoient coûté trois mois, & peut-être plusieurs campagnes de réflexions & de travail. Ainsi pour que la disposition universelle soit bonne, il faut établir l'état de la guerre sur un plan avantageux relativement au pays , à l'espece de troupes que l'on a , & à celle de l'ennemi. Lorsque César avoit de vieilles troupes sous ses ordres, il agissoit toujours offensivement, & cherchoit à donner des batailles. Dans la guerre d'Afrique il se conduisit avec plus de circonspection , parce qu'il n'avoit que des troupes de nouvelles levées *. Quoique la disposition universelle ne soit qu'un plan général que l'on se propose, pour agir offensivement suivant les forces que l'on a , & celles que l'on a contre soi , cependant il arrive souvent que cette disposition change, & que d'offensive qu'elle étoit , elle devient défensive , comme de défensive elle peut devenir offensive. C'est au Général à profiter des fautes de l'ennemi, à les épier, à lui donner même occasion d'en faire , sans cependant lui donner

* Fronti. Strata. lib. 1. cap. 3.

aucun jour pour attaquer avec avantage; alors la difpofition qui, au commencement de la campagne, n'étoit qu'univerfelle, devient particuliere, & relative aux circonftances & à la conduite de l'ennemi.

(*b*) Les deux exemples que cite Montécuculi, font de belles inftruétions pour les Généraux qui commandent les armées. Le premier exemple enfeigne la conduite qu'il faut tenir dans un pays de plaine, lorfqu'on a beaucoup d'infanterie & peu de cavalerie, que l'armée eft pefante, & que l'on a à combattre une armée légere. Le fecond exemple apprend qu'il ne faut point laiffer derriere foi aucun pofte qui puiffe arrêter l'armée, en cas qu'elle foit forcée de fe retirer. Il prouve que les pointes en avant font très-dangereufes, qu'il faut affurer fes derrieres & fes communications avec fon propre pays, par des places ou par des poftes retranchés; mais qu'il ne faut pas tout garder, pour ne pas trop affoiblir l'armée, qu'il ne faut occuper que des points principaux, relativement au pays & à l'objet que l'on a, & faire démolir tous les autres, pour que l'ennemi ne puiffe pas s'en emparer, y prendre pofte, & que ces points occupés par l'ennemi ne foient un obftacle à la retraite de l'armée, ou à la confervation du pays conquis.

ARTICLE SECOND.

De la Difpofition par rapport aux forces.

IL faut mefurer fes forces (*a*), & les comparer à celles de l'ennemi, comme un Juge défintéreffé compare les raifons des Parties dans une affaire civile.

I°. Si la meilleure partie de vos forces confifte en cavalerie, il faut chercher les plaines larges & découvertes ; fi vous comptez plus fur votre infanterie, il faut chercher les montagnes , & les lieux étroits & embarraffés.

L'infanterie eft bonne pour les fièges (*b*) , la cavalerie pour les batailles.

II°. Si votre armée eft forte & aguerrie (*c*), & celle de l'ennemi foible, de nouvelles levées , fans expérience, ou amollie par l'oifiveté, il faut chercher les batailles , comme firent Alexandre & Céfar , avec leurs armées de troupes vieilles & victorieufes. Si l'ennemi a l'avantage en cela , il faut les éviter , fe camper avantageufement , fe fortifier dans des paffages , fe contenter d'empêcher fes progrès , & imiter Fabius Maximus , dont les campemens contre Annibal font les plus célebres de l'antiquité , & c'eft par cette voie qu'il s'eft acquis le nom de très-grand parmi les Capitaines ; car on doit confidérer cet homme dans un tems où grand nombre de batailles perdues , de déroutes d'armées, & d'autres difgraces, avoient jettées l'épouvante dans le cœur des foldats , & du peuple Romain. Qu'on confidere , dis-je, la conduite de ce Dictateur , & on trouvera qu'il faut dans ces occafions :

1°. Changer

1°. Changer la forme de la guerre, temporiser , donner de l'intervalle après une difgrace arrivée, ne pas rifquer le falut de la République : parce que le moindre échec dans une armée foible & confidérable , comme une légere attaque, eft plus fenfible à un corps caffé & infirme , qu'une grande à un corps robufte, non par la force du mal, mais par la foibleffe du malade.

2°. Ne pas éviter le combat; mais chercher à le donner à fon avantage.

3°. Compter plus fur le confeil que fur le hazard.

4°. Ne fe pas foucier (*d*) des murmures du peuple.

5°. Faire des Sacrifices, des Prieres , & des Vœux à Dieu.

6°. Se camper en face de l'ennemi , le cotoyer en marche par des hauteurs & par des lieux avantageux, fe faifir des châteaux & des paffages autour de fon camp , & des lieux par où il doit marcher, fe tenir dans fes lignes, & ne fe laiffer pas engager à combattre avec défavantage. C'eft toujours beaucoup que de l'empêcher de rien faire, de lui faire perdre le tems, de le tromper , de rompre fes deffeins, d'arrêter, ou d'en retarder les progrès & l'exécution.

7°. Garnir les places, rompre les ponts, abandonner les lieux fans défenfe, en retirer les troupes & les mettre en fûreté , ravager le pays où l'ennemi doit paffer, en brûlant les maifons, & gâtant les vivres.

8°. Avoir derriere foi des provifions affurées , conduire l'ennemi dans des lieux où il n'en trouve point, inquiéter fes fourrageurs par des partis continuels, l'empêcher de faire des courfes , obferver fes marches , les cotoyer , lui dreffer des embufcades.

9°. En agiffant de cette maniere , on peut vaincre l'ennemi fans fe remuer. Vous êtes dans votre pays , vous avez tous les fecours néceffaires , l'armée que vous avez en tête n'a rien de tout cela, elle eft en pays ennemi , éloignée du fien , fans places , fans magafins , fans lieu où elle puiffe prendre pied , fans moyen de continuer la guerre: elle voit continuellement diminuer fon monde , fes forces, fon courage ; enforte que, comme j'ai dit , on peut la ruiner fans fe remuer.

III°. Si l'on eft fort inférieur à l'ennemi , tant

pour le nombre que pour la qualité des troupes, enforte qu'on ne puiffe pas camper contre lui, il faut abandonner la campagne, & fe retirer dans les places fortes, comme firent ceux de Byzance contre Philippe, & Annibal contre Scipion, afin que l'ennemi courant la campagne, foit harcelé & affoibli par les garnifons des Places voifines, fans qu'il puiffe rien faire de confidérable; ou qu'il s'ennuie d'affiéger, & qu'il y renonce, ou bien qu'il faffe plufieurs fièges l'un après l'autre, & qu'il y confume fon tems & fes forces.

OBSERVATIONS.

ARTICLE SECOND.

De la Difpofition par rapport aux forces.

(a) IL n'y a pas de préceptes plus fages que ceux que donne ce grand Général; il eft en même tems Annibal & Fabius: il auroit cependant pû ajouter que les forces d'une armée ne fe mefurent pas toujours au plus ou moins d'hommes qui la compofent, mais à l'efpece, & au Général qui la commande. Les Romains avoient pour méthode d'avoir des armées moins nombreufes que bonnes, & rompues aux pratiques de la guerre *. Lorfqu'Alexandre vainquit Darius à Iffus, fon armée étoit de trente mille hommes d'infanterie, & de quatre à cinq mille che-

* Veget
lib. 3. cap. 1.

vaux ; mais c'étoient tous vieux foldats, fiers encore du paffage du Granique , accoutumés aux fatigues de la guerre , aguerris depuis long-tems, & conduits par un grand Capitaine. Celle de Darius étoit de près de fix cens mille hommes , tant infanterie que cavalerie * ; il n'y avoit que les Grecs à la folde de Darius, au nombre de trente mille hommes , qui puffent être comptés pour des foldats ; le refte avoit été levé à la hâte, & n'étoit compofé que de Perfans , & autres peuples , qui depuis long-tems croupiffoient dans l'oifiveté & dans la molleffe , & qui étoient conduits par un Roi & des Satrapes aufli énervés qu'eux. Alexandre comptoit fur la valeur de fes troupes , Darius fur le nombre ; ce dernier fut vaincu, & devoit l'être, quand même il n'eut pas fait les fautes qu'il fit. Si Alexandre eut commandé l'armée des Perfes, il n'auroit certainement pas paffé l'Euphrate, il ne fe feroit pas engagé avec une armée aufli nombreufe dans les montagnes de Syrie , & il n'auroit reçu la bataille que fur un terrein où il auroit pû faire agir toutes fes troupes , & non dans des montagnes , comme fit Darius , qui , par la pofition qu'il prit, perdit l'avantage du nombre, & rendit les trois quarts de fon armée inutiles.

Quint Cur. tom. 1. lib. 3.

Regle générale, la cavalerie eft faite pour les plaines, & l'infanterie pour les pays coupés de bois & de montagnes ; cela n'empêche pourtant pas cette derniere arme de combattre en plaine , au lieu que la cavalerie eft abfolument inutile, & même nuifible, dans les bois, dans les montagnes, & dans les pays coupés de ravins ou de ruiffeaux. C'eft au Général à chercher à faire la guerre dans le pays & fur le terrein le plus favorable à l'efpece d'arme qui fait la principale force de fon armée, ou en qui il a le plus de confiance, & de tâcher d'y attirer l'ennemi.

(b) L'infanterie & la cavalerie font également utiles pour

les batailles ; mais la fituation des lieux rend l'une & l'autre plus ou moins néceffaires : cependant fi l'infanterie eft bien difciplinée, fi elle eft bien exercée aux manœuvres , & fi l'uniformité dans les commandemens & dans l'exécution eft exacte, elle fera en plaine auffi utile que la cavalerie , pourvu que fa difpofition foit jufte , relativement au terrein , & forte dans toutes fes parties.

La difpofition fe fait relativement à la fituation des lieux, aux points principaux que l'on veut faire attaquer , & à ceux que l'ennemi pourroit infulter avec plus de facilité. Lorfque l'ordre & la difcipline font parfaitement obfervées dans toutes les troupes, on peut faire combattre l'infanterie en plaine, avec la même confiance que lorfqu'on lui donne un pofte à défendre ; mais il n'en eft pas de même pour la cavalerie , quelque bien exercée qu'elle foit , quelque foit la folidité de fes efcadrons, & l'expérience de fes officiers , il faut que le terrein lui foit propre, & qu'elle y puiffe agir. L'infanterie peut fe battre de pied ferme ; mais la force de la cavalerie eft dans le mouvement : or, fi par fa pofition elle ne peut pas manœuvrer , elle devient abfolument inutile , & fouvent très-nuifible. C'eft une erreur de croire que la cavalerie fuffit pour couvrir & garder les flancs de l'infanterie ; comme il eft poffible que la cavalerie foit battue, s'il n'y a pas des troupes difpofées de façon à couvrir les flancs de l'infanterie , il eft à craindre que l'ennemi ne puiffe la prendre en flanc ; je voudrois donc qu'il y eut toujours au moins trois bataillons en colonne fur chaque flanc de l'infanterie de la premiere ligne. Ces colonnes doivent avoir moins de front & plus de profondeur que celles que l'on forme pour attaquer l'ennemi de front bayonnette au bout du fufil, parce qu'en fuppofant la cavalerie battue ; elles doivent par un à droite ou un à

334 COMMENTAIRES SUR MONTECUCULI,

gauche faire face à l'emplacement qu'occupoit fa cavalerie , &
former un équerre avec l'infanterie de la premiere ligne. En
fuppofant trois bataillons en colonnes fur chaque flanc , il faut
que ces bataillons fe forment fur feize de front & trente.huit de
profondeur , fans compter les grenadiers & les chaffeurs , qui,
la colonne formée , font fur feize de front & fur trois de hauteur, les grenadiers tenant la tête de la colonne, & les chaffeurs
la queue ; ainfi chaque bataillon en colonne aura feize hommes
de front , & quarante-quatre de profondeur ; en faifant un à
droite ou un à gauche, ce front fera de cent trente-deux hommes fur l'ordre profond : ces trois bataillons dans cette pofition
doivent en impofer à l'ennemi , & l'empêcher de fuivre la cavalerie battue avec la même vivacité que fi cette infanterie n'étoit
pas fur fon flanc. Si la cavalerie, au lieu d'être battue, bat celle
de l'ennemi , ces bataillons reftent en colonne , & au moment
de l'attaque , elles doublent leur front, & raccourciffent leur
profondeur. Les grenadiers en marchant , mais toujours fur feize
de front, & trois files , fe jettent fur la droite de la colonne, les
chaffeurs par le pas redoublé vont gagner la gauche de la tête de
la colonne, & dans cette pofition cette colonne attaquant l'ennemi , doit donner une force incroyable à l'attaque de la premiere ligne. Cette colonne doit en impofer tellement à la cavalerie ennemie, que fur le flanc oppofé de la cavalerie, que je
fuppofe battue, il y a des huffards & des troupes légeres à pied
& à cheval , qui doivent attaquer l'ennemi dans leur partie ;
ainfi l'ennemi fe verra attaqué fur fes deux flancs & en tête,
par la feconde ligne , qui doit marcher avec vivacité , mais en
ordre, au fecours de fa premiere ligne.

(c) Lorfqu'un Général habile commande une armée de nouvelle levée , il ne l'expofe pas d'abord à combattre , quelque

brave que foit la Nation qu'il a fous fes ordres, parce que ce
n'eft pas feulement la valeur qui gagne les batailles, mais l'ordre & la difcipline qui font obfervés dans les troupes. Il commence par la difcipliner, & l'aguerrit enfuite par de petits combats, dont il tâche de rendre le fuccès certain, par la difpofition & le nombre qu'il y employe. Quoique ces petits fuccès ne
foient pas décifis, ils rendent le foldat plus confiant, & l'habi-
tuent à voir l'ennemi de près. Le chef eft l'ame de fon armée,
il lui communique fon courage & fon activité, comme fa foibleffe & fon incertitude; elle eft timide ou valeureufe, fuivant
l'opinion qu'elle a de fon Général, & fuivant le degré de confiance qu'elle a en lui (a).

Il ne fuffit pas de favoir aguerrir fes troupes, de les difcipliner & d'y établir un ordre invariable & uniforme, il eft encore très-important de connoître parfaitement le génie, le caractere & les talens du Général ennemi; c'eft fur cette connoiffance qu'on forme des projets, qu'on regle fa conduite & fes opérations. Je fuppofe qu'un Général connoiffe fon adverfaire audacieux, entreprenant, mais fans beaucoup de fuite dans fes opérations, que le moindre revers le déroute, qu'une marche à laquelle il ne s'attendoit pas, & qu'il n'avoit pas prévu, le met
aux champs, il peut tirer de cette connoiffance de très-grands
avantages, en fe refufant d'abord à toute action générale, pour
augmenter la confiance de fon adverfaire, en reculant, mais

(a) On peut juger de l'effet que peut faire dans une armée la confiance qu'elle a pour fon Général, par la réponfe qu'un Grenadier, dont malheureufement
on n'a point retenu le nom, fit à M. le Maréchal de Saxe. Ce Général rencon-
trant ce Grenadier, qui étoit un très-bel homme de guerre, lui dit, *qu'il feroit
à defirer que le Roi eut cent mille hommes comme lui*; le Grenadier lui répondit:
il vaudroit bien mieux qu'il en eut deux comme vous.

dans l'intention de l'attirer dans un pofte avantageux pour lui, & qui peut devenir funefte à fon ennemi ; en pouffant en avant quelques troupes, avec d'autres troupes derriere embufquées, fur lefquelles les premieres fe retireront lorfqu'elles feront atta-quées en force ; enfin il peut avec beaucoup de fageffe détruire une armée formidable, la fatiguer par de petits combats, qui, à la vérité, ne font pas décififs, mais qui lui font perdre beaucoup de monde ; l'inquiéter dans fes fourrages, dans fes convois, dans fes communications, & enfin la forcer à reculer, & à lui donner occafion de la combattre avec avantage.

S'il le connoît indécis, timide, & n'ofant rien faire fans con-feil, il peut, quoiqu'avec une armée inférieure en nombre, agir offenfivement, & être moralement fûr de réuffir ; c'eft le plus beau moment d'un Général ; il joue à coup fûr, & toutes fes entreprifes réuffiront, en y joignant cependant les difpofitions les plus fages & les plus militaires.

Si, au contraire, il le connoît vigilant, entreprenant avec fageffe, doué des talens militaires, d'un génie profond, & fer-tile en reffource, il redoublera de vigilance, combinera davan-tage fon plan de campagne, & les moyens qui peuvent le conduire à l'exécution, fes marches fe feront avec plus de précautions la pofition de fes camps fera toujours forte par fon affiette, & toujours relative à fes projets : c'eft ainfi que Montécuculi & Turenne dans la campagne de 1675, par la connoiffance qu'ils avoient l'un de l'autre, & par leur eftime réciproque, s'obfer-voient, combinoient leurs plans, relativement au génie de l'un & de l'autre, & chacun cherchoit plutôt à plier fes talens à ceux de fon adverfaire, qu'à fe les affujettir (a).

Ce

_____

(a) L'art de connoître le génie du Général ennemi, & celui de la Nation qu'il commande, renferme l'art de vaincre l'un & l'autre.

Ce n'eſt pas encore aſſez de connoître le génie & le caractere du Général ennemi, il faut connoître l'eſprit de la Nation qu'il a ſous ſes ordres, ainſi que la Nation que l'on commande. Pour commander aux hommes, il faut les connoître, & pour ſavoir les priſer ce qu'ils valent, il faut ſe connoître ſoi-même. Chaque Nation a ſon caractere, ſes uſages, ſes mœurs ; il faut les conduire en conſéquence. Telle Nation eſt lente, marche peſamment, mais long-tems, & ſans murmurer : telle autre eſt vive, bouillante, & redoutable au début de la campagne ; mais cette vivacité ſe refroidit, ſi elle n'eſt pas entretenue par quelque ſuccès : telle autre eſt brave, & même fougueuſe, mais a peu de connoiſſance de la guerre : telle autre eſt brave, moins emportée, & eſt plus inſtruite de la guerre ; c'eſt ſur cette connoiſſance qu'un Général doit agir. Contre la Nation vive & bouillante, il faut éviter toutes ſortes d'affaires générales au commencement de la campagne, par la raiſon que l'intérêt du Général qui la commande, eſt de tâcher de donner de bonne heure une bataille. C'eſt un axiome reçu à la guerre, qu'il faut faire toujours le contraire de ce que veut l'ennemi ; mais il faut bien prendre garde de ne ſe point tromper ſur ſes véritables deſſeins. C'eſt en évitant toute affaire déciſive, c'eſt en tâchant de remporter quelques petits ſuccès, que l'on encourage ſes propres troupes, & que l'on éteint, ou, du moins, que l'on rallentit le feu & la pétulance de l'ennemi, qui pourroient être funeſtes, ſi l'on hazardoit une bataille au commencement de la campagne ; on ſe ménage par-là des occaſions favorables vers le milieu ou à la fin de la campagne, & l'on ſaiſit l'avantage que ſait ſe préparer un Général ſage & activement prudent, ſur un autre qui n'a que du courage. Il en eſt de même du Général qui commande la Nation vive, il doit chercher à donner bataille en entrant en

V v

campagne , ou au moins à entretenir fon ardeur par quelques
fuccès ; fi l'ennemi fe retire , les marches qu'il fait en avant doivent fe faire avec les mêmes précautions , fes camps doivent
être bien affis, & fes derrieres affurés ; fouvent une retraite n'eft
que fimulée , & dans la vûe d'attirer l'ennemi dans un pays qu'il
ne connoît pas , & qui ne convient pas à l'arme qui fait la principale force de fon armée , il faut donc qu'il marche avec cir-
confpection, en fuivant toujours fon but , qui eft de donner bataille , mais ne la donner , en fuppofant qu'il en trouve l'occafion, qu'avec une certitude morale de remporter la victoire.

Contre la Nation brave , mais peu inftruite de la guerre , il
faut toujours fe conduire avec prudence ; on peut cependant
hazarder davantage , parce que l'ordre & la difcipline que je
fuppofe dans l'armée, & qui ne peuvent pas être dans celle qui
eft peu inftruite de l'art de la guerre, lui donnent un grand
avantage fur l'ennemi, & même une fupériorité marquée.

Contre celle qui eft brave & inftruite , & par conféquent où
l'ordre eft obfervé , il faut agir avec la plus grande circonfpec-
tion, ne rien mettre au hazard, faifir avec vivacité les occafions
qui fe préfenteront, & que l'on fera naître pour gagner fur elle,
& pour la combattre avec avantage ; ne la point craindre, mais
s'en méfier , favoir fe plier aux circonftances , & attendre du
tems ce qu'on ne peut raifonnablement efpérer du moment.
C'eft dans ces circonftances que le génie du Général fe développe, que les reffources qu'il a dans l'efprit fe montrent, qu'il
acquert la gloire d'être mis au nombre des grands Capitaines,
qu'il fe rend digne de commander à fes femblables , & qu'il fe
met manifeftement au-deffus d'eux.

(d) Un Général ne doit jamais s'embarraffer des propos des
officiers ni des murmures des foldats ; il doit cependant réprimer

les premiers, & par une conduite fage, & d'où réfultent des fuccès, faire ceffer les murmures. La Nation Françaife veut d'a-
bord des fuccès, elle s'ennuie dans l'inaction, & fouvent elle ne
veut pas comprendre que fes defirs ne font pas toujours d'accord avec les circonftances; que lorfqu'elle voudroit combattre,
il feroit dangereux, & contre fon propre intérêt, de livrer bataille; que l'ennemi par des pofitions excellentes, & où l'art eft ajouté à la nature, empêche le Général Français de rien entreprendre, & qu'il eft forcé d'attendre quelque autre occafion plus favorable pour attaquer. De ces différentes caufes naiffent ces
murmures; mais un Général fage n'écoute jamais ces efprits
bouillans qui veulent toujours fe battre, & qui pour la plupart
ne favent pas difcerner le moment où il faut combattre de celui
où il faut l'éviter. Si lorfque Confalve de Cordoue commandoit
l'armée de Ferdinand, Roi d'Efpagne, Allié de Ferdinand, Roi
de Naples, fes confeils euffent été fuivis, le Roi de Naples ne
fe feroit pas fait battre à Seminara, par le Maréchal d'Aubigny,
de la maifon de Stuart. Ferdinand, Roi de Naples, bouillant
& audacieux, opina dans le Confeil pour marcher aux ennemis;
Confalve répondit *qu'avant que de marcher aux Français, il
étoit prudent d'attendre que l'on fût mieux informé de leurs
deffeins & de leurs forces, pour fe déterminer à prendre un
parti. Il ajouta que le plus prudent étoit toujours le plus ho-
norable, qu'une témérité inconfidérée étoit toujours blâmable,
que fous ombre de courage & de grandeur d'ame, on fe portoit
à des entreprifes d'un fuccès trop au-deffous de ce qu'il en coû-
toit s'il n'étoit que médiocre, & fans reffource s'il étoit mauvais;* mais le Roi de Naples, fans écouter les confeils de Confalve, ordonna de marcher à l'ennemi, & juftifia par fa défaite
les avis falutaires de Confalve *. Si Fabius eut écouté les propos

V v 2

* *Hift. de
Confalv. tom.
1. liv. 2.*

* Plutarq.
tom. 2. vie de
Fabius. de fes propres foldats, qui l'appelloient *le Pédagogue d'Annibal**, s'il fe fut arrêté aux difcours que l'on tenoit contre lui à Rome, s'il eut été choqué de voir le Sénat donner à Minutius, fon Général de cavalerie, un pouvoir égal au fien, fondé fur un petit fuccès que ce Général avoit remporté fur Annibal, fi enfin il eut changé de conduite pour complaire à fon armée & aux Romains, il n'auroit pas remporté fur Annibal une victoire fignalée, en fauvant Minutius d'une déroute complette. La conduite que tint Fabius étoit relative aux tems & aux circonftances; les Romains étoient découragés par trois batailles perdues (a), il falloit ranimer leur courage abattu, leur donner de la confiance dans leurs forces & dans leur propre valeur, & les conduire pas à pas à la victoire. Ce n'étoit point par foibleffe que Fabius fe conduifoit ainfi; mais il connoiffoit fon adverfaire fin & rufé, entreprenant & audacieux, & fans le craindre il s'en méfioit. Mais ce qui augmentoit fa méfiance, c'étoit l'abattement où étoient les Romains; cependant il ne défefpéra jamais de faire renaître dans le cœur de fes foldats, ce courage & cette fermeté qui les diftinguoient de tant d'autres Nations. Ce grand homme étoit néanmoins accufé de foibleffe par le Sénat, par le peuple, & par fon armée; mais à ces injures il ne répondit autre chofe, finon *que l'on craignoit fans honte lorfque l'on craignoit pour la Patrie; mais qu'il ne s'étonnoit point de l'opinion des hommes, & qu'il ne fe laifferoit point abattre* ** Plut.
tom. 2. vie de
Fabius. *par leurs calomnies & par leurs reproches ***.

Si un Général faifoit attention aux propos qui fe tiennent dans fon armée, il lui feroit impoffible de fonger à des détails bien

---

(a) Le combat du Tefin, par Cornelius Scipion, pere de Scipion l'Africain; la bataille de Trebie, par Simpronius Longus, & celle de Thrafimene, par Flaminius.

plus importans, qui, faute d'en prendre connoiſſance, lui méri-
teroient ces reproches; mais qu'il fera ceſſer, lorſque par de ſages manœuvres, il aura ſû remporter un avantage marqué ſur
l'ennemi.

ARTICLE TROISIEME.

De la Diſpoſition par rapport au Pays.

LEs Athéniens ne pouvant ſe défendre ni en
raſe campagne, ni dans les Places, aban-
donnerent là terre, & tranſporterent l'état de
la guerre dans une bataille navale.

Iº. La France voyant aujourd'hui que la puiſſance maritime de ſes voiſins pourroit l'incommoder, & faire diverſion, elle donne tous ſes
ſoins pour armer une puiſſante flotte.

IIº. Domitien ayant affaire aux Germains,
qui le fatiguoient toujours par leurs forêts, où ils
avoient leur retraite aſſurée, fit couper ces bois.
Il ne changea pas l'état de la guerre; mais il la
finit en ſubjuguant l'ennemi.

IIIº. Si le pays envahi par l'ennemi eſt diſpoſé
de maniere qu'avec peu de troupes on puiſſe faire
tête à un grand nombre, on peut faire diverſion
ſuivant la regle des Médecins, qui ont accoutumé de détourner les humeurs des parties où

elles fe jettent en trop grande abondance. C'eft ainfi que la France fortifie aujourd'hui dans la derniere perfection fes Places frontieres des Pays-Bas, pour y pouvoir foutenir, quand elle le jugera à propos, une guerre défenfive, & pouvoir entreprendre des conquêtes d'un autre côté.

IV°. Mais pour tirer de la diverfion tout l'avantage poffible, voici les maximes qu'il faut obferver.

1°. Que votre État foit plus fort que celui de l'ennemi; car il eft naturel de défendre le fien, avant que d'attaquer celui d'autrui.

2°. Que le pays qu'on attaque par diverfion foit facile à envahir, que la diverfion foit vigoureufe, & qu'elle fe faffe dans une partie très-fenfible.

3°. Qu'elle foit accompagnée de bonne fortune (a), ce qui eft une faveur du ciel.

I°. La plus célebre diverfion (b), qu'on life dans l'hiftoire, eft celle que Scipion fit en Afrique, tandis qu'Annibal faifoit la guerre en Italie. Mais dans ce projet de Scipion on voit comme dans un miroir les maximes fuivantes

1°. La défenfe de l'Italie affurée, 1°. par quelques défavantages qu'avoit eu Annibal, particulierement à Nole, par la victoire que remporta fur lui Cl. Marcellus ; 2°. par la pefte & par la famine, qui avoient affoibli l'armée Carthaginoife ; 3° par l'armée du Conful P. Licinius, qui pouvoit tenir tête à Annibal.

2°. La grande facilité que Scipion s'affuroit de trouver à faire la guerre en Afrique, & la commodité que lui donnoit la Sicile, dont les Romains étoient maîtres, pour faire paffer en Afrique fon armée, qui étoit de plus de trente-cinq mille hommes.

3°. La réputation des armes des Romains, qui déformais ne fe tiendroient plus fur la défenfive dans leur pays, mais qui alloient porter la guerre au-dehors, & voir le fiège de la guerre, la défolation des campagnes, les carnages, la terreur, la fuite, les incendies, les trahifons paffer de leur pays dans celui des ennemis.

4°. La bonne fortune, qui accompagna toujours Scipion, & fans laquelle il ne feroit jamais venu à bout d'une entreprife auffi difficile qu'il fe l'étoit imaginée facile : car, 1°. Syphax, fur lequel il comptoit beaucoup, lui manqua d'abord, & lui fit dire qu'il ne devoit pas entrer en Afrique. 2°. Utique, dont il comptoit de s'emparer, & de faire fa Place d'armes pour l'exécution de fes deffeins , après avoir foutenu contre lui un fiège de quarante jours , fut fe-courue par l'armée d'Afdrubal & de Syphax , forte de quatre-vingt mille hommes de pied & de treize mille chevaux. Il eut enfuite à com-battre cette même armée , dont il brûla d'abord le camp , après quoi il la défit. Syphax fe remit , & rétablit une nouvelle armée auffi forte que la premiere , mais de nouvelles levées , & il fal-lut encore la combattre.

Enfin Annibal fut rappellé en Afrique , & fon armée victorieufe & entiere y donna plus à crain-dre aux Romains que dans l'Italie même , parce qu'il leur fembloit que c'étoit moins le péril , que le lieu qui eût changé. Scipion fut encore obligé d'en venir avec cette armée à cette journ-née décifive qui termina la guerre , vingt mille des ennemis ayant été taillés en piéces , vingt mille faits prifonniers , & le refte mis en fuite. Mais cela ne fe fit pas fans beaucoup de rifque , & cette victoire acquit à Scipion avec beaucoup de gloire , le beau furnom d'*Africain :* ainfi il fallut pour le fuccès d'un fi grand deffein une faveur extraordinaire du Ciel , & un Général dont la valeur fût au-deffus du commun.

La diverfion que l'armée de l'Empereur &
celle

celle des Alliés fit aux Suédois l'an 1659, n'eſt pas moins digne de remarque. Les Impériaux étoient dans la Jutland (*a*) & faiſoient tous leurs efforts pour paſſer dans l'Iſle de Fionie, ou de Fune (*b*), pour combattre l'armée que le Roi de Suede y avoit ſous la conduite de Charles Vrangel, Grand Amiral, deſſein important, & d'une conſéquence extrême, mais auſſi difficile que magnanime. On avoit à paſſer la mer, qui ſervoit de foſſé, & à ſurmonter au lieu de parapets, une plage toute couverte de forts & de batteries, & défendue par un ennemi rangé en bataille : il falloit dépendre du ſouffle des vents, &, ce qui étoit encore pis, ſe ſervir de vaiſſeaux dont les Pilotes & les Capitaines ne cingloient pas à pleines voiles ; c'eſt-à-dire, ne concouroient pas de bon cœur à cette entrepriſe: on ne laiſſa pourtant pas de la tenter à diverſes repriſes avec beaucoup de valeur ; mais nous fûmes repouſſés de même, non ſans rougir les flots de beaucoup de ſang. Je dis alors que le

(*a*) *La Jutland* eſt une preſqu'Iſle ſur la côte de la mer Baltique : c'eſt ce qu'on appelloit anciennement la Querſonéſe Cimbrique. Elle appartient au Roi de Dannemarck.

(*b*) *Fuhnen* ou *Fionie*, eſt une Iſle de la mer Baltique ; elle appartient aux Danois : la Ville capitale eſt Othenſée.

moyen de s'approcher de la Fionie étoit de s'en éloigner, que la voie la plus courte étoit de faire un circuit de cinquante lieues, & que la porte pour y entrer n'étoit pas Middelfarth (*a*), mais la Poméranie. Cette penfée fut approuvée : on marcha auffi-tôt en Poméranie (*b*), on paffa la Péne (*c*), en plufieurs endroits, on emporta d'abord les forts de Damgart (*d*), Trubfée (*e*), Loetz, Treptow (*f*), & enfuite plufieurs places fortes, & on courut le long de la mer Baltique

---

(*a*) *Middelfarth*, petite ville fituée fur le petit Belt, entre la Jutland & & l'Ifle de Fuhnen; c'étoit le paffage pour entrer dans cette Ifle.

(*b*) *Poméranie*, grand Duché dans le cercle de la haute Saxe. La Poméranie eft en partie fituée fur la mer Baltique qu'elle a au Nord; elle a la Marche de Brandebourg au Midi, le Duché de Mecklembourg au Couchant, & la Pologne au Levant.

(*c*) *Péne*. C'eft une groffe riviere qui a fa fource dans le Duché de Mecklembourg, traverfe la Poméranie, & va tomber dans la mer Baltique à Pénemunde.

(*d*) *Damgart* ou *Damgartem*, place forte de Poméranie fur les frontières du Duché de Mecklembourg.

(*e*) *Trubfée*, petite ville de Poméranie du côté du Mecklembourg, & à fix ou fept lieues de Stralfund.

(*f*) *Treptow*. Il y a le vieux & le neuf Treptow. Le vieux Treptow eft dans le territoire de Stettin fur la riviere de Tollenfée, il appartient au Roi de Pruffe; le neuf Treptow eft fur la Rega, à fix ou fept lieues de Colberg.

jufques fous Stralfund (*a*), Wolgaft (*b*), Anclam (*c*), &c. L'éclat de ce foudre tira tout d'un
coup Vrangel de la Fionie, il vint en hâte avec
quelques troupes au fecours de la Poméranie :
mais fes forces ainfi divifées ne fuffirent ni pour
défendre la Poméranie, ni pour garder la Fionie,
qui fe trouva tellement affoibli par ce détachement, que les troupes des Alliés, reftées derriere, trouverent moyen d'y entrer, d'y défaire
l'ennemi, & de l'obliger à fe rendre à difcrétion,
& celles qui étoient entrées en Poméranie la ré-
duifirent en tel état, que fi la paix ne fût furve-
nue, on l'auroit bientôt toute reconquife, & tout
cela fut l'effet d'une diverfion.

Ce n'eft pas fans raifonnement, & fans avoir
fait bien des réflexions fur la nature du pays &
fur fa fituation, que le Turc a tant prodigué de
fang, d'or & de tems pour conquérir Candie :
par cette conquête il s'eft affuré l'Empire de la
Grece & de l'Afie ; il a mis une pierre fonda-

(*a*) *Stralfund*. C'eft une des plus fortes Places de la Poméranie,
elle a un très beau port fur la mer Baltique; elle appartient à la Suede.

(*b*) *Wolgaft*, Place forte du Duché de Poméranie, fituée fur la
Péne ; elle appartient aux Suédois.

(*c*) *Anclam*, grande ville fur la Péne ; elle eft entre Stettin & Wolgaft, elle a été cédée au Roi de Pruffe en 1720.

mentale à celui de la mer & des ifles, & il s'eſt mis pour-ainfi-dire à cheval fur la Sicile, chofe que les anciens maîtres de Candie ne négligerent aucunement au rapport d'Ariſtote.

Il y en a qui laiſſent prendre terre à l'ennemi, & s'avancer pluſieurs jours dans le pays, afin que ſon armée étant affoiblie par les garniſons qu'il eſt obligé de mettre de côté & d'autre, ils puiſſent enfuite le combattre avec plus d'avantage. Ainſi l'an 1657 les Polonais laiſſerent courir tout le Royaume à Charles Guſtave, Roi de Suede, afin qu'il ruinât (comme il fit) ſon armée qui étoit floriſſante. C'eſt pourquoi dans le calcul qu'on fit alors par maniere de diſcours, des forces Suédoiſes qui campoient en Dannemarck, quelqu'un dit en raillant, qu'on devoit mettre en ligne de compte une armée de quarante mille Suédois qui étoit reſtée derriere en Pologne ; mais qui étoit d'une maniere à ne ſe remettre jamais ſur pied, ſinon au jour de la réſurrection générale.

D'autres feignent de craindre, pour rendre l'ennemi plus aſſuré & plus négligent, & en ſe retirant ils le conduiſent vers des lieux défavantageux, & vers leurs ſecours qui s'avancent, puis ils tournent tête tout d'un coup, & combattent.

Les autres marchent continuellement , ou
pour tirer l'ennemi de ses postes, & l'assaillir;
ou pour le ruiner par des marches ausquelles
il n'est pas accoutumé, ou pour avoir toujours
abondance de vivres.

OBSERVATIONS.

ARTICLE TROISIEME.

De la Disposition par rapport au Pays.

(a) L'ÉTOILE heureuse ou malheureuse d'un Général, peut
influer sur ses succès ou sur ses malheurs; mais je pense
que sa bonne ou mauvaise conduite décide l'étoile. Le bonheur
ne se présente point de lui-même , & la Providence n'aide que
ceux qui savent se conduire ; elle est, sans doute, la cause première de tout ce qui arrive dans l'univers , mais elle laisse agir
les causes secondes : ainsi un Général pieux , qui , après avoir
intercédé le ciel pour la réussite d'une entreprise, en laisseroit le
soin à la Providence, sans se mettre en peine de faire les dispositions nécessaires , & sans prendre les moyens qui peuvent la
faire réussir , tenteroit la Providence , & seroit certainement
battu.

Le bonheur à la guerre est le fruit de la conduite sage du
Général ; ce n'est pas qu'il n'arrive quelquefois des hazards im-
prévus qu'il semble qu'on ne doive qu'à son étoile, mais ils sont
rares ; & si l'on vouloit remonter plus haut, on verroit très-souvent que ce hazard heureux, qui semble se présenter comme de

lui-même, n'eſt que le fruit d'une marche, d'un mouvement, d'une manœuvre faites à propos, & qui ont échappés à la plupart, & peut-être, à tous les Officiers généraux; mais que le Général n'a pas fait ſans deſſein. Il y a cependant des Généraux malheureux, à qui rien ne réuſſit, quoiqu'ils croyent avoir pris les meſures les plus ſages, & faits les diſpoſitions les plus ſavantes, mais il y a apparence qu'ils ont faits de faux calculs, & qu'ils ſe ſont trompés; on peut bien ne pas réuſſir dans toutes ſes entrepriſes; mais échouer dans toutes, prouve un défaut dans les moyens qu'on a pris pour y parvenir. D'autres Généraux, malgré les diſpoſitions les plus ſages & les plus juſtes, réuſſiſſent rarement dans leurs projets, c'eſt que probablement ils ont un adverſaire à combattre encore plus ruſé qu'eux, & qui a des vûes plus étendues. M. le Prince d'Orange étoit, ſans doute, un très-grand Capitaine, cependant il fut toujours battu par M. le Maréchal de Luxembourg; mais entre deux Généraux ſavans, ſages, fertiles en reſſources, audacieux avec prudence, & pleins de génie, tels qu'étoient M. le Prince d'Orange & M. de Luxembourg, il y a preſque toujours un mérite tranſcendant qui prévaut ſur celui de l'autre. En admettant le bonheur, il n'exiſte qu'autant qu'il eſt aidé, & il faut par de juſtes & ſages diſpoſitions enchaîner la fortune, & la forcer à ſe déclarer pour vous. Tite-Live * en parlant de Camille, l'un des plus célebres guerriers de l'ancienne Rome, & ſurnommé le ſecond Romulus, dit avec raiſon *que la proſpérité des armées dépend de la conduite de ceux qui les commandent, & que les grands Capitaines font la fortune des Empires.*

* Liv. 5.

  (*b*) Montécuculi donne les plus grands préceptes dans les exemples qu'il cite, lorſqu'on ne peut pas tenir la campagne contre un ennemi trop ſupérieur en force. Ces exemples prouvent qu'il est nécessaire de changer l'état de la guerre, lorsque le pays où on la fait n'est pas avantageux, ou lorsqu'on est trop foible pour risquer une affaire générale ; ils prouvent l'utilité des diversions, mais ils n'instruisent pas comme des préceptes appliqués aux circonstances & au terrein.

Donnons nos idées relativement à ces objets ; si elles n'instruisent point les militaires éclairés, elles ne seront peut-être pas inutiles à ceux qui commencent à servir, & les premiers me sauront peut-être gré d'avoir essayé d'arranger leurs idées, & de rendre Montécuculi plus détaillé & plus à la portée de tous les militaires.

Une armée se met en campagne pour faire des conquêtes ou pour empêcher l'ennemi d'en faire, & de pénétrer dans l'intérieur du Royaume. Si l'armée qui entre en campagne se propose d'agir offensivement, ce qui suppose des forces supérieures à celles de l'ennemi, ou du moins égales, un Genéral habile, & des troupes aguerries & disciplinées, le Général qui la commande doit avoir fait approvisionner les Places frontières, & les avoir mises en état de le recevoir en cas d'échec. Après cette premiere opération, qui est absolument nécessaire, il doit pourvoir aux magasins de l'armée pour sa subsistance & pour ses fourrages, à un train d'artillerie proportionné à la force de l'armée & à ses projets, à un hôpital plutôt bon que nombreux, mais cependant assez considérable pour que les soins & les pansemens soient donnés promptement aux soldats. Ces premieres dispositions faites, sans lesquelles il ne peut se mettre en campagne, il doit s'avancer sur le territoire ennemi, & par des camps pris avec avantage, par des positions qui puissent faire craindre à l'ennemi d'être pris en flanc ou tourné, l'obliger de reculer, & de lui abandonner une partie de son pays ; ou s'il trouve jour à lui livrer bataille, faifir cette occafion, & profiter de fa victoire. Si le pays eft couvert par des Places, la guerre fera plus longue, parce qu'il ne peut ni ne doit s'avancer que lorfqu'il fe fera rendu maître de celles qui pourroient mettre obftacle à fes defseins ; elles lui ferviront en même tems de points d'appuis, elles rendront fa communication libre avec fon pays, lui afsureront fa retraite en cas de malheur, & lui ferviront à établir & à afsurer fes quartiers d'hivers.

Si le pays n'eft point défendu par des Places, les opérations feront plus promptes, à moins que le pays ne foit difficile & de chicane, ce qui vaut autant que des Places lorfqu'on a une bonne armée qui en défend l'entrée, que le Général qui la commande connoît parfaitement le pays, qu'il a eu la précaution de garder & de fortifier les défilés, & enfin qu'il a fû profiter de fes avantages. Cependant comme il n'y a point de montagnes, de bois, & de pofitions que l'on ne puifse tourner, on peut trouver les moyens, avec des forces fupérieures, de pénétrer dans ces pays, & de forcer l'ennemi à reculer. Il ne fe peut pas, dans quelque pays que ce foit, qu'il n'y ait quelques pofitions avantageufement fituées, & dont on puifse fe faire des appuis, en les faifant retrancher, & en les faifant occuper par fuffifamment de troupes pour les garder & pour les défendre: ces précautions font néceffaires pour afsurer fes derrieres, fes flancs, & pour fe ménager une retraite fûre, fi les circonftances l'exigent; mais il faut avoir attention de ne les pas trop multiplier, pour ne pas affoiblir l'armée. Lorfque l'on agit offenfivement, il faut être en force, & ne point fe divifer, à moins que ce ne foit pour opérer une diverfion, & forcer l'ennemi à fe divifer lui-même. Cette guerre eft peut-être plus lente, mais elle eft plus afsurée; elle eft moins brillante, mais elle eft plus fage, & les fuccès

plus

plus certains. Une bataille perdue n'eſt pas ſans reſſource, quand on occupe des Places ou des poſtes ſur leſquels on peut ſe retirer & ſe mettre en ſûreté ; au lieu que ſi on ne prend point ces précautions, il n'y a aucune reſſource après une bataille perdue, ſi l'ennemi ſait profiter de ſa victoire.

Il eſt poſſible de rendre la guerre méthodique & moralement certaine ; mais comme j'en ai parlé fort au long dans mon Eſſai ſur l'Art de la guerre, j'y renvoye le Lecteur, pour ne pas répéter ce que j'ai déjà dit *.

L'objet de la Puiſſance attaquée eſt d'empêcher l'ennemi de pénétrer dans l'intérieur du Royaume. Si elle a une armée à-peu-près égale en force ou en eſpece de troupes à l'ennemi, elle doit non-ſeulement s'oppoſer à ſes entrepriſes, mais encore tenter la voie de l'offenſive, & n'en venir à la défenſive que lorſqu'elle y ſera abſolument forcée : c'eſt le plus habile des deux Généraux qui décidera l'offenſive pour lui. Il eſt cependant des circonſtances où l'on temporiſe, pour mieux trouver ſon avantage ; c'eſt alors l'affaire du tems, des calculs, & de la promptitude avec laquelle on ſaiſit le moment pour prendre le deſſus, & faire changer la défenſive en offenſive décidée. Si les forces que l'on a ne permettent point de tenir ouvertement la campagne, & que l'on ſoit forcément réduit à la défenſive, il faut au moins avoir des Places bien munies de troupes, de ſubſiſtances, d'artillerie & de munitions de guerre, pour défendre les frontieres, & arrêter l'ennemi aſſez de tems, pour qu'il n'ait pas celui d'avancer bien avant dans le pays. Pendant qu'il eſt occupé à faire des ſièges, il faut prendre des poſitions avantageuſes à portée des Places aſſiégées, pour en retarder la priſe, en attaquant les fourrages, les convois, même le camp ennemi, ſi cela eſt poſſible ; tâcher de faire entrer des ſecours dans ces Places, en confier la défenſe

* *Tom. 2. liv. 4.*

à des officiers intelligens, audacieux & opiniâtres. Des gens de cette espece valent mieux qu'un double chemin couvert, & que deux mille hommes de plus dans la Place, pourvu cependant qu'il y en ait suffisamment pour la bien défendre.

Il y a plusieurs remarques à faire sur la défense plus ou moins opiniâtre que l'on doit faire d'un pays ; il faut examiner sa nature, s'il est de difficile accès, ou si l'ennemi peut y pénétrer facilement ; s'il est abondant en vivres, en bestiaux, en fourrages & en grains, ou s'il est aride & presque désert. S'il est de difficile accès, il faut en défendre l'entrée avec la plus grande opiniâtreté, faire occuper les gorges, les retrancher, garder tous les passages, rompre ceux que l'on ne peut pas garder, faire des abattis pour barrer les chemins, enfin forcer l'ennemi à employer un tems considérable avant que de commencer ses opérations, & le mettre, pour-ainsi-dire, dans une incertitude plus que morale de réussir dans ses projets.

S'il est de facile accès, & que l'on n'ait pas les forces suffisantes pour lui en disputer l'entrée, il faut au moins prendre des positions avantageuses, fortifier des postes, retrancher son camp ; que les postes fortifiés soient situés de façon que l'ennemi ne puisse tourner l'armée dans son camp, à moins de faire un très-grand détour, ou qu'il n'attaque ces postes ; qu'il soit facile de leur porter de prompts secours, & qu'enfin le Général fasse la guerre au doigt & à l'œil, que l'ennemi le trouve par-tout, sans cependant qu'il se divise, & sans que l'ennemi puisse trouver jour à attaquer une partie foible, sans qu'elle puisse être secourue.

S'il est fertile, & que l'on ait suffisamment de troupes, il faut le défendre ; mais avoir attention avant que l'ennemi y ait pénétré, de faire transporter sur les derrieres les fourrages secs, les grains, tous les bestiaux, chevaux, bœufs & voitures qui peuvent s'y trouver, pour ôter du moins à l'ennemi ces secours, qui lui seroient très-avantageux ; défendre ensuite le terrein pied à pied, & employer la force & l'art pour y parvenir. Quoiqu'il soit plus avantageux de porter le théâtre de la guerre sur le pays ennemi, que de l'établir sur le sien, cependant le Général qui défend les frontieres & les États de son Prince, a l'avantage de connoître parfaitement le pays, d'avoir tous les habitans pour lui, & d'avoir des ressources en subsistances, en voitures & en chevaux, que le Général ennemi ne peut pas avoir; ainsi il peut plus aisément se soutenir, quoique plus foible, & prendre des positions avantageuses, que la connoissance du pays lui indiquera.

S'il est aride, il ne faut le défendre que pour faire employer à l'ennemi une partie de la campagne à la conquête de ce mauvais pays, pour le ruiner peu à peu, & pour que son armée soit assez diminuée ou trop fatiguée, pour entreprendre d'aller plus avant, & de pénétrer dans un pays plus abondant en subsistances. Si l'on n'est pas assez fort pour retarder les opérations de l'ennemi, il faut se retirer & choisir des postes avantageux, qui, sans risquer l'armée, la mettent à portée d'observer tous ses mouvemens, & l'empêchent d'entreprendre sur quelques Places, le tiennent toujours en échec, & le rendent indécis sur ses opérations. C'est ainsi que manœuvra M. le Maréchal de Crequi dans sa campagne de 1677; M. le Duc de Lorraine encouragé par la prise de Treves & de Philisbourg, dont il s'étoit rendu maître la campagne précédente, forme le projet de rentrer dans ses États; pour cet effet, il fait passer le Rhin à un corps de troupes commandé par le Duc de Saxe Eysenack, pour entrer en Alsace; le Duc de Lorraine avec son armée passe la Saar, vient camper près de Mets, dans l'idée qu'il opéreroit une diverſion conſidérable; mais M. de Crequi, Gouverneur, pour le Roi, de la Lorraine, du Duché de Luxembourg, & du pays Meſſin, raſſemble tout ce qu'il peut de troupes, en donne une partie à M. de Monclar, pour faire face au Duc de Saxe Eyſenack, & avec le reſte prend des poſitions ſi avantageuſes, obſerve ſi bien l'enne-mi, rompt ſi bien toutes ſes meſures, rend à l'armée du Duc de Lorraine ſes ſubſiſtances ſi difficiles, que la campagne s'écoule preſ-que toute entiere ſans que ce Prince puiſſe trouver jour à exécuter ſes projets. Soit de fatigue, ou par de petits combats, le Duc de Lorraine perd environ huit mille hommes, beaucoup de che-vaux, & une grande partie de ſes équipages. Enfin ce Prince prend le parti de retourner en Alſace; mais M. de Crequi y arrive avant lui, attaque le Duc de Saxe, le bat à platte couture, & le Duc de Lorraine n'arrive en Alſace, que pour être, pour-ainſi-dire, témoin de la défaite du Duc de Saxe. Le Duc de Lorraine paſſe le Rhin, ſépare ſon armée, & le Maréchal de Crequi va faire le ſiège de Fribourg, & prend cette Place, ſans que ce Prince oſe s'y oppoſer *.

* *Mém.* de Feuquier. tom. 2.

Les moyens que donne Montécuculi à la ſuite de ſes exem-ples, ſont excellens lorſqu'ils ſont appliqués à propos; ce ſont les circonſtances qui doivent décider les Généraux ſur la conduite qu'il faut qu'ils tiennent, relativement au pays plus ou moins ou-vert, plus ou moins abondant en bons poſtes, à l'eſpece de trou-pes qu'ils commandent, & à celles qu'ils ont à combattre, & prin-cipalement à la connoiſſance qu'ils ont du caractere & des ta-lens du Général ennemi (a). C'eſt un point eſſentiel qu'il ne faut jamais perdre de vûe, & auquel je ramenerai ſans ceſſe, comme le plus important, & celui qui influe beaucoup ſur la conduite que l'on doit tenir, indépendamment du plan projetté pour la campagne.

(a) La connoiſſance que le Prince Eugene avoit du caractere lent & pareſſeux du grand Prieur de Vendôme, le ſervit utilement dans ſa campagne de 1704 en Italie,

ARTICLE QUATRIEME.

De la Difpofition par rapport au deffein.

L E but de nos deffeins (*a*) doit être d'attaquer l'ennemi, ou de nous défendre, ou de fe-courir quelqu'un.

OBSERVATION.

ARTICLE QUATRIEME.

De la Difpofition par rapport au deffein.

(*a*) L E projet d'attaquer l'ennemi ou de fecourir un Allié, fuppofe des forces & des moyens ; celui de fe défendre annonce peu de forces, ou des malheurs effuyés pendant plu-fieurs campagnes : mais outre ce deffein qui eft général , il y a celui que l'on doit avoir pour la conduite de l'armée pen-dant la campagne, qui, quoiqu'il foit relatif au plan général, varie fuivant les circonftances. En fuppofant l'offenfive , on peut former un plan , & l'exécuter avec beaucoup de condui-te ; en fuppofant la défenfive , on fe fait de même un plan qui y eft relatif; mais on eft moins fûr de pouvoir l'exécuter, par-ce que les événemens , quoiqu'incertains dans l'offenfive , le font encore plus lorfqu'on n'a pas la force en main, & qu'on eft, pour-ainfi-dire, forcé de n'agir que relativement aux pro-jets & aux mouvemens de l'ennemi ; ainfi dans cette pofition, le deffein du Général eft de fe défendre , & il forme un plan relatif à ce projet ; mais les moyens qu'il employe peuvent varier fuivant les circonftances , & il ne peut établir cette efpece de guerre fur un plan fixe; c'eft ce qui fait que la guerre défenfive eft plus difficile à bien faire que l'offenfive , fur-tout quand l'offenfive eft établie par plufieurs batailles gagnées.

ARTICLE CINQUIEME.

De la Guerre offenfive.

POUR attaquer un pays (*a*) par une guerre offenfive , il faut obferver ces maximes :

Iº. Il faut être maître de la campagne , & être plus fort que l'ennemi , ou par le nombre , ou par la qualité des troupes. Céfar difoit que deux chofes fervent à conquérir , conferver & aggrandir les États , les Soldats & l'argent ; c'eft ce que fait aujourd'hui la France , avec fon argent elle achete des Places , avec fes armes elle en force d'autres.

IIº. Veiller aux conjonctures ; par exemple , qu'il y ait une guerre inteftine , ou des factions dans le pays qu'on veut attaquer , & qu'on foit appellé par l'un des partis.

IIIº. Donner des batailles (*b*) , jetter la terreur dans le pays (c) , publier fes forces plus grandes qu'elles ne font (d) , partager fon armée en autant de corps qu'on le peut faire fans rifque, afin d'entreprendre plufieurs chofes à la fois.

IVº. Traiter bien ceux qui fe rendent , mal-traiter ceux qui réfiftent.

Vº. Affurer fes derrieres , laiffer les chofes tranquilles & bien affermies dans fon propre pays , & fur fes frontieres.

VIº. S'établir & s'affermir dans quelque pofte, qui foit comme un centre fixe , & capable de foutenir tous les mouvemens qu'on fait enfuite , fe rendre maître des grandes rivieres & des paf-fages; former bien fa ligne de communication & de correfpondance.

VIIº. Chaffer l'ennemi de fes forts en les pre-nant , & de la campagne en le combattant (e). S'imaginer de faire de grandes conquêtes fans combattre , c'eft un projet chimérique.

VIIIº. Lui couper les vivres , enlever fes ma-gafins , ou par furprife , ou par force, lui faire tête de près , & le refferer (f) , fe mettre en-tre lui & fes Places de communication , mettre garnifon dans les lieux d'alentour , l'entourer avec des fortifications, le détruire peu à peu en battant fes partis, fes fourrageurs, fes convois , brûler fon camp & fes munitions, & y jetter des fumées empeftées (g), ruiner les campagnes autour des villes, abattre les moulins, corrompre les eaux, mettre parmi fes troupes des maladies contagieufes, femer des divifions entre fes gens.

IX°. S'emparer de l'État.

1°. En y bâtiffant des Fortereffes & des Citatadelles nouvelles, & en mettant de bonnes garnifons dans les anciennes.

2°. En gagnant les cœurs des habitans.

3°. En y mettant des Garnifons & des Colonies.

4°. En y faifant des alliances, des ligues, des factions.

5°. En l'incommodant par des courfes continuelles (h), des pillages, des menaces, des incendies, & l'obligeant par-là à contribuer, à payer tribut, & à fe foumettre.

6°. En y établiffant fa demeure.

7°. En protégeant les voifins foibles, & abaiffant les puiffans, en ne fouffrant pas que des étrangers puiffans viennent s'y établir.

8°. En emmenant avec foi les principaux comme ôtages, fous prétexte de leur faire honneur.

9°. En leur ôtant la volonté & le pouvoir de remuer.

OBSERVATIONS.

OBSERVATIONS.

ARTICLE CINQUIEME.

De la Guerre offensive.

(*a*) MONTÉCUCULI n'a oublié aucunes des circonstances qui caractérisent la guerre offensive ; mais il ne dit point comment il faut agir suivant chacune en particulier. Il dit *qu'il faut être maître de la campagne* ; mais on ne peut l'être qu'en prévenant l'ennemi, & en ayant une armée supérieure à la sienne, & encore faut-il que cette armée soit conduite par un Général habile, vigilant & audacieux. César ne vouloit que des soldats & de l'argent pour conserver & aggrandir les États. Montécuculi, Turenne, Luxembourg, & plusieurs autres grands Capitaines, ne demandoient pas autre chose, parce qu'ils savoient en faire usage ; mais tous ceux qui commandent les armées ne sont pas César, Montécuculi, Turenne ni Luxembourg. Sans guide éclairé, une armée aussi nombreuse que celle de Xercès, pourvue de tout l'or des deux Mondes, se fera battre par une poignée de soldats, conduits par un chef hardi, vigilant, & expérimenté. Lorsqu'Alexandre entreprit la conquête des Perses, les fonds qu'il prit avec lui pour cette grande entreprise ne se montoient qu'à soixante & dix talens, ce qui revient à soixante & dix mille écus de notre monnoie * ; c'est qu'il comptoit sur la valeur de ses troupes, sur la confiance qu'elles avoient en lui, sur le peu d'expérience que les Perses avoient de la guerre, & sur les riches dépouilles de l'Asie. En effet il ne se trompa pas, après la

* *Histoire anc. de Roll. tom. 6.*

Z z

bataille d'Iffus il entra dans Damas, où il trouva des richeffes immenfes, & tout le tréfor militaire que Darius avoit fait apporter pour la folde de près de 600000 hommes. Les tems ne font pas les mêmes aujourd'hui, toutes les Nations font plus inftruites de la guerre que les Perfes ne pouvoient l'être ; & quoiqu'elles n'ayent pas toutes, cette fcience au même degré de perfection, cependant elles en font affez inftruites pour rendre les événemens douteux; ainfi il eft de la prudence d'un Prince qui fe difpofe à la guerre, de faire des fonds fuffifans pour pouvoir la continuer, fans compter fur ceux que fes armes lui procureront ; fi fa caiffe militaire n'étoit fondée que fur l'efpérance très-incertaine des contributions tirées de l'ennemi, il pourroit fe tromper dans fes calculs, & fe voir en peu de tems vaincu & forcé de demander la paix, faute de fonds pour la continuer.

(b) On ne donne pas des batailles quand on le veut, cela dépend fouvent de la volonté du Général ennemi, qui fait les éviter lorfque fon intérêt n'eft pas d'en donner ni d'en recevoir, & qui fait fe pofter de façon qu'il ne puiffe être attaqué qu'avec un avantage certain pour lui (a) : or, il y auroit de

---

(a) Le Duc d'Albe, Généraliffime des Armées de Charles-Quint en Italie, preffé par les Officiers généraux de livrer bataille au Duc de Guife, qui commandoit l'armée Françaife, s'oppofe à leurs defirs, & en même tems veut bien les inftruire des occafions où il faut donner bataille. » Meffieurs, leur dit-il, » j'ai toujours prié Dieu d'infpirer à mes foldats une valeur déterminée, & un » courage plein de feu, afin que fans craindre ni murmurer, ils aillent tête baiffée » affronter la mort, & s'expofer aux dangers, même les plus apparens, lorfqu'on » le juge à propos ; mais j'ai demandé toute autre chofe pour les officiers, beau- » coup de prudence & un grand flegme, pour modérer l'impétuofité des foldats; » c'eft par-là qu'on arrive à ce haut point de gloire, qui fait le bonheur des Ca- » pitaines. Je ne vous cele point que votre ardeur m'a déplu, parce qu'elle eft

l'imprudence à vouloir attaquer une armée dans un poste où l'art est joint à la nature, il faut attendre des circonstances plus favorables, prendre tous les moyens possibles pour les faire naître, & tâcher, par des marches sur les flancs de l'ennemi, sans cependant s'éloigner de ses propres communications, & en tâchant de lui couper les siennes, de le forcer à

» immodérée, & contraire à la raison. Si, Messieurs, vous voulez être instruits
» des occasions auxquelles un Général doit donner bataille à ses ennemis, je
» vous dirai que ce doit être lorsqu'il s'agit de secourir une Place importante qui
» est réduite à l'extrémité, & de la prise de laquelle dépend le salut des Provin-
» ces ; lorsqu'on sait que l'ennemi doit recevoir de puissans secours, qui le ren-
» droient supérieur, ou, du moins, égal ; lorsqu'on craint une révolte dans une
» Province ; lorsqu'au commencement d'une guerre on veut donner de la réputa-
» tion à ses armes, raffermir la fidélité chancelante des sujets, retenir les Alliés,
» & empêcher les ennemis couverts de se déclarer ; lorsque, la fortune ne dis-
» continuant pas de nous favoriser, les ennemis sont si consternés qu'ils fuyent
» par tout devant nous ; enfin, lorsque poussé par la famine & les maladies, &
» enfermé de toutes parts, il faut, à quelque prix que ce soit, s'ouvrir un chemin
» à une mort glorieuse, ou à une victoire, qui nous délivrera de tous ces maux.
» Je sais qu'il faut quelquefois passer sur toutes ces sortes de loix, lorsqu'il plait
» à la fortune ; mais un excellent Capitaine ne hazardera jamais une bataille, s'il
» n'est sûr d'en retirer de grands avantages, ou s'il ne s'y voit forcé : c'est ainsi
» que les plus célebres Capitaines de l'antiquité se sont comportés. Un héros
» doit se conserver pour le service de sa République, & ne hazarder sa vie &
» celle de ses soldats, que lorsque son pays y doit trouver de grands biens.......
» Ne nous embarrassons point de vaincre le Duc de Guise, mais seulement de
» défendre l'Italie ; il a blanchi devant une bicoque (¶), il fuit devant nous, que
» demandons-nous de plus ? Une bataille sanglante ne nous procureroit rien de
» plus solide ni de plus glorieux, & nous remportons une victoire complete sans
» répandre une goutte de sang....... Si cette maniere de faire la guerre ne me
» paroissoit pas avantageuse, alors je me souviendrois de ce que j'ai fait dans la
» guerre de Saxe ; je passerois les plus grands fleuves, & je ne ferois pas difficulté
» d'entrer à pied dans la mer ; mais puisque je trouve la victoire dans la fuite de
» l'ennemi, je me servirai de mes maximes, & je ne m'attacherai qu'à combattre
» votre audace & votre témérité *.

* Hist. du Duc d'Albe, tom. 2. chap. 13. liv. v.

(¶) Le Duc de Guise fut forcé de lever le siège de Ciwitella, qui, en effet, étoit une mauvaise Place.

abandonner fa pofition ; avoir fans ceffe des détachemens fur lui , pour être inftruit promptement du moment où il décampera , & marcher à lui , l'attaquer dans fa marche , ou du moins le forcer à prendre une pofition moins avantageufe que la premiere , & l'y combattre , fi l'on trouve jour à réuffir.

(*c*) Ce font de petits moyens & de petites reffources , que de publier fes forces plus grandes qu'elles ne font réellement; l'ennemi en eft bientôt inftruit au jufte , & on ne trompe que foi. Ce n'eft pas par le nombre qu'il faut en impofer à l'ennemi; mais par la conduite que l'on a vis-à-vis de lui , par l'ordre & la difcipline qui font obfervés dans l'armée , par l'efpece de foldats , & le choix des Officiers généraux & particuliers qui la compofent. Il eft même quelquefois néceffaire d'en diminuer le nombre , fur les états qui paroiffent imprimés ou manufcrits , pour donner plus de confiance à l'ennemi foible , qui n'oferoit pas s'avancer dans le pays , s'il favoit au jufte la force de l'armée. Il eft bien plus aifé de le tromper en diminuant le nombre de fes troupes qu'en l'augmentant; parce qu'il eft naturel à l'homme de croire toujours plus facilement ce qu'il defire que ce qu'il craint , relativement à cet objet.

(*d*) Il eft fouvent très-dangereux de partager fon armée en plufieurs corps , à moins que ces corps ne fe touchent , pour-ainfi-dire , & qu'ils ne foient pas affez éloignés les uns des autres , pour que l'ennemi puiffe en attaquer un , fans qu'il foit promptement fecouru. Cependant il y a des circonftances où un Général eft obligé de féparer fon armée en plufieurs corps, & cette difpofition eft également propre à l'offenfive & à la défenfive. Je vais rapporter deux exemples qui conftateront cette vérité ; mais dans l'une & l'autre pofition , ces corps féparés doivent fe foutenir réciproquement, & il faut que l'ennemi ne puiffe les combattre féparément.

M. le Maréchal de Saxe, après s'être emparé au commencement de la campagne de 1747 de toute la Flandre Hollandaife, voulut au mois de Juillet s'avancer vers Maëftricht. Cette marche pouvoit avoir deux objets, l'inveftiffement de cette Place, ou le projet de dépofter M. le Duc de Cumberland, qui, campé proche de Berg-op-zoom, gênoit les mouvemens de l'armée du Roi.

M. le Maréchal divifa l'armée en cinq corps ; il fut engagé à faire cette difpofition par la néceffité de ne pas découvrir Bruxelles, où étoient les magafins. Il fe fut aifément débarraffé de ce foin, s'il eut fait préparer à Namur un entrepôt provifoire pour fes vivres, s'il eut mis une nombreufe garnifon dans Bruxelles, alors il eut marché vers la Meufe fans inquiétude ; mais cette précaution fi fimple ayant été négligée, il crut pouvoir y fuppléer en marchant par divifions.

La premiere, qui faifoit l'avant-garde, étoit commandée par M. le Comte d'Eftrées, aujourd'hui Maréchal de France.

La feconde, par M. le Comte de Clermont, Prince du Sang.

M. le Marquis de Seneéterre, aujourd'hui Maréchal de France, commandoit la troifième.

M. le Marquis de Clermont-Tonnerre, aujourd'hui Maréchal de France, commandoit la quatrième, & M. le Maréchal de Saxe étoit refté à Louvain auprès du Roi, avec le corps de l'armée.

Dans les premiers jours les ennemis ne parurent pas prendre grande jaloufie de ce mouvement général ; mais pour déterminer leur marche, M. le Maréchal fit avancer le Comte d'Eftrées jufqu'à Eiguenbilfen, & M. le Comte de Clermont en avant du moulin de Montpertin; il ordonna auſſi quelques mouvemens au Marquis de Seneĉterre, qui étoit à Tirlemont, ainſi qu'au Marquis de Clermont-Tonnerre, qui étoit à Œſ-mal. Les deux premiers corps, faiſant environ 20000 hommes, commencerent à donner de l'inquiétude à M. de Cumberland, & l'obligerent à faire marcher l'armée des Alliés en grande diligence ſur Haſſelt, où paſſe la grande chauſſée qui mene de Breda à Liege.

Cette marche fit connoître au Maréchal que les premieres troupes détachées de l'armée du Roi, en étoient trop éloi-gnées pour en être ſecourues, ſi elles étoient attaquées avec des forces réunies; en conſéquence, il envoya ordre à M. le Comte de Clermont, & à M. le Comte d'Eſtrées, de revenir à Tongres. Ils n'avoient pas laiſſé ignorer, l'un & l'autre, à M. le Maréchal, que toute l'armée ennemie s'avançoit en dili-gence ſur le Demer, ce qui l'engagea à ſe porter de ſa per-ſonne à Tongres, & à y faire marcher vingt bataillons aux ordres de M. de Seneĉterre. Il n'y avoit pas un moment à perdre pour prendre un parti; on voyoit diſtinĉtement de la tour de Tongres que les ennemis commençoient à paſſer le Demer vers Bilſen. Après s'être aſſuré des mouvemens de l'ennemi, M. le Maréchal envoya propoſer au Roi de faire marcher l'armée qui étoit encore à Louvain; mais comme elle étoit au fourrage, elle ne put ſe mettre en mouvement que vers les ſept heures du ſoir; pendant ce tems, il crut néceſſaire de faire obſerver de près les ennemis, en portant différens corps au-delà de Tongres, ce qui fut exécuté le lendemain à la pointe du jour.

M. le Comte d'Eſtrées qui avoit l'avant-garde, & ſoutenu par M. le Comte de Clermont, ſe porta promptement ſur les hauteurs d'Herderen, dont l'avant-garde des ennemis se disposoit à s'emparer, & y marchoit dans cette intention : mais le Comte d'Eſtrées l'ayant prévenu, elle ſe retira ; M. le Marquis de Seneĉterre avec ſon infanterie, fut poſté à Tongreberg, & M. le Marquis de Clermont-Tonnerre avec ſon corps, obſervoit le grand chemin d'Haſſelt, & couvroit le flanc gauche des troupes qui marchoient vers Herderen.

M. le Maréchal étoit perſuadé que les troupes ennemies qu'il voyoit ſe porter ſucceſſivement ſur la hauteur de Gros-Spauven, n'étoient que celles de la réſerve commandée par M. de Wolfenbutel, & en conſéquence formoit le projet de l'attaquer. Pour réaliſer ce projet, il envoya le Comte d'Eſtrées au Roi, lui demander la permiſſion d'attaquer l'avant-garde des ennemis. Sa Majeſté lui répondit qu'il le laiſſoit le maître de faire ce qu'il jugeroit à propos, & qu'il alloit donner ſes ordres pour faire marcher l'armée. Pendant ce tems-là M. le Maréchal faiſoit réellement ſes diſpoſitions pour attaquer les ennemis, & les troupes étoient déjà en mouvement, lorſque l'avant-garde des colonnes ennemies qui débouchoient par Gelik, démaſqua trente piéces de canon, qui tirerent ſans diſcontinuer ſur le corps de M. le Comte de Clermont ; ce feu fut très-vif, & fit connoître au Maréchal qu'une partie de l'armée ennemie étoit arrivée, & il ſuſpendit très à propos le projet d'attaquer. Il eſt à croire que non-ſeulement il auroit combattu avec déſavantage dans cette attaque, mais encore qu'il auroit été battu, ſi l'avis de M. de Badiany eut prévalu. Ce Général Autrichien vouloit combattre dès le moment, & à meſure que ſon armée arrivoit ; mais M. de Cumberland voulut attendre les Anglais. D'après cette réſolution, ces deux Généraux ne penſerent plus qu'à prendre une poſition avantageuſe, n'ayant pû occuper celle d'Herderen, ainſi que c'étoit leur projet.

L'armée du Roi fit quatorze lieues dans vingt-quatre heures, arriva ſucceſſivement dans la nuit, & fut placée en arriere d'Herderen & du village de Rems, où étoit le corps de M. le Comte de Clermont, Prince.

M. le Maréchal étoit perſuadé que les ennemis paſſeroient la Meuſe dans la nuit ; il y eut d'autres avis qui n'étoient pas conformes au ſien, & dont le réſultat fut qu'il falloit combattre le lendemain, ſi les ennemis étoient dans la même poſition, ce qui fut déterminé par le Roi, & exécuté le lendemain à la pointe du jour : on occupa les poſitions que M. le Maréchal avoit reconnu, & l'affaire commença vers les ſix heures du matin.

Le Roi, ayant ſous lui M. le Maréchal de Saxe, remporta une victoire complette, força l'ennemi à paſſer la Meuſe, & à ſe mettre à couvert derriere Maëſtricht. Si les Généraux ennemis, au lieu d'attendre au lendemain, avoient attaqué le même jour, les trois avant-gardes auroient été probablement battues, parce qu'elles auroient eu à combattre 80000 hommes, & que réunies elles n'en faiſoient tout au plus que 40000. Ce n'eſt pas que 40000 hommes n'en puiſſent battre 80000 : Annibal à Cannes battit l'armée Romaine forte de 80000 hommes, & il en avoit la moitié moins. Charles XII, à Narva, battit avec 9000 hommes & dix piéces de canon, une armée de 60000 Ruſſes, qui traînoit après elle cent quarante-cinq piéces de canon * ; mais ce ſont de ces exemples qu'il eſt bon de citer, & qu'il eſt dangereux d'eſſayer. Heureuſement qu'à Lauffeld le Roi ſauva tout par ſa préſence, elle empêcha l'ennemi d'attaquer, donna le tems à l'armée d'arriver ; & la faute qu'avoit

* *Hiſt. de Ruſſie, par Volt. tom. 1. chap. 11.*

qu'avoit fait M. le Maréchal de Saxe, (faute qu'il eut la grandeur d'ame d'avouer la veille de la bataille,) en s'éloignant trop de ses avant-gardes, fut entierement réparée par le retard que mirent les Généraux ennemis à attaquer l'armée du Roi, & par la bonne disposition que M. le Maréchal fit des troupes.

Après avoir rapporté les mouvemens d'une armée divisée en plusieurs corps pour l'offensive, & avoir fait connoître les inconvéniens des avant-gardes trop séparées les unes des autres ; je vais rapporter une pareille disposition dans le cas de la défensive, qui eut un heureux succès par la sage prévoyance du Général. En séparant différens corps de son armée, il sut se ménager des communications sûres, pour que ces corps pussent le rejoindre si les circonstances l'eussent exigées, ou pour leur porter de prompts secours.

M. le Prince Ferdinand de Brunswick, après avoir perdu le combat de Corback dans la campagne de 1760, se trouva réduit à une défensive assez embarrassante, ne pouvant empêcher l'armée Françaife de s'emparer de la Hesse, ou de pénétrer dans la Westphalie ; il ne chercha qu'à gagner du tems, en s'opposant à l'un & à l'autre projet, autant que cela lui fut possible. Pour cet effet, il mit sa gauche à Saxenhausen, ayant devant lui le ravin d'Alraf; cette gauche étoit en emphithéâtre, & dominoit toute la plaine de Corback ; sa droite étoit appuyée, & même couverte en partie par des bois. Par cette disposition il couvroit la Hesse, & son camp étoit assis sur un terrein fort par son assiette, avantage qu'il augmenta par des redoutes en avant de son camp ; mais pour couvrir en même tems la Westphalie, & être à portée de marcher à Varbourg sur la Dymel, en cas que les circonstances l'exigeâssent, il envoya un corps de quinze à dix-huit mille hommes camper à

Wolkemiſſen ; entre ce camp & ſon armée, il y avoit encore deux autres corps, pour garder les communications entre l'armée & le corps campé à Wolkemiſſen. Cette poſition étoit excellente relativement à l'objet ; l'armée, quoique ſéparée en pluſieurs corps, étoit cependant unie, par la facilité que chacun avoit de ſe joindre, & de ſe porter des ſecours mutuels ; d'ailleurs, il étoit preſqu'impoſſible d'attaquer un corps ſans attaquer les autres. Le camp de Wolkemiſſen pouvoit être tourné par ſa droite, comme il le fut en effet ; mais en le tournant par cette droite, on le rejettoit néceſſairement ſur ſon armée ; au ſurplus, il auroit été dangereux de faire marcher ſur cette partie toute l'armée Françaiſe, parce qu'on auroit abandonné à l'ennemi toute la partie de l'Eder, Marbourg, & toutes les communications avec Francfort ; & quoique par la diſpoſition admirable que fit M. le Maréchal de Broglio pour marcher à l'ennemi, M. le Prince Ferdinand de Brunſwick ait été forcé d'abandonner ſa poſition, & de marcher ſur Caſſel, le camp que ce Prince avoit pris ſur les hauteurs de Saxenhauſen, & les différens camps pour couvrir en même tems la Heſſe & la Weſtphalie, étoient d'un grand homme de guerre, & conſommé dans l'art de ſaiſir des ſituations avantageuſes pour ſes camps.

Les projets du Général Français tendoient décidément à l'offenſive ; ceux du Général des Alliés étoient purement défenſifs, ſur-tout après le paſſage de l'Ohm par l'armée Françaiſe, & le gain du combat de Corback. La poſition de M. le Maréchal de Saxe étoit relative à ſes projets, puiſqu'en avançant ſes avant-gardes, il gagnoit du pays, & s'approchoit de Maëſtricht, peut-être dans l'intention d'en faire l'inveſtiſſement avant que l'ennemi pût s'y oppoſer ; mais en ſuppoſant la poffibilité à l'ennemi de prévenir l'armée Françaife fous Maëftricht, c'étoit une très-grande faute que d'éloigner fi fort fes avant-gardes les unes des autres, & de l'armée, parce qu'elles couroient rifque d'être battues en détail. M. le Prince Ferdinand étant fur la défenfive, & ayant à couvrir la Heffe & la Weftphalie, étoit, fans doute, obligé de divifer fon armée en plufieurs corps; mais ils étoient fur une même ligne, ils fe communiquoient les uns aux autres, ils avoient ouverts des marches fur leurs derrieres (a), pour fe retirer, en cas de néceffité, ou fur Caffel ou fur Varbourg; de plus, le terrein pour marcher à ces différens camps étoit de difficile accès: ainfi il ne rifquoit point de s'étendre par fa droite, pour être à portée de marcher fur Varbourg, fi l'armée Françaife eut fait une marche fur la Dymel.

Par la pofition de l'armée des Alliés, elle pouvoit facilement prévenir les Français fur la Dymel, paffer cette riviere à Varbourg, & en défendre après, avec fûreté, le paffage au Maréchal de Broglio. Il eft vrai que de ce moment-là elle abandonnoit la Heffe; mais il lui étoit bien plus important de couvrir la Weftphalie que la Heffe; la fuite de cette campagne l'a prouvé.

Lorfqu'une armée marche en avant, il ne faut jamais que fes avant-gardes s'éloignent d'elle de plus de deux ou trois

---

(a) C'eft une faute capitale, & à laquelle fouvent on ne fait pas affez d'attention, que de ne pas ouvrir des communications de la droite à la gauche; & dès que l'armée eft campée, il faut ouvrir des marches fur le champ, en avant, fur fes flancs, & parderriere, pour pouvoir marcher du côté que les circonftances l'exigeront. Ce n'eft pas le cas de mettre au lendemain ce qu'il faut exécuter dès que le camp eft marqué.

lieues, bien entendu fi c'eft dans un pays de plaine ; car dans un pays étroit, de bois & de montagnes, elles doivent s'en rapprocher, dans la crainte d'être coupées. Dans un pays étroit, une feule avant-garde fuffit, pourvu que les flancs foient affurés & gardés. Dans un pays de plaine, il en faut davantage, une à la droite, une à la gauche, & une au centre ; mais elles ne doivent pas être par échelons ; c'eft à ces avant-gardes à détacher des troupes pour éclairer le pays fort en avant d'elles. Ces trois avant-gardes doivent fe communiquer, pour couvrir tout le front en avant de l'armée, fans cependant négliger les flancs ; c'eft aux deux avant-gardes des flancs à prendre ce foin, fecondées des Régimens de dragons qui couvrent les aîles de l'armée.

Dans quelque pays que ce puiffe être, il faut que toutes les parties d'une armée foient également gardées, fans cependant oublier que toute difpofition doit être foumife au terrein & aux circonftances.

(e) Il eft difficile de faire de grandes conquêtes fans combattre ; cependant comme on n'eft pas toujours le maître de donner des batailles quand on le veut, fur-tout lorfque l'intérêt de l'ennemi eft d'éviter de fe battre, il faut, au moins, le forcer à changer fa pofition, & à reculer. Si l'on eft très-fupérieur en forces & en moyens pour continuer la guerre, & que l'on veuille décidément combattre, il ne faut point donner de relâche à l'ennemi, attaquer fes poftes avancés, fes fourrages, fes convois ; enfin le fuivre par-tout, pour le forcer à combattre, ou à fe ruiner par les fatigues continuelles qu'on lui donne.

On peut fatiguer l'armée ennemie, fans cependant que la fienne en fouffre ; il n'eft pas néceffaire d'employer beaucoup

de troupes pour faire mettre une armée fous les armes , pour
la harceler , & pour la tenir toujours alerte , il ne faut employer que des huffards , des troupes légeres à pied & à cheval , foutenus de dragons ; il faut avec ces troupes attaquer de
jour & de nuit différens poftes avancés , & dans différentes
parties , qu'elles tâchent de tourner le camp , de couper fes
communications, & enfin qu'elles l'occupent fans ceffe, quoique l'armée foit tranquille dans fon camp, mais toujours prête
à marcher au premier ordre. Si par ces différentes attaques,
on force l'ennemi à décamper , à la premiere nouvelle qu'on
en a , il faut faire battre la générale , & un quart-d'heure
après l'armée doit être fous les armes, & prête à marcher ; on
laiffe une efcorte pour les équipages , qui doivent , à mefure
qu'ils font chargés , fe raffembler au centre de la premiere ligne du vieux camp , & ne fe mettre en marche qu'une heure
après que l'armée a marché. J'ai dit qu'un quart-d'heure après la
générale battue , l'armée devoit être fous les armes, un quart-
d'heure après elle doit être en mouvement : voilà le moyen
d'accélérer des marches ; les équipages fuivent quand ils peuvent ; mais ils n'embarraffent point l'armée dans fa marche,
& on ne perd point , en les attendant , un tems précieux, qui
ne fe retrouve plus. Cet ordre n'eft cependant bon que lorfque l'on marche en avant, & que l'on fuit l'ennemi qui fe retire ; car dans un cas de retraite, il faut faire partir les équipages la veille fous une bonne efcorte , pour n'en être pas
embarraffé lorfque l'on décampera. En général, lorfqu'on
fuit l'ennemi, ou que l'on cherche à l'éviter , il ne faut mener
avec foi rien qui puiffe retarder la marche. La fupériorité de
troupes peut donner de la confiance ; mais elle eft toujours
mieux placée, lorfque la difpofition & le bon ordre font joints

à la force. Les occafions font rares ; il faut les chercher , les faire naître , les faifir , & en profiter.

(*f*) Il faut qu'une armée foit bien fupérieure en force à celle de l'ennemi , pour qu'elle puiffe fe mettre fans rifque entre l'armée ennemie & fes Places ; il faut qu'elle foit bien affurée de fes fubfiftances , & qu'elle foit moralement fûre de battre l'ennemi , fans pouvoir être attaquée fur fes derrieres par les garnifons réunies de ces Places; il faut auffi que le Général ennemi foit bien imprudent , pour s'éloigner de fes Places fans affurer fa communication avec ces mêmes Places , & fans avoir des poftes fur fes flancs , pour empêcher qu'on ne les tourne , ou , au moins , pour être averti à tems des deffeins & de la marche de l'ennemi , & fe garantir d'être coupé & pris par fes derrieres. Le Conful Minutius , moins prudent que téméraire , s'avance pour combattre les Eques , que commandoit Gracchus ; mais il tombe dans une embufcade , & s'engage dans un défilé dont il ne lui eft plus poffible de fortir; il eft environné par les Eques qui enferment les Romains , dans l'efpérance de les réduire par la famine. Gracchus , dans la confiance où il eft d'avoir bientôt l'armée Romaine à fa difpofition , place fon armée entre celle des Romains & la ville d'Algide , dans le pays Latin , dont les Romains étoient maîtres. Cincinnatus eft créé Dictateur , il affemble une armée , marche au fecours de Minutius , & contraint les Eques à fe rendre , & à paffer fous le joug *. Cet exemple fuffit pour faire voir qu'il eft dangereux de fe mettre entre l'ennemi & fes Places , lorfque l'on peut être attaqué par fes derrieres , & que l'on n'a pas affez de forces pour , en féparant fon armée en deux parties , aller au-devant du fecours avec une des deux parties , pendant que l'autre refte en préfence de l'ennemi en-

* *Hiftoire Rom. de Rollin , tom. 2. liv. iv.*

fermé & tenu en échec. Si Gracchus avoit eu affez de forces pour partager fon armée en deux , il ne fe feroit pas expofé à être attaqué en même tems par l'armée du Dictateur , & par celle du Conful , qu'il tenoit enfermé ; & en fuppofant qu'il eut vaincu Cincinnatus , l'armée de Minutius fe rendoit prifonniere , & paffoit fous le joug , au lieu que Gracchus fut livré aux Romains pieds & mains liés , & fon armée fubit le fort qu'il préparoit aux Romains.

(g) Je ne comprends point comment un auffi grand homme peut avoir eu des idées auffi noires , & ofer encore les donner pour préceptes. Les expédiens que donne Montécuculi pour détruire l'ennemi, font horreur à imaginer ; il faut le vaincre par la force ou par la rufe , mais éloigner tout ce qui peut reffembler à la trahifon. Comment eft-il poffible qu'un auffi grand Général , qu'un homme qui avoit l'œil fi jufte , le fens fi fain pour juger d'une bonne ou d'une mauvaife manœuvre , n'ait pas fû diftinguer la trahifon de la rufe , ni y mettre aucune différence ? Les moyens qu'il donne font d'un traître & d'un affaffin , & non d'un guerrier noble & généreux ; d'ailleurs ces fumées empeftées, ces eaux corrompues, en donnant des maladies contagieufes , corrompent l'air , & peuvent fe communiquer à l'armée , & lui être auffi funeftes qu'à l'ennemi. Un Général d'armée n'eft pas un empoifonneur , & il feroit celui des ennemis & de fes propres troupes, s'il fe fervoit de ces infames moyens.

(h) Il eft imprudent de livrer au pillage un pays conquis ; on le ruine , & l'on n'en tire aucun profit ; il y a cependant une occafion où il faut févir rigoureufement , c'eft quand les habitans du pays ont pris les armes , & qu'ils fe font joints aux troupes ; il faut les punir par le pillage , condamner à mort

ceux qui fe trouvent encore armés , mais défendre expreffément tous autres excès , qui font honte à imaginer. Il n'y a
pas une feule occafion où ils doivent être permis ; l'incendie
peut l'être , mais cette occafion eft bien rare. Au combat de
Sahay, gagné par les Français le 25 Mai 1742 , il y avoit un
village fur la droite de l'armée Françaife , occupé par cinq à
fix cens Pandoures ; ce village fut attaqué par la brigade de
Navarre & par celle d'Anjou , & fut forcé ; les Pandoures fe
réfugierent dans les maifons, dans l'églife , & dans le clocher,
d'où ils faifoient un feu très-vif fur les Français: on les fomma
de fe rendre , & on leur promit bon quartier , ils refuferent
ces propofitions , & continuerent à tirer ; on mit le feu au village , & ils furent tous brûlés: cela étoit jufte. Mais fi on les
eut brûlés avant de les fommer , & de leur promettre la vie,
l'action auroit été barbare , indigne du nom Français , & de
toute autre Nation policée.

Si on efpere à la paix de pouvoir garder le pays conquis ,
la permiffion du pillage eft encore bien plus grave ; c'eft révolter des habitans, c'eft en faire autant d'ennemis, c'eft vouloir régner fur une foule de malheureux , & qui ne fe voyent
réduits dans cet état déplorable , que par l'ordre du Prince
qui veut les avoir pour fujets (a). Il vaut mieux les forcer à
reconnoître un nouveau maître , par la voie de la douceur &
par

(a) Quoique ce ne foit pas pofitivement le Prince qui ordonne tout ce qui
peut fe faire dans une armée , comme le Général eft le dépofitaire de fon autorité & de fes volontés , les ordres qu'il donne font toujours fenfés émaner de
l'autorité fuprême. Il en eft de même dans le gouvernement intérieur de
l'État.

par les ménagemens que l'on a pour eux , pour leurs maifons & pour leurs biens. Cette conduite modérée fera des fujets foumis & fideles , au lieu d'ennemis toujours prêts à trahir & à fe foulever.

C'eft un avantage manifefte que d'être fur l'offenfive ; elle fuppofe des forces , de l'argent , de bons Généraux , & de grandes reffources , fans celles que l'on fe procure par les con-quêtes que l'on fait. Toute Puiffance qui a des forces fuffifan-tes doit toujours prévenir l'ennemi , & porter la guerre fort en avant de fes frontieres , fans cependant s'en trop éloigner. Qu'Alexandre cherche à étendre fes États , qui , dans toute leur dimenfion , faifoient à peine une Province de la France ; que l'ambition & la vaine gloire exilent Charles XII de fes États , pour aller faire la guerre à des peuples qui ne la lui déclarent point , & qui n'ont point de querelles directes avec lui ; qu'un Prince puiffant par l'étendue de fes États, par leurs richeffes , par le nombre de leurs habitans , cherche encore à les aggrandir , & qu'il aille bouleverfer des Empires qui n'ont d'autre tort que d'être fes voifins ; c'eft abufer de fa puiffance , & facrifier fes propres fujets à fon ambition. Un Prince fage ne fait la guerre que pour fecourir & protéger fes Alliés , pour venger la majefté de fon Trône offenfé ; il ne la fait pas pour aggrandir fes États , ni pour troubler le repos de fes voifins. Mais lorfque ces mêmes voifins font inquiets, & qu'ils arment contre lui, il ne doit point les attendre , mais toujours les prévenir , & porter la guerre chez eux. La Puiffance qui fe renferme en elle-même , & qui fe contente de défendre fes frontieres , eft bientôt fubjuguée , ou au moins fi affoiblie, qu'elle eft contrainte d'acheter la paix aux conditions que lui impofe le vainqueur.

Bbb

Il y a cependant quelqu'avantage à faire la guerre fur fon propre pays, relativement aux fubfiftances de toute efpece que l'on en tire; mais ces avantages ne peuvent jamais dédommager des contributions que l'ennemi tire du pays, du commerce intérieur qui eft intercepté, & qui n'eft plus libre, des campagnes dévaftées, & d'une partie des habitans ruinée. Il vaut donc toujours mieux s'avancer fur le pays ennemi; mais ne pas s'éloigner affez de fes frontieres, pour perdre les fecours que l'on peut attendre de fon propre pays, & pour le préferver des incurfions de l'ennemi. Si les circonftances exigent qu'on s'éloigne de fes frontieres, ou parce que les conquêtes font rapides, ou parce que la pofition refpective des Puiffances belligérantes eft éloignée l'une de l'autre, il faut alors affurer fes derrieres, & fes communications avec fes États, en s'emparant des Places principales, & qui peuvent remplir l'objet qu'on fe propofe.

Donnons un exemple de guerre offenfive dans toutes les formes : la conduite de Guftave Adolphe fera une leçon bien plus frappante & bien plus inftructive que tous les préceptes que l'on pourroit donner. En 1630 Guftave Adolphe déclare la guerre à l'Empereur Ferdinand; cette déclaration eft bientôt fuivie de la prife des Ifles de Rugen, d'Ufedom & de Wolen, il revient dans le continent, s'empare de Camin, fur l'Oder. Ces premieres conquêtes lui affurent la communication de la Suede avec l'Allemagne; il marche en Poméranie, force Bogeflas, Duc de Poméranie, à lui livrer Stetin, s'empare enfuite de plufieurs Places, & de tout le Duché. L'Empereur tranquille à Vienne, ou plutôt forcé par la Diete Électorale de renvoyer une partie de fes troupes, & d'ôter le commandement à Walftein, voit les progrès de Guftave fans pouvoir s'y oppofer ; cependant il rappelle les troupes qu'il avoit en Italie , écrit à Guftave , & lui demande les raifons de fon ir-ruption fur les terres de l'Empire , en le menaçant d'envoyer toutes fes forces contre lui, s'il perfifte à refter dans l'Empire, & à fe mêler des affaires du corps Germanique ; mais Guftave pourfuit fes conquêtes , & s'empare de Colberg & de Franc-fort fur l'Oder. Tilly , Général de l'Empereur , marche fur Francfort , le reprend , marche fur Magdebourg , l'attaque , & le prend après un long fiège. Guftave dans l'impatience de combattre Tilly, marche vers Leipfick , où ce Général étoit campé ; Guftave lui livre bataille , remporte fur lui la victoire, s'avance dans le pays, s'empare de tout ce qui eft entre l'Elbe & le Rhin , prend Mayence, paffe le Rhin , & force toutes les villes fur la rive gauche de ce fleuve à le reconnoître. Il entre en Franconie , rétablit Donavert dans fon ancienne li-berté; Tilly marche, & met le Lech devant lui pour en difpu-ter le paffage à Guftave , & l'empêcher de pénétrer en Baviere: rien ne peut arrêter ce Prince, il paffe le Lech en préfence de Tilly , & le force à une retraite précipitée. Tilly eft tué d'un coup de canon. Guftave marche à Aufbourg, dont il s'empare, ainfi que de Munick; il retourne en Saxe, y donne la bataille de Lutzen, la gagne ; mais un coup malheureux prive ce grand Prince de cueillir lui-même fes lauriers, & l'Europe du plus grand Général de fon tems *. Voilà un exemple de guer-re offenfive dans toutes les formes & dans toutes les régles ; & fi ce Prince n'eut pas été arrêté dans fes vaftes projets par le coup funefte qui termina fes jours, il auroit été à Vienne forcer l'Empereur à lui demander la paix à telle condition qu'il au-roit voulu.

On peut remarquer par la conduite de Guftave , qu'à me-

* *Hiftoire d'Allemagn. tom. 9.*

fure qu'il s'avançoit dans l'Empire, il avoit grande attention d'affurer fa communication avec la Suede, dont il tiroit des fecours confidérables en troupes & en munitions de guerre; par les Places dont il s'emparoit, il fe ménageoit des points d'appuis en cas d'échec. Quant à l'argent, l'Allemagne lui en fournifloit abondamment, par les contributions qu'il en retiroit, fans compter les gros fubfides que la France lui faifoit toucher.

ARTICLE SIXIEME.

De la Guerre défenfive (a).

MAXIMES à obferver pour la défenfe.

I°. Avoir une ou plufieurs forterefles bien fituées, pour arrêter l'agreffeur, jufqu'à ce qu'on ait affemblé fes forces, ou qu'on ait reçu du fecours de quelqu'autre Puiffance, jaloufe de celle qui attaque.

II°. Appuyer & encourager les Places avec un camp volant, qui foit auffi de fon côté appuyé & encouragé par les Places.

III°. Pour empêcher les féditions & les divifions inteftines, entretenir la guerre au-dehors, où les humeurs mauvaifes & inquiettes vont s'évaporer & fe réfoudre.

IV°. Quand on eft fans armée (b), ou qu'elle eft

foible, ou qu'on n'a que de la cavalerie , il faut :

1°. Sauver tout ce qu'on peut dans les Places fortes , ruiner le reste , & particulierement les lieux où l'ennemi pourroit se poster.

2°. S'étendre avec des retranchemens (*c*) ; quand on s'apperçoit que l'ennemi veut vous enfermer ; changer de poste ; ne demeurer pas dans des lieux où on puisse être enveloppé , sans pouvoir ni combattre ni se retirer, & pour cela avoir un pied en terre & l'autre en mer , ou sur quelque grande riviere.

3°. Empêcher les desseins de son ennemi , en jettant de main en main du secours dans les Places dont il s'approche , distribuant la cavalerie dans des lieux séparés , pour l'incommoder sans cesse, se saisir des passages, rompre les ponts & les moulins , faire enfler les eaux , couper les forêts , & s'en faire des barricades.

OBSERVATIONS.

ARTICLE SIXIEME.

De la Guerre défensive.

(*a*) JE n'admets la guerre défensive qu'après des malheurs réitérés , ou lorsqu'on est forcé de faire la guerre contre une Puissance très-supérieure en forces, ou contre plusieurs Puissances réunies. Dans la premiere poſition , il faut tâcher de faire la paix, pour ne pas s'expoſer à des malheurs plus conſidérables: dans la ſeconde , il eſt imprudent de faire la guerre contre une Puiſſance plus redoutable par le nombre de ſes troupes , par ſes richeſſes , & par les reſſources qu'elle a en elle-même , à moins que l'on n'ait de puiſſans Alliés ; dans ce cas , la guerre ne doit point être défenſive , & on doit au moins diſputer l'offenſive à l'ennemi , ſi on ne la décide pas pour ſoi. La troiſième poſition eſt différente ; comme on doit faire tête ſeul contre pluſieurs Puiſſances réunies, & qu'elles peuvent attaquer différentes parties du Royaume, ſuivant la poſition des États de ces Puiſſances alliées, on eſt forcé de partager ſes troupes, & d'avoir pluſieurs armées ; en diviſant ſes troupes , leurs forces deviennent moins conſidérables , & l'on eſt quelquefois contraint de reſter ſur la défenſive; ſi ce n'eſt dans toutes les parties attaquées, du moins dans quelques-unes : mais quelque ſoit la puiſſance d'un Royaume , le Prince qui le gouverne ne doit point déclarer la guerre, ni ſe mettre dans le cas qu'on la lui déclare, s'il ne peut pas la faire offenſive , & ce n'eſt jamais qu'après pluſieurs campagnes malheureuſes , qu'il doit ſe voir forcé à cette fâcheuſe poſition. En commençant la guerre , l'offenſive doit être ſon but; mais il faut, avant de la déclarer, qu'il ſe mette en ſituation de ne rien craindre de ſes ennemis, ou par lui-même, ou aidé de ſes Alliés. La Puiſſance qui par elle-même eſt foible, doit éviter la guerre; & ſi les circonſtances la forcent d'armer, elle doit au moins ſe ménager des Alliés aſſez puiſſans , pour être en état, en réuniſſant ſes troupes avec les leurs, de tenir rête à l'ennemi, & d'entreprendre de faire des conquêtes. Si elle ne trouve point d'Alliés , par la crainte qu'ils pourroient avoir de la puiſſance de ſon ennemi, ou parce qu'elle aura été prévenue, il vaut mieux, dans ce cas, venir à compofition, & acheter la paix, plutôt que de foutenir une guerre dont les fuites ne peuvent que lui être funeftes, & qui ne fe termineroit qu'en abandonnant beaucoup plus de pays qu'elle n'en auroit cédé avant que de commencer la guerre.

Il y a peu de Puiffances dans l'Europe, il n'y en a même point, qui puiffent entreprendre de faire la guerre feules, fans le fecours d'Alliés, parce que les Puiffances contre lefquelles elles feront en guerre, feront l'impoffible pour s'en ménager ; & quand ce ne feroit que pour lui en ôter, elles doivent en avoir. Ce n'eft pas que l'on n'ait vu la France feule contre prefque toute l'Europe ; mais fi cette Puiffance a fû réfifter à tant de Princes armés contre elle, fi elle s'eft vu dans ces tems-là au comble de la gloire, elle a auffi vu peu de tems après changer la fcène, fes armées chaffées de la Hollande & battues, fes reffources épuifées, fes ennemis vouloir la forcer à détrôner un petit-fils de France qu'elle avoit mis fur le Trône, & la ruine entière de l'État ne dépendre que du fort d'une bataille *. *Denain. Si la France, toute puiffante qu'elle eft, s'eft vu à deux doigts de fa perte, que peut efpérer un Prince foible par lui-même, & dont les forces principales ne confiftent que dans fes Alliés, que la moindre circonftance peut faire changer, & qui fouvent ne lui reftent, que dans l'efpérance, & même dans la volonté, de lui donner la loi ? Ainfi, ou elle fera accablée par l'ennemi, ou elle deviendra la victime de fes Alliés. Il réfulte de ce raifonnement, qu'un État foible, relativement à fes forces, à fes richeffes, & aux moyens qu'il a pour faire ou pour foutenir la guerre, ne doit jamais la faire, que fon exiftence doit être fes feules vûes politiques, & qu'il doit toujours refter dans la plus exacte neutralité, fans fe mêler des querelles des Princes plus puiffans que lui.

Les meilleurs Alliés que peut se ménager une Puissance, sont ceux qui, par leur position, ou par le commerce réciproque & indispensable qu'ils font avec elle, sont intéressés à sa conservation & à sa tranquillité. Il n'y a point d'Alliés séparés de tout intérêt ; les secours que l'on donne ont pour objet, ou l'espérance de joindre quelques Provinces à ses États, ou des subsides que donne la Puissance secourue. Le désintéressement est inconnu en fait d'alliance entre les Princes, ainsi l'intérêt particulier étant le premier principe qui forme les alliances, il faut, pour que leur union soit stable, que la sûreté & la tranquillité des Puissances alliées dépendent de leur conservation mutuelle.

Il y a des circonstances où une Puissance très-formidable, relativement au nombre de troupes qu'elle peut mettre sur pied, à ses finances, & aux ressources qu'elle a en elle-même, se voit forcée de rester sur la défensive, quoiqu'attaquée par une Puissance inférieure en forces & en ressources. Trop de lenteur dans les ordres pour rassembler les troupes, & les mettre en état de marcher ; une constitution militaire foible dans toutes ses parties ; trop peu de prévoyance pour former des magasins ; trop d'indécision dans le conseil pour le plan de la campagne ; trop peu de pouvoir au Général pour agir par lui-même, qui, très-souvent, a des idées contraires à celles du Ministere, sur la connoissance qu'il a du pays où il fait la guerre, ainsi que cela s'est vu sous le Regne de Louis XIV ; souvent même la timidité du Général, qui n'ose prendre sur lui, & qui laisse échapper l'occasion en attendant les ordres de sa Cour : toutes ces raisons, ou, pour mieux dire, tous ces défauts ou vices dans le Gouvernement militaire & politique, rendent nécessairement une guerre défensive, d'offensive qu'elle auroit dû être ; & la Nation, toute puissante & valeureuse qu'elle est, se voit
humiliée,

humiliée, fans avoir aucune part à fes malheurs, parce qu'elle a été mal conduite.

(*b*) Quand on eft fans armée, on ne fait point la guerre; quand on eft foible, il faut l'éviter: quant à la troifième fuppo-fition de Montécuculi, elle n'eft pas vraifemblable. Tous les Princes qui ont des troupes à leur folde, ont de l'infanterie & de la cavalerie, tous entretiennent plus ou moins de troupes, fuivant leurs richeffes & l'étendue de leurs États. La cavalerie eft moins nombreufe que l'infanterie; cette derniere arme fait la principale force des armées. La Pologne eft peut-être la feule Puiffance qui ait plus de cavalerie que d'infanterie; mais dans les différentes guerres qu'elle a eue contre Guftave Adolphe & Char-les Guftave, elle a toujours eu un corps nombreux d'infanterie; & lorfque Sobiesky, Roi de Pologne, vint en 1683 au fecours de Vienne affiégée par les Turcs, ce Prince & la République firent de fi grands efforts pour tâcher de fauver cette Place, que l'armée Polonaife étoit forte de cinquante mille hommes (*a*), tant in-fanterie que cavalerie *. Montécuculi fuppofe, fans doute, que toute l'infanterie a été mife dans les Places, & qu'il ne refte plus que de la cavalerie pour tenir la campagne, ce qui n'eft pas poffible ni probable, étant contre toute politique & tout principe de guerre. Les Places font, fans doute, très-utiles pour défendre à l'ennemi l'entrée dans le pays, pour l'arrêter quel-que tems, & retarder fes conquêtes; mais tôt ou tard on les

* *Hiftoire d'Allemagn.* *tom.* 10.

(*a*) L'Auteur de l'hiftoire de Sobiesky fait l'armée Polonaife de vingt-cinq mille hommes, fondé, fans doute, fur ce que l'on doit rabattre des fecours que cette République promet & donne; cette République a cela de commun avec prefque toutes les Puiffances: d'ailleurs l'hiftoire de Sobiesky eft plutôt un recueil d'épigrammes qu'une hiftoire véritable.

prend , fur-tout de la maniere dont on les attaque aujour-
d'hui , & au peu de défenfe dont elles font fufceptibles ,
relativement à leur conftruction. (Ce que j'efpere prouver dans
la fuite de cet Ouvrage , lorfque je parlerai de la conftruction
des Places.) Les Places prifes, les troupes qui les défendoient
ou font faites prifonnieres de guerre , ou ne peuvent fervir tant
qu'elle durera: (il faut toujours exiger une de ces deux conditions , & ne jamais permettre à des troupes forcées de rendre
une Place , de fervir dans d'autres Places ou dans les armées,)
& après deux ou trois campagnes, l'État fe trouve fans Places,
fans armée , ouvert de toute part , & foumis à la volonté du
vainqueur.

Il faut, fans doute, des Places, mais il ne doit pas y en avoir
trop ; il faut que par leur pofition, l'ennemi foit obligé de les
prendre avant que de pénétrer plus avant , & il faut une armée
forte ou foible , telle que l'on peut l'avoir , pour les couvrir &
pour en difputer l'approche aux ennemis. En général , un État
ne peut être bien gardé & bien défendu, que par un certain
nombre de Places fortes & bien munies, & par une bonne armée pourvue de tout ce qui lui eft néceffaire pour agir avec vigueur , commandée par un bon Général. Sans cette derniere
condition, l'État le plus floriffant , le mieux couvert de bonnes
Places , dont le militaire fera le plus nombreux & le plus fort
par fa conftitution, qui fera le plus riche , & qui aura le plus de
reffources intérieures, fera bientôt forcé à demander la paix.

(c) C'eft toujours une précaution fage que de retrancher fon
camp; mais cette précaution eft plus effentielle lorfqu'on eft fur
la défenfive. Je ne m'étendrai pas ici fur l'efpece de retranchemens qu'il faut faire, parce que j'en parle amplement, & que je
les détaille très au long dans la fuite de cet Ouvrage , au Chapitre IV , Article cinquième, Tome 2.

ARTICLE SEPTIEME.

Du Secours.

ON fecourt (*a*):

I°. En affemblant fes forces.

II°. En faifant diverfion.

III°. En fourniffant de l'argent, des munitions, & autres befoins militaires.

IV°. Il faut fe fouvenir de fe faire mettre en main des Places de fûreté, pour avoir un gage de fidélité, & un paffage pour fe retirer.

OBSERVATION.

ARTICLE SEPTIEME.

Du Secours.

(*a*) J'AI dit plus haut que toutes les Puiffances, quelques foient leurs forces, leurs richeffes, & le nombre de leurs troupes, avoient toujours befoin de fe faire des Alliés qui leur donnâffent des fecours. Ces fecours font ou en troupes ou en argent; mais la Puiffance qui donne ou des troupes ou de l'argent, exige toujours que la Puiffance fecourue lui remette quelques Places, pour être affurée de fa fidélité, & pour fa propre fûreté. Comme dans le courant d'une guerre les circonftances peuvent changer, quoique les intérêts de chaque Puiffance foient dans leur principe toujours les mêmes, parce que la pofition des

États ne change point, il eſt de la prudence de la Puiſſance qui donne le ſecours de mettre un frein à la volonté chancelante d'un Allié, qui, par caprice ou par ſéduction de la part de l'ennemi, voudroit rompre l'alliance, & faire ſa paix ſans y comprendre ſes Alliés.

Les intérêts des Puiſſances ne peuvent point varier, parce que, comme je l'ai déjà dit, la poſition des États ne change point. La Maiſon qui eſt aujourd'hui ſur le Trône de l'Empire doit toujours être en garde contre le Turc, cette Puiſſance devant être animée du deſir de reprendre les conquêtes que la Maiſon d'Autriche a ſucceſſivement faites ſur l'Empire Ottoman ; & par une ſuite néceſſaire de la même politique, le Roi de Pruſſe doit regarder les ſucceſſeurs de la Maiſon d'Autriche comme ſes ennemis déclarés, auſſi long-tems qu'il conſervera la Siléſie. La Suede ſera toujours en garde contre le Danemarck & la Ruſſie. Le Danemarck mettra toujours toute ſon attention à conſerver l'autorité qu'il a acquiſe ſur la mer Baltique, & ſes droits ſur le Sund. La Pologne aura toujours à craindre la Ruſſie & la Pruſſe, tant que ſon Gouvernement ne ſera pas plus militaire qu'il l'eſt aujourd'hui, que le *liberum veto* (*a*) rompra toutes les Dietes, & diviſera la République, le Roi & les grands Seigneurs. La Hollande ſuivra toujours l'impreſſion de l'Angleterre, dont elle recevra la loi, tant qu'elle n'aura pas une marine militaire plus conſidérable que celle qu'elle a aujourd'hui. L'Angleterre ſera toujours l'ennemie de la France, qui pourroit un jour lui diſputer l'Empire des Mers, ſoit par ſes propres forces, ſoit par l'union de toutes les Puiſſances maritimes, qui devroient avoir pour principe de former un équilibre

(*a*) Le *liberum veto* ſert de baſe à la prétendue liberté de la Nation Polonaiſe, & fait qu'il n'y a aucune ſûreté à traiter avec elle, parce qu'il ne faut qu'une ſeule voix qui s'éleve pour rompre toutes les Dietes.

contre l'Empire defpotique des Anglais , bien plus à craindre
pour toutes les Puiffances commerçantes , que le fantôme de la
Monarchie univerfelle , qui fervit de prétexte pour lier toute
l'Europe contre Louis XIV. Le Roi de Sardaigne fera toujours,
par la pofition de fes États , ou avec la France contre l'Empereur , ou avec l'Empereur contre la France ; mais jamais il ne
fera feul la guerre contre une de ces deux Puiffances, fans le fecours de l'autre.

Quelque changement qu'il y ait dans le fyftême politique,
ces objets ne changeront pas , parce que les pofitions feront
toujours les mêmes , & que les intérêts refpectifs des Puiffances
partent de leur pofition. La convenance en eft encore une fource (a) ; mais comme les Rois & leurs Miniftres ne font pas éter-

---

(a) Malgré ce principe qui paroît univerfel , il n'y en a point qui ne puiffe
avoir quelqu'exception. Le Roi de Sardaigne s'eft vu dans la pofition d'aggrandir fes États par un feul trait de politique , fans avoir recours ni à la France
ni à la Maifon régnante aujourd'hui fur le Trône de l'Empire. Le feul événement
de la bataille de Rofback pouvoit remplir les vœux de ce Prince, fi , fans
déclarer la guerre , il eût armé dans ce tems trente mille hommes. Dans
l'incertitude de fes projets, l'Impératrice , Alliée de la France , auroit certainement craint une invafion dans les États de l'Empereur en Italie , & la France
une pareille en Provence ou en Dauphiné , ou au moins une diverfion d'autant
plus dangereufe , que l'Impératrice auroit été forcée de rappeler de fes troupes pour défendre l'Italie , & la France pour le même objet en auroit envoyé
en Provence & en Dauphiné. Pour engager le Roi de Sardaigne à défarmer,
ces deux Puiffances unies lui auroient donné conjointement le Duché de Milan,
promis par l'un & par l'autre dans plufieurs circonftances, & ce Prince, fans
répandre une feul goutte de fang , auroit rempli fes vûes & celles de fes pré-
déceffeurs. On ne fauroit fe perfuader que ce trait de politique lui ait pû échapper ; il faut donc croire que ce Prince a voulu donner à l'Europe un exemple
bien évident de fa fidélité pour les Traités , & de fon amour pour la paix ,
en facrifiant fes plus grands intérêts à la circonftance la plus favorable d'aggrandir fes États , circonftance que les fiécles à venir ne rameneront peut-être
jamais.

nels, le fyftême politique change fouvent à chaque mutation
de l'un & de l'autre, parce que la façon de voir n'eft pas la
même, que la maniere de calculer eft différente, & qu'en tout,
il eft rare qu'un Miniftre qui entre en place fuive le fyftême de
fon prédéceffeur. On voit aujourd'hui ce qu'on n'auroit certainement pas imaginé il y a dix ans (a); mais quelque foit le fyftême politique, celui de s'affurer des Alliés ne changera point, &
celui de fe faire donner des Places de fûreté lorfque l'on donne des

---

(a) Ce n'eft pas que l'alliance avec la France & la Maifon d'Autriche n'ait
été imaginée & defirée par Louis XIV. Après le Traité de Bade, figné en
1714, le Roi envoya à Charles VII M. le Comte du Luc en qualité d'Ambaf-
fadeur; mais avant qu'il partit, ce Prince voulut lui donner lui-même fes dernieres inftructions, & fans que fes Miniftres en euffent la moindre connoiffance.
Louis XIV dit au Comte du Luc: *Voilà la paix faite, Monfieur; mais dites
à l'Empereur, que malgré l'antipathie qui femble avoir toujours été entre nos
deux Maifons, je defire véritablement entretenir avec lui une amitié cordiale & durable avec lui; que de cette amitié il en réfultera le bien général de l'Europe,
parce que nos deux Maifons étroitement unies, fans vouloir donner la loi, con-
tiendront chaque Puiffance, & maintiendront la paix dans tous les États. Par-
tez, Monfieur, demandez de ma part à l'Empereur une audience fecrette, &
expofez-lui le defir vif que j'ai d'entretenir avec lui une paix folide & une
amitié durable.* Le Comte du Luc arrivé à Vienne, demande à l'Empereur une
audience fecrette; il lui expofe les intentions du Roi; mais l'Empereur lui dit,
qu'il ne pouvoit fe décider fans fon Confeil: il lui nomma quatre des principaux Confeillers, avec lefquels il pouvoit s'ouvrir & traiter. Ces Confeillers
prirent jour; le Comte du Luc leur répete ce qu'il avoit dit à l'Empereur,
mais le Comte de Windifchgrætz, l'un des quatre Confeillers, répondit qu'a-
vant que de faire un pareil Traité, il falloit que le Roi rendit à l'Empereur,
l'Alface, la Franche-Comté & une partie de la Flandre, que la France avoit
conquife fur la Maifon d'Autriche. Le Comte du Luc fans répondre, fe leva,
& fortit brufquement de la falle, fans faluer perfonne. Comme depuis ce tems-
là, l'Alface, la Franche-Comté, & la partie de la Flandre, poffédée par la
France, lui ont été cédées & affurées par plufieurs Traités poftérieurs à celui
de Bade, l'objection de M. de Windifchgrætz ne pourroit plus fe faire aux
Miniftres du Roi; en tout cas, ils imiteroient certainement le Comte du Luc.

fecours de troupes, aura toujours lieu, parce que l'intérêt perfonnel l'exige : il faut fe garantir des événemens qui font à la
volonté & au caprice des hommes. Avec des Places de fûreté,
on affure le retour du fecours; & fi le fyftême politique vient à
changer ou à varier, on tient en refpeƈt la mauvaife foi de l'Allié, & on ne devient point la viƈtime de fon changement.

Il y a une obfervation à faire fur l'efpece de fecours qu'il
faut donner à fes Alliés ; ou leurs États font limitrophes de
ceux du Prince qui donne le fecours, ou ils n'en font féparés
que par les États de Princes neutres, ou ils en font très-éloi-
gnés; dans la premiere fuppofition, il vaut mieux que le fecours
foit en troupes, pourvu que l'on n'ait pas à fe défendre dans
une autre partie du Royaume, & que l'on ait affez de troupes
pour que toutes les frontieres foient bien gardées & en fûreté.
Dans la feconde fuppofition, on peut encore donner des troupes; mais il faut être certain de l'exaƈte neutralité des Princes
fur les États defquels paffent le fecours pour aller joindre les
troupes du Prince Allié, car fi on a lieu de foupçonner leur
bonne foi, il vaut mieux dans ce cas donner de l'argent que
d'expofer fes troupes à un retour très-incertain. Dans la troifième fuppofition, c'eft de l'argent qu'il faut donner, & jamais des
troupes. Je fuppofe une alliance entre la Suede & la France, il
n'eft pas poffible que la France lui donne des troupes, ce ne peut
être que de l'argent, & ces fecours s'appellent fubfides; fi cette
alliance de la France eft avec la Reine d'Hongrie, on peut lui
donner des troupes, mais il vaut mieux lui donner de l'argent,
parce qu'elle a fuffifamment de troupes dans fes États, & que
peut-être n'a-t-elle pas autant d'argent (a). Si c'eft avec le Roi

_____

(a) La politique de la Cour de Vienne eft de beaucoup ménager fes propres

de Pruffe, il faut le fecourir par une armée qui agiffe de fon côté, & lui du fien, mais toujours de concert avec le Roi de Pruffe & le Général Français. Si c'eft avec le Roi de Sardaigne, il faut lui donner des troupes, & les donner à commander à un Général en qui ce Prince ait confiance, & de qui il veuille bien recevoir des avis; en un mot, non-feulement l'efpece de fecours doit être relatif à l'éloignement ou à la proximité du Prince allié fecouru; mais encore il doit être felon le génie & le caractere de la Nation fecourue, & il faut qu'il foit affez fort par lui-même pour que le Général ni le fecours ne puiffent point recevoir la loi du Prince qu'ils vont fecourir, lorfqu'ils fe trouveront fous fes ordres.

ARTICLE HUITIEME.

De la Difpofition particuliere.

CETTE difpofition (a) regarde chaque membre de troupes en particulier : elle renferme trois parties principales, une revue exacte, une conduite bien ordonnée, & une exécution vigoureufe.

---

troupes, & de n'avoir pas pour fes Alliés le même ménagement ; les batailles de Rocoux & de Lauffeld en pourroient être des preuves convainquantes : ainfi, dans tous les cas, il vaut mieux lui donner de l'argent, fi les articles du Traité portent l'un ou l'autre.

OBSERVATION.

OBSERVATION.

ARTICLE HUITIEME.

De la Difposition particuliere.

(a) LA difpofition particuliere dépend, à bien des égards, de la conftitution générale du militaire, des différentes armes qui compofent le militaire, de la force de chaque corps, de celle de chaque bataillon & de chaque efcadron, & du nombre de bataillons & d'efcadrons par Régiment. Elle confifte encore dans l'exactitude du complet, & dans les moyens que prend le Miniftere pour cet objet; dans la jufte proportion que doit avoir un Régiment d'infanterie & un de cavalerie, pour qu'ils ayent l'un & l'autre la force & la folidité néceffaires, indépendantes de la maffe générale; elle confifte encore dans l'ordre que l'on obferve pour mettre les bataillons en bataille, dans le calcul indifpenfable, & dans le rapport qui doit être de la profondeur au front. Trop de front, relativement à la profondeur, eft un très-grand défaut; il y a moins d'inconvéniens à avoir plus de profondeur & moins de front, pourvu que l'on ne foit pas expofé au feu du canon. La même proportion, quant au front d'un efcadron, doit être calculée, avec la différence, cependant, que fa profondeur eft moins effentielle que dans l'infanterie, parce que comme il n'y a d'impulfion dans la cavalerie que dans le premier rang, ceux que l'on met derriere ne font que pour empêcher le flottement, & pour affurer le premier rang; mais ils ne donnent pas plus de force à l'attaque. Enfin la difpofition particuliere regarde le total du militaire, divifé par brigades, par Régimens, par batail-

D d d

lons, par efcadrons & par compagnies. De toutes ces divifions
on en forme un tout, que l'on fait mouvoir & agir felon les circonftances, c'eft alors que la difpofition devient générale ; celle-
ci dépend du terrein , de la fituation des lieux , de l'arme qu'il
faut employer dans une partie , & qui feroit inutile dans une
autre , des moyens que l'on fe ménage pour rendre la difpofition
plus forte & plus fufceptible de fecours , enfin de l'enfemble
que le Général met dans fa difpofition , pour qu'elle ait de la
confiftance & de la folidité dans toutes fes parties.

FIN DU PREMIER VOLUME.

ERRATA.

PAge 120, ligne 30, & qu'il ne life, *lifez*, afin qu'il ne life.

Page 161, lig. 7, ne puiffent foutenir, *lifez*, ne puiffent contenir.

Page 175, lig. 26, qui avoient affez, *lifez*, qui avoit affez.

Page 181, lig. 7, ne feront point contenus, *lifez*, ne feront point foutenus.

Page 219, lig. 14, qui étoit dant, *lifez*, qui étoit dans.

Page 262, lig. 9, & qui s'inftruiftent, *lifez*, & qui s'inftruifent.

Page 274, à l'addition * *Hift. de l'Aeadémie*, *lifez*, * *Hift. de l'Académie*.

Page 311, lig. 16, ces impôts fon prélevés, *lifez*, ces impôts font prélevés.

Page 321, lig. 3. le Munitionainre, *lifez*, le Munitionnaire.

Page 335, lig. 7, ne foient pas décifis, *lifez*, ne foient pas décififs.

T A B L E

Des Chapitres , Articles & Obſervations contenus dans ce premier Volume.

T A B L E.

Fin de la Table de ce Volume.

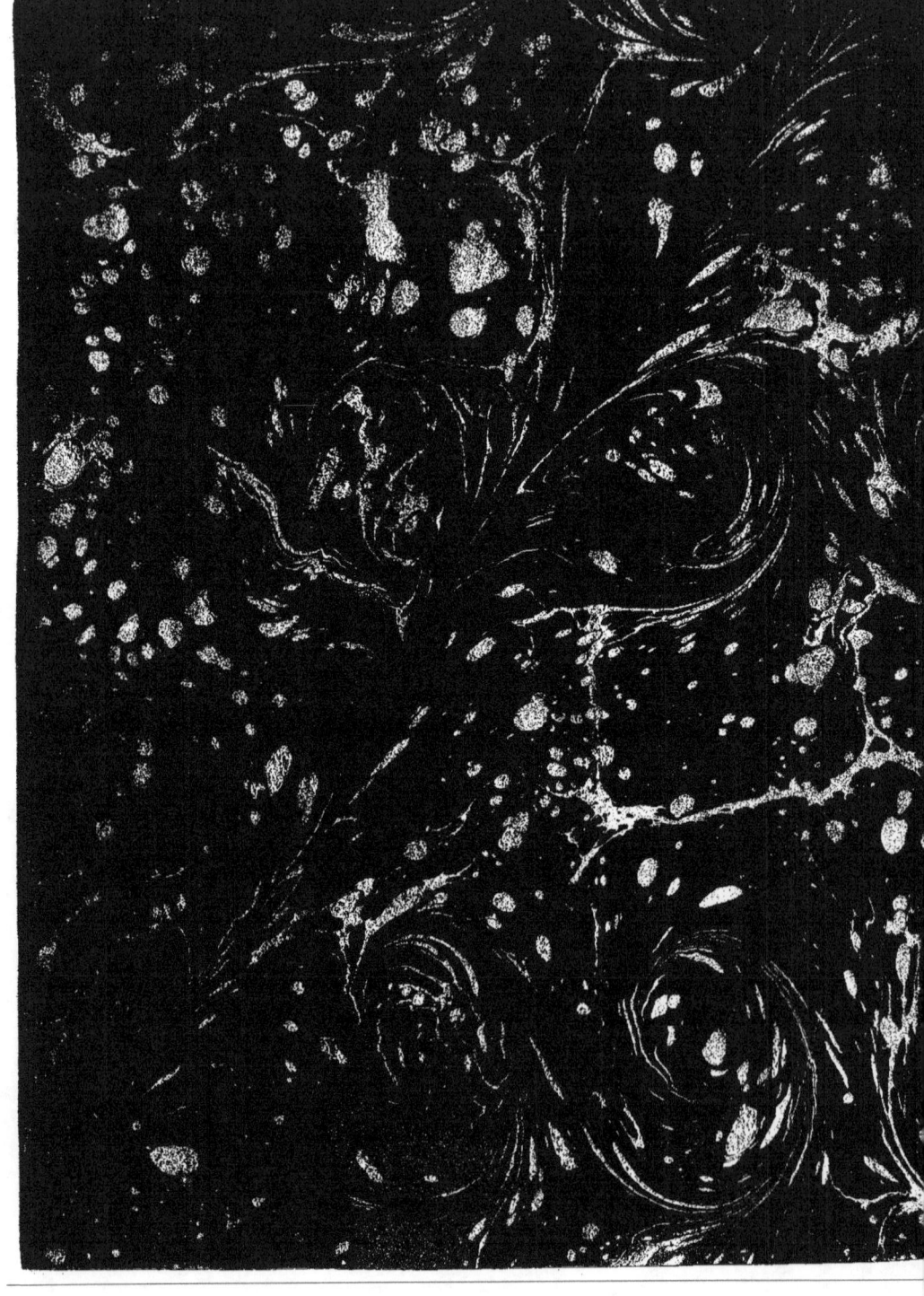

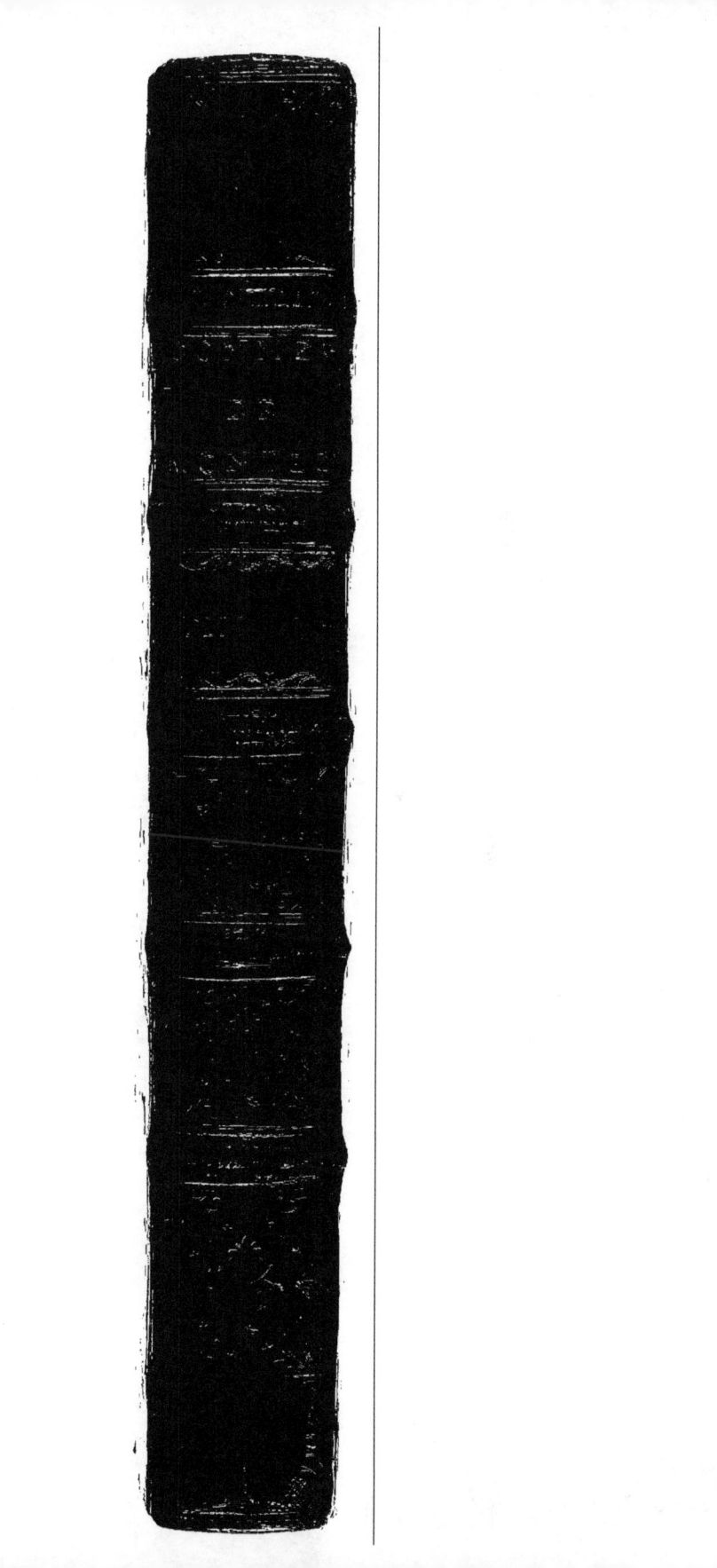

www.ingramcontent.com/pod-product-compliance
Lightning Source LLC
Chambersburg PA
CBHW061039030726
47504CB00002B/446